断裂的诗学

曾念长　著

1998 年 的 文 学 、 思 想 与 行 动

三联书店

图书在版编目（CIP）数据

断裂的诗学：1998 年的文学、思想与行动／曾念长著．—北京：
生活·读书·新知三联书店，2017.3
ISBN 978 − 7 − 108 − 05716 − 7

Ⅰ．①断…　Ⅱ．①曾…　Ⅲ．①中国文学 − 当代文学 − 文学研究
Ⅳ．① I206.7

中国版本图书馆 CIP 数据核字（2016）第 118343 号

责任编辑　马　翀
装帧设计　刘　洋
责任印制　宋　家
出版发行　**生活·讀書·新知** 三联书店
　　　　　（北京市东城区美术馆东街 22 号　100010）
网　　址　www.sdxjpc.com
经　　销　新华书店
印　　刷　河北鹏润印刷有限公司
版　　次　2017 年 3 月北京第 1 版
　　　　　2017 年 3 月北京第 1 次印刷
开　　本　635 毫米 × 965 毫米　1/16　印张 27.75
字　　数　333 千字
印　　数　0,001 − 6,000 册
定　　价　55.00 元
（印装查询：01064002715；邮购查询：01084010542）

代　序

在过去四年左右的时间里，我一直深陷在这个作品的反复构思和写作中，以及由此生发出来的复杂心境里。我最初的计划是通过一年的文学思潮的考察，来管窥中国文学的话语结构在世纪之交发生的重大变迁。但是随着研究的深入，我逐渐被另一个主题所吸引。那就是隐藏在文学史深处的两种言说方式的对峙与交织。一种是个体性的，一种是社会性的。它们在不同的历史语境中呈现出不同的纠缠形态，推动着文学史的向前发展。

这是一种发生在认知与兴趣之间的意外，在一定程度上已经让我偏离了最初的研究计划。但我无法阻止这个"学术事故"的发生，也不能拒绝由此带来的意外收获。直觉告诉我，如果要回到"文学本身"来理解世纪之交中国文学话语结构的变迁，就不能不考察两种言说方式的关系史，以及它们在世纪之交的主题演绎。关于这一点，我在本书尾声部分做了集中阐述。

由于写作主题的限制，我时刻提醒自己不要走得太远，要在既定的主题框架里探寻两种言说方式的可能表现。然而写作在进行，生活也在进行。我无法分清自己是入戏太深，还是本身就在戏中，只觉得在我的认知世界里，纸上的两种言说方式与现实的"人性政治"已难分难解。这其间我也经历了身边人事的诸多变化，不得不面对人情的许多表演，使我逐渐明白，两种言说方式的不同，不唯关乎著书立说者的纸上功夫，其实也是从普遍的人性皱褶里生发出来的人生姿态，因而牵连着每一个人的性情、道德和情感世界。英雄与小人、大公与狭私、积极与消极、热情与冷酷……它们都有可能通过两种言说方式呈现出相互装饰的人性图景，成全着每一个人，也伤害着每一个人。这就是"人性政治"的双重变奏。可是谁又敢保证，自己发出了和谐的音调，或踩准了别人的节拍呢？念及此，我对人性辩证法又多了几分敬畏。

以上是关于意外的一点交代。

目 录

引　论

相约 1998：一起来听“狼故事”

一

《伊索寓言》有一则广被熟知的“狼故事”：一个放羊娃，仅仅是因为无聊，或出于某种敏感，对着村民喊“狼来了”。村民赶来，连狼的影子也没见着。此后，放羊娃故伎重施，直至村民不再理他。终于有一天，狼真的来了，放羊娃只能眼睁睁看着羊被狼叼走。

如果滤去这则民间故事的说教含义，仅从故事本身的叙事结构去分析，我们依然颇有所获：首先，这个故事包含着两个时间，一个是狼还没到来的时候，一个是狼已经到来的时候；其次，这个故事讲到了两只狼，一只是虚构的狼，一只是现实的狼，但它们在放羊娃的观念中是同一只狼，一只会吃羊的狼；最后，在放羊娃与村民之间，出现了前后两种关系的变化，起先他们在情感结构和态度结构上是一致的，后来则发生了两歧性分化。

本书欲借这则“狼故事”来说明，整个 90 年代，仅仅是针对文学而言，存在着两个时间、两只“会吃文学的狼”和前后两种关系的变化。两个时间是指 90 年代初和 90 年代末。两只“会吃文学的狼”，其现实含义是指两种社会形态，它们在 90 年代都被想象成是“文学的敌人"。而前后两种关系的变化，是指面对"会吃文学的狼"，文学场内部出现了前后两种不同的系统性反应。

二

先说两个时间。

90年代初，中国社会开始在较大范围内推行市场经济体制，从而掀起了自1949年以来的第一次商业化浪潮。这里以"较大范围"做出空间性限定，是因为我注意到，在许多学术性表述中，往往以"全面推行"这样夸大性字眼来描述90年代初市场经济浪潮之来势汹涌。但从实际结果来看，这场以中共十四大和邓小平南方讲话为标志性事件（均是在1992年）、由国家高层主导的经济体制改革，无论是在行政空间上，还是在社会空间上，都不是全面的。

从行政空间上看，始于1979年的经济特区模式在90年代初不仅继续运行，而且在经济体制改革的刺激下加大了东西部和南北方差别。既有"特区"，也就意味着非均衡、非全面。

从社会空间上看，国家也并未全面推行市场化政策，而只是将一部分社会领域推向市场，由此产生了"体制内"和"体制外"两种社会空间。只有经历从80年代到90年代社会变迁的中国人，才能真切感受到这两种体制空间的差异性存在。

当代文学对于90年代初的社会变迁的敏感反应，就是针对上述两种社会空间而言的。也正是在此意义上，我们看到，文学作为一种日常生活，或者一种生产领域，依然还是在体制内。无论是作家的生存，还是书籍的生产，或是作品的流通与传播，都受到国家的体制性保护。也就是说，在特殊体制背景下，市场经济的潮水并未涌入文学这个生产空间，而作家在心态上的变化，仅仅是对外部环境的敏感反应。

90年代初作为一个重要的时间节点，更多是政治和经济意义上的，而非文学意义上的。它是文学的外部时间。

但是到了90年代末期，文学作为一种本体存在，发生了根本性的命运转变。

首先是市场经济的潮水在不停地冲刷、剥蚀着文学的"防护堤"，就像"狼故事"里那些由远而近的狼，悄无声息，却预示着某种悲剧性结局已无可逆转。简言之，经过90年代这个中时段的社会变迁，文学的"防护堤"已经发生了质的损坏。

其次，从体制内部来说，市场化改革开始向纵深发展，文学在国家一体化时代具有的意识形态的工具属性正在被剥离，它的一部分依然还是需要政府给予特殊保护的社会事业，而另一部分则开始被真正推向了市场，成为今天人们熟知的文化产业的一种生产要素。

我们可以从当代常识出发，做这样一个设想：一家国有企业，在非完全市场化的中国社会里，依然延续着它的传统运营模式，直到最后难以为继。它的最终结局是面临市场化的资产重组，以及紧随而来的生产线的重组。文学在90年代末遭遇的命运转变，大致如此，但是情况要复杂得多。

在90年代末，文学的"资产重组"与"生产线重组"，其结果最直观地体现为类型文学的兴起。[1]所谓类型文学，是根据市场细分原则构建起来的文学产品分类体系，如青春小说、玄幻小说、官场小说

---

[1] 夏烈认为，1998年前后，网络文学和新概念作家群的崛起，预示着类型文学时代的来临，这是中国文学被全面纳入文化工业体系的一个重要表现。参见夏烈：《类型文学：一场非典型性文学革命》，《博览群书》2012年第9期，第5—9页。

等等，均是这种分类体系下的产物。这是一种完全不同于以往的文学分类系统，不仅直接改变了文学生产空间的内部格局，而且在整个社会传播层面重新定义了文学的社会性存在，以至于李敬泽不免感慨文学面临着"自我言说、自我辩护、自我指认的困境"[1]。他具体说道，在90年代末之前，当他告诉别人从事文学行业时，别人并无疑义；而在此后，别人就会追问，你从事的是哪一种文学？[2]

在上述意义上，90年代末作为另一个时间节点，对于世纪之交的中国文学来说，具有关乎文学本身的含义，它是文学的内部时间。

三

再说两只"会吃文学的狼"。

正如故事中的放羊娃一开始就意识到并虚构了狼的存在，在90年代初，面对文学的外部环境的变化，文坛中人也在假想并描述一只"会吃文学的狼"正在咄咄逼近。在这个特定语境中，"狼"也就是"文学的敌人"，它具有毁灭性力量，所到之处，便是文学覆没之地。

在80年代末和90年代初，至少有三种事件性现象，可以表明这只被虚构的狼反复出现：

第一种现象是关于"诗人末日"的预言，包括1989年诗人海子卧轨自杀和1993年诗人顾城斧斫妻子而后自尽，以及1989年从诗人内部发出的关于"饿死诗人"[3]的谶语。

---

[1] 参见李敬泽在"新世纪十年文学研讨会"上的讲话。陈竞整理：《新世纪十年文学：断裂的美学如何整合？》，《当代文学研究资料与信息》2010年第4期，第5—6页。

[2] 同 [1]。

[3] 指诗人伊沙的成名作《饿死诗人》。这首诗写于1989年，以反讽口气批评某种诗歌写作的穷途末路，而后，在90年代初的特定语境中，它被解读为是当代诗歌的死亡预言。

第二种现象是开始于 1993 年的"人文精神大讨论"，起初由上海几位文学知识分子发起，而后很快波及全国人文知识界，甚至社会科学界。这场旷日持久的讨论，涉及核心议题就是世俗化时代的精神失落，以及作为人文精神第一载体的文学面临的危机，因此多少含有人文知识分子自救的味道。

第三种现象是贾平凹的《废都》在 1993 年的出版，以及出版后的事件化效应。这部一开始就存有广泛争议的长篇小说，起初因暴露过多性事描写而被禁，也因此暴得大名，后来随着解读的深入，它被理解为知识分子在特定时代的心灵隐喻——小说主角庄之蝶，是一个颓废的文人，他的荒诞式作乐，恰是对人文精神失落的时代性折射。

以上三种现象不过是无数相关个案的有限举例，历史的真实细节显然要多于这些人尽皆知的公案。这里需要强调的是，这些被反复叙述的"文学的敌人"，只是一种虚构的存在，是一些尚未发生的事实。这种虚构性，在《废都》这部作品中得到了充分体现。

在这部小说初版的 1993 年，正是中国正式宣布推行市场经济体制的开局之年，商品经济大潮已隐约可见。一部分知识分子下海，但更多知识分子发出了本能的反抗。"人文精神大讨论"正是这种反抗立场的微妙折射。在这个时间节点上，《废都》适时出版，书中描述的一群西京文人的堕落生活，成了知识分子们控诉商品经济大潮的罪证。然而时过境迁，再回过头来细读这部小说，我们发现，书中的西京文人并没有生活在现代商品经济世界中。贾平凹努力营造的"废都"，由古城墙、埙声、哀乐和偷情构成，不过是沉浸在暮色黄昏中的古典意象世界。而以庄之蝶为代表的西京文人的颓败的精神气象，也只是"废都"投射在他们身上的不祥阴影。对此，李敬泽的认识可谓鞭辟入里。他说，整部《废都》都在模仿从《金瓶梅》到《红楼梦》的明清小说传统，而庄之蝶或许竟是一个明清文人。[1]

无独有偶，陈晓明读出了一座亦有同感的"废都"。他说，贾平凹要写的，或许并不是当代的"精神废都"，而是传统至今的那种文化精神的颓败。[2] 他甚至进一步断言：贾平凹"无法真正书写这个时代知识分子的精神荒凉"，因为"他是生活在古典时代的人，他所痛心的是古典时代的颓败，是庄之蝶这样的人物的颓败"。[3]

由是可见，无论是贾平凹，还是庄之蝶，抑或是身处 90 年代初的人文知识分子，他们并没有遭遇一只真实的"狼"。"狼"不过是他们虚构的一种心像，以此解释隐伏在"废都"内部的精神危机。《废都》反复出现的"广东生活"，就是一个例证。此时，商品经济大潮在中国南端的广东已成事实。但对于西京文人而言，"广东生活"只是一种遥远的想象，一种虚构的存在。在 90 年代初，这种虚构的存在让许多人文知识分子都敏锐地嗅到了"狼"的凶险气息，并在文本和行动中做出了策略性反应[4]，但"狼"并未实质入侵原有的文学生态圈，传统的文学生产空间和生产模式依然延续着。

但是到了 90 年代末，"狼"不再是捕风捉影式的存在，它就在眼前，近到彼此可以在对方的眼眸里看到自己的身影。同样，我们也可以随手拈来若干现象，以说明"狼"已不再是幻影：

第一种现象是网络文学的出现，其标志性事件是 1998 年由台湾蔡志恒（痞子蔡）在网络 BBS 创作的《第一次的亲密接触》风靡全球

---

[1] 李敬泽：《庄之蝶论》（代序一），《废都》（贾平凹著），北京：作家出版社 2009 年版，第 2 页。

[2] 陈晓明：《穿过本土，越过"废都"——贾平凹创作的历史语义学》（代序二），《废都》（贾平凹著），北京：作家出版社 2009 年版，第 17 页。

[3] 同 [2]，第 20 页。

[4] 比如诗人自杀，其实是在"会吃文学的狼"尚未到来之前的一种自戕行为，类似于鲸鱼以自杀的方式抗议外部环境的恶性变化。

华人世界。作为数字经济时代全面来临的副产物,网络文学一出现便打破了传统文学体制的壁垒,加速了文学走向市场的进程;而它的平面化生产模式,也对传统的深度化生产模式构成了致命的颠覆。

第二种现象是《泰坦尼克号》在1998年全面登陆中国各大院线。这部电影让无数中国人第一次领略了好莱坞大片的灵魂震撼力,而且创下了十年来无后来者超越的票房纪录。[1] 对于中国文艺界来说,这部电影的到来,不仅预告了现代视听艺术对传统艺术,特别是对文字艺术的严峻挑战,而且迫使许多文艺权威接受了一种全新的文艺生产逻辑:商业化的东西也能表达古典和终极。[2]《泰坦尼克号》因此引发了文艺界和人文知识界的广泛讨论,无论是支持,还是反对,它都足以表明,那只曾经被虚构出来的"狼"此时已经变得真实而具体了。

第三种现象是以"80后"作者群体为代表的青春文学的出现。作为一种世代现象,在不同时代均有青春文学异军突起的可能,这是文学内部新陈代谢的规律使然。仅仅从作家年龄上看,出现在80年代中后期的先锋文学,也被一些文学史家看作是"青春文学"。[3] 但青春文学在90年代末的再次登场,有其特殊含义。它一出发,就搭乘着文化产业的列车,驶向商业帝国的终点站。从这个角度来看,它已完全脱离了传统文学生产的轨道,也不再是传统主流文学接力棒的传递

---

[1] 中影集团于1994年开始引进好莱坞电影,但第一次带来广泛而强劲的冲击力的大片,则是1998年公映的《泰坦尼克号》。好莱坞作为全球大众文化生产的一块金字招牌,从此在中国深入人心。笔者当时正在读高三,学校却破天荒地组织全体学生到县城电影院观看这部电影,印象犹深。

[2] 参见王蒙:《通俗、经典与商业化》,《读书》1998年第8期,第44—50页。

[3] 参见陈思和:《从"少年情怀"到"中年危机":20世纪中国文学研究的一个视角》,《探索与争鸣》2009年第5期,第6—9页。

者。从新陈代谢的角度来看，这是文学基因的一次突变。它是真实到来的"狼"创造的一种新的文学生态。

不必多说，真实的"狼"出现在90年代末的中国文学场，其例不胜枚举。

在"狼故事"中，狼的真正出现，也就意味着羊的终结。这是故事本身具有的简洁的力量，但我们应避免将这种力量直接用于对90年代之文学事实的粗暴判断。也就是说，"会吃文学的狼"虽然已确实入侵文学场，但它只是改变了原有的文学生产空间的格局，却未必导致文学的终结，特别是传统文学的终结。

四

最后说说两种关系的变化。

在"狼故事"中，无论是远方的狼，还是眼前的狼，它们作为"羊的敌人"却是始终如一的。狼的本性难移决定了这一点。从叙事的角度来看，故事得以进展的动力，不仅仅来源于"狼会吃羊"这一客观事实，更重要的还在于放羊娃与村民之间的关系发生了变化。这或许正是整个故事的重心所在。

对于90年代的中国文学来说，那只隐喻意义上的"狼"也是始终如一的，但是从90年代初到90年代末，围绕着这只"狼"，文学场内的情感结构和态度结构日益分化，其最后结果是，原本具有同一话语结构的文学场发生了关系性破裂。

正如放羊娃与村民一开始对狼采取了一致抵抗的态度，在90年代初，整个文坛的精英对"会吃文学的狼"亦持务实的同一立场。所谓务实，是指他们虽有务虚之争，却没有发生实质性关系破裂。这一点，可以"人文精神大讨论"为证。这次讨论，不仅时长面广，而且在一段时间内统一了人文知识界的抵抗精神和自救意识。无论是对"狼"的批判，还是自我反省，体现在这次讨论中的话语结构都具有高度的同一性。当然，也有唱反调的声音，比如王蒙在这一年开始主张"躲避崇高"，试图为"狼"的合法性开道。但是，无论是正方，还是反方，他们的声音都是务虚的。他们并没有因为这种务虚的讨论而导致传统的文学生产关系的崩盘。所以在90年代前期，由80年代延续下来的文学生产继续运行着，并且结出了许多硕果。

但是，正如放羊娃第一次喊出"狼来了"就意味着他与村民的和谐关系即将终结一样，90年代初的中国文学场也确实埋下了关系破裂的伏笔。这些伏笔是通过陆续发生在整个思想界的务虚争论表现出来的，此中曲折，有待本书细解。在文学场内部，一直到90年代中后期才集中爆发了直指利益核心的各种争端。从"马桥诉讼案"到"断裂调查"，再到"盘峰论战"，甚至包括"食指热""王小波热""70后"作家集体出场等微观事件，无不体现了立场与行动的紧密关联。[1]

当立场转化为行动之时，关系的破裂已不可避免。

这里面最具典型意义的，是酝酿于1998年末、爆发于1999年初的"盘峰论战"。这是一次以诗人为行动主体的"断裂行动"，此后中国诗坛一度烽火狼烟。"盘峰论战"的典型意义不在于事件本身，而

---

[1]　除"马桥诉讼案"之外，上述事件将反复出现在本书写作过程中。"马桥诉讼案"起因于韩少功在1996年出版的长篇小说《马桥词典》。这部小说的写作体式与塞尔维亚作家帕维奇的小说《哈扎尔辞典》极其相似，因此被张颐武、王干等评论家判定为"抄袭"。双方由此导致了一场恶性论争，进而对簿公堂，直至1998年，这一公案以韩少功胜诉和《马桥词典》获上海市第四届中长篇小说优秀作品奖长篇小说一等奖而告终。围绕这一事件，许多文坛中人依据"关系原则"出现了立场的分化。从笔战到官司，从务虚到务实，"马桥诉讼案"虽有偶然性，却与90年代后期文学场内部的话语结构出现实质性断裂有着必然关联。

在于微观呈现了诗人与社会的特殊关系。在前文论述中，我们已经看到，对"虚构的狼"最具敏感性的文学主体是诗人。从"饿死诗人"的预言，到海子的"以身试轨"，再到顾城的"与妻同尽"，诗人对于环境变迁的敏感及其脆弱反应，在90年代构造了一部文学的反面乌托邦神话。正是在这个神话的笼罩之下，90年代大部分时间的中国诗坛，处于一种沉寂状态。不过，诗人敏感且脆弱的特性并没有因此消失，他们对外部世界的反抗与反讽，最后转化为对诗坛内部关系的拆解与破坏，当然，也有关系的重建。这一实质性转化，就是从90年代末开始的。因此，将"盘峰论战"视为世纪末中国文学场发生关系性破裂的一个典型事件，是再恰当不过的了。由于对当代诗歌的偏见，也有人认为，这只是诗人之间的事儿，不是文学的事儿。包括在文坛内部，持此观点的大有人在，也非常正确。但是，我要说，这是一种非文学的观点。

五

在前面短短篇幅中，我借助一个家喻户晓的民间故事的叙事结构，描述了发生在90年代这个"中时段"之内的文学事实。但本书并不想对这段文学事实进行一次全景式的学术考察，而只是试图从中取下一个时空切片，对其进行微观的话语分析。

我将这个时空切片定位在1998年，一个"会吃文学的狼"已真实到来，并由此导致文学场内部的话语结构发生了实质性断裂的"短时段"。选定这个时空切片，并非因为它是独一无二的，而仅仅是因为，恰如陈晓明发现的，1998年"对于中国文学似乎是无能为力的年份，但却是所有的矛盾和暧昧性都明朗的历史关头"。[1]

为了准确理解这个时空切片，让我们再次回到"狼故事"。从故事形态学的角度来看，这个故事包含了两种不同形态的非连续体。第一种非连续体由线性的情节构成，它们建立在不同的时间节点之上：从狼还没到来的时候，到狼已经到来的时候，故事本身完成了飞跃性变化。第二种非连续体由变动的关系构成，它们建立在两种不同的情感（态度）结构之上：在前一种关系中，放羊娃与村民的情感（态度）是同一的，而在后一种关系中，他们的情感（态度）发生了破裂。

毫无疑问，作为一个独立的故事，这两种非连续体都是不可或缺的。线性的情节赋予故事以时间的形状，而变动的关系赋予故事以空间的形状，它们相互交织，才能构成一个完整的故事形态。

当然，这两种非连续体在一个故事中又有着显著的区别：情节的发展虽有节点，却不存在界限清晰的断裂，而关系的破裂却往往是实质性的。如果我们关心故事的过程，我们就会在乎它的情节；如果我们关心故事的结局，我们就会把一颗期待的心落在"关系的最后破裂"上。

毫无疑问，本书将要论述的"断裂"，是作为一个结局来看待的。也就是说，它是一个空间意义上的"关系的最后破裂"。对于文学场而言，关系的本质是话语结构，而关系的最后破裂，其实就是话语结构的断裂。

这就是本书试图描述的结局。

但这个结局绝不可能脱离它的情节而独立存在，不可能脱离它的时间而空前绝后。换言之，这个结局需要放到 90 年代甚至整个 20 世

---

[1] 参见陈晓明：《异类的尖叫：断裂与新的符号秩序》，《大家》1999 年第 5 期，第 195 页。

纪的时间意义上的非连续体中去考察，正如在"狼故事"中欲知结果如何，我们不得不从放羊娃第一次喊出"狼来了"开始讲起，甚至必须往前追溯，回到早已被预设好的狼与羊的"关系史"。

第一章

食指归来：一个断裂原型的浮现

第一节　钩沉幸存者：让食指"浮出水面"

新年第一天：诗人食指的命运征兆

1998 年 1 月 1 日，时间以它自身的节奏开启了新的一年。在北京第三精神病福利院 [1]，诗人食指接待了三十年前他到杏花村插队时结交的朋友。他们相约在这一天来看望食指，从一张已公开的照片上看，约有十二人。[2]

对诗人食指来说，能够与福利院之外的老朋友们聊聊天，这是难得的片刻享受。自 1990 年住进了福利院，如今已是第九个年头。尽管他已经习惯了这里的生活，并且愈发感受到这里的粗茶淡饭给他带来的好处 [3]，但是作为一个诗人，他也时刻意识到自己受困于此的窘境。就在这一年的 3 月 3 日，他写下了一首《在精神病院的八年》，来表达他对自身处境的愤怒：

---

[1]　北京第三福利院位于昌平县沙河镇，主要收养复退军人中的精神病人及社会精神病人。1990 年，食指以精神病患者身份入住该院。

[2]　参见林莽、翟寒乐整理：《食指生平年表》，《诗探索》2006 年第 4 辑，第 243 页。

[3]　参见杨子：《食指：凄凉的悲壮》，《鸭绿江》（上半月版）2001 年第 9 期，第 78 页。

这一切如残酷无情的铁砧、工锤

击打得我精神的火花四溅[1]

同样是在 1998 年的第一天，在福利院之外，有两个与诗人食指相关联的事件发生了。第一件事，是北京大学中文系教授谢冕在这一天为即将出版的《中国知青诗抄》写好了一篇序言。[2] 第二件事则是发生在陕西西安，就在这一天，《文友》杂志刊发了食指在 1968 年写下的名作《相信未来》。对于中国文坛而言，这两件事本微不足道，更遑论对整个社会能产生多少影响。但后来事实证明，对于食指来说，这两件事正是他的命运在 1998 年发生峰回路转的一种征兆。

《中国知青诗抄》一书共收录食指[3]的诗六首，分别是《相信未来》《烟》《酒》《这是四点零八分的北京》《希望》《灵魂》，并放置在九十八位"知青诗人"之首。在一本由多位作者构造起来的作品集中，作者及其作品的排序是编选者必须慎重考虑的。不仅在官方出版物中有着"头条"和"倒头条"的秩序规则，而且在民间出版物的编辑操作中，也无法超越这种秩序观念。[4] 我们可以将这种秩序规则划分为两类：一类是物理规则，如时间的或空间的；一类是意义规则，如威望的或先锋的。在前一类规则中，若按"诗龄"来算，食指不是最大的，也不是最小的；若按姓氏字母来算，他也不是最靠前的。因此，他没

---

[1] 食指：《在精神病院的八年》，《食指的诗》，北京：人民文学出版社 2000 年版，第 186 页。

[2] 参见谢冕：《记忆是永恒的财富》，《中国知青诗抄》（郝海彦主编），北京：中国文学出版社 1998 年版，第 1—3 页。

[3] 在当知青期间，"食指"这个笔名还不曾出现，因此在《中国知青诗抄》一书中，依然用了食指的原名郭路生。为了表述的方便，本书统一以笔名"食指"来指称作为诗人的郭路生。

[4] 例如北岛在编《今天》创刊号时，就对排在第一位和第二位的作者的选择颇费苦心。可参阅张志国：《〈今天〉的创办与诗歌构型》，《诗探索》2010 年第 4 辑，第 8 页。

有理由排在首位。而在后一类规则中，不乏舒婷、芒克、徐敬亚、王小妮等比食指更富有声望的诗人出现在这本诗集中。因此，一个更合理的解释就是，食指是以先锋的角色出现的。

尽管这一年食指已年届知天命，作为诗人的一生也已经走到了"生涯的午后"[1]，但在 1998 年，他更像是一位即将刷新旧有意义体系的"新人"。

被忽略的先驱者：食指的"沉没史"

这是一个历史悖论。

从现有材料来看，在 60 年代至 70 年代的"手抄诗"时代，食指已是偏离"集体大合唱"的先驱者之一。1968 年前后，食指的诗广被传抄，飞跃于千山万水，在"上山下乡"的知识青年中产生了轰动效应，并在"文革"后期成为一代诗人酝酿新诗潮的启蒙资源。[2] 与食指一样具有知青经历并在 80 年代成名的不少诗人，都受益于食指诗歌的启发。在这个意义上，食指是真正未被"文革"的集体话语埋葬的幸存者。

一些资料表明，在 70 年代后期，食指在北京的民间诗人圈子中依然享有极高的声望，是唯一"被大家公认为走在最前面"的"启蒙诗人"。[3] 1978 年，《今天》创刊，食指在北岛、芒克的邀约之下成了

---

[1] 食指在 1998 年初创作了一首《生涯的午后》，结尾两句写道："这不就是生涯的午后吗？还远远不到日落的时辰。"参见食指：《食指的诗》，北京：人民文学出版社 2000 年版，第 185 页。

[2] 1975 年，于坚在昆明一家工厂当工人的时候，读到了手抄的《相信未来》，但当时并不知道这首诗的作者就是食指。由是可见，食指的诗，不仅在北方地区流传。

[3] 参见赵振先：《〈今天〉忆往》，《黄河》1994 年第 2 期，第 64 页。另，关于食指对"朦胧诗"写作群体的影响，最典型的例子是食指与北岛的关系：1978 年，北岛油印了第一本诗集《陌生的海滩》，并于 1983 年 10 月敬赠一册给食指，扉页中写道："送给郭路生：你是我的启蒙老师。"参见李恒久：《对〈质疑《相信未来》〉一文的质疑》，《黄河》2000 年第 3 期，第 110 页。

这本刊物的作者。在《今天》短短的办刊过程中[1]，食指一共发表了九首诗，在《今天》作者群中位居第四，仅次于北岛、芒克和江河。进入 80 年代之后，在主流文学史的叙述中，原本处于潜沉状态的《今天》浮出了水面，并被追认为"新时期文学"的一个重要起点。与《今天》一起"上岸"的，则是当年围绕着这本杂志的多数核心成员，包括北岛、舒婷、芒克、江河、顾城等等。但是在这个浮出水面的过程中，食指却被遗漏并沉没了。正如林莽撰文指出的那样，食指是未被"文革"话语埋葬的诗人，却在"文革"之后一轮又一轮的诗歌浪潮中被埋没了许多年。[2]

　　以下事实可以证明林莽所言不假。在 80 年代至 90 年代出版的"新诗潮"[3] 作品选本或文学史专著中，食指均被忽略了。北京大学五四文学社在 1985 年编选出版的《新诗潮诗集》（上册、下册），上册共收入"新诗潮"作者十三人，食指虽列在其中，却只有一首诗，从整个目录结构上看几近于无 [4]；90 年代前期，洪子诚、刘登翰合著《中国当代新诗史》，虽然提到了食指的名字，却是一笔带过 [5]；一直到 90 年代后期，洪子诚著述《中国当代文学史》，开辟专门章节介绍"朦胧诗"以及"白洋淀诗群"在"文革"时期的写作情况，也不曾提

---

[1]　《今天》创刊于1978年12月23日，停刊于1980年12月，历时两年整，共出《今天》九期，另有《今天文学研究资料》三期。

[2]　参见林莽：《并未被埋葬的诗人——食指》，《诗探索》1994年第2辑，第92页。

[3]　在当代文学史中，"新诗潮"是对特定时期的诗歌潮流的称谓，即指以1978年《今天》创刊为发端、以80年代初"朦胧诗"论争为标志的诗潮。

[4]　参见老木编选：《新诗潮诗集》（北京大学五四文学社内部交流资料），1985年编印。该书虽为非正式出版物，却是80年代具有广泛影响的新诗潮诗歌选本。

[5]　参见洪子诚、刘登翰：《中国当代新诗史》，北京：人民文学出版社1993年版，第227页。

及食指。[1]

正如食指在 1972 年突然间陷入精神抑郁状态而无法得到确切的解释一样，今天的文学史研究者也无法清晰地还原出食指在 80 年代沉没的原因及动态过程。也就是说，关于食指的沉没，我们不曾有过一个黑格尔意义上的"原始的历史"，但"反省的历史"却间或出现在并不引人注意的叙述中。[2]

一种观点认为，食指的诗歌具有为一代人代言的品质，因此在 80 年代的以个体话语为自觉目标的新启蒙思潮中被忽略了。这种观点从文本自身的角度解释了食指被埋没的原因，也有助于我们反思食指的诗歌的复杂性。

同时我们不应忽略这样一个事实：作为一位"精神病患者"[3]，食指早早就退出了文学场内的微观权力的运作，在一浪接一浪的文学运动中，他的沉没也就可以理解了。文学场的运作有其自身的现实逻辑，在剧烈的占位竞争中，一些人幸运地被时代浪潮冲进了场的中心位置，一些人却时运不济地滑落到了场的边缘。唯有通过反省的历史审视，那些一度被埋没在历史迷雾中的人和事，才有可能重新被钩沉出来，才能重新回到场的中心位置。

---

[1] 参见洪子诚：《中国当代文学史》，北京：北京大学出版社 2010 年版，第 226—229 页。这部文学史著作初版于 1999 年，其写作时间大致是在 1997—1998 年间。虽然这个时候食指重新引起了诗坛的关注，但一时尚无法被消化进入主流文学史的叙述。

[2] 黑格尔认为，根据历史观察方法的不同，历史可分为三种：原始的历史、反省的历史和哲学的历史。原始的历史是"亲眼所见的行动、事变和情况"；反省的历史是一种带有批评和实验色彩的历史；而哲学的历史则是一种理性的、通往真理的历史。参见黑格尔著、王造时译：《历史哲学》，上海：上海书店出版社 2006 年版，第 1—7 页。

[3] 有论者提出，食指并非真正的病理学上的精神病患者，故此处先以引号悬置这个说法。

三次钩沉：食指"浮出水面"的过程

1988 年，在北京团结湖的一次纪念集会上，《今天》同人把首届《今天》诗歌奖"颁发给多多。赵振先 [1] 在一篇回忆文章中如此解释道："社会承认了《今天》的诗歌，《今天》又褒扬了当时还不太为社会所接受的多多的诗歌，在社会和多多之间，《今天》搭起了一座桥梁，从而证实了这样一个道理：一个重要的诗人是不会被埋没的，纵使今天被埋没明天被埋没，早晚有一天他会站立于诗人之林的。" [2]

事实上，如果在这一年《今天》同时把这个奖项颁发给食指，就会更圆满一些。这个圆满的修补工作，却是从多多开始的。就在这一年，多多写了一篇题为《1970—1978 被埋葬的中国诗人》的文章，称食指是"70 年代以来为新诗运动趴在地上的第一人"。 [3] 多多这篇文章，在当时并未引起文坛的广泛关注，也没有触动已趋固化的主流文学史的表述，更不可能把食指带回公共视野之中。但多多却是回到历史深处钩沉食指的第一人。尽管他在文章中对包括食指在内的这批诗人做出了"被埋葬"的鉴定，但在随后若干年，这个鉴定被其他诗人和诗评家做了细微的修改：食指是一位"未被埋葬的诗人"，是"文革"中真正意义上的一位幸存者。 [4]

在多多之后，第一次对"幸存者"食指进行大规模的精神钩沉，发生于 1993 至 1994 年间。1993 年 5 月，《食指、黑大春现代抒情诗合集》

---

[1]　赵振先是北岛的弟弟，也是《今天》的作者成员之一，以写评论文章为主。

[2]　赵振先：《〈今天〉忆往》，《黄河》1994 年第 2 期，第 72 页。

[3]　参见多多：《1970—1978 被埋葬的中国诗人》，《开拓》1988 年第 3 期，第 166—169 页。

[4]　《青年研究》1992 年第 11 期刊有杨长征撰写的《忆"文革"后期北京的青年诗群》一文，在结尾部分写到了"走向新时代的幸存者"，包括江河、田晓青、严力、杨炼、林莽和一平等诗人，但没有提到食指。直至 1994 年，林莽称食指是"并未被埋葬的诗人"，食指作为"文化大革命"中的幸存者才真正成为一种被叙述的事实。

出版，北京市作家协会特为此书发行举办了一次座谈会。比诗集出版
更具冲击力的则是《文化大革命中的地下文学》一书的出版。该书作
者杨健不仅援引了多多对食指的评价，而且较全面呈现出了食指与"60
年代初就曾活跃过的一代现代派诗人"的交往关系，他们包括张朗朗、
牟敦白、董沙贝、郭世英等等。[1] 正如后来的文学史家所描述的那样，
这些诗人都在"文革"中被"埋葬"了，但杨著通过这些人物关系的
钩沉，凸显了食指是"'文革'中新诗歌的第一人"，并指出食指"也
不可能是凭空出现的"。[2]

　　杨著是一个信号，预示着一批知识分子对"文革"旧事的记忆修
复正在悄然兴起。就在杨著出版的这一年，曾在白洋淀插队的诗人林
莽正忙于《诗探索》的复刊工作。[3] 通过 1994 年出版的四辑《诗探索》，
我们可以看到，这本诗歌理论刊物开始致力于诗歌记忆的修复工作[4]，
食指也因此被勾连出来，开始进入一部分人的视野。1994 年第 2 辑《诗
探索》推出食指专题，刊发了林莽和食指的两篇文章；在当年第 4 辑
的"白洋淀"专题中，刊发了六篇回忆性文章，其中有三篇叙述了白
洋淀诗群与食指的精神渊源。由是不难看出，食指能够引起关注，与
白洋淀诗群的历史钩沉行动有着极大关系。其中，林莽在这一行动中

[1]　参见杨健：《文化大革命中的地下文学》，北京：朝华出版社 1993 年版，第 87—90 页。

[2]　同 [1]。

[3]　《诗探索》创办于 1980 年，在当时是国内唯一的诗歌理论刊物。1986 年至 1993 年，由于办刊
　　　经费短缺暂停出刊。参见吴思敬：《〈诗探索〉的办刊宗旨与历史沿革》，《诗探索》1994 年第 1 辑，
　　　第 2—3 页。

[4]　程光炜认为，1994 年后，《诗探索》由鼓吹"新诗潮"逐步转入"抢救""发掘"被遗忘的重
　　　要诗歌现象和诗人，是一个醒目的转型。参见程光炜：《一个被"发掘"的诗人——〈诗探索〉
　　　和〈沉沦的圣殿〉"再叙述"中的食指》，《文学史的兴起——程光炜自选集》，开封：河南大
　　　学出版社 2009 年版，第 230 页。

扮演了关键角色。[1]

但在 1994 年，食指依然没有真正"浮出水面"。究其原因，当然有钩沉本身的问题。因为在这次行动中，《诗探索》试图聚焦的，是在"白洋淀诗群"，而不是食指。

然而，时间的推移赋予了同一事物以不同的意义。1998 年，食指奇迹般归来了。

这一年的 2 月，《中国知青诗抄》在头条位置推出食指；

3 月，《诗探索》推出"食指研究"专题，第一次公开发布了"食指生平年表"，并同期发表了有关食指的两篇评论；

6 月，《诗探索金库·食指卷》出版，第一次较系统、准确地向读者呈现了食指的诗歌作品；[2]

7 月，"文友文学奖"颁发给食指，虽然在北京第三福利院举行的颁奖仪式显得太过简单，但随后《文友》杂志在这一年的最后一期重磅推出三篇相关文章，赋予这个过于潦草的颁奖仪式以一种别样的光彩。[3]

围绕着一本书和一个奖，各种采访、座谈、研讨、朗诵、签售等活动接踵而来，使得食指在 1998 年彻底"飞越"了疯人院，进入整个

---

[1] 在推出"白洋淀诗群"专题之前，《诗探索》于 1994 年 5 月 6 日至 9 日组织了一场"白洋淀诗歌群落"寻访活动，当年曾经在白洋淀插队的诗人们重返白洋淀，并进行了一次深入的"记忆修复"工作。这次活动的主要策划者便是诗人林莽。参见刘福春：《"白洋淀诗歌群落"寻访活动》，《诗探索》1994 年第 3 辑，第 185 页；张洪波：《作为白洋淀诗歌群落一员的林莽》，《诗歌月刊》2008 年第 10 期，第 20 页。

[2] 1988 年，漓江出版社曾经出版了食指的第一本诗集《相信未来》，内收诗歌 19 首。因未经作者校正，错误较多，这本诗集也没有引起诗人和读者的关注。

[3] 《文友》杂志于 1998 年 1 月 1 日发表食指旧作《相信未来》，7 月授予食指"文友文学奖"，授奖辞为："他在他的时代里，独力承担了一位大诗人所应承担的。——谨以 1998 年度文友文学奖授予《相信未来》的作者、中国现代诗的一代先驱食指先生。"

知识界的公共视野之中。食指的归来，在 1998 年已成为一个无法被忽视的精神事件。作为这一事件的后续反应，食指于 2001 年顺利办理了出院手续，在身体意义上回归了常人世界。

相比之 1988 年、1993 年和 1994 年，1998 年的这一次钩沉行动是决定性的，也是成功的。组织工作的关键人物还是诗人林莽。从 1997 年开始着手系统地收集、考证、整理食指的作品和生平，以及筹划出版《诗探索金库·食指卷》，到 1998 年组织一系列座谈、研讨和朗诵等活动，林莽是贯穿始终的现场组织者。钩沉的规格提高了，一些诗坛前辈参与了这次钩沉行动的"评定工作"；[1] 相应地，钩沉规模也扩大了，除了《诗探索》，还有其他不少报刊，如《诗歌报》《诗歌月刊》《黄河》《北京文学》《山东文学》《山花》《读书》《中华读书报》《华人文化世界》等等，响应了这次钩沉行动。[2]

钩沉行动的扩大趋势，不应忽略当时的一个重要的时间因素，即"知青上山下乡"三十周年纪念。1998 年，不少文学刊物策划了"知青文学"专题，其中最引人关注的，则是《北京文学》在当年第 6 期推出的"中国知青专号"。在这期专号中，有两位作家不应被轻易忽略。一位是王小波，另一位就是食指。一位是特立独行者，一位是自由歌唱者，他们都是在 90 年代末重新浮出历史水面的。他们进入知识界

---

[1]　一些资料曾提到"让食指浮出水面"是谢冕、吴思敬等诗评家发出的倡议。经笔者与林莽确认，实际情况是：在 1998 年底《诗探索》工作年会上，谢冕曾说过：我们今年一项很重要的工作就是"食指的再发现"。

[2]　需要特别指出的是，1997 年已有一些微观事件为食指正式"浮出水面"做了前期铺垫，主要包括：食指加入中国作家协会；《黄河》《家庭》《幸福》等刊物刊登有关食指的文章；《华人文化世界》杂志第 4 期以"一代诗魂郭路生"为主题发表林莽、李恒久、何京颉、戈小丽、彭希曦等五人的文章；《中华文学选刊》《中华读书报》《中国民航报》转载相关文章；《北京青年报》刊登郭路生专访；谢冕、钱理群主编的《百年文学经典》收入郭路生的诗歌，等等。1998 年之后，食指频频出现于各大文学报刊，此处不一一列举。

的公共视野，既有个人的偶然机缘，也有"知青三十年"这个时间巧合因素。但显然，这些因素都是表面的，在这些因素的深处，则是世纪末中国知识分子的心理气候的微妙变化。此中曲折，留待后文细细分解。

1991 年，食指在福利院写下了一首《归宿》，以预言式口吻说道：

> 但终于我诗行方阵的大军
> 跨越了精神死亡的峡谷[1]

1998 年，食指终于向世人宣告，他不仅跨越了精神死亡的峡谷，而且胜利归来了。对于世纪末的中国文学场而言，这是一次意义深远的精神事件。在林莽等人的持续努力下，一个"坚持着他的个人的独立的自由歌唱"[2] 的食指，在世纪末浮出了历史水面。回到 1998 年的事件现场，再回顾食指个人生命的沉浮，我们可以发现若干中长时段意义上的巧合：

五十年前，也就是 1948 年，食指诞生于母亲行军途中，因而取名路生；

三十年前，也就是 1968 年，在政治气候发生微妙变化的历史节点，食指写下一批广被传抄的诗作，同时也是在这一年，食指被卷入了"上山下乡"的历史洪流之中，命定了他以后所遭遇的一切不幸；

二十年前，也就是 1978 年，食指"再次焕发了一个诗人的创造力"，写出了又一首名作《疯狗》，并首次使用笔名"食指"；同年，在《今天》创刊号出版之际，食指与北岛、芒克会面，此后成为《今天》

---

[1]　食指：《归宿》，《食指的诗》，北京：人民文学出版社 2000 年版，第 138 页。

[2]　钱理群：《"跨越了精神死亡的峡谷"的自由歌唱》，《诗探索》1998 年第 4 辑，第 4 页。

的主要作者之一。

十年前，即 1988 年，食指出版了第一本诗集《相信未来》，并因诗人多多的一篇文章而开启了重返文坛的历程；

1998 年，在一次深度的精神打捞行动中，食指回到公共视野之中，并改写了当代文学史的精神谱系。[1]

这种时间的巧合，或许不具有自足的含义，却也无法抹除其外在的意义和功能，那就是提醒我们对历史细节的循环记忆，以及对意义再生产现象的重视。

第二节　代言与独语：食指及其诗歌中的精神世界

复杂的纯诗：在政治抒情与诗性召唤之间

就像一艘沉船重新浮出水面一样，对其事物属性的技术性鉴定，以及对其历史面目的想象性复原，是打捞工作中必不可少的一道程序。当食指在世纪末重新回到中国文学场，许多人都会将探寻的目光集中在他身上，试图知道食指是一个什么样的诗人。

先是食指的纯诗品质引起了诗人们的注意。正如多多在 1988 年便已道出："就郭路生早期抒情诗的纯净程度上看，至今尚无他人能与之相比。"[2] 这种纯净，当然还要还原到食指早年写诗的历史语境中，才能凸显出它的诗学价值。对此，学者崔卫平说道："在一个是非曲折颠倒的年代里，郭路生表现了一种罕见的忠直——对诗歌的忠直。"[3]

---

[1] 以上各个时间节点的表述，亦可参考林莽、翟寒乐整理：《食指生平年表》，《诗探索》2006 年第 4 辑，第 236—248 页。

[2] 多多：《1970—1978 被埋葬的中国诗人》，《开拓》1988 年第 3 期，第 166 页。

[3] 崔卫平：《郭路生》，《持灯的使者》（刘禾编），桂林：广西师范大学出版社 2009 年版，第 160 页。

食指归来后，连同纯诗品质昨日重现，以至于当他站在众人面前，即便是"穿着他那身洗得发了白的'学生蓝'的涤卡中山装"，以最朴素的面目出现，也引来了众人的欢呼。[1]

然而，随着鉴定及复原工作的深入，一个建立在纯诗品质之上的复杂的食指，也日益显露了出来。

关于食指及其诗歌中的精神世界的复杂性，我们直接进入他在1968年创作的两首代表作，便可见出一斑。在《相信未来》这首诗中，我们看到了一个由小我与大我构成的情感世界。诗人的情感先是在一种极端个体化、抑制性的小我体验中出场：

当蜘蛛网无情地查封了我的炉台

当灰烬的余烟叹息着贫困的悲哀

我依然固执地铺平失望的灰烬

用美丽雪花写下：相信未来[2]

这种个人化情绪书写在一种循环式结构中反复出现了三次，之后转入了一种大我的肯定性书写：

我坚信人们对于我们的脊骨

那无数次的探索、迷途、失败和成功

一定会给予热情、客观、公正的评定[3]

---

[1]　参见张清华：《食指与林莽》，《经济观察报》2006年1月11日。

[2]　食指：《相信未来》，《食指的诗》，北京：人民文学出版社2000年版，第10页。

[3]　同 [2]。

从整首诗来看，作者先抑小我，再扬大我，这种写作范式在 20 世纪 "红色美学" 中不乏先例，亦不缺典范。茅盾的《白杨礼赞》和杨朔的《荔枝蜜》就是这一类写作的范本。

到了 "文革" 时期，先抑后扬的结构已被改造为一种 "平铺结构"，即那个时期人人熟悉的 "文艺样板"：以大我为唯一的合法主体，强调自始至终的 "相信现在" 的肯定性写作。食指的《相信未来》，在某种程度上已偏离了这种 "文艺样板"。[1] 在《这是四点零八分的北京》这首诗中，诗人再次流露出对 "文艺样板" 的疏离态度，而且比《相信未来》走得更远了：

> 我的心骤然一阵疼痛，一定是
> 妈妈缀扣子的针线穿透了心胸[2]

诗人完全陷入了小我的独语世界中，连 "相信未来" 的后扬结构也没有了。只是在最后两节，尚可见出一种潜在的大我书写：

> 终于抓住了什么东西
> 管他是谁的手，不能松
> 因为这是我的北京
> 这是我的最后的北京[3]

---

[1] 文坛中流传着一个无法确证的说法：食指曾因《相信未来》一诗得罪江青，因为江青认为，相信未来就是否定现在。虽然这一说法无法得到史料的证实，却有效解释了 "文化大革命" 时期 "文艺样板" 的 "平铺结构"，即自始至终都是一种 "肯定现在" 的大我写作。

[2] 食指：《这是四点零八分的北京》，《食指的诗》，北京：人民文学出版社 2000 年版，第 47 页。

[3] 同 [2]，第 48 页。

"北京"对于当时的诗人来说，既是实体意义上的家，也是政治意义上的精神中心。诗人显然是对"北京"充满了眷恋，希望能回到这个"大家"中去。

正是在纯诗的意义上，我们反观出了食指精神世界中的微妙的复杂性。食指"用孩子的笔体"[1]写诗，始终未脱孩子般稚气，然而就是在这种最简单的笔体中，依然不可思议地复合了神性与俗性、理想与现实、独语与代言的分裂与统一。

倘若分别从《相信未来》和《这是四点零八分的北京》两首诗中各自提取一个词语，以勾画这种复杂关系，它们应该是："相信未来"和"一阵疼痛"。"相信未来"可以用来传达一个时代的政治抒情，代言众人的集约式信念；而"一阵疼痛"则可以用来回应个体的诗性召唤，独语内心的自由世界。食指及其诗歌，正是在这两种话语的不断交织中构成了一个复杂的精神世界。

1998年8月，诗人伊沙在北京第三福利院为食指颁发"文友文学奖"，现场证实了食指在诗歌美学趣味上的这种复杂性。事后伊沙如此写道："他说到贺敬之时也使用了赞叹的语气，说贺敬之的诗有气势，还脱口而出地吟诵了《雷锋之歌》中的几句——这多少让人诧异，本来我们以为既然是他结束了贺敬之、郭小川的诗歌时代就必然会有某种针对性，看来这是一个复杂的问题……"[2]

亲合与越轨：食指的"窗含西岭千秋雪"

在论述荷尔德林时，海德格尔说道："诗的本质作为中介，就是把

---

[1] 食指：《相信未来》，《食指的诗》，北京：人民文学出版社2000年版，第10页。

[2] 伊沙：《到精神病院送奖》，《诗歌报》1998年第11期，第44页。

神灵的迹象与民众的心声紧紧联系起来，而这两方面的诸法则原是既相互排斥又相互吸引的。诗人自己就置身于神灵与民众之间。"[1]海德格尔还说："那种使事物相互对立又能将他们维系在一起的东西，被荷尔德林称呼为'亲合力'。"[2]

在某种意义上，食指就是一个荷尔德林式的诗人。他对"亲合力"有着独属于自己的理解，亦身体力行，从不松懈。他曾公开说道："贺敬之的'大我'和牛汉的'小我'，合起来就特别对。"[3]大我通往"民众的心声"，小我通往"神灵的迹象"。在一个特殊的时代，食指的多数诗歌介于政治的大众和诗性的个体之间，并显示出沟通二者的"亲合力"。对"亲合力"的迷恋，致使食指与荷尔德林虽处不同时空，却有着相似的精神境遇。1802年，情场失意的荷尔德林陷入了精神失常状态。又过了170年，也就是1972年，食指步其后尘。

与荷尔德林相似，食指陷入精神分裂境地，亦有失恋等刺激因素。[4]但是，只有联系诗人的精神世界，以及诗人在一个特殊时代中的精神境遇，这些外部刺激因素才是可理解的。

从食指的自述中可知，他的写作深受诗人何其芳的影响，尤其是何其芳对他说的"窗含西岭千秋雪"这一诗学观，最后转化为他深信不疑的"窗式美"信条。[5]"窗含西岭千秋雪"语出杜甫《绝句》，

---

[1] ［德］马丁·海德格尔著，王作虹译：《存在与在》，北京：民族出版社2005年版，第126页。

[2] 同[1]，第115页。

[3] 参见张宗刚、李翚、陈梓荨整理：《写给人类的诗——食指诗歌研讨会发言纪要》，《太湖》2010年第1期，第63页。

[4] 关于导致食指精神分裂的现实因素，大致有三种说法：其一，在"文化大革命"极"左"思潮的影响下，他内心的理想与现实发生了极大冲突；其二，入党调档，学校档案里有他在"文化大革命"初期因写诗而被审查的材料；其三，恋爱受挫。

[5] 参见崔卫平：《郭路生》，《持灯的使者》（刘禾编），桂林：广西师范大学出版社2009年版，第162页。

道出了中国古典自然美学意境的传递方式，同时也体现了诗人与外部世界的美学契约：西岭雪景千姿百态，通过窗子这个特定的"美学装置"，在诗人眼中化为一种"窗式美"。食指对"窗式美"情有独钟，可以在他的诗歌的"亲合力"中得到解释。如果说"西岭千秋雪"是一种大我，那么隐藏在窗子后面的那个精神主体就是一种小我了。在大我与小我之间，有一个窗口，既是中介，也是规范，致使二者达成精神上的和谐辉映。

不过，"窗含西岭千秋雪"实乃古典自然美学遗产，有其特定的有效范畴。"西岭千秋雪"之所以美不胜收，源于它本是自然造化的参差多态之景观；而在窗子后面观赏西岭千秋雪的精神主体，也是一种自然主体，具有充分的审美自主性和自足性；至于那个窗子，架起了主客体之间的精神沟通的桥梁，也是一种自然选择过程，而非强制实施。因此，唯有在古典自然美学意境中，"窗式美"才能传达出美学高致。当食指以及更多的当代诗人，在一个特殊的当代政治背景下实践这种"窗式美"，注定已埋下了他们走向"越轨诗学"的风险。

1949 年以后，许多诗人都在不同程度上实践着"窗式美"信条，实非偶然，而是政治抒情诗对这一美学遗产进行吸收和改造的结果。在这里，"西岭千秋雪"变成了时代洪流，而"窗口"变成了"红色美学"规范。这个规范是在政治运动中形成的，在那个时代也是唯一合法的。它具有空前强大的净化功能，可以对时代洪流进行美学过滤，而后传输给每一个精神主体，又通过意义的反向传输，让每一个精神主体的美学体验回到时代洪流中去。政治抒情诗对"窗式美"的强调，终极目标不是美，而是政治。洪子诚指出，"政治抒情诗"是当代政治与文学特殊关系的产物，"诗作者是以'阶级'（或'人民'）的、社会集团的代言人身份出现的"，"因而，在这一诗体中，如何处理个体情感、经验，成为易敏感引起争议的问题"。[1] 由是不难看出，政治抒情诗虽然讲究"窗式美"，却是以删除个体的自主的审美权利为前提的。

当代政治抒情诗写作，就是在一种特定规范体系中展开的。而越出这一规范体系的诗人，难免不受惩罚。例如在 50 年代末，郭小川创作的《望星空》和《一个与八个》，由于"在处理个人—群体、个体—历史、感性个体—历史本质之间的关系上"偏离了主流的规范轨道，受到了严厉批评。[2]

1948 年在革命家庭中出生的食指，对于这一套"红色美学"规范并不陌生，且受其影响至深，因而在青年时代写下不少"纯政治诗"。他曾公开说道："那些政治诗很重要，是我年轻时代的一种非常幼稚的、非常可爱的、想让社会承认的一种心情。"[3] 在食指的青少年时代，郭小川、贺敬之、李瑛等诗人已将"窗式美"不折不扣地化用在了政治抒情诗写作上，食指亦以这些前辈诗人为师。

但食指终究是一个悲剧性人物。作为一个具有丰富的内心世界的个体，他在那个时代成了一个痛苦的觉醒者。他的纯诗，一方面固然朝着单纯的政治热情奔去，因而符合那个时代的政治抒情诗的美学规范。另一方面，他的纯诗又常常被一个"开小差"的精神主体带走了，就像荷尔德林的诗，只为"诗性地居住在这世界上"，"没有实际效益，因为它仅仅停留在言说之中"[4]。食指试图实现的，是一种亲合，而不是一种对抗。即便如此，在"狠斗私字一闪念"的年代，食指的这个玩法已经犯规了。回到 60 年代的历史语境中，食指的写作与他同时

---

[1] 参见洪子诚：《中国当代文学史》，北京：北京大学出版社 2010 年版，第 82 页。

[2] 同 [1]，第 86 页。

[3] 参见杨子：《食指：凄凉的悲壮》，《鸭绿江》（上半月版）2001 年第 9 期，第 76 页。

[4] ［德］马丁·海德格尔著，王作虹译：《存在与在》，北京：民族出版社 2005 年版，第 114 页。

代的那些离经叛道者一样，都不同程度地走向了"越轨诗学"。

污名与改造：一个"不正常的人"

在一个只允许大合唱的时代，食指的"越轨诗学"，难免给他的日常政治生活带来污名的困扰。符号互动论者戈夫曼将污名定义为个体在人际关系中具有某种令人丢脸的特征，蒙受污名者因此不得不背负着一种受损身份。偏离了集体大合唱并接受政治审查的食指，就是一个蒙受污名者。1965至1968年间，郭路生曾出入于牟敦白家的文艺沙龙，以及著名诗人何其芳家中。后来，牟敦白因"郭世英案"[1]被抓入狱，何其芳则被定性为"走资派、黑帮分子"，在这样一种政治阴影中，郭路生难免被牵连，一度被抓到中央戏剧学院受审。[2]

食指对这种污名的袭击是缺乏心理准备的。他并不是一位有意而为之的异端人士，在诗歌中表达出的失落情绪，只是对红卫兵运动出现落潮的一种真实的心理感受。因此，当污名袭来之时，食指必然要对自己的受损身份进行管理，让自己成为一个正常的人。

戈夫曼观察到，蒙受污名者"可能作出直接的尝试，去纠正他眼中自身缺点的客观基础，就好像残疾人去做整形手术、盲人治疗眼睛、文盲参加补习班、同性恋接受心理疗法"[3]。这种自我纠错的心理轨迹，是可以通过食指的个人成长史来确证的。他自幼接受"红色思想"的洗礼，对其纯洁性、正确性和规范性有着来自内心深处的认同。在"文

---

[1]　郭世英为郭沫若之子，1962年入北京大学哲学系，组织"X小组"探讨思想问题。该小组后来被定性为"赫鲁晓夫集团"，郭世英被捕，1968年4月26日死于牢中。

[2]　参见建中：《食指（郭路生）生平年表》，《诗探索》1998年第3辑，第76—79页。

[3]　[美] 欧文·戈夫曼著，宋立宏译：《污名：受损身份管理札记》，北京：商务印书馆2009年版，第11页。

革"之前，他已大量阅读毛泽东的著作，其中《延安文艺座谈会上的讲话》更是反复阅读，对食指的人生观影响深远。因此，他早早就立志"必须刻苦地改造自己"。[1]

福柯曾勾画出"不正常的人"的三种形象来源：畸形人；需要改造的个人；手淫的儿童。[2] 在 60 年代至 70 年代的集体大合唱中，食指就是那种"需要改造的个人"，他可能出现于各种社会中介体系之中，如学校、车间、警察局等等。在不同历史时期，这些中介体系对"需要改造的人"进行改造的方式并不相同。"文革"期间，改造权集中于"革委会"这样一个特殊的政治权力机构，其改造方式包括政治审查、思想教育、武力批斗和体力劳动等等。但是这种改造对食指来说却是失败的。他在 1968 年写下的《这是四点零八分的北京》，恰恰是改造失败的例证。此时红卫兵运动已经落潮，"知识青年"正走向一个新的改造起点，即响应毛泽东的号召，到广大乡村中接受再教育。

> 当时的电影故事片显示了这样的情景：在火车徐徐离站时，知识青年从车窗中探出上身，脸红得像打蜡的大苹果，人人手持红宝书，整齐地喊着："毛主席万岁！"而实际情景是：在车上车下哭成一团。[3]

---

[1] 参见杨子：《食指：凄凉的悲壮》，《鸭绿江》（上半月版）2001 年第 9 期，第 74 页。

[2] 福柯对这三种形象做了进一步解释：畸形人"是宇宙的产物，又是反宇宙的产物"；需要改造的个人则出现于各种社会中介体系之中，如学校、车间、警察局等等；手淫的儿童则出现于家族。参见米歇尔·福柯著，钱翰译：《不正常的人》，上海：上海人民出版社 2003 年版，第 58—63 页。

[3] 戈小丽：《郭路生在杏花村》，《持灯的使者》（刘禾主编），桂林：广西师范大学出版社 2009 年版，第 150 页。

在这个背景下，当食指写下让许多知青落泪的"一阵疼痛"时，他离改造的目标已相去甚远了。他试图在政治的大众与诗性的个体之间完成的一种亲合，变成了一种无法调和的冲突。这种亲合的失败，实际上也意味着两种话语体系的彻底分裂。于是，发生在食指身上的"悲剧性的自我想象"[1] 出现了。最后，食指以"精神分裂"的方式对外宣告，他是一个需要改造却不可改造的人。对于这种历史性悲剧，米歇尔·福柯早有过深刻的观察，他说道：现代理性文明"围绕着这个需要改造的个人，勾画出了不可改造性和可改造性之间的游戏空间"，"人们将把这个不可改造的人放到改造装置中去"。[2]

对于食指来说，这个改造装置就是"精神病院"。这是食指的特殊的归宿，他曾在《归宿》一诗中称它是"精神死亡的峡谷"。尽管身在"精神病院"，但有亲密的人作证，食指从未失去"自我意识和羞耻感"。[3] 有一个事实表明，食指住院期间，正是他的诗歌写作处于最旺盛的阶段。于是，正如张清华推论，食指是一位隐藏很深的假性精神分裂症患者。[4]

左右互搏：当代文学的精神构造

在 60 年代至 70 年代的"集体大合唱"中，食指并不是"越轨诗学"的唯一先行者。在他那个时代，甚至有许多人比他做出了更惨烈的牺牲。然而食指的独特之处在于，他以一个假性精神分裂症患者的精神世界，向我们展示了现当代文学的一个重要主题。在这个主题的观照之下，"我

---

[1] 张清华：《先驱者归来》，《猜测上帝的诗学》，北京：北京大学出版社 2010 年版，第 103 页。

[2] 参见米歇尔·福柯著，钱翰译：《不正常的人》，上海：上海人民出版社 2003 年版，第 62 页。

[3] 参见张清华：《20 世纪 60 年代—70 年代的非主流诗歌思潮研究》，《中北大学学报》（社会科学版）2011 年第 5 期，第 9 页。

[4] 同 [3]。

们看到作为诗人的食指和作为常人的食指的互相否定"。[1]在金庸笔下，周伯通就是一位典型的假性精神病患者。他身怀一门"左右互搏"的奇异武功，正是此类患者最易成就的绝学。这门武功要求"一心二用"，非天性纯净者而不能为。食指就是当代中国诗人中精通"左右互搏"的"周伯通"。他天然地拥有"孩子的笔体"，却将"独语"与"代言"集于一身，从而创造了一种让人迷惑不已的"食指体"。

在相当长一段时间里，"食指体"无法得到有效的解释，权宜之计是将其放置到纵向的文学知识谱系之中，视其为从传统诗歌转向现代主义诗歌的过渡性写作。[2]这种解释固然有其合理与必要之处，但仅在线性维度上解释这个精神现象，显然简化了它自身所具有的空间关系的复杂性，也束缚了我们从发生学的角度去调整我们对文学史的重新想象与假设。

食指及其诗歌作品中具有的"左右互搏"的美学景观，与其说是一种"承前启后"的时间品质，毋宁说是两个话语层并置呈现的空间展示。一个话语层是面向自我的独语，另一个话语层则是面向大众的代言。在这个意义上，食指重现了五四新文学以来的一个精神分裂式原型，并赋予我们一个空间化的文学史想象。从这个原型出发，个体话语与公共话语围绕着 20 世纪这条时间轴线，在五四以来的新文学史中构成两种相互否定又并行存在的观念实体。这两种观念实体的对接与断裂、抵触与转化，正是现当代文学史乃至思想史需要给予澄清的"精神构造地质学"。

于是，我们发现了一条通往"精神分裂"的幽微小道，它从食指

[1] 参见汪洁：《分裂的诗魂——食指诗论（1965—1979）》，《晋阳学刊》2004 年第 4 期，第 95 页。

[2] 这里的传统诗歌，既非指古典传统，也非指五四以来的启蒙主义传统，而是指在五四时期便已发轫的"革命写作"传统。

这个原型出发，一直延伸至当代中国文学史乃至整个当代知识分子思想史的精神构造的深处。

第三节　意义再生产：有关"食指精神"的叙述

文学场："追溯当代诗潮的源头"

在对食指进行钩沉过程中，有关"食指精神"的意义再生产也同步开始了。在本书写作之前，文学场内已有论者意识到了这种再生产可能隐含的重塑文学史的意图，并对之进行了局部的反思。[1] 也就是说，在文学场内，对"食指精神"的意义再生产，首先是指向文学史维度的。

在 1998 年之前，对食指诗歌在当代文学精神谱系中的位置确认，主要由诗人来完成。这种叙述通常是以一种个人化的追忆，将诗人食指呈现为"文化大革命"时期的一个精神幸存者，虽未清晰暴露出重塑文学史的意图，但其间已隐含了反驳当代主流文学史既成之说的某种逻辑。

这里需要再提多多的《1970—1978 被埋葬的中国诗人》一文。这篇文章，叙述了包括食指在内的多位被权威话语"埋葬"的诗人，多少隐含着一种反抗遮蔽的努力。[2] 根据《开拓》杂志编辑老愚回忆，多多写作此文，缘于一批北京诗人在 1988 年 5 月 15 日夜的一次煮酒

---

[1] 参见程光炜：《一个被"发掘"的诗人——〈诗探索〉和〈沉沦的圣殿〉'再叙述'中的食指》，《文学史的兴起——程光炜自选集》，开封：河南大学出版社 2009 年版，第 230—240 页。

[2] 在 1978 年以后的中国诗坛中，多多与北岛的关系显得相当微妙。多多始终以独行者自居，一直未进入《今天》这个圈子。直到《今天》停刊，多多只在《今天》发过一首诗。因此，在 20 世纪 80 年代，多多一直处于"未名"状态。1988 年，《今天》同人在北京团结湖的纪念集会上把首届《今天》诗歌奖颁发给多多，大有一种"补遗"的况味。而多多在这一年撰文追忆那些"被埋葬"的诗人，也就有了一点自况的味道。

论诗。"由对当前诗界诸种怪现状的抨击，转而追溯当代诗潮的源头。芒克和多多两君你一句我一句地回忆起六十年代末到《今天》创刊前的北京地下诗歌群体的兴衰史。我感到这段史料和先驱者的血不能任其淹没，于是约多多写了这篇长文。"[1]

在客观效果上，多多开启了"食指精神"的意义再生产的第一道程序，即在文学史层面重新确认当代中国文学的精神源头。此后，众多诗人对食指所下的定语，诸如"并未被埋葬的诗人"（林莽）、"'文革'新诗歌运动第一人"（杨健）、"新诗潮诗歌第一人"（林莽）、"朦胧诗人的'一个小小的传统'"（李宪瑜）等等，都是在多多之后不断生发出来的。

食指重返文坛之后，"食指精神"的意义再生产被正式纳入了重塑中国当代诗歌史和文学史的程序。正如林莽在一次谈话中所言：1998 年《诗探索》开展的重要一件事就是让食指浮出水面，并进一步着手整理新诗史。[2] 在当年召开的《诗探索金库·食指卷》发行座谈会上，张清华教授就提出了重新确认"当代诗歌的精神源流的问题"。[3]

对"食指精神"的意义再生产，也确实冲击了原本已存在的当代诗歌史的叙述框架。细心的观察者发现，在洪子诚、刘登翰主编的《中国当代诗歌史》一书中，1993 年初版和 2005 年修订版对食指的文学史处理方式迥然有异。在前者，食指未受关注，而在后者，食指被列入专章讨论。程光炜在 2003 年出版的《中国当代诗歌史》一书中也

---

[1] 引老愚"编者按"。详见《开拓》杂志 1988 年第 3 期，第 166 页。

[2] 参见唐晓渡、林莽、食指对话：《当代诗歌先行者》，《在北大听讲座》（文池主编，第三辑），北京：新世界出版社 2001 年版，第 134 页。

[3] 参见张清华：《食指与林莽》，《经济观察报》2006 年 1 月 11 日。

为食指开辟了"食指的意义"之章节，并指出，食指"为朦胧诗在 70 年代末的兴起"定下了"几个基调"。[1]

在文学场内，对"食指精神"的意义再生产，几乎不约而同地指向了当代文学的性质，以及这种性质发生在历史深处的起点。对这个性质与起点的追述，恰恰也是我们理解中国文学在世纪之交发生格局变化的重要线索之一。

思想界：一个具有象征意义的"食指群"

倘若仅仅在文学场范围内考察"食指精神"的意义再生产，食指在 1998 年"浮出水面"似乎只能被理解为是一个偶然事件。事实上，这种意义再生产，并非仅限于文学界，还扩展到了思想界乃至整个知识界。它们在 1998 年这个时间节点上，构成了更广泛的意义勾连。

在《诗探索金库·食指卷》发行座谈会上，钱理群做了一个发言，题为《"跨越了精神死亡的峡谷"的自由歌唱》。"跨越了精神死亡的峡谷"这个说法，正是出自食指创作于 90 年代初的那首《归宿》。钱理群认为，在精神死亡的峡谷中跨越，构成了一个"断而复续、续而复断"的历史线索，有待文学史研究者去挖掘和清理，"而且总有一天，要作为不可或缺的有机部分进入中国的当代诗歌史、文学史的历史叙述"。[2]

钱理群对幸存者归来的意义的理解，并非只停留在"反抗强权"的历史维度，而是意味深长地将结论落在了当下现实。在钱理群看来，今天的诗人还面临着新的精神死亡的威胁。此中深意，钱理群并未展开过多阐述，仅以"物欲""私欲"做了简单概括。他指出，这是我

---

[1] 参见程光炜：《中国当代诗歌史》，北京：中国人民大学出版社 2003 年版，第 246 页。

[2] 参见钱理群：《"跨越了精神死亡的峡谷"的自由歌唱》，《诗探索》1998 年第 4 辑，第 4 页。

们"时刻面对的现实"，因此"无须多作论证"。[1]尽管省去了长篇大论，但钱理群试图强调的却很清晰：精神死亡的峡谷并未终结，而是作为一种变量，以新的面目出现。而食指从精神死亡的峡谷中归来，其意义就在于，他以幸存者的身份昭示了一种可以穿越峡谷之变量的常量。这个常量，就是食指在诗歌中反复歌唱的个体生命、自由意志和独立精神。

钱理群并不关注当代诗歌[2]，他之所以介入"食指精神"的意义再生产，一方面固然是文学场上的"人情关系"使然，但更多的，则可以看作这是钱理群的现实关怀的一部分。90年代后期，当整个知识界正在向"思想家淡出，学问家凸显"[3]转型，钱理群却从学术中抽身出来，复而转向对个体生命的凝视与追寻。他在1998年出版的《1948：天地玄黄》，以及以1998年北大百年校庆为契机对"北大精神"之流失的反思，无不显示了他对个体、自由与独立的精神探求和意义追问。[4]就在这个点上，食指与钱理群相遇了。钱理群对"食指精神"的意义再生产的介入，实则是在为自己的思想史研究寻找现实层面的精神资源。[5]

如果说钱理群与食指的精神相遇尚有一些偶然，那么关于"六八

---

[1]　参见钱理群：《"跨越了精神死亡的峡谷"的自由歌唱》，《诗探索》1998年第4辑，第4页。

[2]　在这次座谈会上，钱理群开门见山说道："我很少读当代新诗，得到食指的诗集之后，竟是爱不释手。"参见群理群：《"跨越了精神死亡的峡谷"的自由歌唱》，《诗探索》1998年第4辑，第1页。

[3]　这一说法出自李泽厚致《二十一世纪》杂志编辑部的信，在当时代表了一批知识分子的看法。参见李泽厚：《致〈二十一世纪〉杂志编辑部的信》，《二十一世纪》1994年6月号，第159页。

[4]　参见钱理群：《1948：天地玄黄》，济南：山东教育出版社1998年版；钱理群：《想起七十六年前的纪念》，《读书》1998年第5期，第3—9页。

[5]　钱理群于2002年从北京大学中文系退休之后，将主要精力转向了民间思想研究。而在退休之前，他已对思想史研究投入较大的热情。

年人"的一次世纪末亮相，则足以说明"食指精神"的意义再生产是现实气候使然。

思想史学者朱学勤在 1995 年最早提出了"六八年人"一说，以之概括在 1968 年红卫兵运动退潮之际，"较早发生对'文化革命'的怀疑，由此怀疑又开始启动思考"的民间思想群体。他称这群人是"思想型红卫兵"。[1] 朱学勤的文章在知识界引发了后续反应。1996 年，《中国青年研究》杂志策划了一个"追寻'六八年人'"专题，于当年第 2 期发表徐友渔《一群思想者的风貌和踪迹》、雷颐《难忘的 1968 年》、王东成《人生的"诺曼底"："民间思想村落"咏叹调》、印红标《坚冰下的潜流："文革"中的知识青年思潮》、张卫民《和"六八年人"对话》共五篇文章。

朱学勤的文章，以及刊发在《中国青年研究》的专题文章，是重要的前奏，为即将到来的 1998 年的"知青上山下乡三十年"纪念仪式做了必要的铺垫。此后，作为一个精神群像，"六八年人"在历史水位中渐渐显露了出来，诗人食指也在这个过程中被凸显出来了。

朱学勤在《思想史上的失踪者》一文中谈及"六八年人"时，阐述了一个具有精神象征意义的"食指群"：

> 正在消逝的 1968 年思想群落，后来据我了解，当年在北京有过更为自觉的思考。在内地其他省会级城市，也有过零零散散的村落。与此相应，1968 年的大陆，还出现过一些半地下的文学群落，如以食指为代表以北岛、芒克等人为主将的白洋淀村落。他们都是这一代精神生命的"根"，至少是"根"之一，比来自

---

[1]　参见朱学勤：《思想史上的失踪者》，《读书》1995 年第 10 期，第 55 页。该文收入朱学勤文集《思想史上的失踪者》（花城出版社 1999 年版），本书接下来引用该文时均以文集为出处。

西方的"符号根"更有泥土气息。文学群落比思想群落幸运，从白洋淀村落到朦胧诗，从朦胧诗到崛起的诗群，再到今日之先锋作家，这条线索始终未断，而且顽强发展，结成了正果。这些年来，一部分文学史家正在紧紧追踪这一线索，一些冠之以"'文革'时期地下文学"的出版物正在公开发行；大学课堂已经开始讲授有关这一现象的文学史篇章；不定哪一年，不定哪个文学博士会以此课题很严肃地拿到一个很滑稽的博士学位，那时食指和他的伙伴们肯定还活着，读到这一新闻，一定会觉得啼笑皆非。相形之下，1968 年民间思想界的"食指群"，则令人感慨。也许是"思想食指"比"文学食指"所需要的外界环境更为宽松？也许是"思想食指"必须先指向自己，对其内部精神生命的掏洗要求特别苛刻？总之，不知是哪个环节出了问题，或者是所有的环节都出了问题，一群"思想食指"刚刚拱出大地，一阵暴风雨袭来，很快就夭折了。他们没有结成正果，至今还处在失踪状态……[1]

从朱学勤的叙述中可知，食指在 90 年代中期已进入了少数思想史研究者的视野。而朱学勤之所以援引"食指精神"，是因为"'六八年人'的精神生命已经死亡"，他们"游刃有余地穿插于各种结构的间隙"，"内心世界有过一场灰质化裂变"，由是，他"含恨怀念我们的'食指群'"。[2] 当年的"思想型红卫兵"多数已经"失踪"，食指作为"六八年人"的精神火种，却穿越了精神死亡的峡谷在当下重现，因而也就具有了超越文学史的意义。因此，在有关"六八年人"的叙述中，"文学食指"与"思想食指"往往被并置书写。

[1] 参见朱学勤：《思想史上的失踪者》，广州：花城出版社 1999 年版，第 191—192 页。

[2] 同 [1]，第 190—192 页。

断裂的回响：对"食指精神"的双重期待

新千年以来，食指的精神肖像，以及来自他的诗歌中的那些有力的句子，不仅在文学界和思想界成了许多人共同想象的心灵隐喻，而且在公共媒体、学校和广场，亦成为一种共享符号。

作为一种社会性存在，诗人已从公共领域隐退，在新千年之初尚健在的诗人中，仅以纯粹诗人身份在公众传媒中获得如此之大影响力的，已不多见。回到食指个人身上，他亦缺乏与公众进行对话与互动的一些基本素质。作为"精神病患者"和"诗人"，他背负受损身份，因而被区隔在公众之外；作为一个离群索居的孤独者，他已习惯了"不修边幅""失魂落魄"[1] 的自处；作为一位深陷在现代诗节奏中的人，他已无法跳出"加速度"[2] 的惯性思维，也就失去了一种面向公众表达的平衡。

但细数之下，似乎又没有哪个诗人，比食指更适合作为一个具有特定意义的符号，在 90 年代末被推进知识分子的公共话语空间。他一度被历史深刻伤害过，却又顽强地穿越了精神死亡的峡谷，他在诗歌中表现出来的疯狂与理性、混沌与清醒、悲痛与乐观、神圣与平凡、孤独与呐喊、共处与撕裂，与他作为精神分裂者的个人际遇，构成了一幅让人叹息不止而又让人兴奋不已的精神图景，其中恰恰隐含着一种不常为人道却又被现代社会个体心领神会的微观政治学。这里所说

---

[1] 引食指诗句："别错认为我不修边幅，其实我早已失魂落魄。"参见食指：《我这样写歌》，《食指的诗》，北京：人民文学出版社 2000 年版，第 181 页。

[2] 崔卫平曾记述食指在与人交谈时的一种状态："他进入谈话的角色非常之快，几乎没有任何过渡，语调执着而又有些含混不清。"张杰在一篇文章中记述了他到北京第三福利院看望食指的感受："我被惊呆了，想不到他的思维切向诗歌的速度那样快那样令人猝不及防……"参见崔卫平：《郭路生》，《持灯的使者》（刘禾编），桂林：广西师范大学出版社 2009 年版，第 158 页；张杰：《去看诗人食指》，《诗歌月刊》2006 年第 1 期，第 18 页。

的微观政治学，借用了米歇尔·福柯的分析路径。抄着这条小路，米歇尔·福柯一度抵达"疯癫发展历程的起点"。这个起点就是造成理性与非理性相互疏离的断裂，即理性以真理自居，"强行使非理性不再成为疯癫、犯罪或疾病"。[1]

但米歇尔·福柯对现代理性文明的否定性态度太过悲观了，食指恰恰在这种悲观中留给人们一丝惊喜。在半疯与半醒之间，他呈现了富有激情的个体依然存活于现代文明铁幕中的奇迹。他身在"精神病院"，却坚持书写着内心独醒的诗句，传达着他"相信未来"的生命信念。正是这一点，成了一部分作家和知识分子对"食指精神"进行意义再生产的基础素材。在这个再生产过程中，一个复合了"一阵疼痛"和"相信未来"的分裂式原型，开始被删改和转化，而他曾经背负的污名，也在这个过程中被修饰和清理。

曾经在白洋淀插队的宋海泉，在一篇回忆文章中对食指评价道："他使诗歌开始了一个回归：一个以阶级性、党性为主体的诗歌，恢复了个体的人的尊严，恢复了诗的尊严。"[2]

宋海泉的评价一度被反复转述，出现在"食指精神"的意义再生产过程中。于是，人们试图在食指身上追寻的问题，似乎已慢慢呈现了出来：个体何为？当食指重新回到公共视野中，食指及其诗歌中勇于面对自己内心丰富性的个体精神，已然生成了当下人的某种期待。

但问题远不是那么简单。

就在 1998 年初，作为"让食指浮出水面"的后台支持者，谢冕教授发表了一篇《关于当前诗歌的随想》，重提诗歌的代言功能，并

---

[1]　参见［法］米歇尔·福柯著，刘北成、杨远婴译：《疯癫与文明》，北京：生活·读书·新知三联书店 2007 年版，第 1—2 页。

[2]　宋海泉：《白洋淀琐忆》，《诗探索》1994 年第 4 辑，第 122 页。

对 80 年代后半期以来"中国新诗迅速地走向个人化"表示了忧虑。他强调："诗人因成为时代的'代言者'而获得承认。"[1]

　　一个是面向个体独语的食指，一个是面向公众代言的食指，他们在历史深处的断裂，在 20 世纪的时间末梢中再一次回响。

---

[1]　参见谢冕：《丰富又贫乏的年代——关于当前诗歌的随想》，《文学评论》1998 年第 1 期，第 112 页。

第二章

"断裂调查"：行动者的归来

第一节　复数的行动："断裂调查"及其始末

问卷调查：南京作家群的行动

进入历史深处，我们发现，食指是独一无二的。作为诗人，他孤独地走过了三十年，成就了一部独属于个人的文学史。然而在1998年，当食指重返文坛，我们同样发现，他不再是孤独的。这一年，韩东说道，"和我们的写作实践有比照关系的是早期的'今天'、'他们'的民间立场、真实的王小波、不为人知的胡宽、于小韦、不幸的食指，以及天才的马原"。[1]

在韩东列出的这份名单里，食指不再是单数的历史主体，而是复数主体的其中一员。这些复数的主体，有着大致相同的命运轨迹：他们都一度沉没于历史水位之下，却又几乎无一例外地在90年代末浮出水面。比如"今天"和"他们"，是在80年代新诗运动中出现的两个重要文学社群，但在90年代的大部分时期，他们转入沉潜状态了，一直到90年代末，一种集体性怀旧情绪在华人文坛中悄悄流行，"今

---

[1]　参见韩东：《备忘：有关"断裂"行为的问题回答》，《北京文学》1998年第10期，第42页。

天"、"他们"才又一次成为文学场的话语焦点。其间有三本书的出版，起到至关重要的作用。它们分别是《〈他们〉十年诗歌选》（1998）、《沉沦的圣殿》（1999）和《持灯的使者》（2001）。[1] 与这些文学社群的归来相伴随的，则是一副副隐藏于历史深处的孤独面孔的浮现，他们就是韩东清点出来的那份名单，包括王小波、胡宽、于小韦、食指和马原等等。他们要么是在 90 年代末才被发现，要么是在 80 年代或 90 年代初隐退，又在 90 年代末重返中国文学场。[2]

　　当我们沉湎于这份从历史时光中过滤出来的名单时，不应忽略将这份名单带进 1998 年事件现场中的人，他就是韩东。在他开出这份名单，并以之作为自己的精神参照之时，他正与朱文等南京作家发起一场以"断裂"为主题的调查行动。

　　这次行动是以问卷调查形式展开的。从 5 月 20 日在南京寄出第一批问卷到 7 月 13 日共收回五十六份答卷，再到 10 月份在《北京文学》刊发朱文整理的《断裂：一份问卷与五十六份答卷》和韩东撰写的《备忘：有关"断裂"行为的问题回答》（下文简称《备忘》），并引发文

---

[1]　参见小海、杨克主编：《他们——〈他们〉十年诗歌选》，漓江出版社 1998 年版；廖亦武编：《沉沦的圣殿》，新疆青少年出版社 1999 年版；刘禾编：《持灯的使者》，香港牛津大学出版社 2001 年版。其中，《持灯的使者》收入的文章，与《沉沦的圣殿》多有重合之处。这些文章大部分写于 1997 至 1998 年间，且已在国内刊物上有组织地发表过。

[2]　王小波 1952 年生于北京，曾在云南、山东插队当知青，1980 年发表处女作《地久天长》，1982 年开始写作《黄金时代》，1997 年因心脏病突发而病逝，此后中国文坛掀起"王小波热"。胡宽 1952 年生于西安，1979 年开始诗歌创作，1995 年因哮喘病去世，1996 年经朋友集资，《胡宽诗集》出版。于小韦原名丁朝晖，1985 年开始写诗和小说，1989 年搁笔。马原是 80 年代著名的先锋小说家，其先锋实验作品都是在西藏期间写下的，1989 年回到辽宁之后停止写作。

坛的内部愤怒[1]，其核心时段大概为半年。但事实上，整个过程要持续更长时间。往前，在 1998 年 4 月 23 日召开的"新生代作家笔会"，韩东、朱文等南京作家已提出断裂命题；[2]往后，他们又发起"我仍这样说"[3]等后续行动，并先后出版"断裂丛书""年代诗丛"等系列作品。

从韩东的自述中可知，"断裂调查"的核心策划人是他自己和朱文。[4]二人之中，韩东早已功成名就，在 80 年代初以一首《有关大雁塔》博得诗名，在 80 年代中后期的"第三代"诗歌运动中更是声名日隆。朱文在年龄上要比韩东略晚，但也已在 90 年代中期声名鹊起，并以《我爱美元》等作品引发广泛争议。

在韩东和朱文的周围，有一个南京作家群[5]，构成了这次行动的核心成员，他们包括吴晨骏、鲁羊、楚尘、黄梵、魏微、朱朱等诗人和作家，也包括李小山等非文学领域的艺术家。在南京作家群外围，则是对这次调查做出明确回应的、来自全国各地的、60 年代以后出生的青年作

[1]　关于"断裂调查"在主流文坛中引发的"愤怒"，存在着各种说法。其中，时任《钟山》副主编的徐兆淮在一篇回忆文章中叙述的情景颇能反映当时的状况："一九九八年十月，《钟山》原定与《小说选刊》联合召开一次'新生代作家小说创作'的研讨会，却因会前韩东、朱文等发起'断裂'行动，朱文又在一次长篇小说研讨会上骂了全国评奖中获奖作品是'臭狗屎'云云，最终导致《小说选刊》在临会前愤怒撤出，而只能由《钟山》单独召开。"参见徐兆淮：《我的文学状态写实》，《芳草》2007 年第 5 期，第 200 页。

[2]　参见李冯整理：《录音带：文本与声音》，《作家》1998 年第 8 期，第 107—111 页。

[3]　"我仍这样说"是韩东、朱文等南京作家在"断裂调查"之后对后续行动的命名。1999 年 4 月上旬，针对"马桥诉讼案"，韩东、朱文、吴晨骏等作家组织了一次"我仍这样说"的谈话，以抗议世俗权力对文学的粗暴干涉。参见毛焰等：《我仍这样说：南京部分艺术家谈马桥诉讼案》，《中华读书报》1999 年 4 月 11 日。

[4]　参见韩东：《备忘：有关"断裂"行为的问题回答》，《北京文学》1998 年第 10 期，第 43 页。

[5]　在当代文学研究领域，不少学者都使用了"南京作家群"这个说法，但有广义和狭义之分。广义的南京作家群，是指以南京为地域界限的作家群体，泛指具有南京的生活背景或身世背景的作家；而狭义的南京作家群，通常有两种特指，其一是在 1957 年昙花一现的"探求者"文学社群，其二是在 1998 年发起"断裂调查"的南京作家。本书特指后者。

家。从参与名单来看，多数作家已成名或小有名气，他们发表作品"都很顺利"[1]。然而，也正是这些作家，在这次"断裂调查"中提出了"接受现有的文学秩序成为其中的一环，或是自断退路坚持不断革命和创新"[2]的问题。

张钧南下：来自北方的调查者

正当南京作家群向全国作家发起"断裂调查"的5月，另一个调查者从吉林长春出发了。他一路南下，在1998年5月15日至6月28日期间，沿途辗转到北京、郑州、武汉、桂林、南宁、昆明、南京、海安、上海等城市，行程上万里，走访了几十位小说家和批评家。

这个调查者叫张钧，是一位青年评论家，在东北师范大学任教。1997年，他获得一项国家社会科学基金课题：中国当代小说创作中的个人化写作。按计划，他要完成三部书稿：一部是关于新生代作家的对话录，一部是由他编选的新生代作家小说理论集，还有一部就是他自己写的研究专著。[3]

张钧自北向南的访谈行动，就是展开这个研究计划的第一个环节。

当他抵达南京时，已是6月17日。此时的南京，正支起盛夏的火盆，因为韩东家里没有空调，二人相约于19日下午在南京"半坡村"茶馆见面。这次谈话"开始得极其自然，可以说没有开始就进入了状态"。[4] 在这次会面中，韩东还为张钧带来一份问卷，并针对"断裂调

---

[1]　朱文整理：《断裂：一份问卷和五十六份答卷》，《北京文学》1998年第10期，第39页。

[2]　同［1］。

[3]　参见陈思和：《跋》，《小说的立场：新生代作家访谈录》（张钧著），桂林：广西师范大学出版社2002年版，第568页。

[4]　参见张钧：《新生代作家走访日记》（节选），《作家》1998年第12期，第107页。

查"事件与张钧交换了意见。

从张钧公开发表的日记可看出，他的访谈行动与南京作家群的调查行动，纯属巧合，并没有事先的约定或预谋。但在"半坡村"这个极富意味的场景中，他们南北汇合了，或者说殊途同归了。

从技术层面上看，问卷与访谈都是社会调查的基本操作方法，都是一种验证观念的行动。如果说由南京作家群发起的调查行动具有"异质性被同质性所吞没，无意识的品质占了上风"[1]的嫌疑，那么张钧从行动的另一极出发，使得1998年的"断裂调查"呈现出了更加宽阔的主体差异性和历史理性色彩。我们已无法将这些行动者归为"乌合之众"，而是从这些差异化的行动主体中看到了问题的焦点。

张钧最初的研究计划，只是从"新生代"这个概念出发，将他要研究的对象视为一个整体。这个整体与韩东、朱文等作家发起问卷调查的对象基本上是吻合的。[2]也就是说，无论是南方的调查者，还是北方的调查者，他们都有一个相近的共同体想象。但随着访谈工作的深入，张钧越发意识到自己面临着一个悖论：一方面，新生代作家被视为一个"整一的研究对象"，另一方面，这些作家呈现出"差异性、个人化、离散状态以及自由主义的文学景观"。[3]这一悖论对张钧来说，似乎构成了认知新生代作家的一个新起点。他在访谈韩东时说道，"我走的地方越多，访的人越多，感受就越强烈，每个人都是不一样的，

---

[1] [法] 古斯道夫·勒庞著，冯克利译：《乌合之众：大众心理研究》，北京：中央编译出版社2004年版，第16页。

[2] 《小说的立场：新生代作家访谈录》一书显示，张钧采访了28位的"新生代"作家，其中17位参与了韩东、朱文发起的"断裂调查"，包括朱文、韩东、鲁羊、吴晨骏、荆歌、罗望子、张旻、西飏、李大卫、李冯、徐坤、邱华栋、林白、刁斗、东西等。

[3] 参见汪政：《新生代，我们知道多少》（代序），《小说的立场：新生代作家访谈录》（张钧著），桂林：广西师范大学出版社2002年版，第9页。

写得好坏暂且不谈，他们的精神立场和价值取向都是有区别的"。[1]

通过访谈占据大量感性资料之后，张钧开始着手"个人化写作"的理论梳理，但意外的病魔很快夺去了张钧的生命，以至于这个庞大的研究计划也戛然而止。

从张钧已发表的部分论文来看，他的观点在很大程度上受到了韩东等作家的影响。[2] 然而，对"个人化写作"的文化气候的敏锐感知，早在 1997 年张钧构思整个研究计划的时候便已显露出来了。作为对这种文化气候的反应，张钧也采取了一种极具个人色彩的行动。除了 1998 年 5 月至 6 月的这次长途行走，他在此前后还访谈了一部分新生代作家。在短短一年多时间内，张钧一共整理出四十万字左右的访谈录。这个由行走和对话构成的行动，是另一个层次的"断裂调查"，同时也确证了发生在 1998 年的"断裂调查"，是以个体差异为前提的"复数的行动"。

行动目标："另一空间的写作"

在"断裂调查"行动中，韩东、朱文等作家明确提出了回到文学本身的价值诉求。韩东在《备忘》一文中说道，"在同一时间内存在着两种截然不同甚至不共戴天的写作"，"一种是有条件的写作，一种则是无条件的，不以向环境或秩序的屈服作为代价"。[3] 鉴于以上这两种写作的分野，韩东指出："断裂调查"不是炒作，也不是夺权，而是为了争取"另一空间的写作"，也就是无条件的写作。

既然"另一空间的写作"的对立面，是依附在现有文学秩序之上

---

[1]　张钧：《小说的立场：新生代作家访谈录》，桂林：广西师范大学出版社 2002 年版，第 22 页。

[2]　例如，他提出的"时间链条之外的另一空间的写作"，正是韩东在"断裂调查"中明确表态的一种观点。参见张钧：《时间链条之外的另一空间的写作》，《花城》1999 年第 5 期，第 197—202 页。

[3]　参见韩东：《备忘：有关"断裂"行为的问题回答》，《北京文学》1998 年第 10 期，第 42 页。

的，他们当务之急要反抗的对象，已不是那种被他们称为平庸至极的"有条件的写作"，而是某种既成的"文学秩序"。因此他们在调查中直言不讳："我的问题是针对性的，针对现有文学秩序的各个方面以及有关象征符号。"[1]

韩东、朱文等作家对当下主流文学趣味以及维护这种趣味的文学秩序的难以苟同，显然由来已久。一般来说，他们可以选择两种方式表达这种异议：第一种是过自己的文学生活，写自己的作品；第二种是发起对抗性的文学运动。

韩东、朱文等作家取径后一种，显然更富有微观政治学的意味，也是离文学本身最远的一种方式。作为一个案例，它能提供的分析价值，更多是社会学意义上的，而非文学意义上的。这也正是"断裂调查"在它发生之初被主流文坛反质疑的软肋之一。

一种最有力的反击则是来自这样一种观点：在发起"断裂调查"的作家中间，尚未有令人信服的文学作品公之于世。韩石山在一篇力挺"断裂调查"的文章中，就表述了文坛中普遍存在的"得拿出作品来"的质疑。[2]作为对这种观点的回应，韩东和楚尘主编出版了"断裂丛书"和"年代诗丛"，整体地呈现了参与"断裂调查"的主要作家的创作实绩。[3]

---

[1] 参见朱文整理：《断裂：一份问卷和五十六份答卷》，《北京文学》1998年第10期，第38页。

[2] 参见韩石山：《佯狂难免假成真》，《文学自由谈》1999年第5期，第45页。

[3] "断裂丛书"第一辑由韩东主编，海天出版社1999年出版，收入楚尘、吴晨骏、顾前、贺奕、金海曙、海力洪六位作家的小说作品；第二辑由楚尘主编，陕西师范大学出版社2000年出版，收入韩东、朱文、张旻、鲁羊四位作家的小说作品。"年代诗丛"第一辑、第二辑分别于2002年和2003年在河北教育出版社出版，均由韩东主编，共收入韩东、朱文、于小韦、鲁羊、何小竹、柏桦、翟永明、杨黎、丁当、小安、吉木狼格、杨键、普珉、蓝蓝、伊沙、侯马、杜马兰、吴晨骏、小海、刘立杆、宋小贤共21位诗人的诗集。

　　以"尚未有令人信服的作品"来否定这场文学运动，其杀伤效果正是来自"文学本身"，对于韩东等作家来说，这无疑是吃了以其人之道还治其人之身的亏。他们反对现有文学秩序，意在正本清源，回到文学本身中来。而他们遭到反驳，也恰恰是因为他们缺乏文学本身的说服力，也就是没有真正站得住脚的作品。然而，所谓"文章千古事，得失寸心知"，仅在短时段内去定论这些行动者的文学作品，也是成问题的。再退一步说，撇开文学本身不论，"断裂调查"是否具有自足的意义呢？

　　在文学场内部，以作品论英雄，通常被假想为一种最高准则。但回顾20世纪，中国文学史的一半由作家的作品构成，另一半则是由作家的行动构成的。这种行动的常规表现形式就是自主化的文学运动，贯穿在出版、结社、宣言等具体的文学实践中。

　　韩东相信，作品与行动是自洽地存在于作家观念之中的。按照韩东本人的说法就是："生命的形式或方式就是一切艺术（包括诗歌）的依据。"[1] 对此，朱文与韩东同气相求。他曾告诉韩东："真实的写作和你的生活混为一体。它们互相交织、互相感应，最后不分彼此。"[2] 诸如此论，在他们的写作实践中已经被贯彻得相当彻底，因此有论者频繁指出，他们的写作有"自传色彩"。[3]

　　因写作与写作之外的行动具有等值意义，"断裂调查"在韩东看来就是一种"优美、有趣和富于刺激性"[4] 的行为。为了说明"断裂

---

[1]　韩东：《〈他们〉略说》，《诗探索》1994年第1辑，第162页。

[2]　参见韩东：《朱文小说集〈弯腰吃草〉序》，《韩东散文》，北京：中国广播电视出版社1998年版，第203页。

[3]　参见王干：《游走的一代——序"新状态小说文库"》，《我爱美元》（朱文著），北京：作家出版社1995年版，第3页。

[4]　韩东：《备忘：有关"断裂"行为的问题回答》，《北京文学》1998年第10期，第41页。

调查"的正当性，他亦长篇大论写作与行动之间的关系。他说道："写作，并不局限于一部具体作品的完成，同时，所有的理想热忱还需要贯彻到更广大的行动之中。文学并不是机械的读写动作，它是一种存在和生活的方式。一个作家的自觉性即体现于这种沟通的努力，将他的写作与行动联系起来考虑，在他的行动中为其理想负责，在其理想中理解自己的行动。"[1]

马克斯·韦伯将人的行动（行为）视为社会学最基本的分析单位。他将行动划分为四种类型：第一，以理性目的为导向的行动；第二，以伦理的、美学的、宗教的纯粹信仰为导向的行动；第三，以情绪或感情为导向的行动；第四，以习俗为导向的行动。[2] 根据韦伯的分类，很难说"断裂调查"属于某一纯粹类型的行动。但至少就韩东、朱文等人公开的立场和姿态而言，"断裂调查"是一种以理性目的为导向的行动：试图与某种写作，以及维护这种写作的文学秩序发生决裂，谋求"另一空间的写作"。

当韦伯在谈论行动时，却不见人，这是古典社会学的普遍弊病。但在"断裂调查"事件中，我们不仅看到了行动，而且看到了发起行动的人。在这里，不应忘记立场和姿态的重要性，它突显了具体的行动主体的精神形状。[3]

社会学家阿兰·图海纳在 80 年代指出，我们目前所处的时刻，"是

---

[1] 韩东：《备忘：有关"断裂"行为的问题回答》，《北京文学》1998 年第 10 期，第 46 页。

[2] 参见马克斯·韦伯，林荣远译：《经济与社会》，北京：商务印书馆 1997 年版，第 56 页。该译本将韦伯的 Handeln 译作"行为"（behavier）。美国结构功能主义者帕森斯认为，将其译作"行动"（act）更符合韦伯的社会学思想。

[3] 洪子诚教授就比较重视对作家姿态的研究。他在 80 年代讲授当代文学史课程，深入探讨作家的生存方式与精神结构问题，后来整理出一部分讲稿出版。参见洪子诚：《作家姿态与自我意识》，北京：北京大学出版社 2010 年版。

一个召回主体、质疑所有社会组织形式和要求创造性自由的时刻"，这个时刻"不仅反思行动者的归来，也正为行动者的归来铺路"。[1] 他认为，由个人行动出发构成的社会运动，可以创造出新的社会形态。

借用阿兰·图海纳的说法，我们可以将"断裂调查"看作是"行动者的归来"，发起"断裂调查"以及对这一行动做出积极响应的作家、诗人和评论家，可暂且命名为"断裂行动者"。

第二节　谁在断裂：行动者及其身份问题

身份分析：一种外部视角

仅仅从立场和姿态去考察断裂行动者的个体化特征，难免会带上一种本质主义色彩极浓的想象。如果不能辅助另一种实证性考察，这种想象就会失之于武断，难免陷入抽象言说之中。

实际上，在断裂行动者内部，他们对各自差异性的自我认识，并非总是抽象的，而是自觉地意识到了某种历史前提。这可从一部分作家将自己称为"'文革'后一代作家"见出一斑。他们假定，正是这种"没有政治背景的政治背景"[2]，让他们的成长和启蒙从高度一体化的政治语境中解放出来。这种解放，首先是人的社会关系的重组，然后才有可能展开新的精神世界的重建。这种由外部关系到内在世界的精神分析逻辑，在韩东那里也是可以得到确证的。他认为当代文学的历史起点应该是在 1976 年，做此判断的一个重要依据，就是这一年"文化大革命"宣告结束，作家与外部世界的关系也发生了根本性改变。在此

---

[1]　参见［法］阿兰·图海纳著，舒诗伟等译：《行动者的归来》，北京：商务印书馆 2008 年版，第 210 页。

[2]　参见张钧：《新生代作家走访日记》（节选），《作家》1998 年第 12 期，第 100 页。

前，"由于缺乏基本的写作自由，文学作为独立的艺术是不可能的"。[1]

这样，若要深入辨证"行动者的归来"，应对断裂行动者进行一次关系主义的微观政治学考察。身份分析即是其中一种。

作为一个跨学科用语，"身份"一词主要包含了三层含义：第一层含义是认同，它指向一个横向的关系世界，对应的英文表达是 identification；第二层含义是地位，它指向一个纵向的关系世界，对应的英文表达是 status；第三层含义是角色，它指向一个复合了认同和地位的关系世界，对应的英文表达是 role。

无论是认同，还是地位，抑或是角色，身份的微观政治学含义都试图表明：社会个体处在一个纵横交错的关系世界之中，自我也是通过"身份"这个关系世界获得确认的。于是，有多少种关系世界，就有多少种身份类型。常见类型包括政治身份、法律身份、教育身份、职业身份、文化身份等等。[2]

在 20 世纪中国文学史视野中，作家的身份类属，通常有两种情况：当作家获得身份独立的时候，属于职业身份范畴，当然这里所说的职业，不仅仅指"谋生"，还包含了马克斯·韦伯意义上的"志业"[3]。

---

[1] 参见韩东：《自由、年代、诗丛——"年代诗丛"总序》（全稿），《诗生活》网站"诗通社"2002 年 5 月 8 日发布，网址：http://www.poemlife.com/newshow-582.htm。该文在编入"年代诗丛"时删去了关于"自由"这一部分的论述，题目也改为"两点说明"。

[2] 这是按人与人的一般关系来划分的身份类型。朱大可认为，身份不仅仅体现为人与人之间的关系，还是人与土地、人与组织以及人与自身的广泛的关系结构，因此他重点阐述了在中国社会身份秩序中三个重要系统：土地身份、国家身份和自我身份。参见朱大可：《流氓的盛宴》，北京：新星出版社 2006 年版，第 60—61 页。

[3] 马克斯·韦伯所说的"志业"，是指某种志向和专业精神。他在"以学术为业"和"以政治为业"的两次演讲中，阐明学术应从政治中脱离出来，科学家应以学术本身为志业。90 年代末一些中国作家提出回到"文学本身"，就是在阐发一种"志业"观念。参见［德］马克斯·韦伯著，冯克利译：《学术与政治》，北京：生活·读书·新知三联书店 1998 年版。

当作家丧失身份独立的时候，则转变成一种政治身份，如 1949 年之后一段时期内，作家属于"国家干部"身份系列。[1]

法国波尔多学派代表人物埃斯卡皮讨论作家作为一种职业，就是以欧洲作家在 19 世纪逐步获得独立身份为历史前提的。他敏锐地指出作家的独立身份与作家的其他职业身份之间的关系。例如，许多作家都通过第二职业实现自我资助，从而确保写作的独立性。[2] 这种情况在 1949 年以后的中国文坛一度消失了，直至 80 年代复又出现。这是当代中国作家从政治身份回到职业身份的转型过程。

断裂行动者就是在这个转型过程中成长起来的。他们的身份特征，大致可归纳为三个关键词：探求者、辞职者和自由撰稿人。

探求者：当代文学的又一个断裂原型

就在四十一年前，即 1957 年的夏天，同样是在火炉南京，发生了一起与 1998 年"断裂调查"遥相呼应的突发事件：同人刊物《探求者》的旋生即灭。这本刊物的酝酿，源于江苏省文联八位青年作家[3] 对现有文学秩序的不满。他们发布《探求者文学月刊社启事》，对当时的"教条主义""阶级斗争"以及"用行政方式办杂志"做出了直率批评，并在《探求者文学月刊社章程》中明确表示："本刊系一花独放、一家独鸣之刊物，不合本刊宗旨之作品概不发表。"[4]

---

[1] 参见洪子诚：《问题与方法：中国当代文学史研究讲稿》，北京：北京大学出版社 2010 年版，第 205 页。

[2] 这一论述集中于埃斯卡皮关于作家"自我资助"的探讨。参见 [法] 罗贝尔·埃斯卡皮著，于沛选编：《文学社会学——罗·埃斯卡皮文论选》，杭州：浙江人民出版社 1987 年版，第 31—35 页。

[3] 他们分别是方之、艾煊、陆文夫、叶至诚、曾华、高晓声、梅汝恺和陈椿年。

[4] 以上史料可参见《探求者文学月刊社启示》《探求者文学月刊社章程》，均刊载于《雨花》1957 年第 10 期，第 13—15 页。

1957 年的政治气候乍暖还寒，先是"大鸣大放"，而后是突如其来的"反右运动"。《探求者》同人显然是对当时政治气候的恶化缺乏预估。在刊物筹备之初的 6 月，他们在江苏省文联内刊《文化新闻》上刊登了筹备办刊的相关报道，但不到两个月时间，旋又陷入"反右运动"的政治风暴之中。尽管《探求者》创刊号尚未出炉，但"八人文学团体"俨然已成事实。在数个月批判检讨中，他们无可挽回地被定性为"反党反社会主义的政治团体"。[1]

《探求者》就像流星一样划过中国当代文学史的天空，此后便了无痕迹。但在世纪之交，这颗流星划落在历史深处的陨石却引发了一些文学史家的极大关注。[2]

究其原因，大致有两点：

第一，1979 年初《雨花》杂志发表社论《探求无罪，有错必纠》，为《探求者》同人平反，"探求者"重新回到文坛公共视野之中，其中陆文夫、高晓声等作家在 80 年代陆续写出了一批重要作品，产生较大影响。

第二，《探求者》同人在 1957 年是以现有文学秩序的反叛者面目出现的，他们试图在"集体大合唱"时代确立"独唱"的合法性，结果制造了一出典型的精神悲剧，其间所蕴含的当代文学史的精神逻辑，一直到世纪之交才被重新认识。

基于以上两个因素，在当代文学精神谱系的意义再生产过程中，

---

[1] 《探求者》虽未正式出版，但引来的政治批判却不断升级，康生、姚文元多次撰文，《新华日报》发表社论，对《探求者》同人进行挞伐。具体可参见社论：《〈探求者〉探求甚么？》，《新华日报》1957 年 10 月 9 日；陈椿年：《关于"探求者"、林希翎及其他——兼评梅汝恺的〈忆方之〉》，《书屋》2002 年第 11 期，第 52—60 页。

[2] 例如，台湾师范大学学者黄文倩就曾写过关于"探求者"的专著，并在大陆出版。详见黄文倩：《在巨流中摆渡："探求者"的文学道路与创作困境》，武汉：武汉出版社 2011 年版。

《探求者》脱去了书名号，而被代之以引号。作为当代文学精神原型之一的"探求者"形象，开始清晰起来了，这与食指在世纪末重返中国文学场恰好形成了共鸣节奏。

断裂行动者的出现，就是假以"探求者"的身份和姿态。他们不仅重启了反叛现有文学秩序的程序，而且在精神立场上，亦承袭了前辈"探求者"的一些主张。这里面有一些巧合，似乎值得我们去细细估量。第一种巧合是时空意义上的，即1998年的"断裂调查"与1957年的《探求者》事件，其策源地都是在南京；第二种巧合是主体意义上的，即两次事件的行动者都是以南京作家群为核心。

这其间还有一个富有意味的巧合：《探求者》的核心成员之一方之[1]，正是韩东的父亲。由于不堪承受《探求者》事件带来的政治压力，方之主动申请下放农村。1969年，方之夫妇带领一家人来到苏北洪泽县黄集公社涧南一队，接受"贫下中农再教育"。这一年，韩东正好八岁。韩东的第一部长篇小说《扎根》以"文化大革命"为背景，讲述知识分子老陶带领一家人下乡"扎根"的故事，正是两代"探求者"被放逐的精神自传。[2]

在"断裂调查"之前，韩东似乎很少公开提及自己的父亲，一直到《扎根》出版之后，有关方之与韩东的父子关系，才偶有见诸报刊。但韩东的《山民》和《爸爸在天上看我》这两首诗，已较清晰地表达了韩东观念中的父子关系。

《山民》写于1982年，叙述了一对山民父子的对话情景：父亲告

---

[1]　方之，原名韩建国，1930年出生，在《探求者》同人名单中排在第一位。1979年逝世。公开出版的作品有：《组长与女婿》(1954)、《在泉边》(1956)、《浪头与石头》(1957)、《出山》(1963)、《看瓜人》(1964)、《内奸》(1979)、《方之作品选》(1981)。

[2]　参见韩东：《扎根》，北京：人民文学出版社2003年版。

诉儿子，山外还是山，这让儿子感到疲倦和渺茫。但儿子并没有绝望，
他想：

> 应该带着老婆一起上路
> 老婆会给他生个儿子
> 到他死的时候
> 儿子就长大了

这一想，他又生出了遗憾：

> 他的祖先没有像他一样想过
> 不然，见到大海的该是他了[1]

在这首诗中，父子作为两代"探求者"的精神纽带关系是通过生
物意义上的繁衍来实现的，因此难免带有科学推理色彩。而在1997年
写作的《爸爸在天上看我》这首诗中，韩东已将父子关系带入具体的
历史语境之中：

> 我因为爱不能回避，爸爸，就像你
> 为了爱我从死亡的沉默中苏醒，并借助于通灵的老方
> 我因为爱被杀身死，变成了一具行尸走肉[2]

当韩东写下这首诗的时候，离《探求者》事件正好四十年，距

---

[1] 韩东：《山民》，《青春》1982年第8期，第44页。

[2] 韩东：《爸爸在天上看我》，石家庄：河北教育出版社2002年版，第253页。

1998 年"断裂调查"则不足一年。此时的韩东，内心已洞明，父亲意味着什么。父亲就是一个"在天上看我"的见证者，他见证"我从死亡的沉默中苏醒"。在这里，"苏醒"似乎有了具体含义：重新祭起"探求者"的大旗，反叛现有的文学秩序。

回顾韩东已走过的文学生命历程，不难发现，他一直是以挑战现有文学秩序的"探求者"面目出现的。80 年代初，他写下了成名诗作《有关大雁塔》，公然与著名朦胧诗人杨炼的《大雁塔》唱了一出反调，从此开始了他的"反叛之路"。经过"第三代"诗歌运动之后，韩东在当代中国诗坛已占有一席之地，但"探求者"显然不安于现状，"断裂调查"不过是一次新的开始。

细数之下，韩东并不是特例，他不过是"探求者"灵魂附体的一个活的原型。这个原型在当代文学史中具有一般而又特殊的意义。他是现有文学秩序的反叛者，但并不意味着只是一个纯粹的破坏者，也不意味着这种反叛只产生绝对的负功能。

行文至此，我们应该避免落入一种刻板印象，似乎两代"探求者"之间的精神联系，只发生在方之、韩东父子之间。倘若如此，从 1957 年的《探求者》事件到 1998 年的"断裂调查"，其间的历史关联也就显得牵强附会了。事实并非如此。"探求者"在两代南京作家群之间构成了广泛的精神传递关系。以朱文为例，他在不同场合述及方之对他的影响，并称"确实获得了不少教益"。[1]

辞职者：离开单位的"文学个体户"

1998 年对于著名诗人翟永明而言，同样是一个新的起点。若干年

---

[1]　参见朱文：《关于沟通的三个片断》，《作家》1997 年第 7 期，第 12 页。

后她自述道，从 1998 年起，她的写作发生了很大变化。[1]

这种变化，却是与她的生活方式的改变紧密相连的。这一年，她在成都玉林西街开设了一家名为"白夜"的酒吧，从此在物质和心灵的双重意义上完成了对辞职者的自我安置。这个辞职者，就是翟永明。从 1986 年离开单位开始，翟永明成了一个丧失固定身份的人。"辞职者"是她的临时身份，正如"农民工"在新千年之初的中国城市中面临身份未明状态一样。韩东是引翟永明为同道的，在某种意义上，"辞职者"是他们身份认同的标志，而在身份认同的背后，又有着精神历程的相似性。[2]

在这里，首先要理解的，是辞职者在特定时代的真切含义。

"辞职"是市场社会的一个日常用语。它通常与招聘、跳槽等高频词汇相伴随，用来表示职场人力资源的变动状态。此外，在现代社会中，辞职一词也动态地传达出了社会个体与科层组织之间的契约关系：只有在契约的有效范畴之内，个体与组织才构成相互约束的关系，一旦越出契约范畴，这种关系也随之解除。这个动态关系表明，在契约社会，个体与组织之间是一种平等关系，双方具有对等主动权。就一般意义而言，辞职者也就是与组织解除了契约关系的人。

回到当代文学史，辞职者这一身份特征隐含着更加特殊而丰富的含义。若要一言以蔽之，当代文学史上的辞职者，就是指那些失去了单位的作家。

在 1949 年之后的当代中国社会，单位是一个具有特定微观政治

---

[1] 参见翟永明：《自序》，《终于使我周转不灵》，石家庄：河北教育出版社 2002 年版，第 7—8 页。

[2] 韩东引翟永明为同道，从写给翟永明的一首诗中可见一斑："一个深居简出的人 / 和一个浪迹四方的人 / 相熟相知。"参见韩东：《给翟永明》，《爸爸在天上看我》，石家庄：河北教育出版社 2002 年版，第 279 页。

学含义的专门词汇。它用来指称国家体制与人们的日常生活相结合的
具体形式，是国家政治渗入社会日常生活的有形媒介与整合工具。[1]

　　自从有了这个特定意义的单位的存在，人们对体制的感受就不
再抽象了。它看得见、摸得着，生活在单位之内的人能够切身感受到
体制给他们带来的实际利益和好处，同时也时刻承受着体制带给他
们的生命挤压。1949 年之后，通过单位这种有形建制，国家完成了
对社会资源和社会个体的空前整合，所有生活在单位之内的社会成
员被划分为四种身份类型：干部、工人、群众和农民。拥有这四种身
份的人均生活在单位之内，包括农民，通过人民公社，都过上了有
单位的集体生活。而游离在单位之外的社会成员，则是一些成分可疑
的游民。

　　从 50 年代至 70 年代，作家在身份上属于干部系列，自然也就属
于单位内的人。也唯有在单位之内，作家的身份才是合法的。同时，
为了确立这种身份的等级性，国家还设立专门的"文艺单位"，推行
"专业作家"制度，通过有形建制将"专业作家"与"业余作者"区
隔开来。[2] 无论如何，在相当长一段时期，单位是辨认作家身份的一
个基本条件。从另一个角度上看，单位掌控了作家生存的所有资源，

---

[1]　有关中国单位制的论述，还可参阅意大利学者 Luigi Tomba: *Paradox of Labour Reform: Chinese Labour Theory and Practice from Socialism to Market.* London: Routledge Curzon, 2002。Luigi Tomba 将"单位"定义为社会主义组织基础的生产机构，这是基于对劳工制度史的考察而得出的结论。本文则从微观政治学角度将"单位"理解为整合国家政治与生活政治的"关系体制"，并侧重考察这一体制之下的社会心态。

[2]　洪子诚认为，在 50 年代至 70 年代，作协是认定作家身份的垄断性行业机构，"专业作家"就是通过作协组织而实现的一种国家编制身份。这种说法或许还不够全面。实际上，在军队系统内部，也有专业作家制度，而且有不少重要作家身在其中。

包括发表、出版与交流。因此，在特定历史阶段，无单位则无作家。[1]

单位体制一统文坛的状况，一直到 80 年代中期才有了一些改变。带来这种改变的人，就是那些辞职者。

离开单位，意味着这些作家成为自主经营、自负盈亏的"文学个体户"[2]。很难考证谁是第一个吃螃蟹的人，但是浏览一下 80 年代以来的著名诗人的名单，翟永明是一个醒目的先行者。作为一个深谙自由滋味的诗人，她尖锐地意识到了她的生命形态与单位体制的不可调和。[3] 当她决定辞去西南物理研究所的工作时，在旁人看来，她近乎疯狂了。[4] 从单位内到单位外，意味着在整个生活形态上，她从秩序的正面走向了背面。从 1984 年写作《女人》组诗以宣告女性主体意识的苏醒，到 1986 年离开单位，翟永明先知先觉地成了现有秩序的反叛者。在这个意义上，翟永明比韩东等断裂行动者先行了一大步。

一直到 90 年代初，辞职者才成为一个群体事实。断裂行动者正是构成这个群体的核心部分。我们可通过两份名单来看这些辞职者。第一份名单是韩东在"断裂调查"中清点出来的精神同道：王小波、胡宽、于小韦、食指和马原。在这五个人中，食指和胡宽原本就是无业者，而其他三人都是 90 年代初的辞职者。第二份名单是对"断裂调查"做出积极呼应的南京作家群（也包括艺术家），他们是韩东、

---

[1] 以上关于作家与单位的关系论述，其事实依据参考了洪子诚关于"作家的身份和'存在方式'"的研究。详见洪子诚：《问题与方法：中国当代文学史研究讲稿》，北京：北京大学出版社 2010 年版，第 204—209 页。

[2] 在 80 年代初期，"个体户"还是一个贬义词，基本上是对社会闲散人员的一种轻度蔑称。随着中国改革开放政策的推进，个体户逐渐获得正当的法律身份，其全称为个体工商户，在民法中解释为"从事工商业经营的自然人或家庭"。从一般的社会语义学来理解，个体户就是指那些处在国家工商行政监管范畴之内的自由职业者。

[3] 参见翟永明：《我被迫经受各种考验》，《东方早报》2008 年 8 月 1 日。

[4] 参见万静：《翟永明："少就是多"》，《南方周末》2007 年 3 月 1 日。

朱文、吴晨骏、刘立杆、赵刚、王大进、楚尘、陈卫、黄梵、朱朱、魏微、朱辉、荆歌、顾前、李小山等等，其中多数在 90 年代初离开了体制内单位，成为特定时期和特定意义的辞职者。

考虑到作家与单位体制的特殊关系，发生在当代中国文坛的辞职行为，应被当作一种重要的精神现象来看待。辞职者也就是失去了单位的人，他们首先面临的，是作家身份的重新确认，以及作家在整个社会秩序中的关系重组[1]，而后这一系列身份动荡又转化为他们的精神立场和文学实践。诗人朵渔，一位将韩东引为精神同道的辞职者，反复诉说离开单位之于他的精神意义。他如此说道："从此，我成了一个没有单位的人。我将此视作自己写作生涯的真正开始。"[2]

不必过于依赖朵渔的片面之词。即便是悬置这些价值判断，我们依然可以看到辞职者这一身份的特殊含义，以及这种特殊含义对"断裂调查"行动的有效解释：首先，在单位体制一统文坛的背景下，辞职者是主动离开单位的，其行为本身已经隐含了行动者的主体意识的觉醒；其次，由于社会身份未明，辞职者陷入了空前焦虑状态，也正是这种焦虑，激发了"行动者的归来"；最后，从辞职者到断裂行动者，他们都扮演了反叛现有秩序的角色，从而廓清了隐含于行动之中的价值理性。

自由撰稿人：自由的时代性冲突

还是从翟永明说起。1997 年，翟永明出版随笔集《纸上建筑》。不同于她以往的纯粹诗歌写作，这本书是"诗歌之外的东西"，是一种具有世俗功能的文字，可以进入市场流通，与更多读者建立关系。

---

[1]　这与个体户在改革开放初期面临的身份问题颇为相似。

[2]　朵渔：《柔刚诗歌奖受奖词》，《诗歌与人》（柔刚诗歌奖专号）总第 14 期，第 113 页。

此外，它还能为翟永明赢得一笔稿酬。以上这些实际好处，往往都是纯粹的诗歌写作无法获得的。于是，因为这本书的出版，翟永明意识到，她获得了一个相对清晰的身份，并重建了辞职者与社会的相对稳定的联系。这个身份，在她的个人简历中被称为"自由撰稿人"。[1]

通过翟永明这个"身份事件"，可大致辨析出自由撰稿人的两重身份特征：其一，它被认为是一种非纯文学写作的职业范畴，至少从事纯文学写作的作家有意将自由撰稿人的写作与纯文学写作区隔开来，但这种写作却能让作家获得纯文学写作无法轻易实现的经济报酬。其二，它为辞职者找到了某种看似可以被公众理解和接受的身份安置，至少暂时缓解了辞职者离开单位之后的身份危机，在一定程度上调和了作家与外部世界的紧张关系，包括重新进入依然被单位体制垄断的出版流通环节，以及与读者重新建立密切关系等等。

如前所述，断裂行动者主要是由辞职者构成的。他们在 90 年代初大规模离开单位，成了广义的自由职业者。一部分辞职者完全放弃了写作，成为一个纯粹的商人，诗人于小韦就是这样一个典型的例子。[2] 多数辞职者并不想放弃与文字打交道的生活，他们确保自己获得一定经济收入的最理想的生存方式，就是做一个自由撰稿人。在这个意义上看自由撰稿人与文学作家的双重身份关系，似乎就很接近埃斯卡皮所说的自我资助了，即通过自由撰稿获得的经济报酬来资助自己的文学写作。

在多数欧美国家，自由撰稿人是一个与现代媒体发展相伴随的常态职业，有着悠久而持续的历史。他们的身份是通过写作者与媒体的

[1] 参见万静：《翟永明："少就是多"》，《南方周末》2007 年 3 月 1 日。

[2] 于小韦：1961 年出生，1985 年开始写诗和小说，1989 年之后停止写作，90 年代初辞职移居深圳从商。

契约关系来确定的，即指那些"自由的新闻采集人"，他们"没有受雇于媒体组织"，"以独立的方式，冒着危险和不惜代价为某个或多个媒体组织提供文章、报道、图片、影像或调查报道以获取经济上的回报"。[1]

在1949年之前，自由撰稿人在中国就是一种常态职业，其间不乏有一些著名的文学作家，如郁达夫、巴金等等。1949年之后，由于干部体制对作家的绝对收编，自由撰稿人已不复存在。一直到80年代，才始有复兴。它的历史性重现，是在单位制社会进入变革时代应运而生的。离开单位的作家，成了第一批训练有术的自由撰稿人。考虑到这种特殊的历史变迁，中国的自由撰稿人被国外研究者附加了一个微妙的身份属性：不依赖于某个单位。[2] 但是，由于长期的历史性失血，自由撰稿人的回归缺乏足够的人力资源储备，以至于到了90年代初，社会上还没有自由撰稿人这个说法。[3]

专职服务于各类媒体和出版机构的自由撰稿人，到90年代中后期才形成规模。在商业话语高歌猛进的时代，他们中不乏"被市场的绳索牵着团团转的利欲熏心的写手"。[4] 正是在这种变动的身份参照中，辞职者意识到了"情形比预料的还要复杂"，因为"脱离体制后我们将面临一个商业化的环境"。[5] 与此同时，单位体制通过对市场的

---

[1] 参见［英］艾玛·卢帕诺著，侯晓艳译：《革新与控制：中国自由撰稿人考察》，《新闻与传播评论》2009年刊，第13页。

[2] 同［1］。

[3] 自由撰稿人作为一种职业身份进入公共领域和文学场的讨论，也是在1998年前后。其中最值得关注的是，1999年纯文学期刊《山花》杂志首设《自由撰稿人》栏目，该刊主编何锐预言："21世纪文坛将有一个大的变化：自由撰稿人将取代专业作家。"

[4] 参见北村：《自由和纯粹的写作》，《山花》1999年第2期，第9页。

[5] 参见韩东：《不是"自由撰稿人"，而是"自由"》，《山花》2000年第3期，第12页。

遥控，掌握了越来越集中的社会资源，致使许多已离开单位体制的知识分子"个体户"被迫返回单位。[1]

显然，辞职者看到了自由撰稿人的职业功能与他们的文学理想之间的距离。对此，韩东是有敏锐感知的。一方面他深信不疑，"如果一个好的作家，脱离体制他将写得更好"，另一方面，他意识到"自由撰稿人"屈服于商业权威，"他们的写作是迎合性的"，甚至基于后一个理由，有些人"竟怀念起体制的好处"。[2]

韩东对辞职者及自由撰稿人的时代处境是极为不满意的，他甚至看到了这种让人无法满意的处境所引发的时代倒退。这种时代性冲突，在敏感如韩东这样的作家的精神深处，已转化为一种内心的冲突。作为一个辞职者，他已无路可退，恰如朵渔所言，那是"一道无形的深渊"[3]。而作为一个自由撰稿人，他无法摆脱商业的宰制。后者对于韩东来说，更是一种无法起身离去的内心煎熬。事实上，韩东并不认可自由撰稿人这个身份，而仅仅是认同自由的可贵。在他看来，唯一有效的身份就是能够与真理对话的诗人、小说家。但他无法摆脱自由撰稿人这一部分的日常生活：在商业化媒体中开设专栏或当策划人，与各种出版商打交道，甚至不得不以诗人或小说家的名义，为商业活动搭台唱戏。[4] 这种事与愿违的现实注定要加剧韩东内心的冲突。但韩

---

[1] 参见叶飙、杨宝璐报道:《来是正好，去是正好：邓正来与他的江湖》,《南方周末》2013 年 2 月 21 日。

[2] 参见韩东:《不是"自由撰稿人"，而是"自由"》,《山花》2000 年第 3 期，第 12 页。

[3] 朵渔:《华语传媒文学大奖 2009 年度诗人获奖演说》,《南方都市报》2010 年 4 月 8 日。

[4] 特别是进入新千年之后，日益货币化的生存环境迫使辞职者不得不与商业话语展开密切对话，以寻求"自我资助"。一个典型的例子就是，韩东、朱文曾应邀为"深圳·香港城市 / 建筑双城双年展"创作"建筑小说"，并在 2009 年参展。参见李健亚报道:《深圳·香港城市 / 建筑双年展将开幕》,《新京报》2009 年 12 月 3 日。

东并没有像食指一样，将内心的冲突转化为一种悲壮的境界[1]，而是找到了将其转化为外部冲突的通道。作为一个"探求者"，他更多是迷恋于"自由的魅力"，并以之作为"我们行动的依据"。[2]

从探求者到辞职者，再到自由撰稿人，前文通过身份分析这条路径考察了"断裂调查"的成因与动力。但本书并没有把分析对象局限于韩东、朱文等最核心的断裂行动者身上，而是援引了王小波、翟永明、朵渔等参照主体。这是因为：一方面，这些参照主体与"断裂调查"有着千丝万缕的精神联系，他们要么互为精神同道，要么对"断裂调查"做出了行动上的呼应；另一方面，"行动者的归来"并非是突发现象，唯有在时间维度上辨认这些行动者的历史面目，以及行动主体的非单一性，我们才有可能将"断裂调查"事件推进到一个更为幽远的时代背景中去。

第三节　问卷与答卷："空间断裂"及其可能

再生产与自生产：两种文学秩序观的冲突

由十三个问题及其回答构成的问卷与答卷，既是行动的内容，也是行动的形式。重返"断裂调查"现场，就必须重新回到这些问卷和答卷中去，也就是回到朱文整理的《断裂：一份问卷与五十六份答卷》，以及由韩东撰写的《备忘》。

由于断裂行动者以一种鲜明的倾向性引发了另一种倾向性的情绪回应，在1998年及以后相当长一段时间里，都没有人对这两份最重要

---

[1]　食指曾在一次访谈中说道："身世很惨，内心却很悲壮。我追求这样的境界。"参见杨子：《食指：凄凉的悲壮》，《鸭绿江》（上半月版）2001年第9期，第70页。

[2]　参见韩东：《不是"自由撰稿人"，而是"自由"》，《山花》2000年第3期，第12页。

的现场文献做出深入的文本分析。或许这种局面已由断裂行动者的行动策略注定了。正如朱文在"工作手记"中自问自答道："一个艺术家，一个作家发言时为什么要像一个学者、一个评论家？这里面有着被忽略的屈辱。"[1] 因此，以情绪应对情绪，也就成了必然。唯有悬置这些情绪，才能从这些问卷和答卷中清理出一种结构，一种实践理性。

从问卷到答卷，我们可以看到两种陈述。一种是"关系陈述"，即通过十二个问题[2] 勾勒出现有文学秩序的各个方面以及有关象征符号；一种是"态度陈述"，即通过五十六份答卷的否定性回答来呈现断裂行动者对现存文学秩序的整体态度。事实上，正如朱文预料的，答案早已知晓。而他之所以还要付之行动，不过"是为了明确某种分野"[3]，以及表明每个人的态度和立场。

所谓某种分野，正是包含了断裂行动者对两种文学秩序的理解。第一种就是他们试图与之断裂的现有文学秩序，通过十二个问题的"关系陈述"，呈现出当代文学的"权威秩序"，经由"教化秩序"这个中间转化环节，最终产生"新权威秩序"（参见本书第 68 页"现有文学秩序"关系图）。这个流程体现了社会文化再生产的一般特征。也就是说，现有文学秩序就是社会文化再生产在文学场域的表现形式。在断裂行动者中，有一位作家叫李大卫，一度在答卷中道出了现有文学秩序的再生产特征。他评价 90 年代文化界推出陈寅恪、顾准、海子、王小波等新偶像，称其是"文化资本的扩大再生产过程"。[4]

---

[1] 朱文整理：《断裂：一份问卷和五十六份答卷》，《北京文学》1998 年第 10 期，第 40 页。

[2] 朱文设计的问卷共有十三个问题，但最后一个问题属于"娱乐题"，与调查主题无关，因此有效问题应为十二个。

[3] 朱文整理：《断裂：一份问卷和五十六份答卷》，《北京文学》1998 年第 10 期，第 40 页。

[4] 同 [3]，第 27 页。

"现有文学秩序"关系图

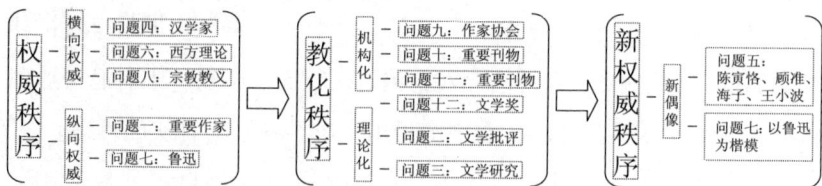

权威秩序
- 横向权威
  - 问题四：汉学家
  - 问题六：西方理论
  - 问题八：宗教教义
- 纵向权威
  - 问题一：重要作家
  - 问题七：鲁迅

⟹

教化秩序
- 机构化
  - 问题九：作家协会
  - 问题十：重要刊物
  - 问题十一：重要刊物
  - 问题十二：文学奖
- 理论化
  - 问题二：文学批评
  - 问题三：文学研究

⟹

新权威秩序
- 新偶像
  - 问题五：陈寅恪、顾准、海子、王小波
  - 问题七：以鲁迅为楷模

注1

十二个问题依次如下：

问题一：　你认为中国当代作家中有谁对你产生过或者正在产生着不可忽略的影响？那些活跃于 50 年代、60 年代、70 年代、80 年代文坛的作家中，是否有谁给予你的写作以一种根本的指引？

问题二：　你认为中国当代文学批评对你的写作有无重大意义？当代文学评论家是否有权利或足够的才智对你的写作进行指导？

问题三：　大专院校里的现当代文学研究对你产生过影响吗？你认为相对于真正的写作现状，这样的研究是否成立？

问题四：　你是否重视汉学家对自己的作品的评价，他们的观点重要吗？

问题五：　你觉得陈寅恪、顾准、海子、王小波等人是我们应该崇拜的新偶像吗？他们的书对你的写作有无影响？

问题六：　你读过海德格尔、罗兰·巴特、福柯、法兰克福学派等的书吗？你认为这些思想权威或理论权威对你的写作有无影响？他们对进行中的中国文学是必要的吗？

问题七：　你是否以鲁迅作为自己的写作楷模？你认为作为思想权威的鲁迅对当代中国文学有无指导意义？

问题八：　你是否把基督教、伊斯兰教、佛教等宗教教义作为最高原则对你的写作进行规范？

问题九：　你认为中国作家协会这样的组织和机构对你的写作有切实的帮助吗？你对它做何评价？

问题十：　你对《读书》和《收获》杂志所代表的趣味和标榜的立场如何评价？

问题十一：对于《小说月刊》《小说选刊》等文学期刊，你认为它们能够真实地体现中国目前文学的状况和进程吗？

问题十二：对于茅盾文学奖、鲁迅文学奖，你是否承认它们的权威性？

注2

对这张关系图的逻辑结构的理解，也参照了韩东关于文学秩序的定义："我们这里所谓的文学秩序不仅指以作家协会为代表的官方文坛的方方面面，更重要的它指一切强有力的垄断和左右人们文学追求和欣赏趣味的权威系统，它提供原则、标准、规则、方式，弥漫着一种威严、盛大、高级和唯一的气氛。"参见韩东：《备忘：有关"断裂"行为的问题回答》，《北京文学》1998年第10期，第42页。

布尔迪厄与帕塞隆分析了两种社会文化再生产模型：第一种是社会和文化不平等的一般结构的再生产，通过世代延续来实现；第二种是自我再生产，通过正规学校教育来实现。这两种模式看似不同，却相互强化，从而确保不平等社会结构的延续性。[1]

在布尔迪厄关注的另一个经验领域，即被他称为"文学小宇宙"的文学场，也存在着再生产与自我再生产的联合模型。前者是文学场内不同的资本和权力类型交织起来的不平等关系的历史延续，而后者是以经典为标榜的美学趣味的自我再造。[2]这两种模型的联合，构成了完整的再生产的文学秩序。

"作家们反复地研读所有大师的传奇经历，对于文学史上的各种文学思潮、文学流派了然于心，然后开始设计自己的写作，建立坐标，想加到整个系统中去。"[3]身处文学场中的芸芸众生，即便不能反思这种秩序，至少也是不陌生的。但具体到每个作家身上，他们对这种秩序的态度却是不一样的。

韩东明确表态，他不愿意附和于这种再生产的文学秩序。他用"酒

---

[1] 布尔迪厄的合作者让·克洛德·帕塞隆，在总结《再生产》一书的中心思想时说道："学校首先在思想意识方面对阶级差别再生产作出最明确的贡献，其具体内容是：以学校作为发给社会'文凭'的机关，根据其平均主义意识，利用它表面上不偏不倚的选择标准，通过它的教育活动无形之中再生产着机会不均等；人们以为这种机会不均无非是各自的阶级出身的标志，而社会等级制度中的等级差别便由此再生产出来，并且打上了合理合法的印记。"参见［法］让·克洛德·帕塞隆著，邓一琳、邓若华译：《社会文化再生产的理论》，《国际社会科学杂志》（中文版）1987年第4期，第127—138页。

[2] 在布尔迪厄的理论描述中，"不平等关系"是指"作家在文学场中的位置"，"美学趣味"是指"作家在作品中的态度"。参见［法］皮埃尔·布尔迪厄著，谭立德译：《实践理性：关于行为理论》，北京：生活·读书·新知三联书店2007年版，第48—53页。

[3] 参见韩东与张钧的对话：《时间流程之外的空间概念》，《小说的立场：新生代作家访谈录》（张钧著），桂林：广西师范大学出版社2002年版，第25页。

席理论"来揭示其庸俗本质："一桌酒席已经摆好了，那里有很多座位是空着的，你只要走过去，向在座的人敬酒致意，大家就可以让你留下来一同吃喝，搞得其乐融融——这就是文学秩序，大家正虚席以待。"[1]

韩东道出了一个以"文学酒席"形式表现出来的权力空间，而真正让韩东无法接受的，则是隐藏在这个权力空间中的时间流程："大家的道路都是一样的，先是开始写作，奋斗，想进入秩序，然后被接纳，然后大家一起抬着混，维持，维持不住的时候就完蛋。然后新的一代再起来再来一遍。这个过程，就是一个时间的流程，这个过程被赋予的概念仅仅是时间的概念，大家津津乐道的就是在时间中的位置以及占有时间的长短。"[2] 韩东试图否定这个时间流程，因此他提出了"在同一时间里划分不同的空间"的诉求。[3] 这也就是韩东、朱文等断裂行动者反复申明的存在于"另一空间"的"另一种写作"。

"另一空间"和"另一种写作"是否意味着另外一种文学秩序呢？韩东似乎早早就为这个问题准备好了答案。他在《备忘》一文中说道，"要建立和重申的不是秩序，而是原则和目的"，是"真实、创造、自由和艺术在文学实践中的绝对地位"。[4]

然而，正如无政府主义者念念不忘政府一样，反对现有文学秩序的断裂行动者，心中也不可能没有秩序。对两种空间的不同写作的强调，实际上已暴露了断裂行动者心中的"另一种秩序"。韩东没有也不可能对其做出正面描述，但在断裂行动者对现有文学秩序的否定性回

---

[1]　参见韩东与张钧的对话：《时间流程之外的空间概念》，《小说的立场：新生代作家访谈录》（张钧著），桂林：广西师范大学出版社 2002 年版，第 25 页。

[2]　同 [1]，第 22 页。

[3]　参见韩东：《备忘：有关"断裂"行为的问题回答》，《北京文学》1998 年第 10 期，第 42 页。

[4]　同 [3]，第 45 页。

答中，我们依然可以捕捉到"另一种秩序"的些许特征。例如张旻说道："文学是自生的。"李大卫说道："文学有其内在的一套律令。"郜元宝则表达了对文艺理论权威的看法："丧失了若干表达自我的能力。"[1]

也就是说，"另一种秩序"已隐含在断裂行动者对现有文学秩序的否定性态度中。这个秩序拒绝再生产的权威系统，而崇尚一种自生产的文学理想。这种理想类似于普鲁斯特反驳圣伯夫时曾经阐明过的那种艺术观念："在艺术领域，并不存在什么创始者、前驱之类。因为一切皆在个人之中，任何个人都是以个人为基点去进行艺术或文学求索的；前人的作品并不像在科学领域那样构成为既定的真理由后续者加以利用。在今天，一位天才作家必须一切从头开始，全面创建。他并不一定比荷马更为先进。"[2]

于是，两种文学秩序观发生了对峙：一种是再生产的文学秩序，一种是自生产的文学秩序。

布尔迪厄对社会文化再生产的理论预设，意在说明"关系空间"对人的凌驾性支配；而布尔迪厄的竞争者阿兰·图海纳，针锋相对地提出了"社会的自生产"，则意在呼吁主体的觉醒。[3] 这是两种社会学思想，更是两种具有普泛意义的当代文化观念。倘若将断裂行动者的身份与他们的立场联系起来，可以看到，他们以自生产的文学秩序断裂于再生产的文学秩序，其间自然包含了"文学个体户"对独立性和创造性的强烈诉求。

---

[1] 参见朱文整理：《断裂：一份问卷和五十六份答卷》，《北京文学》1998 年第 10 期，第 19—38 页。

[2] ［法］马赛尔·普鲁斯特著，王道乾译：《驳圣伯夫》，南昌：百花洲文艺出版社 1992 年版，第 62—63 页。

[3] 参见 ［法］Pierre Bourdieu, Jean Claude Passeron: *Reproduction in Education, Society and Culture*, London: SAGE Publications Ltd., 1990;［法］Alain Touraine : *The Self-Production of Society*, Chicago: University of Chicago Press, 1977。

　　然而，再联系韩东的观念世界，情况或许还要更复杂一些。

　　韩东试图在"另一种秩序"中注入的文学理想，更多是为了捍卫文学这个独立王国的自主性，可以看作他对"诗到语言为止"这一诗学命题的坚持。80年代中期，韩东脱口而出这句话，是针对"朦胧诗"的"崇高写作"和"抵抗性写作"而言的，他主张诗人的写作应该回到纯粹的语言层面，也就是回到"诗歌本身"。

　　当韩东固执地强调"诗歌本身"时，他已不知不觉间将文学主体从历史和现实的具体背景中抽离出来，从而陷入一种抽象的空洞言说之中。[1] 而在另外一种情境中，韩东则强调外部行动的重要性，并身体力行回到具体的历史与现实之中，为争取"文学个体户"的生存权而斗争。

　　韩东的复杂性就在于此，"断裂调查"的复杂性也在于此。

归来与失败："另一空间"的可能与不可能

　　1998年，中国文学场风平浪静，"断裂调查"是唯一可能产生爆炸效应的文学事件。张钧一路南下，见证了这一事件引发的广泛争议。他在日记中写道："关于这份问卷，一路上我听到许多议论，各种说法都有，其中最典型的说法是韩东等人在搞新生代的整风运动。"[2]

　　这里不应忽略"整风运动"这个说法。

　　作为当代政治实践的一个专有名词，"整风运动"具有丰富的政治学含义：统一思想、批评与自我批评、清除敌对分子等等。仅从韩东个人在这次行动中所起的作用来看，以"整风运动"来定性"断裂调查"，

---

[1]　一种观点认为，韩东的"诗到语言为止"这句名言，在80年代至90年代中国诗坛广被复述，出现了"教条式理解和机械式的操作"。参见小海：《诗到语言为止吗？》，《诗探索》1998年第1辑，第79页。

[2]　张钧：《新生代作家走访日记》（节选），《作家》1998年第12期，第107页。

也算有些贴切。因为无论是在日常文学生活中，还是在这次"断裂调查"行动中，韩东都是以"文学革命者"面目出现的。对于这一隐性身份的自我界定，他在《备忘》一文中也有了较直接的表露。而在外人看来，韩东更是一位具有克里玛斯[1]气质的"文学领袖"。因此，由他发起的"断裂调查"行动，被想象成一次"整风运动"，也就可以理解了。

然而，"断裂调查"却不是以"统一思想"为价值诉求的。韩东、朱文公然宣称的，恰恰是一种差异化和自主化的个体立场，参与"断裂调查"的众多回应者，亦处于一种观念的离散状态。因此，无论是在组织上，还是在观念上，都不可能为统一思想式的整风运动提供足够的支持系统。

或许我们需要重新理解的是行动，以及行动在当代文学史中的特殊含义。

美国结构功能主义者帕森斯指出，一项行动在逻辑上包含：（1）当事人；（2）目的；（3）环境，包括条件和手段；（4）指导性准则。[2]帕氏关于行动的定义似乎提醒了我们，任何一种文学主张，都可能降解为一种文学行动。

回顾20世纪中国文学史，五四新文学就是从一场文学行动发端的。它甚至孕育了自身的传统，一个以某种特定的文学主张为目的的行动传统。但是这种传统并非处于稳定状态，在1949年之后的一个中时段内，它一度消失了，直到80年代才又爆发出来。1989年之后，

---

[1] 马克斯·韦伯将权威划分为三种类型：传统型、魅力型和法理型。传统型权威依据权力世袭，魅力型权威依据个人魅力，法理型权威则依据科层体制。韦伯在论述魅力型权威时引入了一个巫术文化的概念——克里玛斯，指某种超自然的人格特质，用在政治学上则是特指"一种神奇的近乎天赋的领袖魅力"。

[2] 参见塔尔科特·帕森斯著，张明德等译：《社会行动的结构》，南京：译林出版社2008年版，第44—47页。

民间自发的文学行动又一次转为消沉状态。正是在这个此起彼伏的历史进程中，我们将 1998 年的"断裂调查"视为"行动者的归来"。

但是，断裂行动者意图谋取的"另一空间"，具有多大的可能性？

布尔迪厄指出，文学场是一个由位置和态度交织起来的客观关系空间，也是一个变动不居的、充满了可能性的空间。这种可能性，是通过动态的"文学斗争"来实现的。这些斗争旨在维持或改变文学场的客观关系，从而将文学场带进一个变化的过程中。[1] 但布尔迪厄阐述的这个空间可能性，却是以文学场内部结构的完整性和延续性为前提的。也就是说，布尔迪厄的文学场，只涉及一桌"文学酒席"之内的空间关系的动态调整。

断裂行动者的态度表明，他们不愿意进入主流文坛已布置好的虚席以待的游戏空间，而是要与之一刀两断。这种试图将文学场的内部结构撕裂的"文学斗争"，在 1949 年以后是不被允许的，因此几乎没有先例。即便是在 80 年代初期的新诗潮运动中，朦胧诗虽然"鲜明体现一种对于秩序的批判精神"，但是这种批判依然保留了被理解、被同情甚至被接纳的愿望，因此"它只能选择绿色，而且只能采取不作宣告的悄悄进行的方式"。[2]

陈思和曾说道，"断裂调查"对于主流文学秩序的否定和破坏，为 90 年代中国文坛出现新的断裂提供了某种可能性，"可惜他们的声音还是太微弱，都被主流的声音压了下去"。[3] 陈思和做此表述之时，

---

[1] 参见［法］皮埃尔·布尔迪厄著，谭立德译：《实践理性：关于行为理论》，北京：生活·读书·新知三联书店 2007 年版，第 51 页

[2] 参见谢冕：《文学的绿色革命》，贵阳：贵州人民出版社 1988 年版，第 185 页。

[3] 参见陈思和：《期望于下一个十年——再谈对新世纪十年文学的理解》，《杭州师范大学学报》（社会科学版）2011 年第 2 期，第 14—15 页。

距离 1998 年"断裂调查"已十年有余了。通过回顾，陈思和重新发现了某种可能性以及这种可能性的最终破灭。这个判断对于我们重新认识 1998 年的"断裂调查"，是富有启发意义的。

断裂行动者自以为他们正在脱离旧的文学秩序，殊不知他们依然身在这个秩序之中。他们的无秩序主义，不仅在立场上将自己推向了秩序的反面，而且注定了他们要陷入孤立无援之境。1998 年之后，断裂行动者虽然偶有后续行动，但他们曾经对外宣称将把"断裂"进行到底的计划很快就不了了之。其中，最令人惋惜的，则是朱文等作家淡出文坛。对此，陈思和的解释是，一部分断裂行动者"因为受到主流批评的排斥而退出文学领域"。[1] 这个说法或许过于绝对，却也不无一定道理。

按照陈思和的理解，"断裂调查"带给文坛的某种可能性之所以消失了，是因为中国文坛自 90 年代以来开始进入了一种超稳定状态。他援引生理上的"中年状态"来说明这一现象："虽然成熟了，但身体的各种能量也开始逐渐衰退，常态的、稳健的、随波逐流的日常化现象逐渐取代了激进的、蜕变的青年先锋运动。"[2] 陈思和所谓"主流批评的排斥"，实际上就是文坛超稳定状态的一种系统性反应。

在这个背景下，"断裂调查"注定只能是一次未完成的行动。但在这次行动中爆发出来的、来自"文学个体户"的价值诉求，却充满了震撼效果。它留下了一个断裂缺口，许多年以后，有人探访到了这个缺口，并引发了一次更为广泛的诗学考察。

---

[1] 参见陈思和：《当代文学的粗鄙化与文学世代的断裂》，《南方都市报》2009 年 3 月 26 日。

[2] 陈思和：《期望于下一个十年——再谈对新世纪十年文学的理解》，《杭州师范大学学报》（社会科学版）2011 年第 2 期，第 14 页。

第三章

自我的断裂：朱文笔下的漫游者

第一节　垃圾与爱：漫游者及其自我的结构

"什么是垃圾，什么是爱"

文本是隐藏在事件背后的观念物证。在对"断裂调查"进行事件层面的考察之后，我们需要进一步勘察断裂行动者的文本。其中最具代表性的，当属朱文的小说。

1998 年，朱文出版了第一部长篇小说《什么是垃圾，什么是爱》。这也是朱文在淡出文坛之前，硕果仅存的一部长篇。[1] 新千年以来，朱文离文学场渐行渐远了，但其小说却在文学场内外知音日增。坊间时有阅读者在朱文的小说中发现了惊喜，并在一些读者群体中分享心得。

在官方学术视野中，朱文的小说也成为一个无法被绕过的文学事实。其中，《什么是垃圾，什么是爱》这部长篇便是许多研究者频繁

---

[1] 上海人民出版社在 2007 年还出版了朱文小说《弟弟的演奏》的单行本，在版权页上显示"长篇"。但在此前的各种小说选本中，《弟弟的演奏》被归到中篇小说。本书将避开关于篇幅的无谓争议，重点分析《什么是垃圾，什么是爱》这部具有特殊文本价值的长篇小说，同时也会援引朱文在 90 年代中前期创作的《我爱美元》《弟弟的演奏》《食指》等其他作品。

举证的作品。[1] 小说主人公小丁，是在朱文的中短篇小说中反复出现的人物代码。朱文曾说过，有朝一日小丁的故事将一起出现在一本小说集里。[2] 但读者并没有等到这么一本小说集，而是等到了一部以小丁为主角的长篇。《什么是垃圾，什么是爱》可看作"小丁系列"的"集大成之作"，也算是如朱文所愿了。

理解《什么是垃圾，什么是爱》，从破题开始。垃圾与爱，是两个互不着边际的世界，将其并置叙述，表达了一种无所适从的生存状态，正如小说中的小丁一样，多年来总是生活在一种"不得要领的关系之中"[3]。书名中的两个"什么"，更是加强了一种疑问重重的迷惘意识。我们可以说，朱文的所有小说，几乎都是为了表达这种迷惘意识而写作的。无论是小说中的人物，还是作者本人，在垃圾与爱的两个世界之间徘徊，是其基本的存在形态。

垃圾是一种丧失了使用价值的遗弃物，是一个被排出生物或社会有机体的废墟世界。但不管是哪一种遗弃物，垃圾都是一种社会性表达。只有在人的观念世界中，垃圾与非垃圾才被严格区分开来，并人为区隔出断裂性的社会空间。

在不同层面的生命运动中，垃圾呈现为三种形态的排泄物：第一种是人的生理排泄物，包括尿、便、汗、泪等等，其对应的社会性空间包括卫生间和下水道；第二种是社会的身份排泄物，即游离在稳定

---

[1]　根据"读秀"学术搜索网站的数据，以 2015 年 4 月 27 日为截止日期，朱文的《什么是垃圾，什么是爱》先后出了三个版本，馆藏数量和被引次数显示如下：1998 年版被 159 家图书馆收藏，被引 155 次；2004 年版被 422 家图书馆收藏，被引 82 次；2009 年版被 132 家图书馆收藏，被引 21 次。另外，短篇小说集《我爱美元》(1995 年版) 共被引用 775 次。以上数据大体显示了学术论著（不包括期刊论文）对朱文小说的引用情况。

[2]　参见林舟对朱文的访谈：《在期待之中期待——朱文访谈录》，《花城》1996 年第 4 期，第 108 页。

[3]　朱文：《什么是垃圾，什么是爱》，南京：江苏文艺出版社 1998 年版，第 19 页。

的、主流的、可控的社会关系之外的边缘人，如无家可归者（包括因性出轨而被驱逐出家的人）、乞丐、罪犯等等，他们往往频繁出没于酒吧、街头、监狱等社会性空间。在特定历史时段，社会的身份排泄物还表现为一种特殊形态，即指那些被排出体制单位而丧失固定身份的人，因此，应该单列出第三种"垃圾"：离开单位的无业游民。

尽管无业游民是一种古已有之的社会存在，但在国家专制主义急剧扩张的年代，他们往往不再是一般的社会性存在，而是一种被视为危险因素的特殊的政治性存在。他们被排除在体制之外，又缺乏一种可容纳他们的合法性社会空间，因而往往被推向体制的反面，成为一种可随时爆发的政治危害。《水浒传》中的林冲，便是这样一位无业游民。他起初是体制内的人，但在高太尉的逼迫下离开了"单位"，成为游走梁山并时时准备着挖大宋帝国墙角的无业者。

在 1949 年之后的当代中国社会，无业游民一度出现了严峻的身份危机，往往被视为游离在国家生活之外的安全隐患。[1]90 年代以来，国家单位大量排放出无业游民，并试图通过市场手段赋予他们合法身份，但历史遗留下来的身份危机并没有消除，而是转化为这一群体的无边焦虑。

朱文笔下的小丁，也是一位无业游民。他以自由写作为业，但由于没有体制内单位的依托，在别人看来就是无业之人。在《什么是垃圾，什么是爱》这部小说中，小丁的女朋友第一次出场就与小丁吵了一架，最后她劝说小丁去找一份工作，否则他们都将成为神经病。[2]

小丁没有单位，无所事事又焦躁不安，是一个问题重重的漫游者，但朱文并不打算直接去叙述小丁的身份问题（这是一个社会学问题），

[1] 参见王俊祥、王洪春著：《中国流民史·现代卷》，合肥：安徽人民出版社 2001 年版，第 236—245 页。

[2] 参见朱文：《什么是垃圾，什么是爱》，南京：江苏文艺出版社 1998 年版，第 17 页。

而是将其置换为三种垃圾交织出现的精神书写。

在小说开篇第一节，朱文以漫长的篇幅叙述了小丁在一个环境恶劣的洗手间蹲坑的场景。这种垃圾化书写无疑让许多有洁癖的读者大跌眼镜，但排便所产生的障碍在朱文的小说中无疑是一个贴切的隐喻。它一开始就将漫游者小丁置于不适状态之中，而小丁也不得不去克服这种不适状态，与它纠缠，直至最后陷入越来越狂躁的精神境地。

在接下来的叙述中，我们可以看到朱文对生理排泄的反复书写。卫生间成了朱文反复切入的一个生活空间，读者总能听到抽水马桶的哗哗声不时地响起。当小丁与女朋友小初在小说中出现第一回合的吵架时，小丁躲在卫生间，与在房间的小初隔门对话。朱文特意描写了这样一个细节：烦躁不安的小丁反复从坐便器上站起来，又坐下去。[1]在这里，生理排泄上的不畅与两人沟通上的障碍，具有了对等的叙述意义。

在另一个情节中，小丁结束了一次不着边际又压抑难当的电话之后，躲进了卫生间，"穿着裤子在抽水马桶上坐下来，长长地吐了一口气"。[2]在这里，马桶作为人的生理排泄的外延设备，似乎具有了更细微的社会含义。它是小丁从某种人际关系中逃离出来的避难场所。

在朱文对另一种生理排泄的描写中，垃圾更是在生理、社会、政治三重意义上难分难解地交织在一起。这种生命运动状态就是排汗。曾有无名读者指出，朱文的小说，从上到下充满了汗味。[3]这一阅读感受是细腻而贴切的。朱文在许多小说中都写到汗，而且有两种处于不同心理状态下的汗。一种是急汗，当漫游者内心焦灼地行走在酷热

---

[1]　参见朱文：《什么是垃圾，什么是爱》，南京：江苏文艺出版社1998年版，第14—17页。

[2]　同［1］，第96页。

[3]　这一评述来自"豆瓣"网站，网址：https://www.douban.com/group/topic/1589230/。

难当的南京街头时，急汗便淋漓不止；另一种是虚汗，当漫游者处于静止状态而感受到内心的不安时，如小丁在房间内坐着与父亲对话，虚汗便出现了。

朱文孜孜不倦地描写着各种排泄式的生命状态，即便不是一种有意安排，也恰到好处地体现了他对某种断裂意识的敏感。巴塔耶在为萨德的"排泄力量的冲击性爆发"做辩护时，曾阐述过排泄的断裂意义：它呈现为一种异质性的结果，并可能沿着一种更大异质性的方向运动。[1]

在此意义上，朱文与萨德、巴塔耶这样的作家走得很近了。

《什么是垃圾，什么是爱》共分四部，其中前三部，朱文着笔于对垃圾的叙述。到了第四部，作者将叙述的重点转向了爱：无聊极致的漫游者小丁，试图回到一种有中心的生命状态。他通过爱德基金会，走进了一个富有的家庭，为他们的残疾小孩提供家教服务。但这个残疾小孩是个白痴，且有两条阴茎交缠在一起。当小丁发现了这个骇人的真相，他落荒而逃。显然，小丁并没有从一种边缘的生命状态回归到一种有中心的生命状态，但作者毕竟以相当大的篇幅安排了小丁寻找爱的过程。

前面说过，垃圾是一个丧失使用价值的世界。但爱，却是一个充满了情感价值的世界。小丁对爱的寻找，表明他对被遗弃的边缘生命状态是不满足的。他的焦灼、气喘与心虚，都是这种不满足的心理症候。但小丁并不想回到那种被使用价值支配着的单位社会中去，因此，爱成了小丁弥补不满足心理的代偿价值。本质上，它是一种情感价值。事实上，在前面三部分中，小丁对爱的寻找已经若隐若现。对父亲，

---

[1]　参见［法］乔治·巴塔耶著，胡继华译：《萨德的使用价值》，《色情、耗费与普遍经济》，长春：吉林人民出版社2003年版，第7页。

对女友小初，对其他难以琢磨的女性，对那些与他一样处于漫游状态的朋友，小丁都努力表现出对爱的寻找的耐心，只不过最后都以失败告终罢了。

一边是垃圾，一边是爱；一边是排泄，一边是寻找。这就是漫游者小丁的生命状态和精神世界，也是朱文借小丁这个人物，对游离于社会中心的自我世界的严肃思考。

自我的结构与"白夜意识"

自我由"自"和"我"两个代词组成，是一个省略了介词的并列词组，在古代汉语中，其基本语义为"自己对自己"或"自己肯定自己"。自我表达了"我"和"我"之间的关系认知和行动愿望，因此是一个动词化的代词词组。西晋文学家陆机曾说："夫我之自我，智士犹婴其累，物之相物，昆虫皆有此情。"这里的自我，唐代吕延济将其注释为"自说己是"。[1] 由是观之，自我是一种指向个体内心世界的话语运动，它试图让"我"与"我"达成一种自足与自洽的状态。苏轼赞赏"渊明形神自我"[2]，其意就是羡慕陶渊明的形神之自足与自洽。

当代汉语就是调用了它自身的古老的意义系统，来承接现代西学中的自我（ego）概念。

在西方现代科学中，不同论者对自我的定义不尽相同。

实用主义哲学家威廉·詹姆斯将自我区分为"经验自我"（me）和"纯粹自我"（I），前者由外部世界的经验构成，是过去时的"我"，后者由从个体感觉出发的当下思想构成，是现在时的"我"。如果"现

---

[1]　参见［晋］陆机著，刘运好校注整理：《陆士衡文集校注》，南京：凤凰出版社 2007 年版，第79、81 页。

[2]　引苏东坡诗：《戏书乐天身心问答后》。

在的自我与他想起的那些过去的自我相同"，称为"个人同一性"。[1]

符号互动学家米德，将自我解释为一种社会互动过程的产物，它是一个由"主我"（I）和"客我"（me）共同构成的整体。客我是内化到个体中的共同体规范，而主我则是个体对外界环境的能动性和创造性反应。[2]

精神分析学家弗洛伊德将人格构成的要件区分为本我、自我和超我。本我是人的生物性本能，超我是人的社会性规范，而自我则是本我与超我的中介，它时而管理本我，时而服从超我，总是在二者之间寻找"权宜之计"。

从威廉·詹姆斯与米德的两个"我"，到弗洛伊德的"中介我"，它们都是从不同的知识体系出发，试图对"自我"这个社会单元进行构件的拆卸与分类。虽然我们在不同论者那里看到了不同的"零部件"，但自我还是那个自我。正如一天可以划分为昼与夜，也可以分解为昼、夜、晨、昏，但一天终究还是一天。无论是自我，还是一天，它们都是独立的，其内部结构的理想状态是自足与自洽的。这也就是威廉·詹姆斯所说的"个人同一性"，与汉语传统思想中的自我并无二致。不过，自我的自足与自洽，或者说"个人的同一性"，或许只是一种理想类型的虚构，在现实中却很难企求。苏轼对陶渊明的"形神自我"羡慕不已，表明他与心向往之的自我是有距离的。随着现代文明的推进，自我的自足与自洽的状态也加速瓦解而变得疑问重重，正如一天作为一个完整、自足的时间单位，在当代日常生活中已被打破和颠覆。

---

[1] 参见［美］威廉·詹姆斯著，郭宾译：《心理学原理》，北京：中国社会科学出版社2009年版，第292页。

[2] 参见［美］乔治·米德著，赵月瑟译：《心灵、自我与社会》，上海：上海译文出版社2005年版，第136—139页。

这里将自我与一天相提并论，并非唐突，实则是因为他们具有同构关系。简单地说，我们也可以将天人合一的自我区分为"白天"与"黑夜"两部分，前者是一个面向外部世界的我，后者则是一个走向内心世界的我，它们交互出现，生生不息，直至这种自足性与自洽性被打破。

陀思妥耶夫斯基有一部小说取名《白夜》，叙述了一个以幻想度日的青年和一个已订终身的姑娘进行了四个夜晚的心灵交流。从色彩上看，夜本是黑的，但两颗躁动的心灵将夜照亮，因此陀氏笔下的夜又是白的。原本由昼与夜、白与黑构成的自足的一天，已被颠覆了。

受陀氏启发，诗人翟永明在成都经营了一家酒吧，也取名"白夜"。[1] 在翟氏这里，白夜具有了指向自我的鲜明意义。这充分体现在她的两件作品中：酒吧与诗歌。酒吧是现代文明中最常见的一种"夜店"，是一种可以让自我封闭（即黑暗）的心灵重新裸露于外的"不夜城"。在这个"不夜城"中，酒精、灯光和音响构成其基本设施。它们以动感的节奏，暂时唤醒了现代人日益沉睡的麻木心灵，让白与黑走向分裂的心灵重新回到对话状态。酒吧是一种"人造天堂"，它调和了"我"与"我"的尖锐冲突和痛苦撕裂，让已丧失自足与自洽的自我回到虚幻的不朽状态，正如波德莱尔在酒、印度大麻和鸦片中发现的"虚假的理想所必然包含的不朽性"[2]一样。这就是现代自我人格的"白夜意识"，人们进入自己的如深渊般黑暗的内心深处，试图将其照亮，让下坠的心灵重返人间。

在翟永明的诗歌中，自我的"白夜意识"直指内心世界。她的成名作《女人》组诗，堪称这方面的典范。在序文中，翟永明写道："我更热衷于扩张我心灵中那些最朴素、最细微的感觉，亦即我认为的'女

---

[1]　参见万静：《翟永明："少就是多"》，《南方周末》2007 年 3 月 1 日。

[2]　［法］夏尔·波德莱尔著，郭宏安译：《人造天堂》，北京：生活·读书·新知三联书店 2009 年版，第 31 页。

性意识'，某些偏执使我过分关注内心，黑夜作为一种莫测高深的神
秘，将我与赤裸的白昼隔离开，以显示它的感官的发动力和思维的秩
序感。黑夜的意识使我对自身、社会人类的各种经验剥离到一种纯粹
认知的高度，并使我的意志和性格力量在种种对立冲突中发挥得更丰
富成熟，同时勇敢地袒露它的真实。"[1]

与其说翟永明是在交代"黑夜意识"，毋宁说是在确认"黑夜意
识的觉醒"。觉醒的黑夜意识，其实是一种"白夜意识"。

偏正结构的自我及其危机

无论是苏轼的"形神自我"，还是威廉·詹姆斯的"纯粹自我"
与"经验自我"，或者米德的"客我"与"主我"，抑或弗洛伊德的"中
介我"，自我的理想状态总是执"个体我"与"社会我"两端之中间。

在"白夜意识"中，我们也可以辨认出由两个"我"组成的自我
人格结构。第一个"我"属于白天，第二个"我"属于黑夜。但这两
个"我"并非处于对称关系之中。黑夜的"我"处于中心位置，而白
天的"我"则是一种人造的或虚构的介入物。因此，处于"白夜意识"
中的自我，是一种偏正结构的自我，而非对称结构的自我。这是自我
的双重人格发生断裂之后的一种人文景观。一旦两个"我"发生断裂，
自我总是试图修复两个"我"的对话关系，但内心向黑夜深处逃离的
现实，让这种修复工作变得困难重重。因此，由白天和黑夜构成的对
称结构的自我，已一去不复返。现代人最终修复的，只是"白夜"的
自我，一种偏正结构的自我。

言归正传，在朱文描述的漫游者身上，我们也可以看到一个偏正

---

[1]　翟永明：《黑夜的意识》，《磁场与魔方：新潮诗论卷》（吴思敬编选），北京：北京师范大学出
　　　版社1993年版，第142页。

结构的自我。它由两个"我"构成：一个"我"存在于垃圾世界中，他是被遗弃的、游离于社会有机体的个体，处在一种离心运动之中；另一个"我"存在于爱的世界中，他试图回到社会有机体内部，重新进入人与人的关系世界，因此处于一种向心运动之中。

但这两个"我"却是非对称的。垃圾世界中的"我"，是自我必须面对的强大现实，成了真正的生命不能承受之轻，而爱的世界之中的"我"，却是一种空缺，是必须通过虚构和寻找来弥补的理想。朱文在小说中不证自明，漫游者对爱的虚构与寻找最后失败了。这无疑加剧了自我之偏正结构的倾斜程度，也加剧了残酷现实的暴露程度。对于这个倾斜的世界，朱文并不打算置下道德评判之词，他只是用心地呈现，通过一个动作到另一个动作，一次对话到另一次对话，让偏正结构的自我无处藏身，暴露在读者面前。

根据朱文的写作观，作品与生活是互为文本的。[1] 因此，小说既暴露了主人公小丁的自我世界，也暴露了作者的自我世界。不仅如此，在朱文笔下，几乎每个人物的自我世界，都处在一种偏正结构之中。即便是那个代表了责任和权威的父亲，也面临着自我之偏正结构的危机。朱文在小说第一部分写道，小丁的父亲在出差途中顺道来南京看望小丁，于是，父子二人在宾馆展开了一场心理较量。父亲脱得精光，在房间内走来走去，"要让儿子看看他依然强壮的体魄"，但是当父亲浸泡在浴缸的时候，小丁看到父亲"剩下不多的头发因为沾了水，完全贴在脑壳上，薄薄的一层"。于是，小丁心想："一颗老人的脑袋装在一个年轻人的身体上，天啦，这实在是一件可怕的事情。"[2]

---

[1] 参见朱文与张钧的对话：《写作是作家最好的自我教育方式》，《小说的立场：新生代作家访谈录》（张钧著），桂林：广西师范大学出版社 2002 年版，第 10 页。

[2] 参见朱文：《什么是垃圾，什么是爱》，南京：江苏文艺出版社 1998 年版，第 27—28 页。

　　此处堪称朱文的神来之笔，它借助小丁这个他者的视角，漫不经心地写出了父亲这个自我的偏正结构：年轻人的身体与老年人的脑袋。显然，这样的父亲已远离"形神自我"的自足与自洽了，是一个岌岌可危的自我。在朱文的"小丁系列"中，父亲时常以体制、权威、理性和正能量的社会面目出现，脑袋无疑是这种面目的无线程控中心。但在小丁看来，这个脑袋已进入老年时代，唯有脑袋下面的身体，尚有一丝可疑的年轻人的生机。朱文正是通过对自我之偏正结构的描述，勾画出了父亲这个面目背后的社会机体的断裂，但他并没有直接描写这个社会机体，而是将其转换为个体的生理特征的呈现，是为小说之独道吧！

　　但请不要忘记，"自我"是一个动词化的代词词组，它所表征的世界是一个运动的世界。自我总是不停地调适自身的存在状态，在偏正结构与对称结构之间来回滑移。这个运动过程的发生，不是依赖于社会再生产的权威秩序，而是取决于自我的内部能动性。在朱文的小说中，自我的调适则表现为"自我教育"和"自我启蒙"两个层次。

第二节　自我教育：异质世界中的性、疾病和眼泪

"写作，塑造了我"

　　朱文曾说过，写作是一种最好的自我教育方式。[1] 如果不去深究这个观点，我们对它的理解就有可能走向它的本意的反面。

　　以写作的方式完成自我教育，并非朱文独创，而是一种传统。在这个传统内部，又有着两种截然不同的小传统。杜甫说，"文章千古事，

---

[1]　参见朱文与张钧的对话：《写作是作家最好的自我教育方式》，《小说的立场：新生代作家访谈录》（张钧著），桂林：广西师范大学出版社2002年版，第5—20页。

得失寸心知"，这是一种自我教育：寸心的收获与写作的过程是同步的，相互生成。1949 年以后，在文学与政治处于紧张关系的特殊时期，中国作家以写作的方式完成"批评与自我批评"，则是另一种自我教育方式。此时的写作是一种先验的存在，是"政治正确"的自我内化和升华。

朱文所说的自我教育，或许更接近前者，却又不尽相同。对于朱文来说，写作不仅让他获得了寸心之得失，而且，借用朱文的说法，"写作，塑造了我"。[1] 朱文曾经在一次创作谈话中更具体地说到了写作具有的自我教育的品质。他说，他刚完成一个小说，叫《女儿与正在盛开的鲜花》，虽然不是一部令人满意的作品，"但是在虚构的路途中，我意外地获得了一种有女儿的父亲的心情，微妙而激烈，使我在那一刻对自己的生活以及生活的世界有了不同的视角"。[2]

但是写作对自我的塑造却没有预设任何目标。它不是社会再生产，可以在"十一五"阶段就预设好"十二五"的发展蓝图。朱文反复强调，他不为自己的写作进行意义和结构上的任何预设，一切听凭情绪的使唤。[3] 这也就意味着，朱文虽然相信通过写作可以完成自我教育，但会教育出一个怎样的自我，在写之前是不得而知的。朱文的"不可知论"，与他在小说中对"把握不住自己"的生命状态的反复书写，是颇为吻合的。至此，我们可以理解朱文的自我教育的观念了。它是写作者在不知所终的写作中对自我的确认和廓清。当然，这个自我不

---

[1]　参见朱文与张钧的对话：《写作是作家最好的自我教育方式》，《小说的立场：新生代作家访谈录》（张钧著），桂林：广西师范大学出版社 2002 年版，第 4 页。

[2]　参见朱文：《关于沟通的三个片断》，《作家》1997 年第 7 期，第 10 页。

[3]　同 [1]，第 7 页。

仅仅指向作者，也指向与作者"有同等感觉"[1]的小说人物。

朱文诉诸写作的自我教育，与西方教育小说的写作传统也是大异其趣的。这个传统的真正形成，一般被认为从歌德的《威廉·迈斯特的学习时代》和《威廉·迈斯特的漫游时代》开始。歌德以五十多年之功力完成这两部小说，讲述了威廉·迈斯特从幼稚到成熟的成长过程。这个叙事进程是在作者的精心布置下完成的，甚至不乏歌德的好朋友席勒在旁协助之功。[2]显然，这与朱文的"情绪流写作"不可相提并论。

朱文小说中的自我教育，往往是没有结果的，甚至不涉及成长主题。他唯一在意的，就是通过写作的方式，确证某个时间片断中的自我的生命状态。在这一点上，朱文与韩东的写作也是大相径庭的。韩东的小说，大多也被赋予了自我教育的品质。典型者，如《扎根》。但《扎根》却是一部典型的个体成长史，讲述了小陶在1969年随父母下乡、扎根于乡村的自我教育历程。这是一部"理智之书"，与朱文的"情绪写作"相去甚远。但若从个体心灵史的角度看，将朱文和韩东的那些富有自我教育色彩的小说一并归为"教育小说"，却也并无不妥，只是我们需要重新认识朱文小说的叙事路径之独特罢了。

吴炫曾将朱文小说的内部形式总结为"公路式结构"——公路两旁各种可能发生的事物无序地进入叙述者的视野。[3]这一说法，大体上是贴切的。事实上，在朱文笔下，漫游者就是以漫游的方式来完成

---

[1] 林舟：《在期待中期待：朱文访谈录》，《花城》1996年第4期，第108页。

[2] 参见杨武能：《逃避庸俗——代译序》，《威廉·迈斯特的学习时代》（歌德著），南京：译林出版社2002年版，第2页。

[3] 参见吴炫：《距离的诱惑——朱文小说印象》，《我爱美元》（朱文著），北京：作家出版社1995年版，第420页。

自我教育。他漫无目的地行走着，沿途的事物有的一闪而过，有的相似再现，它们构成了漫游者不断变化生成的情绪之源。即便如此，读者依然可以在这些无序的事物中捕捉到闪闪灵光。正是这些灵光，比如"性""美元""弯腰吃草"等等，定格了无端情绪，使得漫游者对自我的教育成为可能。

在《什么是垃圾，什么是爱》这部小说中，这些灵光闪现在作者对性、疾病和眼泪的描写细节中。

"我说爸爸，你说的这些玩意儿，我的性里都有"

性是对人之初的最初命名，也是对世界之二元关系的元隐喻。在朱文及其同道作家的作品中，性作为一种叙述要素被强化到无以复加的地步。这种书写景观致使他们在 90 年代的中国文学场招来了广泛的非议。一种具有代表性的观点认为，这批作家沉迷于欲望排泄的书写，性成为写作的最高目的和基本动力，"并以此取代了启蒙知识分子的基本观念"。[1]

这一说法是过于抽象和武断的。实际上，朱文很少正面写性，却在字里行间处处洋溢着对性进行思考的光辉。在这一点上，朱文似乎在向辛格看齐。他曾盛赞辛格的小说，说"它可以整篇不提上帝，但字里行间到处都弥漫着那种感恩的气息"。[2] 朱文笔下的性，通常处在一种被遮蔽的灰蒙蒙状态中，而他立志要做的，似乎就是拨开这些尘埃，让性重新绽放光芒，如乔治·巴塔耶所说的神圣光芒。

乔治·巴塔耶区分了两种性：一种以人口生产为目的（包括促进

---

[1] 参见何言宏：《精神的证词》，长春：吉林出版集团有限责任公司 2009 年版，第 204 页。

[2] 参见朱文与张钧的对话：《写作是作家最好的自我教育方式》，《小说的立场：新生代作家访谈录》（张钧著），桂林：广西师范大学出版社 2002 年版，第 6 页。

和抑制两个方向），属于消费的性；一种则偏离了人类的生殖目的，属于耗费的性。[1] 在这里，巴塔耶将性的问题转换成了经济的问题。[2] 不仅如此，巴塔耶还将经济的问题转换成了社会的问题。将消费与耗费区分开来，正是这种连续转换的结果。在巴塔耶看来，消费以社会再生产为目标，一般发生于同质世界（可通约的实用世界），而耗费却是反社会再生产的，一般发生于异质世界（不可通约的非实用世界）。

汪民安曾对巴塔耶的耗费概念做出通俗的解释：从来不进行利弊权衡，从来不要求有一种目的性回报，相反，它是彻头彻尾的无用浪费。[3] 由是观之，耗费的性存在于异质世界之中，它摆脱了功利计算的因果循环，是一种不计后果的冲动。耗费的性，或者说偏离了生殖目的的性行为，都脱离了社会再生产的整体目标，因而是一种如巴塔耶所说的"反常性行为"。[4]

朱文笔下的性，大体也是如此。

在《什么是垃圾，什么是爱》这部小说中，小丁貌似与三个女人有过性关系。[5] 第一个女人是小初，她与小丁是稳定的同居关系，有着一份相对固定的工作，是一个朝同质世界奔去的人；第二个女人是胡婕，她是小丁的朋友刘美林的妻子，但由于刘美林早已丧失了性能力，胡婕只能另寻新欢；第三个女人是于杨，她原本是小丁的朋友靳

---

[1] 参见［法］乔治·巴塔耶：《耗费的观念》，《色情、耗费与普遍经济》，长春：吉林人民出版社 2003 年版，第 27 页。

[2] 在中篇小说《我爱美元》中，朱文采用了与巴塔耶相似的转义路径，即将性的问题也转化成经济（货币）的问题。

[3] 参见汪民安：《巴塔耶的神圣世界（编者前言）》，《色情、耗费与普遍经济》，长春：吉林人民出版社 2003 年版，第 28 页。

[4] 同［1］，第 27 页。

[5] 这里用"貌似"这个字眼，是因为朱文小说自始至终没有正面描述这些人物之间发生过性关系。

力的婚外情人，在与靳力彻底分手之后，与小丁有过一夜的性关系。在这三个女人中，只有小初努力朝着同质世界走去，而胡婕与于杨则完全沉沦于异质世界。小丁与胡婕、于杨有过的一次性关系，是在意外中发生的。这种偶然与随意，恰恰是异质世界之中的个体形成的一种基本关系。

小丁的母亲，一个长期活在计划之中的人，总是对小丁的性生活表示出委婉而又急切的担心。她的担心，不为别的，只是生怕小丁过上了一种不稳定的性生活。显然，小丁与他的母亲存在于两个世界之中。但要确认这两个世界的差异，是无法通过抽象辩论来实现的。唯有对性的书写，才是确认这种差异的有效途径。作者以极简笔墨来写若有若无或稍纵即逝的性，实则是写出了处于异质世界中的个体"把握不住自己"的精神情况。作者甚至极少正面写性，但由于性关系的不可把握而产生的焦虑感，却随处弥漫。这是漫游者的精神现实，朱文没有回避，也没有渲染。

在朱文笔下，漫游者的性是一种双向度行为。一方面，它具有排泄的倾向，即通过性来确认自我在异质世界中的存在；另一方面，它又具有寻找的倾向，即通过性来寻求自我重返同质世界的可能。这也是性赋予独立个体的自我教育的品质。

需要比较的是，在 90 年代，朱文对性的自我教育之品质有着叙事态度上的微妙变化。在 90 年代中前期，以《我爱美元》为标志性作品，作者以肯定叙事的态度来写性的自我教育之品质。它充分体现于父子之间的一次对话。

"一个作家应该给人带来一些积极向上的东西，理想、追求、民主、自由等等，等等。"

　　"我说爸爸，你说的这些玩意儿，我的性里都有。"[1]

　　在这部中篇小说中，"我"不仅通过性完成了自我教育，而且用性教育了戴着面具的父亲，让其还原了作为一个人的本来面目。

　　90年代后期，以《什么是垃圾，什么是爱》为标志性作品，朱文对性的自我教育之品质则持一种反思的叙事态度。小丁与女友小初的关系变化，构成了这种反思叙事的主线：作为漫游者，小丁努力让自己平静下来，试图拉近与小初之间的渐行渐远的距离。他甚至尝试着用起了安全套，以让自己过上一种有计划的性生活。但无可抵挡的厌倦感让小丁的所有努力都宣告失败，当小丁意识到这一点，"感到自己顿时就完全枯萎掉了"。[2] 最后我们看到，小丁与小初之间的关系不是修复了，而是彻底发生了破裂。这种爱无力，加剧了漫游者小丁自己把握不住自己、也把握不住世界的残酷现实。

　　朱文一如既往地关注着性之于个体存在的重要意义。在90年代前期，朱文更多着墨在性受制于外部因素而产生的精神状态，中篇小说《我爱美元》和《弟弟的演奏》都是这一类的典型。而到了90年代后期写作长篇《什么是垃圾，什么是爱》的时候，朱文则转向了对性本身的反思。显然，作者已意识到，具有自我教育之品质的性，已出现了它自身的周转不灵。为了描述这种周转不灵，朱文在小说叙事中植入了疾病的书写。

"我是一颗增生出来的疣"

　　在小说第二部，小丁发现自己的生殖器上长出一个疣体，它快速

---

[1]　朱文：《我爱美元》，北京：作家出版社1995年版，第404页。

[2]　参见朱文：《什么是垃圾，什么是爱》，南京：江苏文艺出版社1998年版，第168页。

成长，如一朵盛开的花。作者并未交代这是一种什么病，但从作者对病症特征的描述来看，可以判断这是尖锐湿疣，一种病灶难除的性病。性病意味着"性的损害"，也意味着隐含在性之中的一切社会关系的损害。

苏珊·桑塔格曾表达过一个著名观点：疾病并非隐喻，看待疾病的最真诚的方式，就是尽可能消除或抵制隐喻性思考。[1] 这种看待疾病的态度，背后隐藏着一个"反对阐释"[2] 的当代人文立场。

朱文亦持"反对阐释"的精神立场。从张钧对朱文的访谈中可看到，张钧对朱文的任何一部作品的阐释，朱文几乎都是反对的，以致一位评论家与一位作家的对话只能处于打滑状态。[3] 但"反对阐释"也是一种阐释，也是一种看待事物的方法。只不过这种阐释反对意义的"串联"，而主张意义的"断裂"，即将一个意义层从另一个意义层中剥离出来。正是从这个方法出发，朱文对性病的反思性叙述也得出了它自己的结果。

小丁在医院中自语道："我怎么觉得自己就像是这个社会的一个疣呢？活着却不是这个身体上的一部分，呼吸却没有温度，感觉不到这个身体的新陈代谢，我是一颗增生出来的疣。"[4] 朱文在此叙述的重心，不在于"疣之于身体"和"我之于社会"这两种意义体系之间的隐喻关联，而在于"疣与身体""我与社会"这两对有机体的内部关系的断裂。

---

[1] 参见［美］苏珊·桑塔格著，程巍译：《疾病的隐喻》，上海：上海译文出版社 2003 年版，第 5 页。

[2] 参见［美］苏珊·桑塔格著，程巍译：《反对阐释》，上海：上海译文出版社 2011 年版。

[3] 参见朱文与张钧的对话：《写作是作家最好的自我教育方式》，《小说的立场：新生代作家访谈录》（张钧著），桂林：广西师范大学出版社 2002 年版，第 3—20 页。

[4] 朱文：《什么是垃圾，什么是爱》，南京：江苏文艺出版社 1998 年版，第 116 页。

朱文对疾病的书写并未就此止步。在小说第四部，小丁见证了那个需要家教援助的白痴小孩的病症："……两根兀然勃起的阴茎，一根粗壮无比，另一根要细得多，像根柔软的藤条一样缠在那根粗阴茎上。"[1] 这是朱文对疾病的荒诞想象，也是对自我之偏正结构的极限书写。

疣体、细小的阴茎，以及作为游离个体的我，都属于同质世界之外的剩余物。它们构成了另外一个世界，叫异质世界。

巴塔耶说道，异质世界包括了被同质社会视为废物或者当作高级的先验价值来拒绝的一切，包括人类躯体的排泄物，肉体器官，具有暗示色情意义的个人、语言和行为，做梦和神经质等无意识过程，暴民、斗士、贵族和赤贫的阶层，不同类型的暴力个体或蔑视规则的个体，如疯子、领袖、诗人等等。[2]

朱文小说的叙述对象，基本上是由异质世界的各种要素构成的，如神经质的笑、无意识的生理排泄等反常行为，以及阳痿者、诗人等"问题个体"。

"生活的真实就在眼泪当中"

巴塔耶所说的异质世界，既包含了"污秽"要素，也包含了"高贵"要素。无论是前者，还是后者，都是被同质社会排斥的。在朱文的小说中，如果说疣和那条多出来的阴茎是"污秽"的，那么对于眼泪这一生理排泄物的反常书写，则是朱文对"高贵"之灵光的敏锐捕捉了。

人的生理排泄物，在现代生物医学中可作为诊断有机体状态的一种重要凭据。例如尿在检验医学上具有重要的生化分析价值，医生通

---

[1]　朱文：《什么是垃圾，什么是爱》，南京：江苏文艺出版社1998年版，第305页。

[2]　参见［法］乔治·巴塔耶：《法西斯主义的心理结构》，《色情、耗费与普遍经济》，长春：吉林人民出版社2003年版，第50页。

过"尿隐血""尿比重""尿胆原""尿蛋白"等指标来判断肾、前列腺等组织器官的健康状况。

眼泪作为一种生理排泄物，尽管在医学上不具有普遍的应用价值，却是作家观察人的精神世界时不可缺失的经验标本。普通人到医院，很少遭遇医生要求"泪检"，而当他阅读一本小说，却总是不期然地与小说人物的眼泪相遇。

在多数情况下，我们只能看到作家对眼泪的角色化描写，即眼泪是通过特定人物的表演与某种可辨识的社会含义相连的。例如，在《三国演义》和《红楼梦》这两部小说中，刘备和林黛玉都是经常以泪洗面的人物，泪之于他们，具有固定的符号意义。刘备的眼泪是一种"政治表情"，而林黛玉的眼泪则是一种"儿女情长"。对眼泪的角色化描写，并非都专门服务于某个角色，但无一例外地，它们服务于整体情节的安排，成为一种深化剧情的润滑剂。此时的眼泪，是高度戏剧化的，是对喜、怒、哀、乐、怨或酸、甜、苦、辣、咸等社会化情绪的一种表征。当读者在小说中遭遇这种角色化眼泪时，只需轻轻启动表层的人生经验，就能让自己入戏。

在少数情况下，我们可以看到文学作品对眼泪的非角色化描写。作家描写非角色化眼泪，不是为了塑造某个人物的性情，也不是为了剧情发展的需要，更不是为了表征某种司空见惯的社会情绪；他写眼泪，全然是因为不经意间触摸到了被各种角色修辞所遮蔽的心灵深渊。

朱文对眼泪的描述，在频次上堪与尿、汗相提并论，但在描述层次上，则更加丰富而细腻。

作为一种常规化描写，角色化眼泪在朱文小说中依然是无法被省略的，例如刘美林作为小丁的一个最不幸和最窝囊的朋友，每每是在抽抽噎噎中出现。在这里，眼泪与一个社会失败者轻易挂上了钩，在读者的阅读经验中是不足为奇的。

　　而朱文对非角色化眼泪的描写，则让人拍案称奇了。《什么是垃圾，什么是爱》多次出现了对非角色化眼泪的描述，其中第一次出现在盛夏之夜，此时的小丁已和父亲谈崩了，和女友闹翻了，一身倦意的他在"将要睡去的那一会儿，眼眶里忽然无端地涌出一阵发烫的热泪"。[1]最后一次出现在晚春，小丁在那个残疾小孩的家中直言这个小孩是个白痴，母亲不堪承受这个事实，瘫软了下去，而急于从中逃脱的小丁意外地发现，这位母亲的右眼角"还挂着一颗雨滴似的泪珠"，"在屋顶一盏射灯的照耀下，这颗泪珠显得尤其晶莹剔透"。[2]

　　乔治·巴塔耶曾在一份写作提纲中写下这么一句话："生活的真实就在眼泪当中。"[3]在生活舞台的幕后，也许每个人都遭遇过这种隐藏着真实密码的眼泪。但作为一种无法被轻易察觉的、隐藏于自我内心深处的经验，这滴眼泪往往又是不足为外人道的，或者说根本无法为外人道。朱文却善于借助这一滴眼泪的光泽去照亮人心最幽暗的角落。他笔下的非角色化眼泪，总是出现在一个人的意识变得混沌不清的时刻。此刻，自我内部的紧张关系已全然瓦解，眼泪也已不再逢场作戏。每当朱文在不经意间写到非角色化眼泪时，沉痛感便弥漫开来。这一滴眼泪闪烁着反思的光泽，告诉你一个破败不堪的自我世界发生断裂的现实。

　　朱文最后一次写到非角色化眼泪，是为那个残疾小孩的母亲准备的。这个小孩是个白痴，而且胯下长了两条阴茎，但他的父母是社会成功人士，一直都无法相信这是一个事实。或者说，加之于他们的身

---

[1]　参见朱文：《什么是垃圾，什么是爱》，南京：江苏文艺出版社1998年版，第77—88页。

[2]　同[1]，第306页。

[3]　[法]乔治·巴塔耶著，刘晖译：《色情史》，北京：商务印书馆2003年版，第168页。

份修辞，遮蔽了这种事实。当小丁明确指出这一事实，这个残疾小孩的母亲不堪一击，昏倒在地。淌出眼角的那滴清泪，是母亲的内心世界的真迹。它似乎告诉小丁，这位母亲已经想清楚了世界是怎么一回事，自我又是怎么一回事。那个用以维护自我之自洽性的整体世界已经破产了。与其说这是眼泪对断裂世界的解释，毋宁说眼泪本身就是一种发生在断裂世界的事实。

这同样是一个自我教育的过程。

第三节　自我启蒙："意义排空"与"无聊叙事"

"启蒙的自我瓦解"？

让人迷惑不已的，依然还是朱文的精神立场。

从《我爱美元》发表之日起，朱文便处在各种争议风暴之中，一直到本世纪初淡出文坛，这种争议也未能止息。一种来自主流的充满了忧虑的声音认为，知识分子的启蒙身份在朱文这一代作家已然遭到拒绝。做此判断的一个主要依据就是，朱文笔下的漫游者已丧失了与他者进行对话的可能性，在彻底虚无的精神处境之中，他们"不再依持和指向任何价值准则与人文理想"，而只剩下"性事表演"，由此，启蒙知识分子的基本理念被瓦解了。[1]

纵观世纪之交中国知识界的思想动态，有关"启蒙的自我瓦解"[2]的批判论是一种重要的声音，并非针对朱文一人而言。仅从文本事实上看，将朱文看作一位"启蒙的自我瓦解"的作家，也有它的妥当

---

[1]　参见何言宏：《精神的证词》，长春：吉林出版集团有限责任公司 2009 年版，第 204 页。

[2]　参见许纪霖等著：《启蒙的自我瓦解：1990 年代以来中国思想文化界重大论争研究》，长春：吉林出版集团有限责任公司 2007 年版，第 1—42 页。

之处。

在朱文的小说中，处于异质世界中的"我"试图回到同质世界中去，最后失败了，自我的断裂已然是一种精神事实。这一精神事实不仅体现在小丁这个虚构的小说人物身上，也通过写作这种自我教育的方式，转化为作者对自我世界的一种基本认知。在朱文笔下，小丁是一位丧失了社会身份的自由作家（即没有单位的人），当他试图通过爱德基金会重返社会中心时，他的尴尬身份遭到基金会秘书的百般戏弄。在这位秘书看来，作家应是人类的灵魂工程师，是社会的启蒙者。但是面对这位秘书的挑战，小丁既不回应，也不反击，而是消极避战，拒绝与其对话。[1]

朱文曾说过，小说中的小丁，与现实中的他"有等同的感觉"。[2]这里，朱文用了"感觉"这个词来表达小说的"文如其人"：小说照亮的真实世界，不是某个具体的人或事，而是作者熟悉的某种生命状态。依照朱文的艺术真实观，小丁的精神立场恰恰映射了朱文自断于现实之中心秩序的人生态度。再联系到朱文在"断裂调查"中表现出来的决绝姿态，这个态度就更加不难理解了：一个作家拒绝和这个现实世界进行对话，又谈何启蒙担当？

不过，若由此判定朱文持"反启蒙"精神立场，又未免失之片面。

启蒙者、被启蒙者与自我启蒙者

回顾五四以来的中国文学史，启蒙是一个关键主题。

但何为启蒙？

最早也是最具影响力的解释来自康德。他说，启蒙就是人类脱离

---

[1] 参见朱文：《什么是垃圾，什么是爱》，南京：江苏文艺出版社 1998 年版，第 271—275 页。

[2] 参见林舟：《在期待之中期待：朱文访谈录》，《花城》1996 年第 4 期，第 108 页。

不成熟状态，而所谓的不成熟状态，就是个体依赖于他人的权威而无自己的理性准则。[1]

　　康德定义的启蒙，与前文探讨的自我，实则有相通之处。在某种意义上，启蒙就是寻找和确认自我之自足性与自洽性的过程。不过，康德对启蒙的解释，强调了它的公共话语属性，即启蒙是行使公用之理性的人对公众的一种教育。当一个人能够自由地行使公用之理性时，他就发挥了公众启蒙的社会功能。而所谓"公用之理性"，就是不为某个特殊的利益共同体服务。

　　那么由谁来行使理性的公共应用，或者说，由谁来承担启蒙的责任？康德提到了一种人：学者。这里的学者，不是指服务于某个利益共同体的"御用专家"，而是指面向公众发言的"公共知识分子"。康德举了一个例子：作为教会工作者，牧师是不自由的，因为他是在传达别人的委托；而作为学者，通过自己的著作向公众讲话，牧师可以无限自由地公开运用自己的理性。[2]

　　启蒙话语传统在20世纪中国的落地生根，正是发端于康德的启蒙思想。它是少数人对多数人、精英对大众的一种单向度的话语模式。正是通过这个话语模式的反复强调，知识分子与社会大众之间的关系模型被想象性地建立起来了。作为对这个话语模式和关系模式的颠覆，20世纪的"反启蒙"运动则是以颠倒的方式来进行的：让知识分子接受广大人民群众的教育和改造，原先的启蒙者反倒成为被启蒙者。1949年之后，中国知识分子经历了近三十年的精神动荡，在一定程度上正是这种"反启蒙"逻辑的产物。

---

[1] 参见［德］康德著，何兆武译：《答复这个问题："什么是启蒙运动"》，《历史理性批判文集》，北京：商务印书馆1990年版，第22页。

[2] 同［1］，第26页。

在康德那篇论启蒙的短文中，一些看似自相矛盾的说法被忽略了。这些说法，择其要表述如下：第一，启蒙的要义在于自由。启蒙，除了自由，别无他求。第二，以自由为前提，公众可以启蒙自己。第三，启蒙是一个缓慢的过程，不同于革命手段的一蹴而就。第四，启蒙是一种批判性的辩论。[1]

关于后面两点，福柯在评述康德启蒙思想的《何为启蒙》[2]一文中已给予强调。而关于前面两点，由于它太过常识化，反而成了一种被架空的常识。在20世纪中国文学的精神谱系中，启蒙毋庸置疑地与自由、个性等普世价值相连，不过，当许多知识分子以启蒙者自居时，自由、个性又变成非普世的了。它们只是掌握在少数人手中的真理，需要面向公众宣教。这样，启蒙往往被和平演变为一种权威话语，从而走向了它的本意的反面。

在康德看来，只要有了自由这个前提，人人皆可实现自我启蒙。这个"人人"，不仅是指普通公众，也包括那些以启蒙为己任的知识分子。因此，从启蒙的精神谱系去理解20世纪中国文学史，我们可以划分出三种类型的作家：启蒙者、被启蒙者以及自我启蒙者。

启蒙者，以揭示陈旧的国民性、唤醒民众的现代意识为自觉责任，如写杂文和写小说的鲁迅；被启蒙者，是指那些在时代的总体话语面前需要被改造的作家，如20世纪30年代至40年代的自由主义作家在1949年之后成了"被启蒙"的对象；[3]自我启蒙者，则将启蒙的对象转向自我的内部意识，将笔的光芒照进了自我的黑暗深处，如写《野草》的鲁迅、写《沉沦》的郁达夫等等。

---

[1]　参见 [德] 康德著，何兆武译：《历史理性批判文集》，北京：商务印书馆1990年版，第23—24页。
[2]　参见 [法] 福柯著，杜小真编选：《福柯集》，上海：上海远东出版社1998年版，第528—543页。
[3]　参阅于风政：《改造：1949—1957年的知识分子》，郑州：河南人民出版社2001年版。

需要附加说明的是，被启蒙者之"启蒙"，已远离了启蒙之要义，甚至走到了其要义的背面。回到整个 20 世纪中国知识分子精神史，它的准确含义应该是指"改造"。这个含义清晰指向了革命意识形态的一体化目标：试图以"先进"（人民群众）改造"后进"（作家）的方式，实现革命话语对启蒙话语的颠覆。康德曾提醒道，革命不是启蒙，甚至与启蒙背道而驰。但从 20 世纪中国文学的精神演变史来看，从作家与大众的动态关系来看，从正反相成的逻辑链条来看，将被启蒙者与启蒙者、自我启蒙者并置在一个分类体系中，也是合乎逻辑的。

在同一个作家身上，往往出现不同类型启蒙主体的复合，常见的情况是：

1. 启蒙者与自我启蒙者；

2. 启蒙者与被启蒙者；

3. 自我启蒙者与被启蒙者。

第 1 种组合关系是共时的，表示一个作家具有面向公众发言和倾听自己内心的双重写作意识，鲁迅无疑是这一关系类型的典范。第 2、3 种组合关系是历时的，表示作家与公众的关系在不同时期发生颠覆性变化，例如左翼作家中的丁玲、胡风、蒋光慈等等，京派作家中的周作人、沈从文等等，在早期都是具有启蒙意识或自我启蒙意识或二者兼具的作家，后来又在不同时期因不同的政治事件而成为被启蒙者，也就是成为"一个在改造中的文艺工作者"[1]。

自我启蒙者的去蔽策略

从写作立场上看，朱文既不愿意启蒙他者，也不愿意被他者启蒙，

---

[1]　曹禺：《永远向前：一个在改造中的文艺工作者的话》，《人民日报》1952 年 5 月 24 日。

但毫无疑问，他是具有自我启蒙意识的作家。他曾说写作是一种实现自我教育的方式，在更切近的意义上，是指一个作家的自我启蒙的途径。陈思和在论及朱文时曾指出，20世纪中国文学存在着一种有别于五四启蒙主义的个人化写作传统，其主要的话语特征在于对个人性和凡俗性的张扬，其源头性代表作家可追溯到郁达夫。[1]

陈思和为朱文在当代中国文坛的出现找到了精神源头，同时也启发我们在启蒙类型学的意义上重新审视朱文的存在。的确，从郁达夫到朱文，他们都很难被称为启蒙者。由于时代的因素，他们也避免了成为被启蒙者。也就是说，他们有幸走出了启蒙与被启蒙互为因果的循环链条，从而走上了另一条路：将自己作为启蒙的对象。

这是一种向内寻找真实的小传统，处在文以载道的大传统之外。因此，葛红兵有论："朱文热衷于内心视角，袒露一切欲望，让欲望在舞台上尽情地表演。"[2] 这与郁达夫写"忧郁病""理想主义者的没落""性的要求与灵肉的冲突"，实则一脉相承。这个脉络的浮现，或许是对个体化写作的最有力的发生学解释。于是，相似的历史场景昨日重现。1921年，郁达夫出版小说集《沉沦》，遭遇各种谴责，郁达夫写信给周作人道："上海所有文人都反对我，我正在被迅速埋葬……"[3] 当朱文出现在90年代中国文坛的时候，这种情况也未能幸免。一位评论家曾公开表示，要把朱文的书从书架中撤下来，以免污染了其他书。[4]

---

[1] 参见陈思和、王光东、宋明炜：《朱文：低姿态的精神飞翔》，《文艺争鸣》2000年第2期，第 72、74页。

[2] 葛红兵：《朱文小说论》，《当代文坛》1997年第3期，第16页。

[3] 郁达夫的这封信，用英文写在一张明信片上，随同当时刚出版的短篇小说集《沉沦》寄给周作人。

[4] 参见韩东：《略说朱文》，《幸福之道》，重庆：重庆大学出版社2011年版，第119页。

　　不过，朱文在他的时代已不是一个人在战斗，也无须如郁达夫这般向外求援了。韩东曾如此描述朱文的小说在这个时代的遭遇："讨厌他的人讨厌到咬牙切齿，喜欢他的人喜欢到毫无保留。"[1] 无论是启蒙者，还是被启蒙者，他们都很难苟同朱文，至少是持保留态度的，但朱文毕竟有知音，不至于太孤单。他被一些人喜欢，缘于这个时代的自我启蒙的意识正在苏醒。寻找自己，确认自己，获得自我存在感，并承担自己所遭遇的一切，这些都是自我启蒙者许下的承诺。在朱文及其同道者身上，我们总能听到这种承诺的声音。典型者如韩东，他公开宣称对绝对真理的追求，即通过对自己的无限认识，以抵达自我的自足与不足。[2]

　　自我启蒙者持一种自足的文学观：文学既不高于生活，也不低于生活，因为它恰恰是日常生活的一部分；文学不是取之于人民，也不用之于人民，因为除了具体的人，不存在所谓的人民。朱文的短篇小说《食指》，要表达的就是这样一种文学观。小说主人公吴新宇是一个为了寻找"人民"而"失踪"的先锋诗人，他想"把诗歌还给人民"，因为他相信，"只要是真正好的诗歌，就一定能被人民接受"。[3] 带着为诗歌寻找"人民"的夙愿，吴新宇在一群诗人朋友中间消失了。小说最后告诉读者：吴新宇并没有为自己的诗歌找到"人民"，而是在"离我们不远的一个地方"发现，诗歌就存在于当地人的日常生活和他们的方言中。吴新宇在一封信中写道：

　　　　我注意过菜场上两个农妇的对话，她们一边摆弄着秤，一边

[1]　韩东：《略说朱文》，《幸福之道》，重庆：重庆大学出版社 2011 年版，第 119 页。

[2]　参见韩东：《如何不再饥饿？》，《中国图书商报》2003 年 12 月 26 日。

[3]　参见朱文：《食指》，《达马的语气》，上海：上海人民出版社 2006 年版，第 142 页。

隔着一条街在对话。天啦，我虽然几乎一句也听不懂，但她们此抑彼扬的调子，在黄昏的市场上来来去去的调子，让我相信那就是诗歌。[1]

心中持有"把诗歌还给人民"的信念，表明诗人依然被捆绑在启蒙者与被启蒙者的身份链条之中：要么启蒙"人民"，要么接受"人民"的改造。但朱文并没有安排吴新宇找到"人民"，而是在菜市场找到了讨价还价的市民。于是，个体化的市民取代了集体性的人民，他们自足地存在着，既不需要启蒙，也不需要被启蒙。他们"在黄昏的市场上来来去去的调子"，本身就是一种诗歌。在这里，诗歌的人民性目标被瓦解了，由启蒙者与被启蒙者串联起来的身份链也已不复存在。

之所以对文学的人民性目标进行瓦解，是因为自1949年以来，文学一度被"人民"这个宏大意义笼罩着，以至于文学中的"个体"消失了。自我启蒙者要实现自我启蒙，首要之事就是揭开这个笼罩物。因此，他们常用的话语策略就是去蔽，即排空各种可能覆盖在文本之上的外部意义，让文本回到零度意义的叙事空间之中。只有将各种固有的意义排空，那些曾经深陷于意义深渊的个体才能重见天日，重新裸露出他的真实存在。这几乎是作家通过写作的方式实现自我启蒙的前提。

回到现代文学观念史，"去蔽"具有一般的方法论意义，我们甚至可以从中梳理出一个"同道谱系"，从罗兰·巴特的"零度写作"到苏珊·桑塔格的"反对阐释"，从韩东的"诗到语言为止"到于坚的"拒绝隐喻"等等。

---

[1]　朱文：《食指》，《达马的语气》，上海：上海人民出版社 2006 年版，第 142 页。

具体到朱文的小说，去蔽的文本策略之一就是切入"性"这个叙述地带。通过朱文的反复演绎，我们看到，性承载了自我的全部构成。让我们重温《我爱美元》中的父子对话：

"一个作家应该给人带来一些积极向上的东西，理想、追求、民主、自由等等，等等。"

"我说爸爸，你说的这些玩意儿，我的性里都有。"

正是因为性承载了自我的一切，朱文借小说叙事表达了对性的严肃态度："一个不正视性的人，是一个不诚实的人。"[1]

在《什么是垃圾，什么是爱》中，朱文将对性的书写推进到对性病的书写。性病既是"性的损坏"，也意味着人与人的本质关系发生了恶化。当小丁得知自己得了性病，他向女友小初提出了分手的要求，而小初也确实下定决心与小丁分手了。如果仅仅写到此，还不足以显示处于被遮蔽的自我的真实存在。朱文接着写道，小丁偶然遇到了一位与他一样得了性病的女子，他们"像两只老鼠一样挤在一起取暖"。[2]朱文写两个病人的故事，在整部小说中似乎显得过于偶然和意外，但张闳看出了其中的奥妙："病的力量穿过了日常生活的表面，进入到一个极其隐晦、幽深的生活深处，在那里，人有可能看到生存的荒诞、虚幻和无意义。"[3]

通过写性以去蔽，在90年代以来新出道的众多作家中，似乎是一种不约而同的叙事策略。一直到新千年之初才进入读者视野的陈希

---

[1]　朱文：《我爱美元》，北京：作家出版社1995年版，第390页。

[2]　参见朱文：《什么是垃圾，什么是爱》，南京：江苏人民出版社1998年版，第167页。

[3]　张闳：《感官王国：先锋小说叙事艺术研究》，上海：同济大学出版社2007年版，第87页。

我，也是这样一位作家。他的中篇小说《遮蔽》，主人公是一个患了小儿麻痹症而导致行动不便却性欲正常的男人，他唯一能够得到的女人是他的母亲，但母亲只能给予母爱和纯粹肉体意义上的性，而无法给予他两情相悦的性爱。最后，在母亲的授意之下，儿子将母亲鞭笞至死。[1] 陈希我醉翁之意不在为母子之间的性立法，而是通过性的叙述撕开生活表层的遮蔽，呈现出个体存在的残酷与荒谬。

"无聊之处见真知"

就像一个装满了字符和图像的磁盘经过清理之后释放出新的空间一样，回归零度意义的文本也充满了叙事的无限可能性。诚如前文阐述，这种可能性首先表现在对自我的生存本相的重新发现。无论是朱文笔下的病人偶遇，还是陈希我笔下的母子虐恋，它们都是以去蔽的方式揭开了被遮蔽的存在真相。而可能性的另一面，则是文本形式的重构，从而在文学本体的意义上更清晰地呈现出文本的断裂经验，以及隐藏在文本背后的自我启蒙者的断裂特征。

葛红兵和郜元宝曾对朱文等"断裂作家"的文本形式的特征做出不同角度的解释，归纳起来主要有三点：

第一是"个体叙述人"的诞生。"过去那种全知全能的客观型叙述人消亡了，叙述人不再是超脱于事件之外的冷观者、宣教者、审判者，而是事件的参与者、故事的行动者，他不比故事中的其他人物更高明也不比故事中的其他人物更高尚，他是普通的，是一个'我'，个体的人，而不是站在个体之上的超人。"[2]

---

[1]　陈希我的《遮蔽》原题为《我爱我妈》。因题材过于敏感，第一次在《厦门文学》发表时编辑将标题改为"遮蔽"。参见陈希我：《遮蔽》，《厦门文学》2004年第1期，第36—51页。

[2]　葛红兵：《个体性文学与身体型作家：1990年代的小说转向》，《山花》1997年第3期，第76页。

第二是"偶然性存在"的生成。"在'意义'消失（隐退）以后承认并玩味存在的偶然性，是'断裂'作者的共相。"[1]

第三是"中心思想"的消失。与漫游者的非中心化生存相对应，"断裂作家"放弃了中心思想式的文本构造，以至于他们笔下大多"是一连串没有大意思却不乏小意思的故事"。[2]

葛氏和郜氏对朱文等"断裂作家"的文本特征的揭示，大体上是切近实际的。无论是"个体叙述人"的诞生，还是"偶然性存在"的生成，抑或"中心思想"的消失，它们都是因为意义排空而导致的一种"文体变形"。这种变形是根本性的，以至于它与传统的文本形式发生了断裂。

意义排空之后，原本被意义覆盖的局部和细节裸露出来了。但是由于缺乏整体意义的观照，这些局部和细节只不过是一片废墟般的存在。如何收拾这些局部和细节，赋予这种废墟般的存在以一种可叙述的形式，成了朱文等同道作家共同面临的问题。回到朱文的小说，我们可以看到，一种可暂且称之为"无聊叙事"的形式出现了。

无聊是一种意义虚脱症，是一个没有中心思想的精神世界。朱文笔下触及的，恰是暴露在这个世界之中的各种局部和细节。他总是以极大的耐心，对准了一个无聊的人和一件无聊的事，或一个无聊的动作，慢慢地将它们的局部和细节展开。在这个过程中，我们可以看到他的文字语言闪现着镜头语言的光泽，仿佛在他的小说中早已埋伏了一个作为电影导演的朱文。[3] 这很容易就让我们把朱文和于坚联系在

---

[1] 郜元宝：《没意思的故事背后——〈断裂丛书〉印象》，《南方文坛》2001 年第 2 期，第 62 页。

[2] 同 [1]。

[3] 朱文淡出文坛之后，转向电影领域。

一起。于坚精通摄像镜头[1]，朱文迷恋摄影镜头，其间的共通之处将他们引向了事物的细节和局部。无论是在他们的镜头之下，还是在他们笔下，那些已经丧失了意义和连贯性的生活碎片，被赋予了本雅明意义上的"灵光"——一种破碎而又凝固、易逝而又永恒、虚幻而又真实的意义。

但于坚与朱文还是略有不同的。在于坚这里，心中实则还有一个需要对峙的庞然大物（中心思想）；而在朱文这里，庞然大物早已消失，丧失了中心思想的世界完全碎片化为一个废墟般的现实。那些裸露在外的局部与细节，因为意义的虚脱而成为一种无聊的存在景观。因此，朱文笔下的人物，都是百无聊赖的。他们的故事与行动，也都是无关宏旨的。但朱文却以极大热情回报无聊，仿佛拾荒者一样试图在这个废墟世界中重新发现什么。

这样，我们又一次把朱文与于坚联系起来。

于坚也是对废墟情有独钟的。在一次回家途中，他经过一个垃圾场，看到了一个被废弃的积满了烟垢的木质窗格，然后将它带回家，用水和布一遍一遍地擦拭，直至窗格露出它的本色。[2]

我们不妨分析一下于坚叙述的这个生活细节的构成要素：被抛弃的木质窗格，已经丧失了使用价值；于坚将它捡回来并擦洗干净，是一种"无用"的动作；最后于坚又向读者讲述了这个过程，变成了一个没有"大意思"的故事。显然，对于一个心中充满了宏大意义的人来说，这一切听来都是无聊的。但对于一个未被心事装满的小孩，这一切似乎就代表了意义本身。对于坚来说，也是如此。因此，当看到

---

[1]　于坚是国内较早的摄像发烧友。可参见本书第五章第三节的相关论述。

[2]　参见于坚：《穿越汉语的诗歌之光（代序）》，《1998中国新诗年鉴》（杨克主编），广州：花城出版社1999年版，第13页。

那件亮出本色的窗格，于坚心有所动："这是一种造物的心情，一种除去了遮蔽之物，看见了世界之本真的心情。"[1]

戴维·弗里斯比发现，从齐美尔到克拉考尔，再到本雅明，这些对现代生活之本相有着独到发现的学者，构成了一个叫作"拾荒者"的形象谱系。[2] 他们无一例外地对这个已经丧失了整体意义的世界给予理解的热情，并努力在各种意义的碎片中重新发现现代人的真实心灵。在于坚的表述中，我们亦可看到现代人文主义传统之中的拾荒者形象。

在某种意义上，朱文是一个更隐蔽的拾荒者。他总是通过一个又一个无聊的动作、一次又一次无聊的对话，将人物的心理渐变勾画出来。这种渐变总是在某个节点不期然地让你心领神会，以至于任何一个在别人看来无聊至极的日常生活细节，在朱文笔下都不会显得是多余的。

朱文相信："无聊之处见真知。"[3]

在 80 年代以来的当代中国文坛，有几种贴近日常生活本相的典型性写作：杨黎写废话，于坚写杂语，韩东写平凡，都是人尽皆知的范例。其实，在 90 年代还可以加一个：朱文写无聊。

朱文写无聊，是贴近世俗的，同时也是惊世骇俗的。大概没有哪个同时代的作家，如朱文这般，对无聊的日常生活表现出如此浓厚的兴趣，并且激起了同行的强烈关注，乃至不依不饶的批判。在当代主流文学思潮中，无论启蒙，还是救亡，都无法接受朱文的文本价值观，

---

[1]　于坚：《穿越汉语的诗歌之光（代序）》，《1998 中国新诗年鉴》（杨克主编），广州：花城出版社 1999 年版，第 13 页。

[2]　参见［英］戴维·弗里斯比著，卢晖临等译：《现代性的碎片》，北京：商务印书馆 2003 年版。

[3]　参见刘溜：《朱文：有时候尖锐，有时候温情》，《经济观察报》2006 年 9 月 22 日。

即便如陈思和这样对朱文持赞许态度的批评家，也要在传统的精神坐标里为朱文的写作找一个说法，称他是"低姿态的精神飞翔"，而不能就"写无聊"本身表示赞赏态度。只有极少数批评家，在朱文备受争议的时刻，直截了当地阐述了"写无聊"的文本价值。例如陈晓明说道："他（朱文）能抓住当代毫无诗意的日常生活随意进行敲打，任何一个无聊的生活侧面，总是被左右端详，弄得颠三倒四，莫明其妙，直到妙趣横生。"[1]

[1]　陈晓明：《异类的尖叫：断裂与新的符号秩序》，《大家》1999 年第 5 期，第 197 页。

第四章

通往论战:"盘峰诗会"前夕

第一节 线索:于坚的"诗歌之舌"与"断裂经验"

"普通话把我的舌头变硬了"

由南京作家群发起的"断裂调查",自韩东、朱文等人公开态度之日起,便已注定这次行动只能不了了之了。以现有文学秩序为断裂对象,实际上也就是宣告"自动出局",因此,接下来的对话已成为不可能。

但这并不意味着行动本身是孤立无援的。

在南京以南的昆明,诗人于坚也行动起来了。1998年初,他在《诗探索》发表了一篇长文,题为《诗歌之舌的硬与软:关于当代诗歌的两类语言向度》,第一次公开挑明了当代诗歌写作自50年代以来便已存在的"断裂事实"。他开门见山说道:

> 作为一个出生在南方,并且在那儿长大成人,一直讲着故乡方言的人,如果在一群操标准的普通话的人们中间,我学着亚马多·内沃尔的警语套一句,普通话把我的舌头变硬了,那么我肯定不是在开玩笑。……我或许可以说的是,普通话把汉语的一部

> 分变硬了，而汉语的柔软的一面却通过口语得以保持。这是同一
> 个舌头的两类状态，硬与软，紧张与松弛，窄与宽……我当然举
> 的是我较为熟悉的诗歌方面的例子。[1]

从舌头的两种社会形态出发，于坚将当代诗歌的各种美学倾向还
原为社会语言的历史轨迹，并从中离析出两个清晰的向度：普通话写
作的向度和受到方言影响的口语写作的向度。

显然，于坚是针对当下文学现实发言的：80 年代以来，普通话写
作继续巩固着它的正统地位，口语写作虽呈复苏态势，却一直处在被
遮蔽状态。于坚对这个文学现实似乎有所不满。他认为，80 年代以来
口语写作的重要意义并没有被认识到，人们仅仅将它看成某种先锋性
的、非诗化的语言游戏，而忽视了它对诗歌之舌的柔软一面的修复。[2]

"舌头"上的双向传统：在钱穆与胡适之间

于坚将当代汉语写作划出普通话写作和口语写作的分野，并非空
穴来风，而是基于前人对中国文学史的脉络梳理而续接当代史的论述。
他在文中数次援引钱穆和胡适的观点，以证明这两种写作实际上暗接
于古代贵族文学与平民文学、文言文学与白话文学的双向传统。这种
引述虽过于简略，却可以让我们窥见于坚的思想渊源。因此，理解于
坚此番宏论，似有必要回顾一下钱、胡二人对两种文学传统的论述。

钱穆《中国文学史概观》一文，仅以数千字道尽西周以降至新文
学发端之际的三千年文学。他约而言之道：中国文学"当可分为政治

---

[1]　于坚:《诗歌之舌的硬与软：关于当代诗歌的两类语言向度》,《诗探索》1998 年第 1 辑, 第 1 页。

[2]　同 [1]，第 13 页。

性的上层文学与社会性的下层文学两种，而在发展上则以前者为先，亦以前者占优势"。[1] 又道："但若专就中国文学史而言，则显有此上下层之别，而且上层为主，下层为附。"[2] 基于长时段史，钱穆勾勒出了上层文学与下层文学之间的相对稳定的关系模型，并隐约表达了他的价值判断："下层文学亦必能通达于上层，乃始有意义，有价值。"[3] 也就是说，中国文学史是上层文学不断"吞并"下层文学的历史。

胡适有不同的看法。他在民国十年（1921）为第三届国语讲习所主讲国语文学史，是以"白话文学史"的专题内容展开的。胡适所说的白话文学，相对文言文学或贵族文学或庙堂文学而言。依胡适推论，作为自发状态的文言文学，在战国时代便已进入死亡状态，汉武帝之后则以科举方式又将文言文学维持了足足两千年。而在民间，白话文学一直行使着文言文学无法实现的表达功能。小百姓的喜怒悲欢、痴男怨女的欢肠热泪、征夫弃妇的生离死别、刀兵苛政的痛苦煎熬，是无法通过庙堂文学来反映的，因此自然会借助白话文学来表达。胡适举例王褒[4]《僮约》一文说道，王褒虽为庙堂文学高手，"但是他要想做一点带着人味的文学，就不能不做白话了"。[5] 胡适的讲义从汉魏六朝开始，到南宋为止，掐头去尾，"只是文学史的中段"[6]。通过这个中段史的考察，胡适得出了有异于钱穆先生的结论：自汉以降，白话文学与文言文学形成了此起彼伏的对峙史。这种对峙的格局，在不同历

---

[1] 钱穆：《中国文学史概观》，《中国文学论丛》，北京：生活·读书·新知三联书店 2005 年版，第 47 页。

[2] 同 [1]，第 64 页。

[3] 同 [2]。

[4] 王褒（公元前 90 年—前 51 年），字子渊，蜀资中人，西汉时期著名辞赋家，与扬雄并称"渊云"。

[5] 参见胡适：《国语文学史》，合肥：安徽教育出版社 2006 年版，第 9 页。

[6] 黎锦熙：《代序》，《国语文学史》（胡适著），合肥：安徽教育出版社 2006 年版，第 1 页。

史时段并不一样。南宋时期，由于政权南移，民间白话文学首先在北方"伸出头来"，而到了元朝，由于科举制废除，"白话文学几乎成为正统的文学了"。[1]

对比胡适与钱穆的论述，他们在基本史实的陈述上并无太大出入，而在见解上迥然有异，皆因视角不同，更因旨趣不同。

胡适在1928年将讲稿的一部分扩充成一本书，集成《白话文学史》出版。他在引子中对为什么要讲白话文学史做了交代，简言之有两点：一是要大家知道白话文学是有历史的，不是这三四年来几个人凭空捏造出来的；二是要大家知道白话文学不仅有历史，而且处在中国文学史的中心部分。[2] 由是不难看出，胡适研究白话文学史，是为新文学运动寻找理论支持的。他眼中的中国文学史，是一部白话文学板块不断隆起于文学地表，并对文言文学板块构成冲击的断裂史。

而钱穆则不同。他自幼宿嗜旧文学，"往往手钞口诵，往复烂熟而不已"。[3] 作为史学家，他曾坦言，对文学"虽未能有所树立"，但"有所表达，以与世抗衡"。[4] 所谓与世抗衡，就是针对胡适等人热衷的新文学，也就是钱穆所说的社会性下层文学。钱穆对新文学的态度，在他的措辞中隐约可见："然民国初兴，新文学运动骤起，底毁旧文学，提倡新文学，甚嚣尘上，成为一时之风气。"[5] 正是在这样一种以旧文学为本位的视野中，钱穆眼中的中国文学史，就是一部下层文学经由净化程序不断上升进入上层文学的融合史。

---

[1]　参见胡适：《国语文学史》，合肥：安徽教育出版社2006年版，第156—160页。

[2]　参见胡适：《白话文学史》，合肥：安徽教育出版社2006年版，第1—4页。

[3]　参见钱穆：《中国文学论丛·再序》，北京：生活·读书·新知三联书店2005年版，第1页。

[4]　同[3]。

[5]　同[3]。

从胡适到钱穆，这是于坚论述"诗歌之舌"时引申出来的看待中国文学传统的两种方法，其实也是两种价值体系的选择。在两者之间，于坚亲胡适而远钱穆。他亲胡适，不仅体现在文中多次引用胡适关于新文学的论述，而且对胡适等人发起的新文学运动做出了肯定性评价，称五四以来的白话文运动，"使一向只用在通俗文学中的白话取得了文学中的经典地位"。[1]

于坚的断裂观：三个层面的"断裂经验"

于坚援引并评述胡适之论，不过是细枝末节。重要的是，于坚在阐述当代诗歌写作的两类语言向度时，承续了胡适的断裂观。进入这篇长文的细部，我们可以看到，于坚的断裂观是借助一种诗人式的、形而下的"断裂经验"来表达的。它通过三个层面呈现出来：

第一个层面是口语写作与普通话写作的断裂。

于坚认为，50 年代以来，中国官方以政治意识形态为指南，通过激进方式推广普通话，使其向着广场式的、升华的、形而上的、乌托邦的方向发展。它以净化汉语为名，实为"一条狭隘的道路"。在这个历史进程中，汉语的丰富表现力一度在书面语中萎缩，却在未经净化的口语部分幸存下来。正是在这个宏大的政治背景下，日益窄化的普通话写作与丰富多样的口语写作分道扬镳，在时间和空间两个维度中表现为不同的断裂形态。

在时间上，不同时期官方推广普通话的目的和方式有所差异，致使普通话写作与口语写作的断裂纹路呈现不规则状态。在 50 年代，普通话处于规范化和定型化阶段，这一时期的普通话写作与口语写作

---

[1] 参见于坚：《诗歌之舌的硬与软：关于当代诗歌的两类语言向度》，《诗探索》1998 年第 1 辑，第 2 页。

开始进入相互拉扯或相互撞击的状态；在"文化大革命"时期，革命语体成为唯一合法范本，普通话对民间多样性方言的排斥达到空前状态；"文化大革命"结束之后，在改革开放的新意识形态背景中，普通话调整了以往的净化策略，确立了"与国际接轨"的目标，与此同时，以隐匿形式散落在民间的、自发状态的口语写作重新浮出文学地表。[1]

在空间上，不同地区受普通话运动的影响程度不一，致使 90 年代的汉语诗歌写作在大中华区形成三大地理板块：以北京为核心的普通话写作板块；各地方言和普通话共存的外省写作板块；以港台地区为代表的、未受大陆普通话运动影响的传统"软语写作"板块。[2]

第二个层面是口语写作自身的历史断裂。

由于普通话的激进式推广，传统的口语写作"在可见的文本中是处于断裂和空白的状态"。[3] 于坚所说的这个状态，始于 50 年代初，终于 70 年代末，"属于汉语中沉默的大多数"[4]，也就是口语写作在当代文学史中发生了纵向断裂。但在于坚看来，这种断裂只是发生于"可见的文本中"，也就是发生在文学地表之上。在文学地表之下，口语写作则以一种沉默的姿态延续着自己的历史。"在外省，人们实际上通常使用两套话本交流，普通话往往表达的是公开话本，而日常口语则以方言的形式表达着民间（私人房间）话本"。[5] 于坚认为，正是基于这个双语事实的存在，口语写作在 80 年代开始复苏，恢复了"汉

---

[1] 参见于坚：《诗歌之舌的硬与软：关于当代诗歌的两类语言向度》，《诗探索》1998 年第 1 辑，第 2—12 页。

[2] 同 [1]，第 12、17 页。

[3] 同 [1]，第 13 页。

[4] 同 [3]。

[5] 同 [1]，第 12 页。

语日益变硬的舌头的另一部分”。[1]

第三个层面是口语写作在文学形态学[2]意义上的断裂。

在于坚看来，口语写作自身就代表着一种断裂形态。它产生于具体的时空，与“日常现时性、当下性、庸常、柔软、琐屑”相连，“具有细节、碎片、局部”。[3]口语写作的这种断裂属性，是相对于普通话写作的整体属性而言的。前者由于写作时空的具体性，通往差异化的个体经验和语言风格，在当代诗坛的边缘地带呈现为“多声部”特征；而后者则以某种一体化意识形态为目标，呈现出高大化、辽阔化、典型化、精练化、集中化等时空特征。[4]

口语写作的断裂形态，在于坚的诗歌写作实践和诗学观念表述中随处可见。他主张取生活现场的碎片化事物入诗，以呈现生活中的“自由精神”，而不是书本上的“自由意志”。[5]于坚早期代表作《作品39号》，就是一首以白话写成的当代赋别诗。对此，诗人刘春有论：“讲述得越琐碎，越见友情之深。”又道：“也许，只有口语诗歌才能将这些生活化的情节描述得如此生动鲜活。”[6]

---

[1] 参见于坚：《诗歌之舌的硬与软：关于当代诗歌的两类语言向度》，《诗探索》1998 年第 1 辑，第 13 页。

[2] 在自然科学领域，形态学通常研究地质构造、动物器官组织分布等等与结构有关的物质现象。在社会科学领域，形态学则专注于社会物质和文化形式的结构研究。例如，迪尔凯姆将社会形态学界定为“对各种社会物质形式的研究”。而俄罗斯民间文艺学家普罗普在《故事形态学》一书中，对阿法纳西耶夫故事集里 100 个俄罗斯神话故事进行形态比较分析，从中发现了神话故事的结构要素。具体可参见 [法] 莫里斯·哈布瓦赫著，王迪译：《社会形态学》，上海：上海人民出版社 2005 年版；[俄] 普罗普著，贾放译：《故事形态学》，北京：中华书局 2006 年版。

[3] 同 [1]，第 14 页。

[4] 同 [1]，第 8 页。

[5] 参见于坚：《答诗人乌蒙问》，《诗歌月刊》2008 年第 1 期，第 10 页。

[6] 参见刘春：《一个人的诗歌史》，桂林：广西师范大学出版社 2010 年版，第 111 页。

于坚的"断裂实践"：崇尚"杂语"，拒绝"秩序"

于坚推崇并践行两种写作：一种是"诗人写作"，一种是"散文化写作"。

"诗人写作"是针对 90 年代盛行的"知识分子写作"而言的。它不是为了被翻译，不是为了与某种知识接轨，而是为了"抚摸这个世界"。[1]在这里，于坚试图说明的，是写作主体与外部世界的基本关系，即诗人也是俗世生活的有机部分。而散文化写作，"可能是一种最自由的写作"，"出发点可以是诗的，也可以是小说的，戏剧的等等"。[2]在这里，于坚强调了写作本身的自由精神，即写作应从各种文体桎梏中逃离出来。

于坚的"散文化写作"，又可分为两类：一类属于一气呵成式，一类属于残篇断简式。前者如"人间笔记"系列，后者如"棕皮手记"系列。但无论是前者还是后者，于坚的"散文化写作"均深得中国传统笔记体写作的真味，即以随心所欲之笔调写人间俗事。

《诗歌之舌的硬与软》正是"散文化写作"之一例。在结构上，它具有一气呵成和残篇断简的双重特征。一气呵成是指大结构，即全篇由"硬"和"软"两条主线构成，将汉语写作的两种类型史贯通其中；残篇断简是指小结构，即在字里行间的细节处，由引语、随想、短句等斑驳杂语搭建而成。因此将此文归入于坚自称的"散文化写作"，再适合不过了。

学者刘宁曾论述过一个命题：汉语思想的书面表达，也有着它自

---

[1] 参见于坚：《于坚的诗·后记》，北京：人民文学出版社 2000 年版，第 401 页。

[2] 参见于坚：《跋：交待》，《人间笔记》，北京：解放军文艺出版社 1999 年版，第 345 页。

身的文体形式史。[1] 于坚的"散文化写作"，与宋以后的语录体、札记体和随笔体一脉相承，亦非无中生有。从文本形式的角度看，于坚这篇文论以"散文化写作"代替"学院体文论"，也已表明了他的一贯态度：崇尚自然态（人间化）的"杂语"，拒绝被净化（意识形态化）的"秩序"。这与他为口语写作的断裂特征寻求类型学意义上的依据，在逻辑上是连贯的。

口语写作与普通话写作的断裂关系，并非仅仅是于坚的一家之言。

同样是在 1998 年，比于坚公开发表《诗歌之舌的硬与软》的时间略晚一些，余华写道："有一天，当我坐下来决定写作一篇故事时，我发现二十多年来与我朝夕相处的语言，突然成为了一堆错别字。口语与书面表达之间的差异让我的思维不知所措，如同一扇门突然在我眼前关闭，让我失去了前进时的道路。"[2] 这是一位小说作家在丢失了故乡语言之后表示的困惑，而他坦言自己之所以成为一位作家，则是得益于他对书面语的妥协。

在这里，我们看到了余华与于坚面临着同一个写作问题，即如何在方言与普通话之间做出选择。在这个选择的背后，则牵连着作家如何处理个体经验与总体经验之关系的问题。余华选择了妥协，也就是在两种语言、两种经验之间折中。于坚选择了拒绝，也就是有意明确两种语言、两种经验的分野。这种分野在于坚心中早已存在，只是在1998 年初公开发表《诗歌之舌的硬与软》一文时，它才被带进了现实的、紧张的话语关系之中。

但这只是开始，更具表征化的冲突还在后头。从理论上的分野到现实中的宣战，于坚是又一个断裂行动者，也是一条重要的线索。

---

[1] 参见刘宁：《汉语思想的文体形式》，上海：华东师范大学出版社 2012 年版。

[2] 余华：《意大利文版自序》，《许三观卖血记》，北京：作家出版社 2011 年版，第 10 页。

第二节　选本：从"家谱重建"到"出版竞赛"

两种断裂史观："遗照"与"他们"

　　于坚提出的两种写作的断裂关系，不过是化取胡适、钱穆等前人之旧说，难免有附会和虚构之嫌。但在 1998 年至 1999 年间，两种不同类型的诗歌选本的编选与出版，致使这种看似虚构的"断裂"落了地。或者说，两种诗歌选本的竞相出版，致使隐伏于历史深处的裂隙，最终在世纪之交爆发于地表，成为一种无法被回避的文学事实。

　　这里所说的两种诗歌选本，具有类型比照意义的，是《岁月的遗照》与《〈他们〉十年诗歌选》（下文简称"遗照"与"他们"）。它们都是回顾性选本，集中反映了持两种不同写作立场的诗人对自身历史问题的不同看法，其实质是两种不同的断裂史观。

　　"遗照"出版于 1998 年 2 月，是"九十年代文学书系"[1] 的其中一本诗歌选集。在讨论这本书之前，有必要先了解"九十年代文学"这一说法的来龙去脉。早在 1991 年，谢冕等学者便展开"文学走向九十年代"的专题讨论。[2] 尽管这个时候，"九十年代文学"还不是一个固定表述，但它对当代文学在 90 年代的某种特定属性的估计，已经形成了。正如谢冕所说："作为一个文学阶段的'新时期文学'已宣告终结。"[3] 而在终结处，则意味着一个新的起点。如果说这只是谢冕等学

---

[1]　"九十年代文学书系"由洪子诚、李庆西主编，于 1998 年由社会科学文献出版社出版，共 6 卷，分别为《岁月的遗照》（诗歌卷，程光炜编选）、《世纪之门》（女性小说卷，戴锦华编选）、《夜晚的语言》（先锋小说卷，南帆编选）、《融入野地》（主流小说卷，蔡翔编选）、《冷漠的证词》（学者散文卷，洪子诚编选）、《新时代的忍耐》（作家散文卷，耿占春编选）。

[2]　参见谢冕、孟繁华、张颐武、李书磊、张志忠：《"文学走向九十年代"笔谈》，《当代作家评论》1991 年第 5 期，第 26—32 页。

[3]　谢冕：《停止游戏与再度漂流》，《当代作家评论》1991 年第 5 期，第 26 页。

者的一个愿景和预言，那么到了90年代末，洪子诚、李庆西着手主编"九十年代文学书系"，则是一种总结，或者正如洪子诚所言，是一种"反省"了。

从愿景和预言，到总结和反省，虽然有一个中时段的间隔，但它们的基本判断却是一致的：当代中国文学在90年代初发生了一次历史性断裂。造成这种断裂的原因，谢冕与洪子诚的说法略有差异。谢冕认为，这是中国文学从80年代的游戏高潮中跌落的自然结果："十年前开始的文学急流已经涌退，随之而来的是冷静的回望与总结。"[1]洪子诚则认为，这是"历史强行进入"[2]的结果。所谓"历史强行进入"，是对80年代末、90年代初的政治经济突发事件的一种隐喻性说法，既指1989年的政治风波，也包括1990年代初市场经济体制的瞬间启动。

无论是谢冕的"自然跌落"，还是洪子诚的"强行进入"，"九十年代文学"作为一个断裂性的历史单元，在他们看来都是没有太大疑问的。如果还有疑问存在，那就是如何去审视或反省这个历史单元。

正是在这种断裂史观的牵引下，"遗照"一书进入了"九十年代文学书系"。程光炜在该书导言中回忆了1991年初与诗人王家新在湖北武当山相遇的情景，并道出了当年的预感："八十年代结束了。抑或说，原来的知识、真理、经验，不再成为一种规定、指导、统驭诗人写作的'型构'，起码不再是一个准则。"[3]

---

[1] 谢冕：《停止游戏与再度漂流》，《当代作家评论》1991年第5期，第26页。

[2] 洪子诚：《总序》，《岁月的遗照》（程光炜编选），北京：社会科学文献出版社1998年版，第1页。

[3] 程光炜：《导言：不知所终的旅行》，《岁月的遗照》，北京：社会科学文献出版社1998年版，第1—2页。

　　那么新的写作准则是什么呢？程光炜认为，这个写作准则存在于民间诗刊《倾向》[1]的诗歌范本之中。它怀有两个伟大的诗学抱负：秩序和责任。[2]《倾向》的部分诗歌同人，称这种诗学抱负为"知识分子写作"。[3]程光炜在导言中点名了团结在《倾向》这本杂志周围的诗人，他们分别是欧阳江河、张曙光、王家新、陈东东、柏桦、西川、翟永明、肖开愚、孙文波、张枣、黄灿然、钟鸣、吕德安、臧棣和王艾等。从篇幅结构安排来看，"遗照"的作品编选基本上是围绕着这些诗人展开的，其他诗人的作品成了一种若有若无的补充。伊沙曾指出，"遗照"只不过是一本"《倾向》扩大诗选"[4]，想必也是基于这份名单做出的判断。

　　由小海和杨克合作主编的"他们"，出版于1998年5月，实际上是对《他们》[5]这本诗歌民间刊物的作品汇编，涵盖了从1985年创刊至1995年停刊的完整时段。

　　如果说"遗照"意在彰显"历史强行进入"造成了大历史的断裂，从而产生了一个相对独立的"九十年代文学"，那么"他们"则试图以自身的小历史的延续性和自足性，来表明80年代确立起来的口语

---

[1]　诗歌民间刊物《倾向》创办于1988年，主编为陈东东。1992年改刊名为《南方诗志》，1993年停刊。1994年起，陈东东与孟浪及当时旅居美国的贝岭、石涛等诗人在美国波士顿创办《倾向》，但不再是一本纯诗刊，而是一本综合性人文杂志。

[2]　程光炜：《导言：不知所终的旅行》，《岁月的遗照》，北京：社会科学文献出版社1998年版，第2页。

[3]　关于"知识分子写作"这一说法，最早出自何时何人，今已不可考。一种常见的观点认为，西川在1987年的"青春诗会"上提出了"知识分子写作"概念。但西川认为，从一开始，他与陈东东、张枣、欧阳江河等人对"知识分子"的理解就有所不同。

[4]　伊沙：《世纪末：诗人为何要打仗》，《1999中国新诗年鉴》（杨克主编），广州：广州出版社2000年版，第517页。

[5]　《他们》创刊于1985年，停刊于1995年，共印发了9期，早期的核心成员有韩东、于坚、吕德安、于小韦、小海、丁当、小君、马原、苏童等。

写作传统并没有因外部的历史突发事件而中断，而是以一种"潜在写作"[1] 的方式悄悄行进在 90 年代。这种看法在于坚、韩东那里，有着反复而清晰的表述。

这样，我们又回到了于坚的"诗歌之舌"。他在《诗歌之舌的硬与软：当代诗歌的两类语言向度》一文中说道："八十年代以来的当代诗歌，在外省尤其是在南方，诗歌写作的一个重要核心是口语化。当那种主要是为一个极端时代的意识形态的统一的普通话使汉语的舌头日益变硬之际，汉语在私下通过方言口语坚持着与常识和事物本身的联系。"[2] 在于坚看来，80 年代以降，口语写作以一种自发状态保持着自身传统的延续性。这种论述在于坚的《诗歌精神的重建》(1988)、《穿越汉语的诗歌之光》(1998)、《真相》(1999)、《当代诗歌的民间传统》(2001)，以及在韩东的《论民间》(1999) 等文论中成为一个被反复验证的事实。

但于坚、韩东等人并不否认某种断裂，它们存在于两个层面的事实：

第一个层面是时间的事实，即文学史意义上的断裂。韩东以 1976 年作为当代文学的起点，于坚以"第三代"[3] 诗歌运动，以及口语写作在 80 年代的复苏为起点，都是在表达一种断裂观。从中不难看出，

---

[1] "潜在写作"是陈思和在 90 年代提出的概念，指"那些写出来后没有及时发表的作品，如果从作家创作的角度来定义，也就是指作家不是为了公开发表而进行的写作活动"。参见陈思和：《中国当代文学史教程》，上海：复旦大学出版社 2008 年版，第 12 页。

[2] 于坚：《诗歌之舌的硬与软：当代诗歌的两类语言向度》，《诗探索》1998 年第 1 辑，第 12 页。

[3] 于坚认为，"第三代"诗歌在 70 年代末期就已经开始酝酿，其史实依据就是韩东等人创办的《老家》，钟鸣等人创办的《次生林》，于坚等人创办的《高原诗辑》，非亚、杨克等人创办的《自行车》等。参见于坚：《穿越汉语的诗歌之光 (代序)》，《1998 中国新诗年鉴》(杨克主编)，广州：花城出版社 1999 年版，第 4 页。

于坚、韩东所说的断裂，是指他们认可的某种写作一度"从文学史退出"。[1]

第二个层面是空间的事实，即文学场意义上的断裂。具体来说，是指"第三代"诗人在 90 年代初的分道扬镳。这种分化，无论是"遗照"，还是"他们"，都已不言自明，只不过是处理方式不同罢了。"遗照"通过篇幅结构上的主次安排，模糊了这种分裂；而"他们"则通过封闭式编选，明确了两种写作的分野。这里面值得注意的一个细节是，曾经在《他们》刊物上发表过作品的陈东东、陈超等诗人，因具有鲜明的"遗照"倾向，被排除在"他们"这个选本之外了。[2]

精神家谱的重建：虚构与追叙

表面上是两种诗歌选本的出版，实则是来自历史深处的两拨"诗歌兄弟"在离散多年之后重建各自的精神家谱。让我们想象，"历史强行进入"是发生于文学外部的一次历史断裂，从断裂现场走出的两拨"诗歌兄弟"对自己的过去和未来，发生了文学观念上的两歧性分化。

一种观念认为，过去已成废墟，未来必须从别处开始。这种观念就是"遗照"的诗学立场，它典型地表现为程光炜式的自述："但我'非非'式的、或者说准八十年代式的诗学趣味，一夕之间完全变了。"[3]

另一种观念认为，"历史强行进入"只不过是发生在政治经济生

---

[1] 参见于坚：《当代诗歌的民间传统》，《当代作家评论》2001 年第 4 期，第 90 页。

[2] 关于这一点，编选者小海在"后记"中给出了一个解释："由于篇幅限制和资料查找上的困难"。显然，这个理由有些勉强。

[3] 程光炜：《导言：不知所终的旅行》，《岁月的遗照》，北京：社会科学文献出版社 1998 年版，第 1 页。

活领域的突发事件，虽然改变了文学存在的外部环境，但有一种形成于 80 年代的自足的文学传统并不会因此而改变，它只不过是进入了"隐姓埋名"的存在状态。这种观念就是"他们"的诗学立场，它的典型表述是于坚式的："诗歌乃是一种特殊的非历史的语言活动，它的方向就是要从文学史退出。"[1]

如果把时间往前推移，回到 80 年代中期的"第三代"诗歌运动，我们可以看到，这两拨"诗歌兄弟"拥有共同的历史、家园和精神家谱。在老木编选的《新诗潮诗集》(1985)、唐晓渡和王家新编选的《中国当代实验诗选》(1987)、溪萍编选的《第三代诗人探索诗选》(1988)等较有影响力的诗歌选本中，这些"诗歌兄弟"济济一堂，求同存异，把酒言欢，共享着游戏的盛宴和创造的荣光。一直到 80 年代末 90 年代初，"历史强行进入"致使他们对过去的文学记忆发生了偏差：一部分人产生了隔膜，一部分人则愈发迷恋。

曾经共有的精神家园已不在，兄弟情分也变薄了，这是大历史的断裂造成的文学记忆的创伤。在经过休整之后，他们要做的，就是重建各自的精神家谱，也就是修复各自的文学记忆。但如何重建精神家谱，他们有着截然不同的方法。

西川在其代表作《虚构的家谱》(1993)中写道：

> 我虚构出众多祖先的名字，逐一呼喊
> 总能听到一些声音在应答；但我
> 看不见他们，就像我看不见自己的面孔[2]

---

[1]　于坚：《当代诗歌的民间传统》，《当代作家评论》2001 年第 4 期，第 90 页。

[2]　西川：《虚构的家谱》，《西川的诗》，北京：人民文学出版社 1999 年版，第 202 页。

　　诗人写下这首诗，正是"历史强行进入"发生之时，也是"知识分子写作"初备理论体系之时。在这个历史节点上，西川道出了一种历史幻灭感。诗人重构精神家谱的办法，就是"虚构出众多祖先的名字"。90年代以来，西川成为"知识分子写作"最具代表性的诗人之一，他虚构自己的"精神家谱"，并非仅仅在自己的诗歌作品中说说而已，而是付诸具体行动：不遗余力地构建海子的精神谱系，将这位在1989年卧轨自杀的诗人及其精神遗产确认为"知识分子写作"的精神源头。[1]海子的意外死亡，与"历史强行进入"发生在同一年份。这种巧合无疑加剧了西川等诗人的历史幻灭感，同时也强化了他们的断裂感：历史是一场精神错觉，祖先是虚构的，当下也是可疑的，"就像我看不见自己的面孔"。这种历史意识和现实立场，几乎是所有"知识分子写作"诗人的共性。他们的语言弥漫着"历史强行进入"的精神创伤，以及在"不知所终的旅行"[2]中产生的无边忧患。

　　几乎在同一时间，于坚开始重申80年代的诗歌传统。他在1994年至1995年间写下的·"棕皮手记"中说道，80年代的前卫的诗歌革命者，"今天应该成为写作活动中的保守派"，应该"坚持那些在革命中被意识到的真正的有价值的东西"。[3]于坚所谓有价值的东西，正是他在1998年提出的"诗歌之舌"的柔软一面。在于坚看来，传统不依附于时代洪流，而是以日常人生为根基。[4]日常人生是具体的、局部的、细节的，由此构建起来的精神家谱，也是写实的，可追忆的。于坚对待精神家谱的这种立场，在他创作于1985年的代表作《尚义

[1]　参见海子著，西川编：《海子诗全编》，上海：上海三联书店，1997年版。

[2]　程光炜为《岁月的遗照》写的导言，标题就叫"不知所终的旅行"。

[3]　参见于坚：《棕皮手记·1994—1995》，《拒绝隐喻》，昆明：云南人民出版社2004年版，第25页。

[4]　同[3]，第25—30页。

街六号》中已可见一斑。诗人追叙了几位年轻人居住在"尚义街六号"的琐碎生活，正是一段活态的精神家谱。在于坚笔下，"过去"呈现出一种写实的、自发的、日常的现实存在感，是吴文光、朱小羊、李勃、费嘉等等活色生香的真实人物，以及他们之间的恩恩怨怨、吵吵嚷嚷，他们也有"终于走散"的一天，"剩下一片空地板／像一张旧唱片，再也不响"，但是"在别的地方／我们常常提到了尚义街六号／说是很多年后的一天／孩子们要来参观"。[1]

西川虚构家谱，于坚则追叙当年兄弟的人间聚散。二者之细微差异，正是"遗照"与"他们"这两部精神家谱之关系的一个缩影。

走向"出版竞赛"：以两部年鉴为例

"遗照"和"他们"出版之后，中国诗坛两大阵营又各自编选了《现代汉诗年鉴·1998》（唐晓渡主编，下文简称"唐版年鉴"）和《1998中国新诗年鉴》（杨克主编，下文简称"杨版年鉴"）。若说"遗照"和"他们"是重建各自的精神家谱，那么唐版年鉴和杨版年鉴已演变为一场针锋相对的"出版竞赛"。唐晓渡在"唐版年鉴"《前言》中说道：

> 就在我们编纂本《年鉴》的同时，另一批朋友也在编纂《中国新诗年鉴·1998》。以中国之大，"诗歌人口"之多，诗歌传统之源远流长，两本《年鉴》非但不多，甚至还不够。更客观、更公正的评估来自更多的参照。相信这不是什么特别的奢求。[2]

---

[1] 参见于坚：《尚义街六号》，《一枚穿过天空的钉子》，昆明：云南人民出版社2004年版，第132—133页。

[2] 唐晓渡：《前言》，《现代汉诗年鉴·1998》，北京：中国文联出版社1999年版，第2页。

这段话看似皆大欢喜，实则绵里藏针。

不同于运动性竞技比赛，出版竞赛是发生在观念层面的较量，无声，亦不可见。不过，透过两本年鉴的编委会和体例，依然可以清晰勾勒出这场出版竞赛的总体格局，以及双方的策略安排。

先看编委会。

"杨版年鉴"的编委会是一个由八人构成的"南方集团"，他们分别是杨克、韩东、于坚、温远辉、谢有顺、李青果、黎明鹏和杨茂东。韩东来自南京，于坚来自昆明，其余六人均来自广州。在这个编委会成员中，对一本年鉴的品位和性格起到决定性作用的，有三人，他们是于坚、韩东和杨克。于坚、韩东是80年代以来口语写作的灵魂人物，而杨克是这本年鉴的主编。不仅如此，他们一度还是《他们》这本诗歌民间刊物的编者或作者。[1] 这一层历史关系，已揭示了"杨版年鉴"的历史资源。

在编委会的其他五个成员中，有两个人的身份显得特殊，他们是黎明鹏和杨茂东。此二者均有持续的诗歌写作史，但在中国诗坛并无名声。他们的阳光身份是体制外商人和个体经营者，与丰富的市场经验相关联。如果没有这两个人的参与，"杨版年鉴"就没有了资金和营销，也就不可能风生水起。更关键的是，这两个特殊成员的加盟，实际上已泄露了这本诗歌年鉴的市场化策略。关于这一点，杨克在"工作手记"中直言不讳，称"在1998年的中国，我们组成的，可能是既

[1]　韩东与于坚是《他们》的创办人，而杨克是在90年代成为《他们》的作者。杨克在1998年春节想到编选《中国新诗年鉴》，便是缘于由他和小海主编的《〈他们〉十年诗歌选》已经付梓印刷而产生的"猛然醒悟"。详见杨克：《98工作手记》，《1998中国新诗年鉴》，广州：花城出版社1999年版，第517页。

能选出好诗，又能使编选成果进入市场的唯一的工作班子"。[1]

再看"唐版年鉴"，编委会成员有十三人，分别是陈超、多多、芒克、牛汉、欧阳江河、唐晓渡、西川、向明、奚密、杨炼、郑愁予、翟永明和臧棣。这份名单构成比较复杂，但从第一次编务会的参加者来看，其核心成员实际上就是以"知识分子写作"为主的"北京集团"，包括唐晓渡、西川、欧阳江河、臧棣、张仁平和芒克。[2]

以"北京集团"为中心，"唐版年鉴"邀请了一批有影响力的外围诗人加盟编委会，如"七月派"著名诗人牛汉，"朦胧诗"重要诗人多多、芒克，"第三代"诗人翟永明，台湾诗人郑愁予、向明，以及身在美国的学院派诗人奚密等等。他们出现在编委会名单中，未必承担实际编务，却可淡化这本年鉴的帮派色彩，即彰显其"更客观、更公正"的编选原则，也凸显其"面向世界范围内的现代汉语诗歌写作"的国际化策略。[3]

再看体例。

"杨版年鉴"共有七卷，其中前六卷为诗歌作品，第七卷为诗学理论。前六卷根据杨克的说法，采用了归类法，"将某一方面具有一致性的诗人放在一起"。[4] 但这种一致性并无统一的分类尺度，甚至每一卷的一致性具体指什么，也未曾说明。如果做定性描述，可大致归类如下：

第一卷是 90 年代出道且已有影响的壮年派口语写作诗人；第二卷是 80 年代已经成名的中年的口语写作诗人；第三卷是"知识分子写作"的代表；第四卷是 90 年代出道却不被关注的口语写作诗人；

---

[1]　参见杨克：《98 工作手记》，《1998 中国新诗年鉴》，广州：花城出版社 1999 年版，第 518 页。

[2]　参见芒克：《瞧，这些人》，长春：时代文艺出版社 2003 年版，第 171 页。

[3]　参见唐晓渡：《前言》，《现代汉诗年鉴·1998》，北京：中国文联出版社 1999 年版，第 2 页。

[4]　参见杨克：《98 工作手记》，《1998 中国新诗年鉴》，广州：花城出版社 1999 年版，第 519 页。

第五卷是已在官方诗坛占据重要位置的老诗人；第六卷是被历史埋没的重要诗人，包括胡宽、灰娃两位。

需要特别说明的是，在1998年重返文坛的食指被安置在第二卷，而不是第六卷。编选者对此解释道，在"知青三十年"纪念思潮中，食指的旧作刊发于1998年的各大刊物，理当被视为该年度重要作品收入年鉴。[1] 显然，编选者认为食指已在这一年重新浮出历史水面，不再是被埋没的诗人，但毫无疑问，他被看作口语写作的重要诗人。

各卷之间似乎没有统一的分类标准，但细看之下，又恰好符合以于坚为代表的口语写作诗人的秩序观：拒绝统一的标准，回归日常生活的杂乱无章。它们就像一家场面嘈杂的馆子，乍一看让人眼花缭乱，但凑在一桌吃饭的，都是自家的人。在这个杂乱的场景中，我们可以辨认出身份认同的隐形政治，看似漫不经心，实则自有安排。

在整体结构的安排上，"杨版年鉴"也并非毫无章法。它更像是一场"诗人足球赛"，口语写作布下了围堵"知识分子写作"的阵法：

第一卷是前锋，由口语写作的青壮年诗人担任；第二卷是中场，由口语写作的中年诗人担任；第三卷是被围剿的对手，由"知识分子写作"部分代表构成；第四卷是后卫，由口语写作的潜在实力派诗人担任；第五、六卷是"特邀观摩嘉宾"，由体制内外的老诗人组团构成；第七卷是"现场评论员"，由倾向于口语写作的诗评家构成。

从整体布局看，将口语写作的青壮年诗人安排在前锋位置，以击破"知识分子写作"试图构建的"中年写作"[2] 神话，显示了这本年鉴编选的核心策略，同时也是在兑现他们公开标榜的"应给新涌现的诗

---

[1] 参见杨克：《98工作手记》，《1998中国新诗年鉴》，广州：花城出版社1999年版，第519页。

[2] 参见欧阳江河：《89后国内诗歌写作：本土气质、中年特征和知识分子身份》，《花城》1994年第5期，第197—208页。

人以应有的位置"[1] 的编选承诺。

与"杨版年鉴"的趣味毕现不同，"唐版年鉴"则试图以一种常规体例来模糊趣味立场。它由四个板块构成：年度优秀诗歌作品；年度优秀诗歌理论和批评作品；编委会推荐年度作品篇目及年度部分诗歌评论索引；年度诗坛大事记。前两大板块是主体，在作品编排上不再细分和归类；后两个板块是补充，类似一部学术著作的参考文献、索引和附录。整个体例的设计，并无突出某种特定的美学趣味，意在向读者传达"客观公正地反映本年度汉语诗歌的整体风貌"[2] 的编选原则。这与"杨版年鉴"公开凸显自己的艺术趣味大不相同。后者也正是"唐版年鉴"要尽量避免的，因此唐晓渡在前言中说道，相对于那些"标榜、强调某一特定美学追求"的选本，这本年鉴在很大程度上"带有妥协色彩"。[3]

所谓妥协，不过是一种谦虚的说法，其实正是一种典型的"知识分子写作"立场。这种立场奉行学院派知识分子的知识本位准则，试图将诗歌审美判断问题转化为客观、公正的诗歌知识学问题，即便是在诗歌创作实践中，也应该把知识而非价值放在第一位。因此，唐晓渡说道，虽然这本年鉴也奉行"艺术本位和好作品主义"，但"由于年鉴的首要特征在于其文献性，而所谓'文献性'要求价值中立，兼收并蓄，故'艺术本位'云云，多少要打些折扣"。[4]

价值中立是一种学术准则，也是学院派知识分子的护身法宝。"知识分子写作"试图将这种准则植入诗歌实践场域，恰好体现了他们在

---

[1]　杨克：《98 工作手记》，《1998 中国新诗年鉴》，广州：花城出版社 1999 年版，第 519 页。

[2]　唐晓渡：《前言》，《现代汉诗年鉴·1998》，北京：中国文联出版社 1999 年版，第 2 页。

[3]　同 [2]，第 1 页。

[4]　同 [3]。

90 年代开始推行的向知识转化、向学院靠拢以及向国际接轨的路线。这条路线也正是"杨版年鉴"试图给予反驳的。杨克在该年鉴的工作手记中明确提出了这一点："诗歌写作不能成为知识的附庸，并非能够纳入西方价值体系的就是好诗，诗应是可以独立呈现的，直指人的内心的，也是诉诸于每个读者艺术直觉的。"[1] 有鉴于此，杨克声明道，他们要编选的年鉴，不同于"方方面面都照顾到的那种四平八稳的选本"。[2]

民间立场：选本引发论战的因素之一

从"家谱重建"到"出版竞赛"，是两拨"诗歌兄弟"从内在分歧走向公开对峙的过程。它们是导火索，也是火花，只要轻轻一擦，便引爆了"盘峰诗会"的正面交火。伊沙曾在一篇回忆文章中大肆渲染了两种诗选的出版对这次论战起到的导火索作用。[3] 他是站在其中一方立场来回忆诗会现场的，其真实性难免被怀疑，不过多年以后公开的一份旁观者笔录，可以证实伊沙所言不虚："盘峰诗会"伊始，诗人们便围绕着各自编选的两种诗歌选本展开第一回合的较量。[4]

恰如激烈的军备竞赛预示着一场无法避免的战争，关于两种选本与一次论战的关系，就这样被建立起来了。

有一个细节值得注意："盘峰论战"始于 1999 年 4 月中旬的"盘峰诗会"，而"唐版年鉴"一直到 5 月初才印刷出来。因此，在"盘峰诗会"现场，引发争端的选本是"杨版年鉴"与程光炜主编的"遗

---

[1]　杨克：《98 工作手记》，《1998 中国新诗年鉴》，广州：花城出版社 1999 年版，第 518 页。

[2]　同 [1]。

[3]　参见伊沙：《世纪末：诗人为何打仗》，《1999 中国新诗年鉴》（杨克主编），广州：广州出版社 2000 年版，第 515 页。

[4]　参见柴福善：《一个旁观者的实录》，《诗探索中国新诗会所会刊》2012 年第 1 期（盘峰诗会资料汇编），第 5 页。

照"。但这并不意味着将"唐版年鉴"与"杨版年鉴"做比较是失效的，也不意味着将"唐版年鉴"视为"盘峰论战"的导火索之一，犯了前因后果的倒置错误。因为"盘峰论战"持续日久，真正的高潮是在"盘峰诗会"之后，其中论争的焦点之一，便是"唐版年鉴"与"杨版年鉴"的比对。[1] 换个角度看，无论是"杨版年鉴"，还是"唐版年鉴"，它们的编选工作在1998年就已启动，"对方"的一举一动都被密切关注着，因年鉴编选而针锋相对的气氛已然隐约可见。

在过去二十年（指1978年以来），诗坛从未出现过两边倒的"出版竞赛"，也从未因诗歌选本的出版而触发大规模的论战。到了90年代末，诗人之所以对诗歌选本的出版变得如此敏感，不得不提一段特殊的诗歌出版史。

埃斯卡皮指出："凡文学事实都必须有作家、书籍和读者，或者说得更普通些，总有创作者、作品和大众这三个方面。于是，产生了一种交流圈，通过一架极其复杂的，兼有艺术、工艺及商业特点的传送器，把身份明确的一些人跟多少有点匿名的集体联结在一起。"[2]

回到当代中国诗歌史，这个文学事实却有着特殊的存在形态。由于出版被视为意识形态生产与控制的一个关键环节，在1949年以后相当长一段时期，书籍只能以一种计划性商品和特权性资源纳入高度集中的生产轨道，一般的工具性书籍的出版尚且困难，更遑论诗歌图书了。有鉴于此，于坚说道，80年代以来"真正的诗歌通常只能通过民间的渠道发表，二十年来，杰出的诗人无不出自民间刊物"。[3] 以这个

---

[1] 参见于坚：《真相：关于"知识分子写作"和新潮诗歌批评》，《诗探索》1999年第3辑，第30—48页。

[2] [法] 埃斯卡皮著，于沛选编：《文学社会学——罗·埃斯卡皮文论选》，杭州：浙江人民出版社1987年版，第1页。

[3] 参见于坚：《穿越汉语的诗歌之光（代序）》，《1998中国新诗年鉴》（杨克主编），广州：花城出版社1999年版，第1页。

特殊的诗歌出版史为背景，中国诗坛生成了一个"诗歌在民间"的交流圈，"第三代"诗歌运动就是在这个交流圈里产生的。

以民间诗刊为依托的交流圈让诗人获得了自足、自主与自由的艺术生产空间，但它却是封闭性的，仅限于诗人之间的内部交流，即便有经典作品，也行之不远。对于多数诗人而言，通过官方渠道正式出版诗歌作品，让自己走向更加遥远、广阔的理想读者中去，成了一种迫切性愿望。出版资源越稀缺，这种愿望就越强烈。诗人为了获得正式出版的权利，往往需要付出巨大代价，对此，于坚以"倾家荡产"形容之。[1] 他本人的出版经历，就是这种特殊事实的一个生动注脚。在 2001 年出版《于坚的诗》之前，于坚"经历了一个漫长的不能出版诗集的时期"，《诗六十首》（1989）和《对一只乌鸦的命名》（1993）都是在自掏腰包或他人资助的情况下出版的，最后又不得不以邮寄方式自行销售这些书籍。[2]

由于出版不易，诗人对出版资源的流动变得敏感。由此不难理解，为何"盘峰诗会"一开场，诗人就围绕着两本诗选较起劲来。而于坚在会后撰文批评"知识分子写作"，称其现实好处就是"诗集、选集却一套套的公开正式地出版"。[3]

之所以要提这段特殊的诗歌出版史，是因为它牵涉到的，不仅仅是出版本身的问题，还有诗人对不同命运的尖锐感受，当然还有统一的"第三代"诗歌美学的破产。在于坚看来，"知识分子写作"突然间宣布与 80 年代告别，并不完全是因为如程光炜所说，"准八十年代式的诗学趣味，一夕之间完全变了"。于坚认为，趣味变化的背后，

[1]　参见于坚：《真相：关于"知识分子写作"和新潮诗歌批评》，《诗探索》1999 年第 3 辑，第 45 页。
[2]　参见于坚：《后记》，《于坚的诗》，北京：人民文学出版社 2001 年版，第 399 页。
[3]　同 [1]。

还有着精确的利益计算。他撰文指出，"知识分子写作的秩序和责任，乃是为了与主流意识形态和道德主义达成'某种话语缝合的状态'"。[1] 在"盘峰论战"整个过程中，不止于坚一人，谴责"知识分子写作"抛弃了"诗歌在民间"的立场，取而代之向主流靠近的犬儒策略。

作为一种对抗，或是一种话语策略，一个关于"民间立场"的概念日渐变得清晰起来。根据杨克的回忆，在"杨版年鉴"即将付梓之际，杨茂东建议在封面打上一句"广告词"，于是杨克想出了"真正的永恒的民间立场"这一说法。由于出版社提出异议，杨克最后又给这句广告语加了一个限定语，最终体现在封面上的一句话是："在艺术上我们秉承：真正的永恒的民间立场。"[2] 但"民间立场"这一表述，最早并非出自杨克，而是出自于坚。在《1998 中国新诗年鉴》序文中，于坚用了较大篇幅阐述了何为民间立场。

"盘峰论战"是诗学立场之争，也是历史遗留问题之争，更是两大诗人阵营的利益之争。但所有争执的前提，是"知识分子写作"和"民间立场写作"这两个对立阵营的出现。在"盘峰诗会"上，"民间立场写作"第一次成为一个特定指称（这个指称在论战过程中一度缩减为"民间写作"），与"知识分子写作"针锋相对。

回顾历史，两拨"诗歌兄弟"在十年前分道扬镳，一拨兄弟早早就以"知识分子写作"自我命名，另外一拨兄弟一直到 1998 年才提炼出"民间立场"的身份标签。这个时间差并非偶然，恰是"历史强行进入"的后果。在 80 年代中后期，"诗歌在民间"不仅是活跃的，而且是公开的、合法的。但在"历史强行进入"之后，"诗歌在民间"

---

[1] 参见于坚：《真相：关于"知识分子写作"和新潮诗歌批评》，《诗探索》1999 年第 3 辑，第 45 页。

[2] 参见杨克：《中国诗歌现场——以〈中国新诗年鉴〉为例证分析》，《南方文坛》2007 年第 3 期，第 21 页。

已转入隐匿状态。在此背景下，一部分诗人开始转换了话语策略，提出"知识分子写作"的秩序与责任，在一定程度上保证了诗人处于曝光状态；另外一部分诗人继续处于潜在状态，一直到90年代末才又浮出水面。

之所以是在90年代末，有两个背景因素可作解释：

其一，中国思想界在90年代末开始涌动着一股"重返民间"的思潮，其中隐含的重要思想动力就是对"文化大革命"时期处于地下状态的思想资源的挖掘。这股思潮在文学界是同步进行的，1998年"食指归来"即是一例。当然，更突出的表现是在文学研究领域。90年代中后期，众多文学研究者开始了民间维度的文学史研究，典型者如陈思和，是90年代以来最早关注民间命题的文学研究者之一，1997年在台湾出版论文集《还原民间》，此后又提出了"无名写作""潜在写作"等重新表述当代文学史的重要观点。[1] 在"重返民间"思潮中，"民间"已生成一种视角。在这个视角的触动下，"民间立场"应运而生了。杨克提出"真正的永恒的民间立场"，看似灵光偶现，实则大环境使然。

其二，"知识经济"[2] 在90年代末登陆中国，推动了民间资本对知识生产的介入，其重要影响之一，就是出版资源向民间资本分流。这也就意味着，原本处于沉潜状态的诗人，开始具备了驾驭出版资源的能力。一部分诗人在90年代初便已投身于民营出版业，在90年代末成了各种畅销书的主要运营者。例如诗人万夏在1998年推出《黑镜头》

---

[1] 参见陈思和：《中国当代文学史教程》，上海：复旦大学出版社2008年版，第1—15页。

[2] 知识经济又称新经济，是建立在知识和信息的生产、分配和使用基础上的经济形态。知识经济理论形成于80年代的欧美国家，代表性论者和论点是美国加州大学教授保罗·罗默在1983年提出新经济增长理论。中国在90年代末开始提"知识经济"，不仅意味着中国的经济结构开始发生重大转型，而且意味着国家开始在意识形态领域启动了市场体制。

系列，第一卷卖出 600 多万册，开启了中国图书市场的"读图时代"。在此背景下，"民间立场写作"自我曝光的能力开始上升，最终形成与"知识分子写作"平行对峙的状态。

无论是"民间立场写作"，还是"知识分子写作"，追根溯源，它们都是来自民间自发的诗歌运动。即便是进入 90 年代之后，二者谁更民间一点，也难有公论。事实上，在"盘峰论战"过程中，"知识分子写作"诗人反复申辩，他们的精神立场也是民间的。但是借助一段具体的诗歌出版史，我们看到了他们在历史深处的精神裂隙。

由于沉潜的压抑，也由于历史的天平在发生新的倾斜，"民间立场写作"在 90 年代末终于爆发出了力量，对"知识分子写作"发起了挑战。无论是"家谱重建"，还是"出版竞赛"，抑或是绵延日久的"盘峰论战"，"民间立场写作"一直处于一种压倒性亢奋状态。

市场策略：选本引发论战的因素之二

从"家谱重建"到"出版竞赛"，其核心要义都是重新确立当代诗歌的社会属性，即诗人及其作品通过出版物重新建立起与当代社会的联系。这是当代诗歌写作走向边缘化、个体化之后，诗人必须面对的最大现实。不管"民间立场写作"和"知识分子写作"在立场上有何不同，他们都不约而同地陈述了自己的边缘化处境和个人化姿态，这里面有自我悲情的成分，但也并非全然惺惺作态。

在当代社会语境中，诗人因其难以被现代理性文明驯化而被定义为"社会病人"，他们的"反社会"形象在食指、海子、顾城等案例中被极端渲染，以至于声名狼藉。90 年代以来，诗人们一方面认同这种现实，另一方面却反抗这种现实。所谓认同，就是证明诗歌"无用之用"的合理性，指出诗歌是一种非功能性社会产品；所谓反抗，就是重新确认当代诗歌的社会属性，寻找自己的读者群，从而建立起相对稳定的当代诗歌生产系统。

对于如何重建当代诗歌写作的社会属性，"知识分子写作"在90年代初便已有了答案。尽管他们声称只为自己写作，但这只不过是现代知识分子共同营造的象牙塔神话。这个神话之所以成立，且追随者日众，是因为象牙塔作为一块神圣领地已成为现代人共同守护的精神家园。象牙塔只是一种象征，它的现实领地是学院体系，是一个由大学和其他学术机构构成的社会特区。在这个特区内，知识的生产带有实验性特征，并且在特定范围内传播，从而构成一个自足的社会系统。从长远来看，这个社会特区并非是绝对封闭的。因为学院体系不仅生产知识，而且生产"知识人"。这些"知识人"源源不断涌向学院之外，成为社会扩大再生产的领导阶层。1949年以后，中国的学院体系一度遭受重创，特别是在"文化大革命"期间，几乎陷入瘫痪状态。"文化大革命"结束后，大学招生和教学逐步恢复，但以"社会特区"来自觉建制，始于90年初。"知识分子写作"这一诗学主张的提出，及其理论体系的构建，都是在这个体制背景中完成的。它与90年代以来学院体制的建设是一个同步过程。持此写作立场的诗人，不仅普遍身居学院，而且毫不讳言他们的学院情怀。所谓"秩序与责任""价值中立""文献性"等等，均是90年代以来学院派知识分子的普遍追求。在这种追求的背后，也包含着"知识分子写作"对自身的社会属性的界定。

不要忘了，还有一批诗人在90年代初并未向学院转型，而是朝市场走去。这些诗人中最具代表性的群体是"他们""非非"和"莽汉"。在90年代初，这些诗群的代表性诗人成了中国诗坛最踊跃的辞职者。仅以"他们"为例，1992年韩东、吕德安、于小韦辞职，1993年朱文辞职，1994 年吴晨骏辞职。这些诗人都是"他们"诗群的核心力量，在 80 年代的"第三代"诗歌运动中，都还是体制内的人。但转眼间，他们都纷纷卸下体制身份，消失于市场社会的茫茫人海之中。

如果说一批诗人遁入学院是顺了 90 年代初的学院化潮流，那么另外一批诗人逃出体制则是顺了市场化潮流。在"历史强行进入"之后，"知识分子写作"诗人，包括许多持相近精神立场的小说家，都对来势汹涌的市场经济或抗拒，或疏远。欧阳江河在 1993 年写下了一首著名的《关于市场经济的虚构笔记》，在结尾写出"自己不是新一代人"，"忘记我在这里"[1] 的诗人独白，以此表达一种置身场外和独善其身的心态。但对于坚、韩东等诗人而言，市场经济是一种期待，也是一种新的历史承诺。

韩东等人辞职时，正是官方宣布推行市场经济体制的起始年份。诗人显然对这个时代的气候变化做出了敏锐反应。同为"他们"成员的于坚，并没有在那个时间节点卷入"辞职潮"，似乎可以解释为他远在云南，置身潮流之外。但是通过于坚在 1992 至 1993 年间写下的诗学笔记，不难看出，于坚正在紧张地思考着市场对于一个诗人来说意味着什么。他如此写道：

> 在市场的社会中，总体话语将被"看不见的手"不断支离、消解。最终体现出价值的东西，将是来自个人的（并非什么"自我"的），相对于过去的时代的文化价值呈现为"0"的东西，诗人心态是"自在"、"自己承担责任"，因为他不再有某种一致的语境

---

[1] 欧阳江河：《关于市场经济的虚构笔记》，《谁去谁留》，长沙：湖南文艺出版社 1997 年版，第 214 页。

可以依附……[1]

　　显然，于坚对市场是持肯定性态度的。

　　市场意味着某种期待已久的解放和自由。

　　但对于在 90 年代义无返顾奔向市场的多数诗人而言，市场只是一个无法兑现的空头承诺。辞去公职的诗人们丧失了体制身份，体制内资源已经和他们无关，出版诗集难上加难；多数刊物仍按旧有体制运行，属于国家计划性生产，稿酬标准极低，不足以支撑自由撰稿人的经济生活；文化市场几乎一片空白，即便有，也是粗放低端的，仅有地摊文学招摇上市，先锋诗人们普遍找不到自己的市场领地，除非他们放下诗歌的身段，或者彻底放弃诗歌。这就是走向市场的诗人们在 90 年代普遍面临的困境。身份的丧失，生存的挣扎，出版的困难等等，让他们意识到，他们对市场的美好期待落空了。杨克等人在 1998 年 2 月开始策划《中国新诗年鉴》时，感到力不从心者，便是“将它推向市场”。他甚至直言：“好诗无法进入更多普通读者的视野，这就是困扰二十世纪九十年代诗歌的症结！”[2]

　　直到黎明鹏和杨茂东的加盟，杨克才有了信心。

　　黎明鹏和杨茂东均是在市场摸爬滚打多年的商业个体户，也是离开了单位的“文学个体户”。他们加盟“杨版年鉴”编委会，看似偶然，实则是隐藏在时间背后的必然。此时已是 90 年代末，广州作为中国市场经济的前沿阵地，不再是《废都》中的一种遥远的文学想象，而是许多诗人、作家和文学人士无法起身离去的日常现实。换言之，商业的浪潮已涌进了文学场的内部空间，而身处这个空间的人们，也具

---

[1]　于坚：《棕皮手记·1992—1993》，《拒绝隐喻》，昆明：云南人民出版社 2004 年版，第 23 页。

[2]　杨克：《98 工作手记》，《1998 中国新诗年鉴》，广州：花城出版社 1999 年版，第 517 页。

备了应对和利用商业浪潮的经验。把商业浪潮的能量转化为文学的能量,正是许多"文学个体户"的抱负。直到 90 年代末,这种抱负才算是落了地。

在广州,"杨版年鉴"的策划与出版,其实是市场策略的一次成功实施。在此之前,除了汪国真这样的青春励志诗人,没有哪一位诗人敢想象,他们的诗歌作品可以通过市场路径走向读者。1993 年,诗人万夏下海经商,用赚来的第一桶金出版了《后朦胧诗全集》,但这只是一次自费出版行为,诗集印刷出来之后并没有进入市场自由流通 [1],在经济上不仅无利可图,而且需要垫付巨额出版经费。"杨版年鉴"的出版,改变了当代诗人为出版诗集而"倾家荡产"的局面。根据杨克的说法,这本年鉴首印二万册,旋即售罄。[2] 这是一个新的时代信号,表明诗人不仅可以出版诗集,而且赢得了进入市场流通的能力。如果对这种信号作语义换算,则表明,诗人可以通过市场走向公众,重新确立与社会的有机联系。

无怪乎"盘峰诗会"一开始,杨克得意道:"诗歌还是可以走向大众的。"[3]

如果没有市场策略的成功落地,"民间立场写作"就不可能以如此迅猛之势抬头,也不可能在"盘峰诗会"上主动发起攻势,从而激发了绵延日久的"盘峰论战"。

事实上,从历年"杨版年鉴"的出版情况来看,这个选本并没有

[1] 由于无法顺畅进入图书发行渠道,《后朦胧诗全集》仅被少数图书馆收藏,导致这套由上下册构成的全集在多年以后的二手书市场上奇货可居,售价极高。

[2] 参见柴福善:《一个旁观者的实录》,《诗探索中国新诗会所会刊》2012 年第 1 期(盘峰诗会资料汇编),第 5 页。

[3] 同 [2]。

给出版商和发行商带来利润。据杨克透露，每年杨版年鉴赠送掉的码洋高达人民币三万多元，商业发行上的努力，不足以填补书籍赠送的相应亏损。[1] 但赔本的生意并不意味着非市场化，也不意味着没有人去做。许多年后回头看，"杨版年鉴"的"市场意识"是具有先锋意味的。这是一次让人脑洞大开的尝试，此后中国诗人逐步放弃了"抵抗投降"[2] 的姿态，开始了"诗歌上市"的探索之路。这种尝试的先锋意义，不仅是为当代诗歌开辟了一条市场之路，也勾连出了历史深处的断裂纹路。

第三节　诗会：文学社交关系的恶化

诗会与社交：当代文学的特殊传统

诗会可以是诗歌研讨会或诗歌朗诵会的任何一种形式，是经由国家意识形态部门审查并批准的"诗歌聚会"。回顾80年代以来的当代诗歌史，我们发现，诗会亦是一种特殊的文学社交传统。诗人们往往会在其自述性文字中介绍自己参加诗会的经历。例如，在翟永明的公开档案中，有这么一条："1986年，《诗刊》举办'青春诗会'，邀请翟永明参加，同时还邀请了于坚、韩东。"[3]

诗人们之所以将参加诗会的履历写进个人文学史，是因为他们知晓，诗会在当代中国具有特殊的含义。它不仅证明了诗人的"进场"

---

[1] 参见杨克:《中国诗歌现场——以〈中国新诗年鉴〉为例证分析》,《南方文坛》2007年第3期,第22页。

[2] 面对突如其来的商品经济大潮,张承志、张炜等作家在90年代初提出了"抵抗投降"的立场。萧夏林据此主编了"抵抗投降"书系,包括《忧愤的归途》(张炜)、《无援的思想》(张承志)两册。

[3] 参见万静:《翟永明:"少就是多"》,《南方周末》2007年3月1日。

和"在场"，而且暴露了诗人的"同道关系"。在 1998 年的事件现场，翟永明同时被引为"知识分子写作"和"民间立场写作"的代表性诗人，一则因为两大阵营的诗学立场并无绝对界限，再则因为通过以往的大大小小的诗会，他们已确立了错综复杂的"同道关系"。这种关系不仅停留在台面上，而且促成了私人交往的深入。在此意义上，诗会可以被视为一种文学社交形式。

在 50 年代至 70 年代的多数时期，由作家自主的、脱离群众政治运动的文学聚会是不被许可的。无论是文艺沙龙，抑或文学结社，均承担了难以估量的政治风险。1957 年的"探求者"事件、1968 年的"郭世英案"，都是文学聚会留给历史的巨大阴影。

但 1980 年的两个诗会，不仅改写了文学聚会的政治宿命，而且开创了诗会在当代诗歌史的特殊传统。一个是"南宁诗会"，于 1980 年 4 月在广西南宁举行，在会上，谢冕、孙绍振等诗评家为新诗潮辩护，爆发了"朦胧诗"论战。一个是"青春诗会"，由《诗刊》主办，于 1980 年推出第一届，此后除少数年份，每年一次。由于"朦胧诗"及"第三代"的一些重要诗人早年参加过"青春诗会"，他们的成名，无疑也增加了这个诗会的权威性和影响力。

多数观点认为，"盘峰诗会"是一个标志性事件，不仅爆发了"民间立场写作"与"知识分子写作"的诗学争论，而且最终导致了诗坛内部的公开分裂，从而开启了新世纪诗坛的无序和混乱。这是事件史研究者最有可能得出的一般结论，正如安史之乱被视为唐朝由盛转衰的转折点，鸦片战争被视为中国近代史的开端。通常，思潮史研究者也迷恋于事件的阐释，其结果就是，一种思潮往往因"被事件化"而丧失了自己的历史。

如果不把"盘峰诗会"当作一个重大事件，而只是一种文学社交关系的恶化，那么通过这种关系的历史追溯，我们可以看到一种渐变式的观念运动。

1998年至1999年的三次诗会，正好呈现了通往"盘峰论战"的运动轨迹。

北苑诗会：论战之前的"缺席审判"

1998年3月20日至22日，后新诗潮研讨会在北京北苑宾馆召开，简称"北苑诗会"。[1] 从会议本身来看，整个过程虽有争鸣，却无争执，因而被看作一次波澜不兴的大会。但是会议甫一结束，对其质疑之声便陆续出现，这次诗会也成为"民间立场写作"对"知识分子写作"进行"秋后算账"的口实。

在当代诗歌理论界，"后新诗潮"是一个特定说法，它针对80年代初期的"新诗潮"（又称"朦胧诗潮"）而言，特指与80年代中后期的"第三代"诗歌运动相伴随的诗潮（又称"后朦胧诗潮"）。在这个诗潮中应运而生的历史主体，便是"第三代"诗人，他们在90年代分道扬镳，成为"知识分子写作"与"民间立场写作"的代表性诗人。

"北苑诗会"的首要议题，是对后新诗潮的历史范畴进行界定，也就是对"第三代"诗歌运动进行时间性审判。会议主流观点认为，后新诗潮酝酿于80年代初期，形成于80年代中期，90年代以来其代表性诗人群体解散，取而代之的，是一批"有特色的后新诗人或称先锋诗人"。[2] 所谓有特色的"后新诗人""先锋诗人"，其实是特指"知识分子写作"。这个论断与程光炜编选的《岁月的遗照》形成了某种呼应。

---

[1] 该诗会由北京作家协会、中国当代文学研究会、清华大学中文系和《诗探索》编辑部联合主办。

[2] 参见荒林：《当代中国诗歌批评反思——"后新诗潮"研讨会纪要》，《诗探索》1998年第2辑，第74页。

这样，对“第三代”诗歌的时间性审判似乎有了一个结果：80 年代的后新诗潮已经落幕，硕果仅存的，是 90 年代的“知识分子写作”。

参加这次会议的诗人、学者和评论家有四十多人，其中在京“知识分子写作”代表诗人悉数到场，而“第三代”诗歌运动的另外一些重要诗群，如“他们”“非非”“莽汉”等群体，其代表性诗人均缺席。因此，有关“第三代”诗歌的审判，实则是一方不在场的“缺席审判”。正是这一点，“北苑诗会”在其息会之后引发了诗坛的舆论反弹。诗评家沈奇将这次会议与程光炜编选的《岁月的遗照》相提并论，指责他们假“1990 年代诗歌”之名，实为“知识分子写作”立法。他称，这次研讨会带有总结性质，却没有邀请对后新诗潮做出重大贡献的于坚、韩东参加，“实际上等于排除了这一阵营中，几乎有多一半代表性的声音”，而程光炜编选的“遗照”不仅排除了伊沙的存在，即便是无法避开的于坚、韩东，也仅入选两首小诗以作附庸与陪衬，此外还有小海、丁当、杨克、侯马等近年影响日盛的一批青年诗人，均被忽略了。据此，沈奇认为，“一种新的分化正在这个阵营内部发生”。[1]

从务实层面来看，后新诗潮研讨会在北京举办，出于经费不足等因素的考虑，没有邀请外省的于坚、韩东等诗人参加，也是不足为奇了。从主办单位和参会成员来看，也不能判定这次会议是一次有预谋的“缺席审判”。但是在客观效果上，“知识分子写作”利用主场优势扩大了自己的声音，也明确了某种分歧，致使反驳之声接踵而来。今天回过头来看，并不是这次诗会推动了两大诗歌阵营的公开论战，而是在论战前夕，历史选择了这次诗会作为某种端倪的发生。在“北苑诗会”之后，试图为后新诗潮重新正名的声音此起彼伏，一直传递到

---

[1] 参见沈奇：《秋后算账——1998：中国诗坛备忘录》，《1998 中国新诗年鉴》，广州：花城出版社 1999 年版，第 388—389 页。

"盘峰论战"正式爆发之后。其中，来自广州的带有浓郁民间色彩的《华夏诗报》，分期发表多篇文章回应"北苑诗会"的主流观点。[1]

广州正是论战一方的根据地。

这里面有许多巧合，从"遗照"到"他们"，从北京到广州，从"北苑诗会"到对"北苑诗会"的反驳，正是这些循环往复的偶然细节，铺就了通往论战之路。

张家港诗会：于坚的公开挑战

1998 年 11 月 12 日至 16 日，中国作家协会与江苏省委宣传部在张家港市联合举办全国诗歌座谈会，简称"张家港诗会"。这是一次主旋律诗会，"目的是希望在世纪之交掀起一次无愧于时代、无愧于人民的诗歌创作高潮，把悠久绚烂的中国诗歌全面推向二十一世纪"[2]，因此，就像其他多数官办诗会一样，这次诗会是丰收的、团结的、无可争议的。

不久之后，在"盘峰诗会"现场，"张家港诗会"意外地成了一个有争议的高频词，反复出现在于坚、唐晓渡的发言中。[3] 在这个细节中，于、唐二人的私交关系也被勾起。

唐晓渡的一层身份是《诗刊》编辑，另外一层身份则是诗歌评论家。他是"第三代"诗歌运动的主要参与者之一，曾主编《中国当代

---

[1] 1998 年 7 月 25 日，《华夏诗报》第 118 期刊出丁芒的《惜其才华，哀其虚无，厌其狂悖，鄙其唯我——评北京"后新诗潮研讨会"部分发言》；1998 年 9 月 15 日，《华夏诗报》第 119 期刊出柯岩的《流派可以不同，但不要排除异己》、黎焕颐的《说几句不客气的话》等；1999 年 2 月 25 日，《华夏诗报》第 123 期刊出汪村的《如此怪论——读"后新诗潮研讨会"有感》等。

[2] 阎延文：《把诗歌推向二十一世纪——全国诗歌座谈会（张家港诗会）侧记》，《诗刊》1999 年第 2 期，第 74 页。

[3] 参见柴福善：《一个旁观者的实录》，《诗探索中国新诗会所会刊》2012 年第 1 期（盘峰诗会资料汇编），第 5—18 页。

实验诗选》(1987)。这本诗选不偏不倚,集中呈现了"第三代"诗歌运动的主要诗人与代表诗作,深得"第三代"诗人的广泛认同。一直到"盘峰论战"爆发之后,于坚依然称这本诗选"为先锋诗歌的历史进程作出了重要贡献"。[1]

于坚与唐晓渡的私交关系,在 80 年代前期便已开始。当时唐晓渡在《诗刊》任编辑,无意中发现了于坚,被其"朴素之极"[2]的诗句打动,遂与于坚有了书信往来。进入 90 年代以后,于、唐的私交关系虽未中断,但唐与"北京诗人"往来日益密切,在诗学立场上也日益向"知识分子写作"倾斜。在"唐版年鉴"中,于坚被安排在相当不起眼的位置,而且入选作品均非于坚的代表作。由此可见,于、唐二人已貌合神离了。

在"张家港诗会"之前,于坚与唐晓渡曾交换过意见,对是否参加这次主旋律诗会持不同看法。最后于坚赴会,唐晓渡显然是失望的。[3]雪上加霜的是,于坚在这次诗会上公开批评了"知识分子写作",公然挑明了两种写作的不可调和之关系,也撕破了与唐晓渡的那一层貌合神离的温情面纱。

在会上,于坚说道:"我们时代最可怕的知识就是某些人鼓吹的汉语诗人应该在西方诗歌中获得语言资源,应该以西方诗歌作为世界诗歌的标准。这是一种通向死亡的知识。这是我们时代最可耻的殖民地知识。"[4]

---

[1] 参见于坚:《真相:关于"知识分子写作"和新潮诗歌批评》,《诗探索》1999 年第 3 辑,第 44 页。

[2] 唐晓渡口述、刘晋锋采写:《打捞诗歌的日子》,《新京报》2006 年 3 月 1 日。

[3] 参见柴福善:《一个旁观者的实录》,《诗探索中国新诗会所会刊》2012 年第 1 期(盘峰诗会资料汇编),第 13 页。

[4] 参见阎延文:《把诗歌推向二十一世纪——全国诗歌座谈会(张家港诗会)侧记》,《诗刊》1999 年第 2 期,第 77 页。

　　当于坚在"张家港诗会"亮出这个立场之时，离"盘峰论战"的
爆发已经不远了。

盘峰诗会：场的断裂与关系的崩盘

　　1999 年 4 月 16 日至 18 日，中国诗歌创作态势与理论建设研讨会
在北京盘峰宾馆召开，简称"盘峰诗会"。在这次研讨会上，两种诗
学立场第一次发生了短兵相接的正面交锋，相互明确了"知识分子写
作"和"民间立场写作"的阵营对立，因而被视为"盘峰论战"的标
志性起点。这场论战持续数年，波及面广，特别是"民间立场写作"
借这次论战从潜伏状态转为曝光状态，造成了新时期以来当代诗歌基
本格局的又一次重大转变。

　　"盘峰诗会"的标志性意义不言自明。它不是偶然的突发事件，
而是 90 年代以来两种诗学立场从潜在分歧走向公开分裂的必然结果。
从事件本身来看，1998 年的两种诗歌选本的出版，以及前述两次诗会
的情绪酝酿，都是促成"盘峰诗会"发生正面冲突的推进因素。

　　从选本出版这个因素来看，"盘峰诗会"一开始就是从"晒选本"
切入争论的。第一个发言人杨克开门见山称"杨版年鉴"印了二万册，
诗歌可以走向大众。程光炜接过杨克的话，称"遗照"的出版遭到一
些人的无端责骂，并奉劝"在思想的自由与节制之间应该有个尺度"。[1]
双方口舌之争一触即发，遂成论战之势。

　　从诗会这个因素上看，吴思敬在"盘峰诗会"开幕式上表示，
1998 年 3 月召开的后新诗潮研讨会（即"北苑诗会"），在会后引起了

---

[1]　参见柴福善：《一个旁观者的实录》，《诗探索中国新诗会所会刊》2012 年第 1 期（盘峰诗会资
　　料汇编），第 5 页。

很大争论，这次会议就是"想把问题的讨论引向深入"。[1] 整个会议过程，"北苑诗会""张家港诗会"也反复出现在论战双方的发言中，甚至成为一方对另一方展开"秋后算账"的依据。

从"北苑诗会"到"张家港诗会"，再到"盘峰诗会"，我们可以看到潜藏多年的诗坛矛盾迅速爆发，就像积蓄已久的地下熔岩喷出地表。这是诗会在世纪末中国诗坛濒临崩盘时呈现出来的一种特殊状态，是文学场内部的某种社交关系发生恶变的瞬间过程。

"盘峰诗会"不过是一种结局，一次狼藉不堪的收场。剧烈对抗的结局是散场，是私交的中断。[2] 简而言之，是场的断裂及内部空间关系的崩盘。

"盘峰诗会"之后，《诗探索》编辑部又与《中国新诗年鉴》编委会在北京龙脉温泉宾馆联合举办了"龙脉诗会"。这一次以"民间立场写作"为主场，"知识分子写作"诗人多数不愿赴会，致使"民间立场写作"诗人陷入没有对手的"无边的空虚"。[3] 这一局面表明，场的断裂已成事实，在短期内，诗人之间对话关系的恢复似乎已不可能。

第四节　回到于坚的线索：理解"盘峰论战"

在通往论战的过程中，于坚扮演了始终在场的关键角色。他在昆

---

[1] 参见张清华：《一次真正的诗歌对话与交锋——"世纪之交：中国诗歌创作态势与理论建设研讨会"述要》，《诗探索中国新诗会所会刊》2012 年第 1 期（盘峰诗会资料汇编），第 19 页。

[2] "盘峰论战"之后，原本保持密切私交关系的一些诗人、诗评家开始疏离。西川说道："争吵一来，人人要么主动，要么被迫地站队，老朋友们从此反目，或者音讯皆无，断绝往来。"参见西川与安琪的对话：《知识分子是"民间"的一部分》，《经济观察报》2006 年 3 月 27 日。

[3] 这次诗会的举办时间为 1999 年 11 月 12 日—14 日。详情可参见孙基林：《世纪末诗学论争在继续：'99 中国龙脉诗会综述》，《诗探索》1999 年第 4 辑，第 54 页。

明高原刮起了"舌头风暴"，一路挟裹着广州的"年鉴风暴"和南京的"调查风暴"，最后汇入了北京的"诗歌沙尘暴"。然而细思之下，我们发现在1998年的事件现场，于坚并不是一个革命者，而只是一个"维权行动者"。这或许正是于坚与韩东的本质区别。

在"断裂调查"事件中，韩东、朱文等人以革命者的姿态揭示再生产的文学秩序的反动性，并宣告与之断裂。他们诉求的自生产的文学秩序，带有理想主义色彩，同时也是抽象的。"断裂调查"是一项集体行动，这一点即便是韩东本人也认为无须讳言。[1] 而在这项集体行动中，韩东成了为理想而战的精神领袖。

在于坚这里，"诗歌之舌"不是一种理想主义，而是一种现实主义，它从历史深处走来，在世纪之交呈现为两种诗歌观念的对峙。在1998年的事件现场，尽管于坚也参与了集体行动，但他并不付诸集体行动。也就是说，于坚并不愿当振臂一呼的领袖，他只是想谋求个人的写作权利，充当一个自得其乐、自私自利的"文学小市民"。

于坚与韩东的这种区别，早在80年代已经有所显露。当韩东提出"诗到语言为止"的抽象理想时，于坚则告诉诗人们"我们一辈子的奋斗，就是想装得像个人"。[2] 在"他们文学社"创办早期，于坚与韩东的观念分歧更清晰地表现出来。韩东主张将《他们》办成一个开放的平台，以求更多文学新人汇聚在"他们"这面旗帜下；于坚则坚持办成一本同人刊物，对非我族类的趣味进行区隔和过滤。[3]

然而也正是二者的不同，使得行动者的行动没有全部付之东流。韩东发起的"断裂调查"虽来势猛烈，但去势亦快，终究因过于理想

---

[1] 参见韩东：《备忘：有关"断裂"行为的问题回答》，《北京文学》1998年第10期，第46—47页。

[2] 参见于坚：《作品39号》，《一枚穿过天空的钉子》，昆明：云南人民出版社2004年版，第66页。

[3] 参见刘春：《一个人的诗歌史》，桂林：广西师范大学出版社2011年版，第113页。

化和抽象化而成了不了了之的遗憾；而于坚刮起的"舌头风暴"，起势虽小，却契合了现实气候，最终酿成了蝴蝶效应。

从"诗歌之舌"到"盘峰论战"，题中之意都是关涉两种语言秩序的争执。显然，比起"断裂调查"针对的文学秩序，语言秩序更准确、集中、有效地切中了文学场内部斗争的要害。

语言之于文学，是所有问题的核心。但文学的语言不是孤立、抽象的存在。诚如罗兰·巴特论断，它的一端建立在社会性言语之上，另一端则通往形式的乌托邦。罗兰·巴特还观察到了存在于写作之中的"一种断裂的运动"，即"文学写作证明了语言的分裂"，这种分裂"又是与阶级的分裂联系在一起的"。[1]

在通往论战的 1998 年，关于两种诗歌语言的理解，恰是对文学的社会归宿的不同指认。"知识分子写作"刻意强调诗人必须与现实世界保持距离，声称"只为自己的阅读期待而写作"[2]，却又要承担起解释世界秩序的责任。简言之，诗人既是精神独立的，同时又是世间真理的承担者。这一社会形象的生成，显然是受到了现代西方知识分子论的影响。但对于"民间立场写作"而言，诗人与世界是一种水乳交融的抚摸关系，诗歌也只是日常生活的自发部分，是一种"有井水处皆能歌柳词"的诗性人生。

无论是"知识分子写作"，还是"民间立场写作"，他们均声称写作是一种个体行为。这一基本的写作观念正是"第三代"诗歌运动的重要历史遗产。在"北苑诗会"上，谢冕重提这一遗产，称中国当代

---

[1]　参见［法］罗兰·巴尔特著，李幼蒸译：《写作的零度》，北京：中国人民大学出版社 2008 年版，第 55 页。

[2]　欧阳江河：《89 后国内诗歌写作：本土气质、中年特征与知识分子身份》，《花城》1994 年第 5 期，第 205 页。

诗歌一度沦为集体主义的传声筒，自 80 年代后半期开始，诗歌写作的个人性才获得真正恢复。但是，谢冕也在这个历史遗产中发现了某种贫乏：我们拥有了无数的私语者，却少了"能够勇敢而智慧地面对历史和当代发言的诗人"。[1]

谢冕忧虑的，也正是"第三代"诗人日益感到焦虑之所在。在"历史强行进入"之后，个体和自由的狂欢已宣告终结。面对历史的废墟，如何继续坚守个体和自由精神，同时又要与这个时代重新确立对话关系，诗人们实际上有了不同的方向感。"知识分子写作"试图寄托于与国际接轨的学院体制，以及一整套以价值中立为准则的知识生产体系，从而获得写作的独立性。而在"民间立场写作"这一边，真正的诗歌精神应该拒绝任何体制性的庞然大物，个人写作就存在于民间的自发的秩序之中，恰如于坚所言，"世界在诗歌中，诗歌在世界中"。[2]

---

[1] 参见荒林：《当代中国诗歌批评反思——"后新诗潮"研讨会纪要》，《诗探索》1998 年第 2 辑，第 74 页。

[2] 参见于坚：《穿越汉语的诗歌之光（代序）》，《1998 中国新诗年鉴》（杨克主编），广州：花城出版社 1999 年版，第 13 页。

第五章

日常生活的转义：于坚的《飞行》

第一节　隐喻：对一次飞行的命名

转义：一种观念向另一种观念的运动

在机舱中我是天空的核心　在金属的掩护下我是自由的意志[1]

这是长诗《飞行》的第一句。1998年，于坚正式发表这首长诗，以一次隐喻式飞行，展开了精神领地的高空体验。通过这首长诗，我们再一次从1998年的事件现场转入文本现场。这种精神旅行，本身已构成了一种转义的历史话语，正如海登·怀特尝言："我们的话语往往从我们的资料滑向我们用以领悟这些资料的意识结构。"[2]若说在事件现场我们只是看到一些露出水面的、状若蜉蝣的资料，那么在文本现场，我们看到的，则是经由话语转义而来的意识结构了。

在米歇尔·福柯那里，话语是一种被表述出来的"权力编码"，

---

[1]　于坚：《飞行》，《花城》1998年第4期，第89页。

[2]　参见［美］海登·怀特著，董立河译：《话语的转义：文化批评文集》，郑州：大象出版社、北京：北京出版社2011年版，第1页。

它与沉默相对，有着"序列可见的外表"，其背后则是复杂的权力关系。[1]

海登·怀特发展了米歇尔·福柯的"话语权"观念，并赋予它积极的意义。他指出，话语"最主要的是要努力获得这种表达的权利，充分相信事物能够用其他方式来加以表达"。[2] 海登·怀特对话语做了词源学的考察，指出话语"在经验的标准编码与一堆杂乱的现象之间'来回'运动"，这种运动既是辩证的，也是反逻辑的。作为反逻辑的一面，它的目标是"解构一个给定经验领域的概念化，因为这个经验领域已经硬化成一种本质，它阻碍了鲜活的感知"。[3]

海登·怀特着重阐述道，话语运动的基本形式，或者说它的运转机制，就是转义。

转义，顾名思义就是运转或转移意义。海登·怀特解释道：转义是"一种观念向另一种观念的运动，也是事物之间的一种关联，这种关联使得事物能够用一种语言来加以表达，同时又考虑到用其他方式来表达的可能性"。[4]

海登·怀特论述了四种转义模式：隐喻（描述）、换喻（解构）、提喻（再现）和反讽（对立的再现）。[5] 其中，隐喻是"最鲜明的因而也是最必要的和最常用的"模式，因为所有原始命题"从根本上来

---

[1]　参见［法］米歇尔·福柯著，谢强、马月译：《知识考古学》，北京：生活·读书·新知三联书店 2007 年版，第 20—83 页。

[2]　参见［美］海登·怀特著，董立河译：《话语的转义：文化批评文集》，郑州：大象出版社、北京：北京出版社 2011 年版，第 3 页。

[3]　同［2］，第 4 页。

[4]　同［2］，第 3 页。

[5]　同［2］，第 219 页。

说也是隐喻的"，它的基本表述形式就是：A 是 B。[1] 因此，言归正传，沿着这个形式，我们与于坚一道进入了"飞行"的初始转义："我是天空的核心，我是自由的意志。"

无线程控：飞行的日常生活图景

这是对一次飞行的命名，也是继《对一只乌鸦的命名》之后，诗人又一次以"一种作为方法的诗歌"[2] 对空中飞行物进行的命名。然而相对于一只乌鸦，一种人们早已熟悉的"藏在黑暗中的密码"和"无法无天的巫鸟"，[3] 人类在机舱和金属掩护下的高空飞行却是一种崭新的事物和经验。飞机进入人们的日常生活，或者说飞行成为人们的一种生活方式，在 90 年代的中国渐成现实，全然是拜市场化和全球化趋势所赐。在此之前，人们被束缚在以土地支配关系为基础的日常政治实践中，个体生命彻底沦落为"土地政治"[4] 这个总体话语的附庸。

飞行是一种发生在全球自由资本主义上空的日常生活，它带领一部分人脱离了"土地政治"，重建了一个超越于苦难大地之上的"空中社会"：

　　起飞　离开暴乱和瘟疫　离开多雪的没有煤炭的冬天

---

[1] ［美］海登·怀特著，董立河译：《话语的转义：文化批评文集》，郑州：大象出版社、北京：北京出版社 2011 年版，第 25、220 页。

[2] 于坚在《拒绝隐喻》一文中指出，在"拒绝隐喻"这个意义上，诗歌本身就是一种方法。参见于坚：《拒绝隐喻》，昆明：云南人民出版社 2004 年版，第 125—136 页。

[3] 于坚：《对一只乌鸦的命名》，《一枚穿过天空的钉子》，昆明：云南人民出版社 2004 年版，第 229、230 页。

[4] 例如，"上山下乡""城市化""旧城改造""拆迁"等等，都是"土地政治"的实践形式。

> 旋转　在一个长管子的中心　红烧的罐头肉
> 穷诗人的海市蜃楼　一座移动的天堂　云蒸霞蔚……
> 离开土著的一切陈规陋习　一颗射向未来的子弹
> 就要逾越时间的围墙　就要逾越二流的日子[1]

这里消除了阶级差别：

> 每个人都彬彬有礼　笑容可掬　不再随地乱吐　不再胡思乱想[2]

也无须对领导"早请示、晚汇报"，而是尊享着"超级空中服务"：

> 暖气座椅可以自由调节　时间一到，配制的营养　自动送到[3]

但这些都只不过是乌托邦想象的临时替代品，一只试图将每个飞行者掌控的"看不见的手"，慢慢显现了出来：

> 与辽阔无关的速度　没有未知数　没有跋山涉水的细节　所谓飞行
> 就是在时间的快餐中　坐着　原封不动　静止的旅途
> 不能跑　不能躺　但可以折叠　"我们想着钥匙"

---

[1] 于坚：《飞行》，《花城》1998年第4期，第90页。

[2] 同[1]，第91页。

[3] 同[2]。

从这一个位置到那一个位置　从这一排到那一排

从这一次正餐到另一次正餐　从这一次睡眠到下一次睡眠

从一次小便到另一次小便　从一次翻身到另一次翻身

预订的降落　预订的出口　预订的风流事与灾难

预订的闲聊和午餐　预订的吉利数字和床位　预订的睡眠和失眠

在预订的时差中被一个高速抵达的夜晚押解入境

当你在国王的领空中醒来　忽然记起　你已经僵硬的　共和国膝盖[1]

飞行原本是一个"动"的过程，像鸟类一样，是一种具有抗衡地球引力的自由生命状态。但在于坚构造的隐喻体系中，飞行是"原封不动""静止"的旅途，它归顺于"天空的核心"和"自由的意志"。飞行之于"我"的意义，不是指向辽阔的天空，也不指向飞翔的自由，而是指向他们的反面：天空的核心和自由的意志。

于坚在飞行中发现了"核心"和"意志"，正如阿兰·图海纳在后工业社会的无序图景中发现了"程控社会"的秘密一样，具有非凡的洞见。阿兰·图海纳指出，在后工业社会，"许多决策和管理中心正在形成，这些中心不仅能提供各种工具系统，也为社会生活、保健、消费者和资讯科技提供各种目标"，它"为个人带来更多机会，但也有加强某种绝对权力之操控能力的隐忧"。[2]

人类赖以飞行的空中之物，不是别的，正是程控社会的一个次级

---

[1]　于坚：《飞行》，《花城》1998 年第 4 期，第 92 页。

[2]　参见 [法] 阿兰·图海纳著，舒诗伟等译：《行动者的归来》，北京：商务印书馆 2008 年版，第 139—140 页。

系统。在程控社会发展史上，飞机一度扮演了先锋角色。当多数人还生活在有线程控的社会现实中，飞机已经带领一部分人率先进入无线程控的日常生活，最终又带领全球公民实现了"无线程控"。图海纳与于坚都观察到了这种社会现实，却采用了两种完全不同的话语。前者属于科学的，是一种明示性转义（"通过集中化管理机构来程控的社会"）；后者属于诗学的，是一种暗示性转义（"是天空的核心，是自由的意志"）。

重构隐喻体系：一种自杀性写作

于坚曾在"棕皮手记"中说道："隐喻从根本上说是诗性的。诗必然是隐喻的。"[1]同时，他又提出"拒绝隐喻"的著名诗学主张，指出"诗是一种消灭隐喻的语言游戏"。[2]

如何理解这种似是而非、自相矛盾的说法呢？

实际上，于坚将隐喻区分为元隐喻和后隐喻两种类型。

元隐喻是对事物的最初命名，"最初，世界的隐喻是一种元隐喻"，"这种隐喻是命名式的"。[3]在于坚看来，诗人就是世界的最初命名者，因此，"'诗'是动词"，而不是名词。[4]诗与世界的关系，是一种动宾关系。对此，于坚做了一个比喻，说诗就是"切开世界"，"它不是刀子，也不是内核，它是切削这个动作的过程"。[5]

后隐喻则是理解和阐释，它不再具有命名的功能，而是对旧的意

---

[1] 于坚：《棕皮手记·1990—1991》，《拒绝隐喻》，昆明：云南人民出版社 2004 年版，第 12 页。

[2] 参见于坚：《拒绝隐喻》，昆明：云南人民出版社 2004 年版，第 131 页。

[3] 同 [2]，第 125 页。

[4] 同 [1]，第 21 页。

[5] 同 [2]，第 130 页。

义系统的"正名"。此时，诗成了"非诗"，成了一种"正名"的工具，成了一个名词。

于坚的"拒绝隐喻"是针对后隐喻而言的。"对隐喻的拒绝意味着使诗重新具有命名的功能。"[1] 但是于坚认为今天的诗人已不可能回到前文明时代的命名，因此，"这种命名和最初的命名不同，它是对已有的名词进行去蔽的过程"。[2]

在于坚开始思考隐喻这一诗学命题的 90 年代初，他创作了《对一只乌鸦的命名》这首诗，可以看作"诗""学"互证的一个典型例子：

> 乌鸦 在往昔是一种鸟肉 一堆毛和肠子
> 现在 是叙述的愿望 说的冲动
> 也许 是厄运当头的自我安慰[3]

如何以诗的方式，让一只乌鸦从"厄运"这个后隐喻系统中走出来呢？于坚的办法就是诉诸动词，让一只已被死亡的意义缠绕着的乌鸦重新获得生命。因此，对一只乌鸦的命名，是从动作的描述开始的：

> 从看不见的某处
> 乌鸦用脚趾踢开秋天的云块

---

[1] 于坚：《拒绝隐喻》，昆明：云南人民出版社 2004 年版，第 130 页。

[2] 同 [1]。

[3] 于坚：《对一只乌鸦的命名》，《一枚穿过天空的钉子》，昆明：云南人民出版社 2004 年版，第 228 页。

潜入我的眼睛上垂着风和光的天空[1]

于坚在此描述的，不是一只充满了不祥预感的乌鸦，而是一只充满了活力的乌鸦，它进入诗人的视野，无异于鲲鹏进入庄子的想象。

人们诅咒乌鸦，但赞美飞机。这是多数人对两种飞行物的不同态度。

回到于坚的诗歌中，我们看到了完全相反的态度。他赞美乌鸦"是一只快乐的、大嘴巴的乌鸦"[2]，而对于"一架劫持了时间的飞机"[3]，即便不是诅咒，至少可以说是反讽。正是这种不同的态度，致使日常生活中已趋固化的意义在于坚的诗歌中发生了翻转。

与对乌鸦的描述相反，《飞行》这首长诗以一个后隐喻句式开头，让原本是动词的飞行变成了一组名词的组合：机舱—天空—核心，金属—自由—意志。动词的名词化，表明于坚对"拒绝隐喻"有了新的策略：以隐喻对抗隐喻。对于坚而言，这是一种自杀性写作。当《飞行》在一个后隐喻中开启它的诗行，于坚如恐怖主义者潜入了一架飞机，试图将一次飞行推进死亡的程序。

这里冒险用了"恐怖主义者"这个词，意在确认于坚的诗歌原教旨主义立场，即对元隐喻的绝对迷恋。事实上，于坚将诗看作一种元隐喻，亦非独家观点。维柯在《新科学》一书中提出了著名的"诗性逻辑"一说，言及诗性逻辑是原始人的"形而上学"，正如上帝赋予亚当的使命一样，是"按照每件事物的自然本性来给事物命名"的能

---

[1]　于坚：《对一只乌鸦的命名》，《一枚穿过天空的钉子》，昆明：云南人民出版社2004年版，第228页。

[2]　同 [1]，第229页。

[3]　于坚：《飞行》，《花城》1998年第4期，第97页。

力，[1] 这种说法与于坚的元隐喻一说，几无二致。

对于坚而言，元隐喻不仅是一种学说，更是一种立场和态度，是对诗人之天职的一种确认。诗人要恢复对事物的最初命名，就必须去蔽，必须摧毁各种积重难返的后隐喻体系。因此，于坚明确表白，诗是一种消灭隐喻的语言游戏。他深知这场语言游戏充满了风险，因此在一则笔记中写道："写作是对词的伤害和治疗。你不可能消灭一个词，但是你可以治疗它，伤害它。伤害读者对它的知道。"[2]

在这个意义上，于坚的写作，是以摧毁隐喻霸权为目标的。他的诗歌理想，是要让日常生活从各种隐喻的沼泽地里抽身出来，从而恢复它最初的诗性光芒。

飞行作为人们日常生活的一部分，是全球自由资本主义的新兴产物。环绕在它周围的后隐喻体系，或者说总体话语，在一种新的转义策略中变得更加隐蔽了。它故意暴露出透明的、柔软的、明示的局部，从而让人忘记其背后的总体话语。厦门航空公司有一句著名的广告词："人生路漫漫，白鹭长相伴。"取白鹭作飞机的喻体，展示飞行的自然属性，实则是在掩饰飞行的商品属性。后者才是这个时代的总体话语。

这是商业意识形态的典型语法，于坚则绕道这个语法的背后，重构了隐藏在它身后的隐喻体系，而后以一种自杀性手法将它摧毁。

拒绝隐喻的方法：从《0 档案》到《飞行》

90 年代可谓是于坚诗歌写作的重要收获期，有《0 档案》和《飞行》这两首长诗作证。

《0 档案》完成于 90 年代前期，最早发表于 1994 年。这首长诗甫

---

[1] 参见 [意] 维柯著，朱光潜译：《新科学》，北京：人民文学出版社 1986 年版，第 178 页。

[2] 于坚：《棕皮手记·1996》，《拒绝隐喻》，昆明：云南人民出版社 2004 年版，第 34 页。

一面世，便以"读不懂"为由遭到全面奚落。即便偶有肯定性评论，也是出于一种盲目的乐观心态，实则是隔靴搔痒。对此，于坚曾抱怨道："我发现我生活在这样一个时代，你说得越清楚、越明白，人们反而越不明白。"[1]

一直到90年代后期，《0档案》才开始慢慢获得了它的知音。我指的是，这时真正有一些评论能够对《0档案》做出正面回应了。例如张柠的《〈零档案〉：词语的集中营》[2]一文，最早从词性的角度解开《0档案》之谜，实为对《0档案》做了一次解码。

张柠说道：作为个体秘史的档案，是为消除个人的行为而设的，它用名词、形容词涂抹了动词，而于坚的伎俩就是在有关"档案"的叙述中掺进了与躯体相关的动词，使之与名词发生角逐。[3]

这个结论，至少与于坚的诗学观念不相违背，实际上回到如何"拒绝隐喻"的诗学问题。档案对于许多中国人而言，就是一个如幽灵般存在的隐喻体系，而在于坚这里，诗作为一种动词，具有意义清零的功能，从而将档案这个隐喻体系瓦解。

也许是由于《0档案》的强大光芒，《飞行》的发表却没有引起关注，甚至在此后一个中时段内，都鲜有人对其做出深度回应。细思之下，这两首长诗是具有比照意义的。最大共同点就在于，它们都通过"一种作为方法的诗歌"，对隐喻命题做出了方法论意义上的处理。但在具体策略上，它们又是不同的。仅看这两首长诗的开头，这种差异

---

[1] 于坚：《棕皮手记·1997—1998》，《拒绝隐喻》，昆明：云南人民出版社2004年版，第49页。

[2] 该文首发于《作家》1999年第9期，后收入作者文集《感伤时代的文学》，北京：新星出版社2013年版。于坚原诗标题为《0档案》，张柠的评论文章及其标题则用"零档案"，本书依照原文引用。

[3] 参见张柠：《〈零档案〉：词语的集中营》，《感伤时代的文学》，北京：新星出版社2013年版，第190—193页。

便可见出一斑。

《0 档案》的开头是一个移动的场景：

> 建筑物的五楼　锁和锁的后面　密室里　他的那一份
> 装在文件袋里　它作为一个人的证据　隔着他本人两层楼
> 他在二楼上班　那一袋　距离他 50 米过道　30 级台阶
> 与众不同的房间　6 面钢筋水泥灌注　3 道门　没有窗子
> 1 盏日光灯　4 个红色消防瓶　200 平方米　一千多把锁
> 明锁　暗锁　抽屉锁　最大的一把是"永固牌"　挂在外面
> 上楼　往左　上楼　往右　再往左　再往右　开锁　开锁
> 通过一个密码　最终打入内部　档案柜靠着档案柜　这个在
> 那个旁边
> 那个在这个高上　这个在那个底下　那个在这个前面　这个
> 在那个后面[1]

诗人就像摄像师一样，以远距离的位移一步步靠近那份神秘的档案。通过一个位置到另一个位置的描述，名词被动词化了。而在《飞行》的开头，诗人通过标准的隐喻句式将"飞行"名词化了。

在不同策略背后，诗人的态度却是一致的。在《0 档案》中，日常生活已被包裹在档案这个隐喻系统中，于坚直接以去隐喻化的手法将其瓦解；而在《飞行》中，隐喻系统已隐藏到日常生活背面，于坚又以隐喻化手法将它"揪"出来，再将其瓦解。——后者的瓦解，是通过悖论和反讽的转义策略来实现的，且待下文细解。

---

[1]　于坚：《0 档案》，昆明：云南人民出版社 2004 年版，第 29 页。

需要附带说明的是，于坚的"拒绝隐喻"，在意义的脂肪日益沉积的当代社会，似乎有着超出写作本身的价值。他在"棕皮手记"中说道："在一个专制历史相当漫长的社会，人们总是被迫用（后）隐喻的方式来交流信息"，"由此（元）隐喻的诗性沉沦了"。[1] "拒绝隐喻，就是对母语隐喻霸权的拒绝，对总体话语的拒绝。"[2]

但于坚并非是"拒绝隐喻"的第一人。苏珊·桑塔格在《疾病的隐喻》一书中说道，困扰当代世界的肺结核、癌症等疾病已不再是疾病本身，而是成为一种通往时代总体精神的社会构建。而她试图努力的，就是以"拒绝隐喻"的人文立场进入时代的精神病理学，揭开疾病的社会隐喻，还原疾病本身。[3] 由此，我们又勾连起了朱文的写作立场。他在小说中呈现出来的"意义断裂"，也是一种"拒绝隐喻"的方法。从苏珊·桑塔格到于坚，再到朱文，我们看到了当代人文写作的一个新传统。

第二节 悖论：把倒置的真理继续倒置过来

飞行的悖论：上与下，快与慢

让我们重温《飞行》的第一句：

在机舱中我是天空的核心　在金属的掩护下我是自由的意志

诗人通过一次飞行的体验，展示了全球自由资本主义景观的整体

---

[1] 参见于坚：《拒绝隐喻》，昆明：云南人民出版社 2004 年版，第 12 页

[2] 同 [1]，第 131 页。

[3] 参见 [美] 苏珊·桑塔格著，程巍译：《疾病的隐喻》，上海：上海译文出版社 2003 年版，第 5 页。

性，它是"天空的核心"，是"自由的意志"。这种整体性景观是通过现代物质文明对速度和高度的驾驭来实现的：

> 一日千里　我已经越过了阴历和太阳历　越过日晷和瑞士表
> 现在　脚底板踩在一万英尺的高处
> 遮蔽与透明的边缘　世界在永恒的蔚蓝底下[1]

处在这个世界体系中的人们，已经进入了这样一种日常生活：它一日千里，以"一万年太久、只争朝夕"[2]的现代化精神抹除地球表面的河流山川和物种族群的和而不同，抹除北京、伦敦与纽约之间的非等距时差。所谓"自由的意志"，缘于"世界在永恒的蔚蓝底下"。这是上帝缺席之后的世界图景，志得意满的人类借助航天飞行器，轻而易举僭越了上帝的神位，以居高临下的姿态，将世界微缩在一个小小的地球村里。

但是，悖论出现了：

> 英国人只看见伦敦的钟　中国人只看见鸦片战争　美国人只
> 看见好莱坞[3]

在飞行之外，人们依然停留在局部世界和缓慢节奏中。与此同时，机舱中的"我"不再是"天空的核心"，而只是"天空的局部"。它与另一些局部的事物相遇，呈现出一种动态的、多样的、斑驳的景观：

---

[1]　于坚：《飞行》，《花城》1998 年第 4 期，第 89 页。

[2]　语出毛泽东词《满江红·和郭沫若同志》，1963 年 1 月 9 日作。

[3]　同 [1]。

　　　　天空的棉花在周围悬挂　延伸　犹如心灵长出了枝丫和木纹

　　　　长出了　白色的布匹　被风吹开　露出一个个巨大的洞穴

下面

　　　　是大地布满河流和高山的脸　是一个个自以为是的国家　暧

昧的表情[1]

　　通过一种悖论式写作，一个由隐喻构筑起来的"天空的核心"和
"自由的意志"，最后瓦解成"天空的棉花""白色的布匹"和"暧昧
的表情"等等。这是于坚擅长的整体解构法，正如张柠发现的，"于
坚善于发现虚假整体性中的缝隙，并及时地在缝隙中塞进一个楔
子"。[2]

　　于坚通过一个"楔子"启动了转义的第二道程序，却没有偏离
诗人持之以恒关注的主题：个体（局部）与整体（总体）的对抗性关
系。这个主题，是指向诗学层面的，也指向日常生活层面。它们构
成了于坚无法起身离去的一种写作志趣，即诗人的个体话语"从总
体话语逃亡的过程"[3]。阅读于坚的"棕皮手记"，我们可以更加清晰
地看出这种逃亡的写作心灵史。在80年代的大部分时期，这种逃亡
还是无意识的，或者是潜意识的；而到了90年代，它已经成了一种
自觉的行动，甚至在诗学意义上思考这种行动的极端形式，即"对
总体话语的挑战"[4]。《对一只乌鸦的命名》《0档案》《飞行》这三首

[1]　于坚：《飞行》，《花城》1998年第4期，第89页。

[2]　参见张柠：《〈零档案〉：词语集中营》，《感伤时代的文学》，北京：新星出版社2013年版，第190页。

[3]　于坚：《对二十五个问题的回答》，《他们》1994年总第7期，第124页。

[4]　于坚：《棕皮手记·1990—1991》，《拒绝隐喻》，昆明：云南人民出版社2004年版，第10页。

创作于 90 年代的重要作品，都贯穿了这种明显的"目的论"和"方法论"。

前面说过，飞行生活的整体性话语，是通过现代物质文明对高度（上）与速度（快）的驾驭来实现的。

> 肢解时间的游戏　依据最省事的原则，切除多余的钟点
>
> 在一小时内跨过了西伯利亚　十分钟后又抹掉顿河
>
> 穿越阴霾的布拉格　只是一两分钟　在罗马的废墟之上　逗留了三秒
>
> 省略所有的局部　只留下一个最后的目标　省略　彼得堡这个局部
>
> 恒河和尼罗河之类的局部　美索不达米亚平原和希腊之类的局部[1]

现代飞行生活以又高又快的方式省略了局部，消除了差异。这是诗人"无法左右一架飞机的现实"[2]，诗人能做的，就是启用语言的调度权，让"下"与"慢"的事物蜂拥而至，无序地汇入一次关于飞行的叙述。于是，"上"与"下"，"快"与"慢"陷入了无法调解的对峙、冲撞与拉扯的悖论情境中。

悖论的双重性：从内容到形式

美国新批评学派布鲁克斯有论："科学家的真理需要一种肃清任何

---

[1]　于坚：《飞行》，《花城》1998 年第 4 期，第 90—91 页。

[2]　同 [1]，第 90 页。

悖论痕迹的语言；显然，诗人表明真理只能依靠悖论。"[1] 于坚就是一个善于调动悖论语言的诗人。在《0 档案》中，悖论主要通过动词与名词的斗争和较量呈现出来，而在《飞行》中，悖论的效果依托于"杂语"与"纯语"的相互角逐。

但是语言并非一种孤立的存在，正中罗兰·巴特所言，它的一端通往社会性言说，另外一端通往形式的乌托邦。也就是说，语言的悖论向两个方向扩展，包含着内容（社会性言说）和形式（文体风格）的双重悖论。

从内容来看，长诗《飞行》不仅描述高度现代化的飞行生活，而且通过诗人的语言调度，嵌入了大量处于飞行生活之外的前现代化文明景观，致使二者并置呈现出悖论情境。

作为现代文明的产物，现代飞行的话语是一种"纯语"，它经过"科学"与"消费"两道净化程序，最终呈现出理性的、精确的、明亮的、时尚的、标准的单向度面貌：

> 小姐们都是模特儿标准　空心的微笑容光焕发
> 不爱也不恨　"先生　要茶还是咖啡
> 女士，这里有今天的金融时报"[2]

而呈现在"杂语"之中的世界却是参差多态的，它附着在多样性地表，在日常生活的话语实践中转化为一种缓慢沉积的人文生态。它可能是安特卫普城、巴黎城堡和北京天坛，也可能是王大夫的手淫、

[1]　[美] 克林斯·布鲁克斯著，郭乙瑶等译：《精致的瓮：诗歌结构研究》，上海：上海人民出版社 2008 年版，第 5 页。

[2]　于坚：《飞行》，《花城》1998 年第 4 期，第 91 页。

金斯堡的乱伦器官和孔子的周游列国。

> 在吹箫巷家那边　旧阁楼上住着艾米莉表姐和她的壁虱
> 中堂上贴着颜真卿的法书　父亲以陆游自许　像毛驴那样走路
> 转弯的角落挂着篾帽　梧桐树下是黑色的水桶　日复一日
> 深宅大院里群鬼们在阴凉处睡觉　夕阳穿过西厢照耀着外婆
> 的草墩
> 母鸡下蛋　家猫飞越横梁　厨房的女巫在歌唱[1]

在飞行者的视野中，这些来自地表的、节奏缓慢的多样性景观向后退去，变得模糊不清，而于坚则像恶作剧的小孩一样，不停地将它们搬运出来，与纯粹的飞行生活发生"搅拌"。最后，飞行生活已不再纯粹，"上"与"下"，"快"与"慢"的界限也开始被摧毁。

从形式上看，语言的悖论体现为"诗"与"非诗"的并列对峙，是为文体的悖论。在解读长诗《0档案》时，张柠曾论述道："诗在本质上是'民主'的，因而它往往缺少逻辑上的清晰而显得'混乱'。散文（叙事）在本质上则是'极权'的，因为它要求内在的统一性和完整性。"[2] 此论似乎提醒了我们一点：不仅一个词被赋予了某种政治属性，而且任何一种文体，亦复如是。

于坚认为，在诗、散文、小说这些已被某种本质硬化的文体之外，有一种最自由的文体，他权且称之为"散文化写作"。诚如前文所述，于坚所说的散文化写作，不是作为一种文体的散文，也不是其他独立文体，它"就是各种最基本的写作的一种集合"，其出发点"可以是

---

[1]　于坚：《飞行》，《花城》1998年第4期，第97—98页。

[2]　张柠：《〈零档案〉：词语集中营》，《感伤时代的文学》，北京：新星出版社2013年版，第192页。

诗的，也可以是小说的、戏剧的，等等"。[1]

从一种文体出发，又不被这种文体所束缚，是为通往"无体"之境。这大概就是于坚的散文化写作的核心观念了。与其说，这是一种写作的自由，毋宁说这是一种文体的悖论。这种悖论在于坚的诗歌写作中同样得到贯彻。作为一种分行文学样式，诗歌在体式上通常有着严格规范，即使是现代自由诗，虽为"长短句"，却要求体态轻盈，句式精炼。于坚的诗歌写作往往反其道而行之。从一个诗句到另一个诗句的跳跃，于坚不是通过分行排列来处理，而是将二至三个诗句排列成一行，由此导致整首诗的体态变得更加肥大，节奏也变得更加绵长。在用词上，于坚也反对"精炼化"。他在"棕皮手记"中曾经说道，真正的写作者首先要拒绝的就是精炼，因为它"实际上是一个形而上的概念"，"是对具体的充满可能性的写作的抹杀"。[2] 由是，于坚的诗句多由具体的、局部的"杂语"构成。也正因为此，于坚一度招来了"诗"与"非诗"的诘难。但我们可以看出于坚一以贯之的方法。以"杂语"来冲击"纯语"，和以"散文化写作"来冲击某种已趋硬化的文体，实则如出一辙。

于坚的悖论式野心，在长诗《0档案》中已显露无遗。正如张柠发现的，它模拟着"档案体"的严整结构，却混入诗歌语言的"无政府主义"，仿佛"上演的是一出残酷的戏剧"。[3]

在《飞行》这首长诗中，于坚故伎重施，而且近乎肆无忌惮了。他先是假借一种已经硬化的"诗体"，虚拟出又"高"又"快"的飞

---

[1]　参见于坚：《跋：交代》，《人间笔记》，北京：解放军文艺出版社1999年版，第345页。

[2]　参见于坚：《拒绝隐喻》，昆明：云南人民出版社2004年版，第40页。

[3]　参见张柠：《〈零档案〉：词语集中营》，《感伤时代的文学》，北京：新星出版社2013年版，第199页。

行生活，而后又以逍遥游般的"散文化写作"，将其消解在"低"与"慢"的人间常景中。这种似是而非的悖论，颇为符合布鲁克斯的说法：悖论就是"倒置的真理"[1]。不过，于坚未必只停留于"倒置的真理"，他还迷恋于把倒置的真理继续倒置过来。

悖论的悖论：于坚的"逃亡"之志

　　在一条特定的逻辑链上，将于坚的诗歌理解为"非诗"，符合于坚一以贯之的诗学观念。诚如于坚所言，今天的诗人已经远离了元隐喻时代，无法像无名氏一样说出世间万物的最初命名。在于坚看来，后隐喻的诗歌只是伪诗，它们不过是一个时代的总体话语的附庸。因此，这个时代的真正的诗人注定只能走在"拒绝隐喻"的路上，走在从伪诗返回诗的途中。

　　这个归程峰回路转，悖论丛生，也是一个损耗能量甚至自我伤害的过程。金庸笔下有一门奇特武功，叫"七伤拳"。练此功者，在伤人时也伤自己。这就是武门绝学中的悖论了。而要超越或化约这种悖论，则需卓绝内功。于坚的悖论形同此理。当然，于坚是否练成了卓绝内功，尚不可知。但可以肯定的是，于坚确实打出了诗歌"七伤拳"。他试图致伪诗于死地，自己也难免付出了代价。这种代价又往往是通过写作内部的悖论展现出来的：拒绝隐喻，最后又不得不以隐喻对抗隐喻；反对"知识分子写作"，最后又落入方法、知识和工具的陷阱。[2]

---

[1]　参见陈永国：《精致的瓮：〈精致的瓮〉（代译序）》，《精致的瓮：诗歌结构研究》（布鲁克斯著），上海：上海人民出版社 2008 年版，第 7 页。

[2]　进入新千年以后，韩东曾讽刺于坚的写作"像西川一样博古通今"。对此，西川揶揄道："这使我对于坚油然而生一种亲切感。"参见西川与安琪的对话：《知识分子是"民间"的一部分》，《经济观察报》2006 年 3 月 27 日。

　　最后，真正的诗，也许只能存在于于坚的内心之中了，它成了一种无法被看见的"道"。今人皆知"酒肉穿肠过，佛祖心中留"的俗理，盖因大佛之境在这个时代已不可求，正如于坚意识到这个世界离真正的诗越来越远了。

　　于坚想要抵抗的，就是这个朝着与诗相反的方向快速飞行的世界，一种将个体的本真感觉和命名能力删除的总体话语。他在1998年公然挑战"知识分子写作"，显然是从这个逻辑起点出发的。在于坚看来，"知识分子写作"伸张的责任和秩序，以及他们试图与国际接轨的西方话语资源，都是一种霸权式庞然大物，与1949年之后构建的总体话语体系是一脉相承的。[1]

　　于坚以"知识分子写作"为靶子，虽有剑走偏锋之嫌，却也敏锐发现了一个时代的总体话语在当代中国的历史变迁。他对海子与毛泽东的精神联系的观察，就是一例。在"海子热"刚刚出现的90年代初，于坚便警醒道："他确实像他的精神之父毛泽东一样建构了乌托邦诗歌神话。"[2] 于坚如此评价海子，不是全然空口无凭。例如，海子对"巨大的元素""集体回忆与造型""宏伟"[3] 等美学特征的迷恋，与毛式思维的"辽阔化""高大化"特征有着某种亲和性。这里面似乎有一个时代密码，隐含着当代知识分子话语与毛泽东话语之间的潜在关联。于坚在《飞行》一诗中描述的那种又"高"又"快"的总体话语，正是根植于1949年之后的现代化叙事模式：1949年至1965年是

[1]　参见于坚：《穿越汉语的诗歌之光（代序）》，《1998中国新诗年鉴》，广州：花城出版社1999年版，第1—17页。

[2]　于坚：《棕皮手记·1992—1993》，《拒绝隐喻》，昆明：云南人民出版社2004年版，第20页。

[3]　参见海子：《诗学：一份提纲》，《海子诗全编》（西川编），上海：上海三联书店1997年版，第889—913页。

"工农业"，1966 年至 1976 是"样板文化"，80 年代是"民主现代化"，1992 年以后则是"市场经济"，直至新千年之初，整个社会系统进入了又"高"又"快"的全球化轨道。

毛泽东在 1963 年写了一首"和郭沫若同志"的词，最后一节写道：

多少事，从来急；

天地转，光阴迫。

一万年太久，只争朝夕。

四海翻腾云水怒，五洲震荡风雷激。

要扫除一切害人虫，全无敌。[1]

从中不难看出，在社会主义革命语境下，毛泽东的时空观，与市场经济语境下的现代飞行生活的时空观，有着惊人相似的话语结构。这种话语结构附着在日常生活中，成为百姓日用而不知的一部分。关于这一点，于坚在 90 年代初便已有了认识。

在一次对话中，于坚说道，90 年代之后他"更重视语言本身的还原，使一个词能在他本来的意义上使用"，他甚至认为，单靠早期的口语写作无法"拒绝隐喻"，"因为口语本身也积淀了很多文化的成分"。[2]

若说于坚的诗歌在 80 年代就是日常生活本身，那么在 90 年代初，他的一部分诗歌已经成了一种方法论，一种用来维护日常生活的哲学思考。这种转变表明，"诗歌就是日常生活本身"已不再是一种自足形态，而是一种必须由诗人以诗歌的名义去辩护和争取的观念世界，

[1]　毛泽东：《满江红·和郭沫若同志》，《毛泽东诗词选》，北京：人民文学出版社 1986 年版，第 118—119 页。

[2]　参见于坚与陶乃侃对话：《抱着一块石头沉到底》，《当代作家评论》1999 年第 3 期，第 12—13 页。

诗歌因此被赋予了抽象功能和暴力色彩。

这是一种悖论的悖论，其中隐含的方法论意图，在《对一只乌鸦的命名》这首诗中已暴露无遗：

> 当一只乌鸦　栖留在我内心的旷野
>
> 我要说的　不是它的象征　它的隐喻或神话
>
> 我要说的　只是一只乌鸦 ……[1]

象征、隐喻或神话，都是抵达一个时代的总体话语的修辞策略，而诗人借乌鸦以表"逃亡"之志，让乌鸦只是一只乌鸦，让诗歌回归日常生活本身。这首诗创作于1990年，是诗人构思"一种作为方法的诗歌"的范例。

从80年代到90年代，从"日常生活"到"如何回归日常生活"，从"诗歌"到"诗歌方法论"，于坚的变化是微妙的，又是显而易见的。然而，一种更深刻的转变，却是发生在90年代末。这个时间节点以《飞行》的创作完成时为标志。

第三节　反讽：面对新的庞然大物

面对庞然大物：反讽与偶然

让我们再次重温《飞行》的第一句：

> 在机舱中我是天空的核心　在金属的掩护下我是自由的意志

---

[1] 于坚：《对一只乌鸦的命名》，《一枚穿过天空的钉子》，昆明：云南人民出版社2004年版，第228页。

机舱—我—天空的核心，金属—我—自由的意志，在这两组对称式意象组合中，于坚呈现了现代人稍纵即逝的惊悚体验："我"在机舱中成了天空的核心，"我"借助金属实现了自由的意志。

这种惊悚体验，也就是当代日常生活中常见的"膨胀体验"，即作为主体的"我"借助一种庞然大物（机舱、金属）成为另一种"庞然大物"（天空的核心、自由的意志）的心理过程。类似的场景随处可见，如在表演台或颁奖台上，台上的人在"膨胀体验"中成了观众和荣誉的中心。在这个体验过程中，作为独醒的、孤单的、个体的"我"消失了。"我"已进入一种庞然大物，并成为另一种庞然大物。

"我"与庞然大物的关系，是于坚一以贯之的诗学主题，也是《飞行》的潜在主题。但在《飞行》这首诗中，"我"与庞然大物的关系是无须过多解释的。它存在于许多人的日常经验中，是直观的，而非隐喻的。于坚对于这种日常经验的书写，也是白描式的，是一种与人的存在世界近乎平行的直观呈现。这种写作技法，也符合他崇尚写实的文学观念。

《飞行》这首长诗的大部分篇幅，用于对一次飞行体验的直呈铺叙，可以看作是一次参与式"飞行笔记"。这是一种亲近本相的、不事声张的白描风格，与于坚在80年代写出的成名作《尚义街六号》和90年代初完成的长诗《0档案》共同呈现出稳定的美学谱系。

在韩东的《有关大雁塔》、吕德安的《父亲和我》等代表性作品中，我们亦可读出这种朴素的白描风格。柏桦称韩东是"写平凡的大师"[1]，

---

[1]　"写平凡的大师"语出沃尔科特评述菲利普·拉金（Philip Larkin）的一篇文章的题目，柏桦在一次访谈中借以评价韩东的《有关大雁塔》。参见赵荔红、柏桦：《今天的激情》，《今天》文学杂志网络版，http://www.jintian.net/fangtan/zhaolihong.html

唐晓渡称于坚的诗"朴素之极"[1]，朵渔称赞吕德安的"小镇笔法"[2]，都是不约而同地将他们归入了同道谱系之中。这里并非是要抹平他们之间的差异。事实上，三者之间，特别是在于坚与韩东之间，存异远甚于求同。但在对"事物本身"的迷恋上，他们是一致的。

他们对"事物本身"的理解和态度，在吕德安与于坚的一次对话中可见一斑：一次，于坚前往美国参加诗歌朗诵活动，吕德安同去。朗诵当日，诺贝尔文学奖得主西默斯·希尼[3]在同一座大楼做演说。朗诵结束后，于坚朝西默斯·希尼的演说厅走去，吕德安却被挡在门外，因为里面没位子了。不久于坚出来，满脸笑容，说他跟希尼握过手了，又问："同一天，在同一幢楼里，我在楼上，希尼在楼下。一个在朗诵诗歌，一个在演讲，你觉得这意味着什么？"吕德安答："这意味着：你在楼上，他在楼下，我在门外面。"[4]我们没有必要再去求证吕德安与于坚的对话细节，因为这一叙述本身已蕴含了一种"回到事物本身"的观念。这种观念在于坚的诗学笔记中亦有反复表述。

但是在吕德安的回答中，我们亦不难体会出一丝轻微的反讽意味。"楼上""楼下"与"门外"，都是偶然的人生处境，它们充满了不确定性和戏剧性，是对一切必然性和附会说辞的反讽。在这里，反讽构成了诗人的一种美学态度，是处理"我"与庞然大物之关系的基本立场。在于坚的《飞行》这首长诗中，我们同样可以从中读出诗人的反讽态度：

---

[1] 唐晓渡口述、刘晋锋采写：《打捞诗歌的日子》，《新京报》2006年3月1日。

[2] 朵渔：《生活像一个继父》，《意义把我们弄烦了》，北京：人民文学出版社2004年版，第140页。

[3] 西默斯·希尼（Seamus Heaney），1939年4月13日出生在北爱尔兰得里郡，1995年获得诺贝尔文学奖，其诗被评价为"能从日常生活中提炼出神奇的想象，并使历史复活"。

[4] 参见钟怡音：《吕德安：中国式弗罗斯特》，《时代人物周报》2005年1月19日。

虚构于黑暗中的花朵　　已经成为盘踞于白昼的庞然大物

有史以来最大的庞然大物　　最有力量的庞然大物

它使一切都成为脆弱的　　脆弱的大地啊　　脆弱的天空啊

脆弱的水啊　　脆弱的狮子啊　　脆弱的永恒啊

脆弱的诸神啊　　脆弱的长安之月

脆弱的雅典山冈上的石头[1]

　　这是全诗最集中的一次反讽，但并不止于此。轻微的反讽更多出现在与现代飞行构成鲜明反差的"后退"事物中。例如，于坚写到了金斯堡，说"他落后于美国而成为诗歌先锋"。[2] "落后即先锋"，既是于坚反复申诉的诗学观，也是他对现代性的一种反讽。

　　再如，于坚描述一只山鹰，"它曾经是历史上，飞得最高的生物"，"但现在它在我的脚底下，犹如黑夜扔掉的一条短裤"。[3] 山鹰像"扔掉的一条短裤"，首先是一个形象化明喻，其次是一种参照式反讽。在飞机面前，山鹰并没有成为庞然大物，它只不过是被遗弃在庞然大物之外的命运，是存在于必然之外的偶然，正如吕德安被挡在西默斯·希尼演说厅门外一样。

　　理查德·罗蒂[4] 谈及反讽与偶然的关系，有一个判断："'反讽主义者'认真严肃地面对他或她自己最核心信念与欲望的偶然性"，也就是说，反讽主义者不相信"有一个在时间与机缘之上的秩序，决定

[1] 于坚：《飞行》，《花城》1998 年第 4 期，第 97 页。

[2] 同 [1]，第 95 页。

[3] 同 [1]，第 102 页。

[4] 理查德·罗蒂（Richard Rorty）：1931 年出生于纽约，80 年代以后成为美国新实用主义哲学的主要代表人物之一。中译本著作主要有《哲学和自然之镜》《后哲学文化》《偶然、反讽与团结》《真理与进步》和《筑就我们的国家》等。

着人类存在的意义"。[1] 理查德·罗蒂所说的秩序，与于坚常言道的庞然大物，都是被反讽的对象。这个对象可能是于坚笔下的"飞行"或"档案"，由是推之，也可能是韩东笔下的"大雁塔"。

两种反讽：肯定式与否定式

若要在于坚与韩东之间找到共性，反讽是其标志之一。在他们早期的代表作中，于坚的《尚义街六号》和韩东的《有关大雁塔》，都内含着幽微的反讽语法。但二者又有着细微区别。《尚义街六号》反讽的对象是"渴望钻进一条裙子／又不肯弯下腰去"[2] 的一伙兄弟，实则是一种自我反讽。而《有关大雁塔》则是对那些进入一个庞然大物（大雁塔）进而成为另一个庞然大物（英雄）的反讽，在诗的结尾处，反讽者以一种不为庞然大物所动的心态写道：

> 我们爬上去
> 看看四周的风景
> 然后再下来[3]

通过于坚和韩东早期成名作的对比，可区分出两种类型的反讽：一种是指向个体生存的偶然性，具有自我教育的倾向，可称为肯定式反讽；一种是指向庞然大物的必然性，具有将其解构的倾向，可称为否定式反讽。

---

[1]　参见 [美] 理查德·罗蒂著，徐文瑞译：《偶然、反讽与团结》，北京：商务印书馆2003年版，第6页。

[2]　于坚：《尚义街六号》，《一枚穿过天空的钉子》，昆明：云南人民出版社2004年版，第131页。

[3]　韩东：《有关大雁塔》，《爸爸在天上看我》，石家庄：河北教育出版社2002年版，第11页。

若做历时比较，从 80 年代到 90 年代，于坚的诗歌写作经历了从肯定式反讽到否定式反讽的话语转型。前者代表作品有《作品 39 号》和《尚义街六号》；后者代表作品则是创作于 90 年代的两部长诗《0 档案》和《飞行》。

这种转变是细微的，但也是重要的。它意味着于坚在 80 年代确立起来的日常生活美学观念已经发生了局部破产，即日常生活不再如于坚在"棕皮手记"中反复表述的，是个体的、局部的、碎片的自发形态，它还有可能在自身内部蕴含着集权式的庞然大物，并有可能朝着这一极发展。

于是，诗人与世界之间的关系，也不再仅仅是和谐的、抚摸的，还有批判的和对抗的。当庞然大物日渐显示其形，诗人便日益感受到它在日常生活中占有的位置，以及对个体的、局部的、碎片的日常生活形态进行收编、改造和统驭的强大威力。

在 1949 年之后近三十年的文学实践中，这种威力是压倒性的，甚至不容许作家有所辩驳。胡风在"三十万言书"[1]为日常生活辩护，是针对"工农兵生活"来说的。后者是一种被意识形态塑造起来的庞然大物，实际上是否定了日常生活的合法性，因此胡风称它"把生活肢解了"。[2]但胡风对这个庞然大物的集权本性显然缺乏充分估量，以至于他冒了天下之大不韪，直谏"三十万言书"，最终导致了 1955 年"胡风反革命集团"一案的发生。胡风的悲剧在于，作为一个诗人，他没有回到文艺本身来处理这个庞然大物。当然，从当时的政治现实来看，胡风也不可能做到这一点。

---

[1] 1954 年，胡风完成三十万字的《关于解放以来的文艺实践情况的报告》，当代文学史简称"三十万言书"。

[2] 参见胡风：《胡风三十万言书》，武汉：湖北人民出版社 2003 年版，第 140—152 页。

在长诗《0 档案》中，于坚则尝试回到诗歌内部，以最具个体生命活力的词汇来消解"档案"，这个缠绕在中国人日常生活深处的"貌似完整的、连续不断的"[1] 政治幽灵。此时的于坚，已进入一种对抗性书写状态，从 80 年代的肯定式反讽转变为 90 年代的否定式反讽。

几乎在写作《0 档案》的同时，于坚在"棕皮手记"中写道："诗有着集团性的目标，要么反抗要么维护总体话语的专制。"[2] 这也意味着原本念念不忘人间俗事的于坚，在内心深处已被庞然大物的阴影笼罩着。

在上述意义上，90 年代的于坚与韩东走得更近了，而与吕德安走得更远了。因此，在 1998 年的事件现场，于坚与韩东成了彼此呼应的行动者，挥戈指向庞然大物，而吕德安则远在现场之外置若罔闻。吕德安的心中是没有庞然大物的，他安于"适得其所"[3] 的生活，过着"不曾迈出青山半步"[4] 的小日子，就像于坚笔下的孔子，"向一棵千年如一日的柏树 / 学习生活，温故知新"[5]。此乃题外之义，暂且不表。

两种庞然大物：从"档案"到"飞行"

需要继续深究的，是从《0 档案》到《飞行》的话语变迁。

《0 档案》试图解构一份死气沉沉的档案。[6] 它是计划时代的庞然

---

[1] 张柠：《〈零档案〉：词语集中营》，《感伤时代的文学》，北京：新星出版社 2013 年版，第 191 页。

[2] 于坚的《0 档案》创作于 1992 年，而此处援引的"棕皮手记"大约写于 1993 年。参见于坚：《棕皮手记·1992—1993》，《拒绝隐喻》，昆明：云南人民出版社 2004 年版，第 23 页。

[3] 吕德安创作的第二首长诗，题目就叫《适得其所》。

[4] 朵渔：《生活像一个继父》，《意义把我们弄烦了》，北京：人民文学出版社 2004 年版，第 140 页。

[5] 于坚：《飞行》，《花城》1998 年第 4 期，第 93 页。

[6] 《0 档案》的"0"，应该是个动词，即"意义清零"。从于坚的"棕皮手记"可看出，他的文学观念受到了罗兰·巴特《写作的零度》的影响。

大物，作为一种高深莫测的隐喻系统缠绕着中国人的日常生活。任何一位具有体制身份的中国人，对这个庞然大物都是无比熟悉的，又是无法亲近的。他们深知自己的命运受制于那份神秘的档案，却不曾亲眼见过其真面目。

在长诗《飞行》中，于坚面对的则是在天空中翱翔的现代飞行生活，一种新的庞然大物。它进入人们的日常生活，是依据市场时代的分配原则。相比"档案"这个具有封闭特征的隐喻系统，发生于市场社会上空中的"飞行"，则是一个开放性的明示系统。它是明亮的、亲切的、时尚的、活力的、互动的。它没有设立"体制防火墙"，而是欢迎一切有钱而又安全的人进入其中。[1] 飞行生活的开放性和明示性，让人轻易忽略了它的集权本性，并天真地歌颂商品是天生的平等派。

于坚的出奇之处在于，他潜入一个开放性明示系统，继而瓦解了某种深藏不露的总体话语，摧毁了虚假的"天空的核心"和"自由的意志"。他在"档案"的间隙看见了极权，又在"飞行"的间隙看见了后极权。

张柠发现，"长诗《0档案》将一个极权主义的秩序外壳，与一个民主主义的混乱内核奇妙地交织在一起了"。[2] 而在《飞行》中，我们似乎看到了一个颠倒过来的庞然大物：它戴着民主主义的秩序外壳，却有着极权主义的内核。这正是后极权的迷人面孔。它以"自由的意志"为名，引"现代化"和"全球化"为线，编织着新的总体话语的"血

---

[1]　当然，飞机的日常生活坚决排除身份不明者。在这一点上，"飞机"与"档案"又具有一致的排他性。

[2]　参见张柠：《〈零档案〉：词语集中营》，《感伤时代的文学》，北京：新星出版社2013年版，第191页。

滴子"[1]，将世界的多样性存在化为乌有。

在90年代中前期，当这个庞然大物伴随着市场经济大潮来临之时，多数作家和诗人感到了人文和诗意的灭顶之灾。1993年，"人文精神大讨论""反抗投降"等行动的出现，意在表明文学与世俗之对话可能性的破产；而"知识分子写作"诗人则开始了"关于市场经济的虚构笔记"[2]，拉开了与现实之间的距离。

在这个时间段内，于坚在想什么呢？他在"棕皮手记"中写道："在市场的社会中，总体话语将被'看不见的手'不断支离、消解。最终体现出价值的东西，将是来自个人的，相对于过去的时代的文化价值呈现为'0'的东西，诗人心态是'自在'，'自己承担责任'，因为他不再有某种一致的语境可以依附。无数个人的语境构成了总体话语。不是由于指令，而是由于存在。"[3]

显然，此时的于坚还沉浸在写作《0档案》时的心境中，他对"无数个人的语境构成的总体话语"不但缺乏警惕，而且充满了赞美。但新的庞然大物恰恰就隐匿在这个新的总体话语中，它是由"无数个人"构成的，同时也时时准备着吞噬"无数个人"。

面对新的庞然大物，实际上也就是面对新的总体话语。对这个总体话语的重新表述，一直到90年代后期写出长诗《飞行》，于坚才算完成了。这是于坚个人写作生涯的一个重要分水岭。此后，于坚将更多的写作精力集中于对新的庞然大物的反讽。

---

[1] "血滴子"是清末民初通俗小说中记载的暗器，传为雍正皇帝的特务组织粘杆处专用，像鸟笼，可远距离取人首级。也有传说是雍正帝时的一种毒药。

[2] 欧阳江河在1993年创作的一组诗，题目就叫《关于市场经济的虚构笔记》，前文已有引述。

[3] 于坚：《棕皮手记·1992—1993》，《拒绝隐喻》，昆明：云南人民出版社2004年版，第23页。

反讽之后：走向日常生活美学

参与式"飞行笔记"以及反讽的态度，实际上表明了于坚的双重身份意识。其一，他是在场者，与日常生活保持着"抚摸"关系；其二，他又是局外人，与此时此地的现实世界保持着距离，"习惯于被时代和有经历的人们所忽略"[1]。

在于坚早期的诗学主张中，这种双重身份意识已表露无遗。"像上帝一样思考，像市民一样生活。"[2] 这句著名的"格言"，诞生于80年代初，是于坚最早对双重身份意识做出的辩证表达。作为在场者，他"抚摸"着日常生活中形而下的局部；而作为局外人，他与隐藏在日常生活中的庞然大物保持距离。由此，于坚留给外人的，似乎是一副骑墙面孔。在《0档案》中，我们看到于坚是一个政治的"右派"，而在《飞行》中，我们发现于坚是一个经济的"左派"。于坚也曾经为自己的"左右通吃"给出过一个解释："八十年代的前卫的诗歌革命者，今天应该成为写作活动中的保守派。保守并不是复古，而是坚持那些在革命中被意识到的真正有价值的东西。"[3]

于坚所谓有价值的东西，就是从总体话语中脱身出来的日常生活美学。它是个体的、局部的、碎片的。这种沉溺于日常琐碎世界的美学观念，成为新千年以来"日常生活审美化"[4]思潮泛起于中国的先声。

---

[1]　于坚：《棕皮手记·1982—1989》，《拒绝隐喻》，昆明：云南人民出版社2004年版，第5页。

[2]　同 [1]，第3页。

[3]　于坚：《棕皮手记·1994—1995》，《拒绝隐喻》，昆明：云南人民出版社2004年版，第25页。

[4]　"日常生活审美化"是英国社会学家迈克·费瑟斯通（M.Featherstong）最早提出的命题。1988年，他在题为《日常生活审美化》（*The aestheticization of everyday life*）的演讲中提出，艺术和生活之间的距离正在消弭，"生活转换成艺术"也意味着"艺术转换成生活"。费瑟斯通的这一说法与于坚主张的日常生活诗学显然有共通之处。

此后，"世间一切皆诗"[1] 普泛为"世间一切皆美"。这场美学运动在快速升起的城市白领中获得了广泛的人口基础，其中最具代表性的，则是如本雅明描述的那些迷恋于"放慢速度与放大细部等方法"[2]的摄影爱好者。在中国旅游产业急剧发展的新千年之初，他们往往是资深背包客，装备有先进的单反相机，遇上一片树叶或一只蝴蝶，便有可能驻足半个小时，玩够了光与影的游戏再上路。

在这些沉迷于捕捉日常生活之灵光的芸芸众生之中，我们也可以看到于坚的身影。他的摄影生涯可追溯到 80 年代，在新千年日益庞大的摄影爱好者队伍中，属于骨灰级资质。但没有人真正指出过，这场大众美学运动与于坚主张的日常生活美学的逻辑联系。事实上，在这个精神链条中，于坚堪称普罗大众的教父。在此意义上，于坚已成为自己的对手，他时刻面临着变身庞然大物的危险。

---

[1] 于坚：《棕皮手记·1982—1989》，《拒绝隐喻》，昆明：云南人民出版社 2004 年版，第 3 页。

[2] [德] 瓦尔特·本雅明著，许绮玲、林志明译：《迎向灵光消逝的年代》，桂林：广西师范大学出版社 2008 年版，第 12 页。

第六章

代与反代："70后"女作家登场

第一节　年龄的秘密："70后"及其世代逻辑

"密谋"："七十年代人"的"借壳上市"

　　韩东、朱文等人发起"断裂调查"之后，各路文学人士试图赋予这个肇事之群以一个整体性命名。这是历史事件向时间的帷幕退去时必然生成的一种话语策略。起初，命名总是摇摆不定。它沿着时间、空间和事件本身三个维度展开，于是有了"新生代作家""南京作家群""断裂作家群"等不同的说法。

　　"南京作家群"似乎不妥，尽管南京是整个事件的策源地，主要的发起人和执行人也都生活在南京，但参与这次行动的作家和评论家却分散在全国各地，其影响也远不止于南京。

　　"断裂作家群"似乎是最贴切的，它"就事论事"，最接近事物本身。不过，这个说法还是不太让人满意。因为"断裂调查"虽然发生了，但"断裂"是否在文学史意义上构成一个事实，却让人怀疑。来自主流的一种声音认为，不存在文学本身意义上的断裂，它只不过是一群年轻作家为了获得位置而虚构的话语运动。这样，"断裂作家群"的命名也就缺乏历史理性的支持了。

唯有"新生代作家"这一说法，似乎还带有一点学理依据。它可以覆盖"断裂调查"的行动主体，却不局限于"断裂调查"这个事件本身，并貌似含义深刻地揭示了"断裂调查"之所以发生的历史因缘。张钧从东北一路南下采访的新生代作家，多数也就是参与了"断裂调查"的作家。这种巧合往往让一些似是而非的关系变得清晰起来。于是，"新生代"是"断裂"的一代，"断裂"是"新生代"的断裂，成为一种看似圆满的解释。在这个解释中，还夹杂着话语挪用的机智。因为"新生代"原本是一个地质学概念，其初始语义中已包含了地质断裂的发生学解释。

然而，历史的不可琢磨之处就在于处处皆悖论。韩东、朱文等作家发起"断裂调查"，恰恰就是对"代"这种命名的反动。在他们看来，任何一种"代"都抹平了个体的差异，并以"代"的名义将这些差异化个体纳入再生产的文学秩序之中。"新生代"是一种被既有文学秩序认可的新生力量，假以时日将成为文坛中坚，最后成为文坛权威。这就是再生产的文学秩序的一般流程，它实则隐含着一个与年龄有关的秘密。韩东、朱文等作家揭穿了这个秘密，并以决绝态度表示将从这个再生产的文学秩序中退出。

他们也许并没有意识到，就在他们选择"退场"之时，另一批人挟裹着另一个与年龄有关的秘密"进场"了。这里指的是，"七十年代人"在中国文坛的粉墨登场。

1997年末，李敬泽、宗仁发和施战军三位评论家在北京香山饭店聚首，谈起了"七十年代人"这个话题。后来李敬泽回忆道："三人的交谈有时很散漫，有时激烈，有一种兴奋、密谋的气氛。我们都是编辑，我们认为有新的声音出现,我们企图让广大的人群听到这些声音。"[1]
在这短短一段文字中,我们不难体会,三位评论家试图介入重要历史
节点的亢奋心情。这里面自然也包含着他们对世纪之交中国文坛发展
局势的深刻理解。

初次密谋之后,转眼就是 1998 年。他们分头行动,很快将"七
十年代人"从一个密谋的概念变成了一个崭新的现实。1998 年 7 月,
由宗仁发主编的《作家》杂志推出"七十年代出生的女作家小说专号"。
随后该刊 10 月号又推出专题笔谈,发表了六位青年作家评价"七十
年代出生的女作家小说专号"的文章。

几乎同时,宗仁发、施战军、李敬泽三人整理出一篇《关于"七
十年代人"的对话》,先后刊发于《南方文坛》《作家报》和《长城》。
"七十年代人"就这样以一个代际群体的面目"借壳上市"了。"这批
新人喧闹地进入各种报刊的版面,引起震惊、晕眩、疑惑、恼怒。"[2]
但在 1998 年,似乎没有多少人深究这个群体的历史性登场将意味着什
么。即便是李敬泽等当事者,也是在时过境迁之后,才猛然回头看出
其中的深意。十年之后,他回忆此事,若有所悟道:1998 年是"新时
期文学发展进程中的一个拐点"。[3]

"专号":一种新的文学世代逻辑

回到"七十年代出生的女作家小说专号"。

"专号"是现代期刊运作中常见的一种形式,一般是为集中展示
某个主题而临时策划的特刊。我们可以从四个方面对这期"专号"进

[1] 宗仁发、施战军、李敬泽:《关于"七十年代人"的对话》,《南方文坛》1998 年第 6 期,第 13 页。

[2] 同 [1]。

[3] 参见欧钦平:《文学,远离 80 年代盛况之后》,《京华时报》2008 年 11 月 14 日。

行描述：

第一，关于作者年龄的搭配："专号"共有七位出生于 1970 年至 1976 年的作家，分别是卫慧（1973）、周洁茹（1976）、棉棉（1971）、朱文颖（1970）、金仁顺（1970）、戴来（1973）、魏微（1970）；而坐镇评论的，则是五位出生于 60 年代的新锐评论家，分别是郜元宝（1966）、李敬泽（1964）、施战军（1966）、林舟（1963），吴炫（1960）。隐含在这两个年龄组之中的含义，李敬泽曾有过言简意赅的揭示："在很大程度上，这是属于同一批人。"[1]

第二，关于作者性别的搭配：七位作家都是女性，而五位评论家都是男性。这个性别组合乍一看像是在举行一场选美大赛，看点是"美人儿"，而话语权却掌握在"爷们儿"手中。

第三，关于作家与评论家的搭配：二者同步出场，而且阵容相当。在传统的文学传播流程中，新人作品一般是先有读者，而后才有评论。这期"专号"显然颠覆了这个流程，使作品与评论呈现同步互动的状态。

第四，关于图与文的搭配："专号"大尺度地刊出了三十五张"美女图"。所谓大尺度，有两层意思。第一层意思是指向物理空间的，即这期"专号"的图文比例显然要高于纯文学期刊的惯例；第二层意思是指向审美空间的，即这些"美女图"尽显作家的时尚气息和百媚姿态，卫慧的艳丽、棉棉的惊悚、周洁茹的妩媚、朱文颖的哀怨（从身姿学角度看，金仁顺、戴来、魏微的生活照则显得较传统），完全溢出了传统纯文学期刊的审美习惯，致使这期"专号"的产品形态更接近于一本时尚杂志。

---

[1]　宗仁发、施战军、李敬泽：《关于"七十年代人"的对话》，《南方文坛》1998 年第 6 期，第 17 页。

上述四个方面，年龄是核心所在，其他三个方面都是围绕着年龄这个要素展开的，或者说是对年龄的一种补充修辞。在世纪末中国文学场，为何作家的年龄被凸显到如此重要的位置？李敬泽说：70年代生人与60年代生人是"同一批人"，是针对他们"同样前景难料"[1]而言的。所谓前景难料，其实是对未来的忧虑，是一种紧张的时间意识。

他们都是新生力量，都面临着"进场"的压力。对此，陈思和是有敏锐洞察的。他指出，80年代"进场"的作家，在90年代依然如日中天，以往由年轻作家推动文坛代际流动的可能性消失了，由此形成了中国文坛的超稳定结构。[2]

不过，我们还是发现，70年代生人与60年代生人的处境之不同，是显而易见的。60年代出生的作家，在80年代末90年代初开始出道，到了90年代末基本上已经被主流文坛接纳。他们成为文坛中坚，乃至接掌文坛权威，是迟早之事。韩东、朱文发起"断裂调查"之前，实际上已经在文坛站稳了脚跟。也正是因为这个实际处境，一些作家劝告他们实无折腾的必要。[3]

但对于70年代出生的作家来说，90年代末正是他们开始"抢滩"之时，前景难料倒是真的。时间似乎可以证明这一点。在这期"专号"中，60年代出生的几位评论家在未来十年迅速成为文坛的中坚力量，而70年代出生的多数女作家，在之后十年从文坛消沉了。这其间的复杂曲折，有待后文细解。

---

[1]　宗仁发、施战军、李敬泽：《关于"七十年代人"的对话》，《南方文坛》1998年第6期，第17页。

[2]　参见陈思和：《从"少年情怀"到"中年危机"：20世纪中国文学研究的一个视角》，《探索与争鸣》2009年第5期，第9页。

[3]　参见朱文：《断裂：一份问卷和五十六份答卷》，《北京文学》1998年第10期，第39页。

　　"七十年代出生的女作家小说专号"实际上并不是在强调70年代生人与60年代生人的共性，而是在强调以十年为时间周期的代际差异。这种文学世代逻辑在过去一直隐约存在着，却从未如此清晰地被表述出来。

　　我们可以粗略描述出这种逻辑的提炼过程：

　　起初是"新生代"概念在90年代中期的诞生，它是指以60年代出生的作家为主体，还包括那些在50年代出生却尚未进入文坛中心位置的作家，以及在70年代出生并已经在文坛崭露头角的作家。这一概念被许多60年代出生的作家认可，因为这是一个充满了承诺和希望的命名，其中对50年代、70年代出生的作家的涵盖，也显示了这个命名的包容性。但在中国文坛的超稳定结构下，快速积蓄的新生能量无处安置，对代际流动的诉求的日渐高涨，导致了一种新的世代逻辑的出笼。

　　"七十年代人"就这样带着光艳而又焦躁的气息进入中国文坛了。

　　正如李敬泽所言，"七十年代人"这个表述是"粗糙简陋"的。[1]直至这一表述被"70后"[2]替代，并获得广泛的受众基础，一种新的文学世代逻辑的提炼才算最终完成。这个过程并不长，发生于1998年及之后的二至三年间。在这个过程中，由《作家》杂志推出的"专号"，

---

[1]　参见宗仁发、施战军、李敬泽：《关于"七十年代人"的对话》，《南方文坛》1998年第6期，第13—14页。

[2]　从目前可查证的资料来看，"70后"这一说法最早源于1996年陈卫在南京创办的民间刊物《黑蓝》，这本刊物打出了"70后——1970以后出生的中国写作人聚集地"的口号。不过，一直到1999年至2000年间，"70后"这一说法才开始在文坛普及开来，并取代了"七十年代人"等说法。其中，广东诗人黄礼孩主编的《诗歌与人》在第一期推出"中国70年代出生的诗人诗歌展"，对"70后"概念的普及起到关键的推动作用。

是一次最有效的推动。

从初始语义来看，"70后"是指"70年代以后"，依然是一个具有延展性的时间指称，可将80年代、90年代出生的代际群体涵括进来。但在90年代末，以韩寒、郭敬明为代表的一批"80后"作家的隆重登场，表明以出生时间为标志、以十年为周期的文学世代逻辑已经深入人心了。

"十年"：文学商品时间的胜利

十年一场哗变。这是一种凝结在时间之上的现代性意识形态。

约翰·霍洛韦尔在研究美国60年代出现非虚构写作风潮时便注意到了"十年"这个时间尺度的重要性。他引述文学评论家雷蒙德·奥尔德曼的观点，指出"人们开始越来越意识到一个十年在历史进程中的意义"。[1] 当然，这个"十年"不是具数，而是概数。

这种"十年"观，在20世纪以来的中国文学史视野中同样是适用的。陈思和曾总结道："新文学史上几乎十年换一代，每一代都是新人辈出。"[2] 尤其到80年代以后，以十年为一个时间单位来测量当代文学思潮的变迁，几乎成为一种惯性表达。

这种时间切割原则难免简单粗暴，不过依然可以在传统的史学方法论中找到充分的依据。根据法国年鉴学派的观点，历史时间可以划分为短时段、中时段和长时段。短时段以"年"为单位，是一种"政治时间"，反映"一万年太久，只争朝夕"的政治事件史；中时段以"十

---

[1] 参见［美］约翰·霍洛韦尔著，仲大军、周友皋译：《非虚构小说的写作》，沈阳：春风文艺出版社1988年版，第5页。

[2] 陈思和：《从"少年情怀"到"中年危机"：20世纪中国文学研究的一个视角》，《探索与争鸣》2009年第5期，第6页。

年"为单位，是一种"经济时间"，反映现代资本主义世界的经济社会史；长时段以"百年"为单位，是一种"地理时间"，反映人类亦步亦趋于自然之缓慢变迁的总体文明史。[1]

参照年鉴学派的方法论，以十年为时间单位的文学思潮，可以在现代"经济时间"的历史视野中获得解释。回到 80 年代以来的中国社会背景，我们可以看到"中时段"确实在发生它的"经济时间"的测量功能：1978 年开始"改革开放"，1992 年推行"市场经济"，世纪之交中国正式加入世界经济体系以及"新经济"在中国的全面崛起。而关于 80 年代文学、90 年代文学、新世纪十年文学的表述，也是在这个时间尺度内发生的。

回到"70 后"作家的历史性进场，我们发现，年鉴学派意义上的"十年"，其历史测量功能还在，且突出了隐含于其中的历史主体，及其世代逻辑。尽管"70 后"依然隐含着一种中时段的时间尺度，但这个尺度试图规约的对象不再是"历史"，而是"历史主体"（即一个特定年龄阶段的世代群体）。于是，通常表现为一个时间波段的历史理性和结构退隐了，它转化为事件和场景，将活生生的主体凸显在历史前台。

"七十年代出生的女作家小说专号"就是一次发生在历史前台的表演。它的舞台构造，正是应这种表演的需求而设计的。正如前文描述的，它向我们呈现了一次选美大赛的场景构思：亮丽登场的"美人"，快速反应的"评委"，以及像海报一样具有视觉先导作用的"美女图"，构成了感性的、眩晕的现场氛围。

文化社会学家豪泽尔和文学社会学家埃斯卡皮都关注到了艺术领

---

[1]　参见 [法] 费尔南·布罗代尔著，刘北成、周立红译：《论历史》，北京：北京大学出版社 2008 年版，第 27—41 页。

域的世代因素。他们首先承认一个世代的形成与出生日期有关，同时也强调了影响世代群体的社会性成因。也就是说，特定社会领域的世代群体并不纯粹等同于生物年龄意义上的世代群体。在文学领域，少年早熟的作家与大器晚成的作家虽然构成年龄差距，却有可能属于同一文学世代。

埃斯卡皮在对 16 世纪中叶以来的法国作家进行实证研究之后发现，文学世代的交替并无规律可循，甚至极有可能出现某个时期某个年龄段没有重要作家出现的断档现象。[1]埃斯卡皮实际上是告诉我们，文学的高峰与低谷虽然是通过世代更替来实现的，但这种更替的速度却无法通过等时段的生物年龄周期来测算。

不过，埃斯卡皮还是发现了一个不算规律的规律：当上一代的主力军超过四十岁，新一代的作家才会冒尖。[2] 如果这一规律具有参照价值，那么在 80 年代崛起的那批作家，如贾平凹、王安忆、余华、莫言、韩少功等人（多数出生于 50 年代），在经历 90 年代的高峰期之后，应该给年轻的一代作家让出一条道来了。这或许正是 90 年代末中国文坛涌动着一种世代交替的集体诉求之动力所在。从这个角度来看，"70 后"的进场也是符合历史理性的。

只是在这个进场的过程中，一般的文学世代逻辑被篡改了。它成了以十年为等距周期的生物世代逻辑。新千年以来，随着"80 后""90 后"陆续进场，这种逻辑愈演愈烈。考虑到"十年"是一种"经济时间"，再考虑到"70 后""80 后""90 后"的世代逻辑是商业炼金术的产物，不得不说，这是文学商品时间的胜利。

---

[1]　参见［法］埃斯卡皮著，于沛选编：《文学社会学——罗·埃斯卡皮文论选》，杭州：浙江人民出版社 1987 年版，第 19—22 页。

[2]　同［1］，第 22 页。

第二节　欲望的秘密：年龄背后的美学渐变

渐变史：当代文学的"欲望写作"

"专号"一共刊发了七部短篇小说，分别是卫慧的《蝴蝶的尖叫》、周洁茹的《回忆做一个问题少女的时代》、棉棉的《香港情人》、朱文颖的《广场》、金仁顺的《月光啊月光》、戴来的《请呼3338》、魏微的《从南京始发》。

相似的年龄让她们获得了共同命名的权宜之计，却很难用同样的方法一言以蔽之他们的文本特质。仅从每个单篇来看，它们似无明显的一致性可言。在这批"70后"作家甫一出道的世纪之交，评论家和媒体记者都以"欲望写作"或"身体写作"来描述他们的文本特征，但是我们发现，这种描述也适用于朱文、张旻等新生代作家。如果往前推，1987年方方发表《风景》，池莉发表《烦恼人生》，以新写实主义的态度书写日常生存的欲求，也是一种"欲望写作"。再往前推，"反欲望"的写作，亦是一种否定性的"欲望写作"。在这条纵向线索中，我们可以看到一部渐变的欲望写作史，每一代作家总有先锋者，在渐变的历史节点扮演着重要的角色。

"专号"试图集中展示最新一代作家的"欲望写作"，并以此作为这批作家的醒目标签。但是具体到文本，不同写作者对"欲望"的处理方式却大不相同。她们有着大致相仿的年龄，但她们的写作笔法却可以还原为不同时期的"欲望写作"，分布在渐变的时间线条上。

戴来、周洁茹：欲望初醒时分

在七位女作家的作品中，戴来的小说是最"老成"的。李敬泽称"戴来的叙述和表述有时候过于平滑"[1]，想必也含有"老成"之意。

1998年，戴来在《人民文学》第4期发表处女作《要么进来，要么出去》，随后又在《作家》杂志的"专号"上亮相。对于一位文学新人来说，这种情况实属罕见。特别是处女作发表在《人民文学》，是对刚出道的作者的莫大肯定。在中国文学场，《人民文学》是最高级别的"文学官刊"，对作品发表设置了较高门槛。一般来说，年轻作家只有在地方文学刊物发表了一定数量的作品，才有可能向上流动，获得在《人民文学》发表作品的机会。戴来一出道，起点就很高，可以说是直接省略了"基层经历"。这里面或许有多种原因，但其作品的"老成"和"平滑"是一个重要因素。

发表在"专号"上的《请呼3338》，讲述了一个从小就备受父母冷落的怀春姑娘寻找人生出口的故事：她不满意自己的平庸生活，有着过好日子的欲望，但又没有改变现状的办法，最后成了一个小工厂主的情人。

仅从作品来看，戴来虽是在1998年才发表了处女作，但她的实际写作年龄已经较长了，并有意延续了新写实主义路线。这条路线开拓于80年代中后期，以1987年池莉发表《烦恼人生》和方方发表《风景》为标志性起点，一直延续到90年代末也未曾过时。新写实主义之所以具有如此旺盛的生命力，缘于它的双重精神构造：一方面，它依然属于现实主义文学的大范畴，在新时期重新链接了社会主义现实主义的文学传统，因而在当代主流文学规范中找到了属于自己的位置。另一方面，新写实主义抛弃了传统社会主义现实主义的宏大叙事，放弃了典型环境中的典型人物，回到了日常生活的琐碎和平庸，不深入

---

[1] 李敬泽：《戴来：克制着的不耐烦》，《作家》1998年第7期，第87页。

生活，也不高于生活，而是回到生活本身，还原凡俗生活的本真面目，以小人物的个体欲望作为文学书写的中心。[1]

以新写实主义为参照，戴来并无出新，而是显得老道。她善于调动日常经验去讲述一个小人物的欲望和挣扎，其笔法是一种不折不扣的新写实主义。发表在"专号"上的这篇小说，无论是题材内容，还是语言风格，抑或形式结构，都可看作是戴来版的"烦恼人生"，与池莉、方方的新写实主义有着切近的相承关系。在此意义上，戴来虽为"70后"，实则回到了"50后"这一代人的写作。

如果说戴来"老成"，那么周洁茹则是名副其实的"少年老成"。

她的《回忆做一个问题少女的时代》，写的就是一个"少年老成"的青春少女成长的烦恼。"我"成长在一个条件优越的家庭，在学校也是一个优秀学生，但我有着旁人无法体会的烦恼，因为"从小到大，我从来都没有做过自己的主"。[2] 显然，"我"虽涉世未深，但"我"眼中的世界却是充满了世故、危险和阴暗。这正是周洁茹的"老成之道"，因此李敬泽评价道："生于70年代就已看出了沧桑。"[3]

将周洁茹与戴来相提并论，不是因为她们共享着"老成之道"，而在于她们在欲望书写方面表现出来的精神共性。在她们笔下，欲望的个体蠢蠢欲动，试图以一己之力去对抗这个坚硬的世界，但终究来讲，这些欲望个体还是被束缚在一个具有稳定参照系的世界之中。在戴来和周洁茹的作品中，我们可见欲望初醒时分的不安分子，但她们没有被排除出同质世界，也不是精神漫游者。这或许正是"老成者"

---

[1]　新写实主义与传统现实主义的关系，并非此处需要阐述的重点。有关论述可参阅陈晓明：《中国当代文学主潮》，北京：北京大学出版社2009年版，第377—388页。

[2]　参见周洁茹：《回忆做一个问题少女的时代》，《作家》1998年第7期，第35页。

[3]　李敬泽：《舞者周洁茹》，《作家》1998年第7期，第27页。

自我设定的写作限度。她们意识到了“挣扎”的时代意义，同时也晓得“恰到好处”的重要性。在当代文学思潮的演进链条中，这种写作代表了个体欲望觉醒的初级阶段，是池莉、方方那一代人的典型笔法。

金仁顺、朱文颖、魏微：走向精神漫游

金仁顺、朱文颖、魏微这三位作家均出生于1970年，一个与60年代紧密衔接的年份。事实上，如果不看年龄，仅看作品，她们也最容易被归类到“60后”作家群体中，也就是在90年代被称为“新生代”的一批作家。

“新生代”被命名，不仅是出于年龄上的简单考虑，还因为这一批作家的写作呈现了一种新的精神现象：漫游者的出现。朱文的《我爱美元》，是这一类写作的标志性文本。在这部小说中，朱文编织了一个惊世骇俗的逻辑：儿子极力“教唆”父亲去嫖娼。这已经不是一般的观念代沟问题，而是一个精神漫游者（儿子）与秩序守护者（父亲）的尖锐对立。在新生代作家笔下，漫游者被排除在社会有机体之外，存在于一个充满了障碍的异质世界之中。对这一精神现象的发现和书写，使得当代中国文学对个体存在及其欲望的探求又向前推进了一步。

在“七十年代人”这一说法出炉之前，金仁顺、朱文颖、魏微等作家通常也被归在新生代作家的名单中。这种归类是有道理的。他们对精神漫游者的观察与书写力度，显然与韩东、朱文、张旻、鲁羊等更早出道的新生代作家一脉相承。

金仁顺的《月光啊月光》，叙述了一个荒诞至极以至于小说的主人公自己都无法理解的故事：只有高中学历的“我”陪同男朋友去电视台应聘播音员，却意外被台长相中了。台长在众人面前对“我”卑

躬屈膝，极尽谄媚之能事，却没有任何原因。更奇怪的是，单位还分给"我"一套奢华的房子，而台长经常不打招呼就来到"我"的房间，睡在"我"的床上。但台长从未打过我身体上的主意，甚至劝告"我"不要有做他情人的非分之想。"我"备受精神折磨，于是，一个"像阴性植物一样生长的愿望"日渐浮现——让台长死于非命。

在这部小说中，实际上有两个"台长"。一个是常态的，能按常规出牌；一个是非常态的，行事不可理解。小说重点描述的，是后者。他是一个隐藏在日常生活深处的精神漫游者，其行为方式已完全超出了同质世界的一般规则。

在朱文等新生代作家笔下，精神漫游者往往是一些正常欲望受到损坏的人，金仁顺笔下的"台长"也是如此。他的睡眠处于一种严重不良状态，只有躺在"我"的床铺上才能得到安顿。他与"我"同居一室，却对我没有任何性需求，哪怕是在"我"的极端挑逗之下，他也无动于衷。这个谜一样的人物似乎在现实生活中无迹可寻，但金仁顺将它变成了"想象中的真实"，同时它也是一种"真实中的想象"。[1]

朱文颖的《广场》，以江南古镇和现代广场为双重背景，叙述了一个现代江南女性的精神漫游故事。小说中的广场位于江南水城的中央，是一种从古城内部孕育出来的现代城市空间。正如标题所示，这篇小说的叙述是空间化的，甚至缺乏一个完整的线性故事。作者将一对男女的"艳遇"故事，转化为他们对广场的见闻和感受，以及对古城往事的追忆。

周立民曾说道："本质上讲，苏童的南方是现代主义的，而朱文颖

---

[1] 参见金仁顺：《想象中的那一个世界离我们到底有多远》，《作家》1998年第7期，第85页。

却是古典主义的。"[1] 我们不好判断，这里所说的本质是指什么，如若落实到对"江南"这个意象的处理方式，我以为结论恰恰相反。这可从苏童笔下的"井"和朱文颖笔下的"广场"见出一斑。

苏童在《妻妾成群》这部小说中设置了一口深不可测的井，用以安置欲望出轨者的最终归宿：所有违背妇道的女人，都将被投井而死。这一构思足以表明苏童的小说是带有古典主义倾向的。在中国传统的庭院空间中，"井"是家族欲望的"中心处理器"。例如，在以家族聚居为功能诉求的福建土楼，环形土墙建筑的中央通常置有一至两口井，从而构成一个庞大家族的日常运转的"中轴"。这个井也常见于中国其他地区的传统庭院空间，它维系着整个家族的欲望滋长和伦理规范。那些背叛了欲望规制的出轨者，特别是"偷男人"的女人，按族规往往要被"填井"。这种惩戒方式回到了家族欲望的源头，正是发生在中国宗法社会的一种残忍的欲望规制。至宋以后，在以家族为网状结构的江南社会，这种欲望规制是很常见的。在此意义上，苏童的先锋小说是古老的，它对家族欲望的古典书写一直退回到传统的根部。后来张艺谋将《妻妾成群》拍成电影《大红灯笼高高挂》，将"井"置换成后院屋顶的一个房间——对出轨者的惩罚就是关进这个黑暗的房间，这个改编实际上已丧失了原著的古典意味。

回到朱文颖的《广场》，古老的江南依然水流缠绕、小径曲折、庭院深深，但在古城的中心却出现了一种新的空间：广场。它是江南古城向现代城市转型过程中最早裸露出来的部分，就像本雅明笔下的巴黎拱廊街之于巴黎古城，开放，冷漠，却充满了偶遇的隐隐激情。而流动或凝固在这个广场中的所有意象，都预示着一种现代欲望的诞生。

---

[1] 周立民：《每个人都有他的怪兽》，《人间万物与精神碎片》，北京：北京大学出版社2013年版，第93页。

　　朱文颖放弃了故事，转而反复书写那些毫无情节关联的广场意象：草坪、风筝、风、雨、城墙、大巴等等，以及以变幻莫测的心情观照着这些意象的"人"。这个"人"，是现代欲望的精神主体，是从江南古城的传统欲望规制中脱离出来的精神漫游者。朱文颖笔下的广场，其实是收纳这些精神漫游者的现代容器。

　　朱文颖是这样解释"广场精神"的：它根植于一种袒露，因而是信任的；它又有着拒绝的姿态，因而是冷漠的；但最终它又是和解的，是对人世间极度的彷徨和痛苦达到的高度的和解。[1] 朱文颖对现代精神漫游者的欲望书写，转化为广场意象的反复呈现，这种现代意识恰是苏童的小说不曾有的。仅此而言，朱文颖是现代主义的，苏童是古典主义的。

　　不过，朱文颖依然深切意识到那个古典江南对现代精神漫游者的挥之不去的缠绕。那个广场被江南古典园林包围着，而广场中的那个女子，也反复回忆并如呓语般复述着古老的江南往事。通过往事的追忆，小说还写到了一个已消逝在岁月深处的精神漫游者，即那个广场女子的母亲。她是个评弹艺人，声音勾人魂魄，"能真正穿出淡紫色绸缎旗袍的韵味"[2]；她爱上了一个男人，最后亡命他乡。母亲作为一个精神漫游者在传统江南遭遇的命运，似乎成了新一代精神漫游者的"隐伏的压迫"[3]，因此那个女子时常梦见母亲，并有一种强烈预感："穿着淡紫色的绸缎旗袍站在广场上，是一桩非常危险的事情"。[4] 在以江南意象为背景的写作中，与其说朱文颖融合了古典与现代的元素，毋

---

[1]　参见朱文颖为小说《广场》所做的"旁注"。《作家》1998 年第 7 期，第 58 页。

[2]　朱文颖：《广场》，《作家》1998 年第 7 期，第 57 页。

[3]　林舟：《朱文颖小说点滴印象》，《作家》1998 年第 7 期，第 54 页。

[4]　同［2］，第 63 页。

宁说她在古典意象的缠绕中看见了现代欲望的突围。

与朱文颖的《广场》相似，魏微的《从南京始发》也是一篇以"南方"为背景的小说。不过，在魏微笔下，南方的古典意象已不复存在。这里是现代欲望的中心，也是小说主角展开欲望之旅的始发点。小说中的"我"是一个渴望着过上中产阶级的宁静生活的女孩，却在一次偶遇中爱上了对物欲、情欲和名欲都欲罢不能的晓风。为了见证似是而非的爱，"我"陪同晓风北上找工作，从南京出发到石家庄、北京，再到天津，最后又回到南京。这是一次欲望之旅，也是一次精神漫游，是对不可知的未来的一种盲目寻找。正是在这种精神漫游中，个体的复杂欲望变得透明，毫无保留地呈现出来。

魏微对现代个体欲望的书写依然带有某种抽象的反思色彩，因而与韩东、朱文等人的写作观念是相衔接的。在某些层面上，魏微还显示了一种鲜明的理性色彩。在小说结尾处，作者为这次精神漫游安置了一个传统的归宿，因为"我还要结婚，过中产阶级的慵懒生活"。[1]魏微笔下的漫游者，正在走出漫无目的的混沌状态，甚至开始走向可算计的目的理性。这是呼之欲出的新一代欲望主体，熟悉城市中理性与疯狂的辩证法，玩转于光怪陆离的欲望现场，他们的成长经验是对当代都市欲望的天然见证。

这个"新一代欲望主体"，到了卫慧、棉棉等作家的小说中，就已经"长大成魔"了。

卫慧、棉棉：击穿欲望障碍的"二人转叙事"

卫慧、棉棉的出现，将"欲望写作"又向前推进了一步，从而真

---

[1]　参见魏微：《从南京始发》，《作家》1998 年第 7 期，第 109 页。

正拉开了"70后"与"60后"的文学代沟。仅以性描写为例，就可看出他们的距离。

在韩东、朱文的小说中，性依然还是"心向往之却不能至"的一种抽象欲念，往往在即将转化为现实之际发生了意外的中断。在这一点上，朱文的《我爱美元》堪称范本：儿子竭尽所能安排父亲与某个女人发生"性事"，却总是失败于咫尺之遥。于是，在性的欲求与障碍之间，小说获得了向前推进的叙事动力。一直到小说结束，儿子也没能帮助父亲得到他实则想要的"性事"。朱文正是通过"性之不可得"，来表达漫游者存在于异质世界之中的障碍感。

在卫慧、棉棉这里，障碍感已经消除了。尽管她们笔下的人物依然生存在一个充满障碍的异质世界之中，但她们不再漫无目的，而是迅速进入世界的一个虚拟中心：快乐性爱。也就是说，性爱本身不再是焦虑的，而是纯粹的快乐，是高潮迭起的尖叫。快乐性爱无须复杂推理，无须峰回路转，也无须磨磨蹭蹭，而只需直率表达。谢霆锋在2000年唱过一首歌，叫《因为爱，所以爱》，在当年可谓风靡一时。这首歌之所以流行，在很大程度是因为，这种因果同义的语法契合了当时年轻人的去障碍化的欲望表达。卫慧、棉棉等作家的出现，可谓来得正是时候。

卫慧的语言透明而润滑，总是能以最快的速度击穿欲望的各种障碍，直抵高潮时分。在《蝴蝶的尖叫》中，"我"与前任男友皮皮，一个已婚男人，依然保持着性关系。在一次床第之欢之后，"我"以一个长长的句子表达了欲望障碍被击穿之后的快感："于是我感到了甜蜜于是我感到荒芜于是我感到一切很正常存在即本质物质决定精神而精神分析家和道学家的话永远不要相信只需性爱治疗关键是你能不能决定你的生活"。[1]

这种不设标点的长句在王朔的小说中最常见，其现实语法来源于北京段子。在卫慧这里，其现实语法则是来源于摩登都市里的情欲尖叫。它具有快速膨胀的张力，与生理高潮的瞬间体验形成共鸣节奏。

没有障碍感的"欲望写作"，必然要面临叙事动力的危机，因为阻力消失了，动力也失去了依据。对此，卫慧自有她的办法。她找到了一种新的动力机制："二人转叙事"。

"二人转"原指流行于东北的一种民间说唱艺术，其主要形式表现为：一男一女，分别手拿扇子、手绢，边走边唱边舞，演绎一段故事。[2] 也就是说，"二人转"艺术化约了世界的复杂关系，仅通过"二人互动"便可演绎一个完整故事。

卫慧的小说正是摩登都市版"二人转叙事"。从叙事结构看，《蝴蝶的尖叫》由两场"二人转"构成："我"和前男友皮皮的婚外性事，"我"的闺蜜朱迪和某乐队主唱小鱼的凄婉爱情。"成双成对"是卫慧小说中常见的人物布局。人与世界的关系，变成了一个人与另一个人的关系。人对世界的反应，也变成了一个人对另一个人的反应。它呈现出一种亲密关系的二人互动，情感外露，直击人心，具有可观赏性。

这里不应忽略卫慧式"二人转叙事"的社会含义。它指向了作家对个体与世界之关系的特殊理解。在韩东、朱文等新生代作家的文本中，个体虽然漫游于异质世界，却没有逃离一种网状的社会关系。换言之，漫游者依然存在于一张网中，却找不到自己的位置。但是到了以卫慧为代表的"70后"作家这里，网状的社会关系消失了，个体却

[1] 卫慧：《蝴蝶的尖叫》，《作家》1998 年第 7 期，第 21 页。

[2] 在"二人转"的早期发展阶段，通常只有一个男性演员单唱，但他必须在旦、丑两种角色之间切换。

找到了自己的位置。这个位置是通过二人互动来确认的，并构造了一个旋转的中心世界。

漫游者终结了，一种崭新的城市经验和个体欲望出现在新一代作家的文本中。这是卫慧的"先锋"之所在，却不仅仅局限于卫慧一人。

棉棉的小说显示了比卫慧有过之而无不及的同等意义。她的《香港情人》，表现为"我"与三个男人的"二人转"："我"和男同性恋者奇异果（人名）的同居生活；"我"和旧日情人谈谈（人名）的未了情；我和"香港情人"棉花糖（人名）的纯真之恋。因为"我"的存在，看似毫无逻辑关联的三场"二人转"串联在同一篇小说中，并表现为剧场的随意切换。

卫慧自称是"这城市唯一浪漫的恶之花"[1]，但相比棉棉，真是小巫见大巫了。卫慧对当代都市欲望的描述虽然大胆而新奇，但同时也是常规而时尚的。她的小说塑造了某种新感觉，但内在的构造还是旧的，正如 T 型台上的时装模特，虽然花样翻新，依托的还是那副旧皮囊。而棉棉的小说却有一种骨子里的"恶"，不仅肆无忌惮地呈现了同性恋、吸毒等隐秘的都市"恶"经验，而且在文本形式上彻底摧毁了传统章法，以至于让许多人惊呼有"读不懂的压力"[2]。

通过对"专号"进行文本分析，我们可看到，"70 后"女作家的不同文本，可以还原为 80 年代以来当代"欲望写作"的渐变史，就像我们可以在连绵的武夷山脉中看到不同时期发育的丹霞地貌一样。但是渐变总是要向质变飞跃。对于李敬泽、宗仁发和施战军等发现者来说，他们之所以在 1997 年末密谋"七十年代人"，就是因为他们敏

---

[1]　卫慧：《我还想怎么呢》，《作家》1998 年第 7 期，第 25 页。

[2]　危砖璜：《〈糖〉：泡在酒里》，《中国经济时报》2000 年 5 月 19 日。

锐捕捉到了出现在这个代际群体中的质变部分。在当代"欲望写作"中，这个质变部分是一种崭新的个体经验，具体来说，就是以卫慧、棉棉为代表的击穿欲望障碍的都市"二人转叙事"。既然欲望障碍已破除，他们必然也就有了全新的快乐体验。恰如吴炫所言，卫慧对快乐奥妙的发现，是有成绩的。[1]

第三节 两种时间逻辑："70后"的断裂密码

遮蔽：失控的"新意识形态幻觉"

2000年4月，宗仁发、施战军和李敬泽又一次聚首，重提"70后"话题。此时距离1997年末他们在北京"密谋"推出"七十年代人"，一晃两年多过去了。在这次新的对话中，李敬泽按语道："很多事发生了，很多事始料不及。"[2] 所谓始料不及，在这次对话的标题中已有明示：被遮蔽的"70年代生人"。不难看出，这次对话与1997年冬天的对话前后呼应，并有着主旨的连续性。

在李敬泽等人看来，"70后"作家的被遮蔽一开始就存在着。起初是文坛的守旧力量对他们的"新锐而尖细的声音"的遮蔽。1997年末的这次对话，以及在1998年重磅推出的"七十年代出生的女作家小说专号"，都是为"70后"作家去遮蔽并迅速抢滩中国文坛而做的铺垫。但到了2000年，新的、更大的遮蔽出现了，似乎原先的许多努力都已付诸阙如。因此，2000年的这次对话既是为两年前的抢滩行动收拾残局，又是为"70后"作家再次去遮蔽而采取后续行动。

关于新的遮蔽，李敬泽认为有三个层次的表现。第一，市场的粗

---

[1] 参见吴炫：《"晚生代"小说中的"性"》，《书屋》2000年第10期，第51页。

[2] 宗仁发、施战军、李敬泽：《被遮蔽的"70年代生人"》，《南方文坛》2000年第4期，第49页。

暴指认妨碍了人们对"70后"作家的全面认知；第二，一部分"70后"作家对另一部分"70后"作家的遮蔽；第三，一种简化的世界观对一代人的遮蔽。李敬泽的话，其实是有所指的。他没有直言的"遮蔽物"，是指以棉棉、卫慧为代表的一种新的文本意识形态经由商业炒作之后形成的一整套"幻觉"。[1] 出于对这种幻觉的警惕，在 2000 年这次对话中，宗仁发、施战军和李敬泽避开了棉棉、卫慧的名字。而在 1998 年隆重推出的"专号"，以及由此形成的观念冲击波，卫慧、棉棉无疑是"领衔"主角。

这里面的悖论是显而易见的。即便是宗仁发、施战军和李敬泽三人，他们也难保不对这种局面持一种左右为难的心态。他们是这起文学代际运动的重要推动者，当局者迷也是题中应有之义。当"专号"在《作家》杂志推出的时候，宗仁发还是这本纯文学期刊的主编。从早期的"密谋"，到后期的执行，他都是当事者。后来《关于"七十年代人"的对话》在《当代文坛》首发后，又转发于山东的《作家报》和河北的《长城》，其间则少不了施战军和李敬泽的功劳。[2] 他们是整个过程的干预者，对于其中的进退取舍，自然成竹在胸。为何要推"七十年代生人"，为何要锁定在女性作家，又为何选择卫慧为"领衔主角"，他们必定是经过深思熟虑的。

在 1998 年之前，几乎每位"70后"作家皆默默无名。甚至对于一些作家来说，1998 年可视为他们个人文学生涯的起点。例如戴来在

[1]　参见宗仁发、施战军、李敬泽：《被遮蔽的"70年代生人"》，《南方文坛》2000 年第 4 期，第 49 页。李敬泽在对话中多次指出，"70年代人"已成一种幻觉，并称这种幻觉本质上是一种新的意识形态，是由"市场的粗暴指认"造成的。为了行文简便，下文用"新意识形态幻觉"来指称李敬泽的这个表述。

[2]　施战军曾担任山东作家报社理论编辑，李敬泽青少年时代生活于河北省。中国有地方身份认同的传统，因此这两个地方的文学刊物可算是施、李二人的"传统势力范围"。

这一年发表了"处女作"，魏微在这一年发表了两篇在她看来可列入个人文学史的早期代表作，而卫慧的多数代表作集中在这一年发表。在每个人都尚未成"大气候"的情况下，要选定一批"先锋"来代言新一代作家的崛起，必然要有策略上的权衡。

锁定女性作家是策略的第一步。尽管在 1998 年已有丁天、陈家桥等"70后"男作家进入了评论家的视野，但在数量上毕竟有限，而且相比之同龄女作家，他们显得太过传统，也缺乏冲击力。

策略的第二步是选择首推作家，就像报刊必须慎重敲定头条和首篇一样。最终，他们选择了将卫慧、朱文颖和棉棉作为前三甲。正如前文已做的分析，从"欲望写作"的角度来看，卫慧、棉棉是这一代作家的先锋之所在，无论李敬泽、施战军和宗仁发他们喜欢与否，这两位作家都必须站上潮头浪尖，否则就不足以显示"70后"作家自立门户的必要性。而朱文颖在"先锋"与"传统"之间取得较好平衡，被视为最具实力的"70后"作家。

如果李敬泽等人只是纯粹的文学评论家，面对这批"70后"女作家，他们可以轻易做出属于自己的价值判断和选择，但作为文学编辑，他们会在一定限度内搁置自身好恶，从读者和阅读的角度去思考问题。恰巧这三人都是以编辑为职业的文学评论家。他们没有理由漠视以卫慧、棉棉为代表的新文本意识形态的出现。在推出"专号"那期杂志的封底上，还刊登了一则转载自上海《文汇报》的新闻报道。这则新闻写道："一位文学期刊的负责人透露，近年来小说杂志收到的读者来信越来越少，但这一二年里要求转寄给须兰和卫慧等青年女作家的信，却日见其多。"[1]这个细节反映了文学期刊的焦点所在。他们需要一批

---

[1]　可参见《文汇报》的原报道。刑晓芳：《一批年轻女作家崭露头角》，《文汇报》1998 年 5 月 21 日。

代表了新的文化符号的作家在日益疲软的文学期刊上亮相，以扭转文学期刊的整体颓势。

恰在这一年，由人民文学杂志社等单位主办的"98全国文学期刊主编研讨会"在新疆举行。这次会议并没有像以往的同类会议一样停留在务虚之谈，而是探讨起文学期刊的严峻的生存问题。商业大军已兵临城下，许多期刊在1998年宣布停刊或即将停刊，其中包括《昆仑》《漓江》《作家报》这些在全国有相当影响力的文学类报刊。即便是《人民文学》，在这一年也接到了通知：明年政府拨最后10万元，后年的一切费用自理。[1]这种不可扭转的局势恐怕不仅仅是说明了文学期刊的生存处境，还更多地说明了文学本身与外部世界的关系走到了一个历史转折点。择其要地说，一种依赖于行政拨款的文学似乎面临着合法性危机，而一种面向市场生存的文学却咄咄逼近。因此，宗仁发在这次会上发表了意见鲜明的观点：办刊者一定要考虑读者因素，适应新的市场，否则势必走向绝境。[2]

宗仁发的观点，至少是与"七十年代出生的女作家小说专号"的整体构思相吻合的。似乎可以这么理解："专号"的策划与运作，是一次打包上市行为。这种行为又是与她们的内心标准有抵触的。从2000年的这次对话可以看出，宗仁发、施战军和李敬泽并不认同以卫慧、棉棉为代表的这种新的"意识形态幻觉"，但出于"上市"的需要，他们还是安排了卫慧担当"头牌"。

对于李敬泽、施战军和宗仁发来说，借卫慧、棉棉等作家的新潮文本将一批文学新生力量推向历史前台，其手段是前卫的，但其理想

---

[1] 参见郭晓力记录整理：《文学期刊的生存与出路——98全国文学期刊主编研讨会侧记》，《钟山》1998年第5期，第207页。

[2] 同[1]。

却是守旧的。他们真正想做的，是让纯文学期刊生存下去，让传统文学的理想主义还有一个落脚之地。换一个角度说，他们对在商言商的市场其实没有丝毫兴趣，甚至从根子上是抵触的。

但在1998年，潜伏的商业力量篡改了他们预设的轨道。卫慧、棉棉作为一种另类符号被无限放大，最终成了如李敬泽所说的失控的"新意识形态幻觉"。全国各地的报刊都在制作着"新新人类""另类一族"的符号大餐。文学评论家白烨，在这一年受聘于"布老虎丛书"，正在密谋另一起"上市"行动：推出一批"70后"作家的长篇小说，这些作家包括卫慧、周洁茹和丁天。[1] 翌年，卫慧的《上海宝贝》正式上市了，它在阅读市场上引发的滔天巨浪，让许多文学人士大跌眼镜。"70后"作为一种新的意识形态幻觉，在这一刻如火山爆发，又迅速凝固在卫慧等少数作家身上。这大概是李敬泽等人始料未及的。因此在2000年的对话中，李敬泽才有这么一说："97年我们曾经谈过'70年代人'，现在我觉得我们看问题真是不准确呀，他们一眼就从某些作家、某些作品中看出并抽出了某些东西……包装出银光闪闪的符号，叫'另类'、'新新人类'什么的。"[2]

李敬泽等人的失落感，是可以理解的。他们是当局者迷，时过境迁之后才恍然大悟。"70后"作家被"打包上市"，最后演变为一个失控的遮蔽性符号，不能不考虑李敬泽等人"身在其中"的作用。我们可以还原出这个遮蔽性符号的产生过程：首先是差异化的新兴写作个体被"七十年代人"这个世代概念遮蔽；接着是"七十年代人"被"七十年代出生的女作家"遮蔽（即排除了七十年代出生的男作家）；最

---

[1] 参见张英、夏榆采访稿：《2006 韩寒白烨笔战始末：起于网络，无疾而终》，《南方周末》2006年4月7日。

[2] 宗仁发、施战军、李敬泽：《被遮蔽的"70年代人"》，《南方文坛》2000年第4期，第49页。

后是"七十年代出生的女作家"被遮蔽于以棉棉、卫慧为代表的"新意识形态幻觉"。

通过这条"遮蔽链"的还原，我们可以看到总体与个体相互转换的辩证法。当代文学的遮蔽与反遮蔽，要处理的也正是总体话语与个体话语的关系。关于这种关系，在讨论"七十年代人"时，李敬泽已有反思。他说："其实'70年代人'之类的说法本身也是一种遮蔽，以群体覆盖个人。"[1]

不过，实际情况恐怕要复杂得多。如果说"七十年代人"在打包上市之初便犯了以群体覆盖个人的错误，那么随着情势的发展，其客观结果则变成了以个人覆盖群体。不可否认，以卫慧、棉棉为代表的新欲望写作，无论距离传统的文学标准有多远，它们确实传达出了20世纪末尚未被描述过的一种崭新的都市生存经验。这正是当代文学需要打开的书写领域。关于这一点，是基于对"专号"的文本分析而得出的结论，此处不再赘述。这里需要探讨的问题是，若以这些新欲望文本来涵盖整个"70后"作家的写作，显然是有违事实的。随着若干年后又一批"70后"作家的"进场"，这一事实更加清晰地显露出来。李师江、盛可以、徐则臣、阿乙、曹寇、路内等后来者居上，改变了1998年落下的刻板印象——"70后"作家"基本是娘子军"[2]。更重要的是，这些"70后"作家的多数文本，返回到传统的主流叙事模式，与卫慧、棉棉的"二人转叙事"模式，有着显见的不同。

[1] 宗仁发、施战军、李敬泽：《被遮蔽的"70年代人"》，《南方文坛》2000年第4期，第51页。

[2] 《作家》杂志在1998年第7期推出"七十年代出生的女作家小说专号"之后，又在第10期推出"专号笔谈"。从六位作家撰文对"专号"的总体评价来看，似乎"阴盛阳衰"成了他们对"70后"作家的一种基本看法。作家夏商甚至得出结论：60年代出生的作家以男性居多，而70年代出生的作家基本上是娘子军，性别是非常显著的分水岭。参见夏商：《疑惑与期待》，《作家》1998年第10期，第98页。

挤压：从“70后”到“80后”

过分强调以卫慧、棉棉为代表的“新意识形态幻觉”对其他“70后”作家的遮蔽，本身也是一种“幻觉”。因为卫慧、棉棉的光芒很快就黯淡下去了，而对“70后”作家带来更大遮蔽的，则是附着在“70后”这个世代概念之上的一种更加隐蔽的意识形态。

就在李敬泽、施战军和宗仁发在北京商量着如何推出一批“70后”作家的时候，在上海，萌芽杂志主编赵长天正在为新概念作文大赛的筹策工作而忙碌着。1998年秋天，在上海西区的一家普通的招待所，赵长天与来自北京大学等著名高校的教授们设计了新概念作文大赛的基本框架。[1] 当时谁也不曾预料，伴随着这项赛事的意外成功，“80后”作家如潮水般涌进了文坛，将尚未站稳脚跟的“70后”冲得七零八落。这当真应了中国人的一句平常话：长江后浪推前浪，前浪死在沙滩上。对于赵长天来说，举办大赛的初衷是为《萌芽》寻找出路。同国内多数文学期刊一样，《萌芽》也正经受着最后的“生死疲劳”。而新概念作文大赛的成功举办，则奇迹般地将这本杂志拖出泥潭。因此，外界对这项赛事的评价是：挽救了一本杂志，捧红了一批作家。[2] 此后，大赛第一、二届的冠军得主韩寒和郭敬明迅速走红，成为“80后”作家的代言人。这也在赵长天预料之外。

从“70后”到“80后”，两个具有十年年龄差距的文学世代在相近的时间和背景，以近乎相同的方式登场了。而此刻中国文坛依然还处在如陈思和所说的超稳定结构之中。倘若抹平生理年龄的差异，这样的格局至少能保持表面上的相安无事。但“70后”“80后”作家的

---

[1]　参见赵长天：《十年》，《萌芽》2008年第1期，第1页。

[2]　参见吴文娟：《上海文学出版物竞争力研究》，《上海文学发展报告·2009》，上海：上海人民出版社2009年版，第180页。

接连进场，意味着一种新的时间意识形态在发生作用了。这样，以年龄为标志的文学进化观似乎成了一种共识，代际之间的挤压也就不可避免了。但挤压只是一种运动形态，它的完成时则表现为一种遮蔽。

在世纪之交的这场代际挤压运动中，"70后"作家迅速被埋没了。也就是被遮蔽了。新千年以来，零零星星的"70后"作家在中国文坛晃动着他们的身影，一晃又过了十年左右的时间，他们才又以群体的面目、以"反遮蔽"的方式再次出现。当他们回忆起"70后"在1998年前后的昙花一现，往往将其原因归结为这一代人的"前后不靠"：他们依然信奉传统文学的生产方式，却没赶上80年代至90年代的文学轰动效应；他们一出道就面临着一个商业化的社会环境，却无法像"80后"作家一样游刃有余地进入其中。[1] 在这个解释的背后，依然是文学商品时间的胜利。

断裂：重返时间链条的结局

在1998年，在世纪之交，文坛中人无论老少，都对时间产生了焦虑感。2003年，"80后"诗人阿斐写下了广为流传的诗句："我的孩子都快出世了／而我昨天还是一个孩子。"[2] 诗人写下这句诗，是面对即将诞生的女儿的一种心境的写实，而它引起众人共鸣，是因为人们对时间都有着切肤之敏感。

"70后"就是在一个时代的焦躁的时间意识中应运而生的。不过，正如前文已经描述的那样，作为发生在世纪之交的一种重要的文学事实，"70后"一开始就隐含着两种相反维度的时间逻辑。

一种是"代"的时间逻辑。这种逻辑经由文学世代逻辑到生物世

---

[1] 参见周南炎：《70后作家：被遮蔽与再崛起》，《北京日报》2012年5月17日。

[2] 阿斐：《众口铄金》，《青年虚无者之死》，西安：太白文艺出版社2010年版，第25页。

代逻辑，最后到经济时间逻辑的一路程序篡改而生成，其最终结果是
文学商品时间的胜利，同时也预示着当代文学进入一个全新的时间流
程，开启了一个可标准化时间管理的文学生产时代。

一种是"反代"的时间逻辑。这种逻辑诞生于"70 后"作家的另
类文本实践，呈现出"欲望写作"的渐变空间。也就是说，由生物世
代逻辑决定的时间链条被拆解了，演变成一个宽阔的美学空间。这个
空间展示了"70 后"作家对个体存在的不同书写，并且通过卫慧、棉
棉等另类作家的文本传达出一种全新的、极限的个体经验。这是一种
新的文学承诺：写作不再是向历史和前辈致敬，而是对个体存在的发
现和凝视。这种时间逻辑也决定了他们在文本策略上不再继承传统的
线性叙事，而是代之以空间化书写。朱文颖笔下的"广场见闻"，魏
微笔下的"欲望之旅"，以及卫慧、棉棉的"二人转叙事"，均清晰地
体现这种省略时间流程、凸出空间感知的文本构造之法。因此，"反代"
的时间逻辑，本质上是一种重新发现个体存在的空间逻辑。

在本书引言部分，我提到了两种与文学有关的时间。一种是文学
的外部时间，它是测量文学的外部环境发生变化的尺度；一种是文学
的内部时间，它是测量文学的本体存在发生变化的尺度。而凝聚在"70
后"这个文学事实之上的两种不同维度的时间逻辑，正好反映了文学
本体存在的两歧性分化，因而是针对文学的内部时间来说的。这便是
"70 后"登场之际隐而不宣的断裂密码。但它不是一个孤立现象。输
入这个密码，我们可以进入 1998 年文学断裂思潮的暗流。

于是，我们又回到了 1998 年的"断裂调查"事件。韩东在这次
行动的"备忘"中说道："作家们普遍为时间焦虑，在他们未出名的时
候想着出名，个人奋斗，生怕被埋没。当他出名以后又担心自己能红
多久，十六分钟？或者直到老死？……如果你与另一作家恰好处于同

一时间，你们便是一拨的，便可以共享盛大的名利宴席，必要时也得有难同担。这是一个很标准的利益共同体，它的根据是顽固的生理和新陈代谢的必然性。"[1]

韩东试图表明，他们发起"断裂调查"，就是要跳出这个时间流程，在时间之外划分不同的写作空间。我们只能从人心不可知的角度去理解韩东的立场。但至少从姿态上看，韩东反对以年龄为标准的文学世代的划分。他在谈及"80后"现象时说道："如果以年龄来划分写作群体，我以为唯一的问题就是权力。……除了权力，其他的都只是借口，都只是口实而已。"[2]

出于这样一种立场，韩东、朱文发起"断裂调查"，面向 50 年代、60 年代和 70 年代出生的不同年龄段作家发放了问卷。其中回答了问卷的"70后"作家有金仁顺、棉棉和魏微。正如本书第二章已得出结论，"断裂调查"试图确认的，是一种以个体独立为理想目标的自生产的文学秩序。这个理想是有望被"70后"作家继承并光大的，因为这批作家有人将"欲望写作"推向了时代的极限，预示着一种更加彻底的个体精神的发掘。但是当文学商品时间彻底篡改了文学世代逻辑，这一切理想都付诸阙如了。随着"70后""80后"接连登场，韩东的后来者们已重返时间链条。在这个链条的运转中，代的逻辑又一次抹杀了个体的自主性与自足性，而代际之间的遮蔽与挤压又迫使他们重蹈"改朝换代"的覆辙。"70后"甫一进场便被埋没，就是一次掉链式的代际断裂。

这种重返时间链条的结局，大概是韩东等断裂行动者不曾预料的。事实上，韩东、朱文等人发起"断裂调查"，主要矛头是指向一个以

[1]　韩东：《备忘：有关"断裂"行为的问题回答》，《作家》1998 年第 10 期，第 41 页。

[2]　韩东：《谈"80后"写作》，《幸福之道》，重庆：重庆大学出版社 2011 年版，第 39—40 页。

行政体制为依托的现有文学秩序。站在这个旧的文学秩序之外，与之划清界限，多少显示了他们不愿苟同于平庸文学现实的个人英雄主义姿态。

　　显然，韩东对世纪之交的复杂局势缺乏充分估量。当商业幽灵造访文学的深宅大院，那种传统的个人英雄主义姿态已经毫无用处了，理想主义的守望者失去了他们的家园。在此意义上，"新世纪文学"开始了。它始于"70后""80后"的粉墨登场，始于文学商品时间的胜利。许多年以后，李敬泽回忆他与施战军、宗仁发在 1998 年前后将"70后"推向历史前台的情景，若有所悟道，这是"新时期文学发展进程中的一个拐点"。[1]

---

[1]　参见欧钦平：《文学，远离 80 年代盛况之后》，《京华时报》2001 年 11 月 14 日。

第七章

众说王小波：不再沉默的大多数

第一节　命运的转折：王小波的"死而后生"

1998年，"王小波热"刚刚开始

　　1998 年 4 月 11 日是作家王小波逝世一周年祭日。一年前的这一天凌晨，这位长年积郁的自由之子突发心肌梗死，病卒于家中。在死亡现场，他的电脑还开着，屏幕上是他未完成的《黑铁时代》。这是继他完成"时代三部曲"之后新构思的一个小说写作计划。通过遗留下来的未竟稿可知，在这个新的写作计划中，王小波要讲述一个发生于黑暗的互联网时代的故事，一个关于人的自由沦陷于未来世界的寓言。在王小波的作品中，自由是一以贯之的精神主题，但突如其来的变故，过早地终结了他的探索。

　　在此之前，王小波的随笔写作已被一些报刊青睐有加，但他志向所在并自视甚高的小说写作，却因长期出版未遂而无籍籍名。即便如此，王小波的意外死亡还是引起了公众媒体的广泛关注，在一个多月内有近百家报刊报道了他的去世和遗著出版的消息。[1] 对于一个尚未

---

[1]　参见艾晓明：《世纪之交的文学心灵（代序）》，《浪漫骑士：记忆王小波》（艾晓明、李银河编），北京：中国青年出版社 1997 年版，第 1 页。

成名的作家来说，这也算是一份殊荣了。但一个作家的意外死亡毕竟只是一个偶然事件，它在公共领域所能提供的话题效应，充其量也就是个把月时间。

1998 年，作为已逝作家的王小波本应淡出人们的视野，但这一年，"王小波热"才刚刚开始。

说它刚刚开始，首先是从作品接受层面来说的。

自王小波 1988 年回国以来，他的小说在多数情况下未能被出版社接纳，甚至还经常"收到谩骂的退稿信"。[1] 尽管他以一贯幽默的方式来解嘲这种处境，但从他的戏谑之语中，我们依然可以读出他心中的郁闷。他甚至抱怨道："末流的作品有一流的名声，一流的作品却默默无闻。"[2]

王小波一走，国内出版界似乎给了他一个加速度的补偿，在不到一年的时间里出版了他的所有作品，包括他生前已编好的"时代三部曲"（花城出版社 1997 年 5 月）和随笔集《我的精神家园》（文化艺术出版社 1997 年 5 月）、《沉默的大多数》（中国青年出版社 1997 年 10 月），以及由艾晓明整理出来的王小波早期作品及未竟稿集《黑铁时代》和小说剧本集《地久天长》（以上两本均为时代文艺出版社 1998 年 2 月出版）。

与此同时，国内的文学期刊也一改以往的冷漠姿态，频繁刊出王小波的作品，一些刊物还组织专题，讨论王小波其人其文。以《北京文学》为例，至 1998 年 9 月，这家刊物三次以专题形式来表示对一位

---

[1] 参见王小波：《我为什么要写作》，《我的精神家园》，北京：文化艺术出版社 1997 年版，第 139 页。

[2] 王小波：《我的师承》，《我的精神家园》，北京：文化艺术出版社 1997 年版，第 142 页。

刚刚离世的作家的关注。[1]

同是"六八年人"：思想界的推动

　　出版社与文学期刊的合力，让王小波的多数作品第一次公之于众。但在 90 年代末，"文学热"早已退潮，文学圈日益封闭，文学爱好者的群体基数正在加速萎缩，因此仅靠发行量极其有限的文学出版物，并不能带来一场真正的"王小波热"。

　　主流的文学界是否能够接受王小波这个异数，依然还是一个未知数。1998 年出版的《不再沉默：人文学者论王小波》一书显示，十五位学者撰文悼念王小波，其中只有五位学者可归到文学研究领域。在这五位学者中，王蒙在身份上既是作家又是学者，可算是文坛中人。其他四位学者要么身在学院，要么身在民间，他们的声音很难被判定为一种来自文坛的态度。与王小波有过交往并一度为其作品的发表奔走呼号的思想史学者丁东注意到了这个问题：真正发现王小波价值的不是文学界，而是来自哲学、社会学、历史学、经济学等领域的学者以及电影导演。他还注意到了这样一个细节：在王小波遗体告别仪式上，没有看到几个小说家，在随后陆续发表的悼念文章中，多数文坛大腕似乎也无动于衷。[2]

---

[1]　第一次是在 1997 年第 7 期，在头条位置推出"王小波小辑"，辑录《万寿寺》（王小波）、《〈绿毛水怪〉和我们的爱情》（李银河）、《王小波的遗产》（静矣）三篇。第二次是在 1998 年第 1 期，在"参考"栏目组织了一个"关于王小波"的小专题，以文摘形式汇聚社会各界对王小波的纪念与评价。第三次则组织了四位学者讨论王小波，分别是：《王小波随笔文体的道德实践》（崔卫平）、《王小波留下了什么》（张卫民）、《面对背影的思絮》（丁东）、《躯体、刑罚、权力和性》（张伯存）。

[2]　参见谢泳、丁东对话：《王小波：一位知识分子和一个时代》，《王小波十年祭》（李银河编著），南京：江苏美术出版社 2007 年版，第 131—132 页。

　　丁东的说法未必准确，因为在"王小波热"出现之前，确实已有艾晓明等极少数的文学研究者在力推王小波，只是四处碰壁罢了。但丁东还是提醒了我们一点，"王小波热"之所以发生，确乎有文学之外的动因。

　　在本书第一章，我们谈到了诗人食指。他在 1998 年浮出水面，有一个重要背景因素就是，国内知识界兴起了对民间思想群落的钩沉行动。朱学勤在描述"六八年人"的时候，表达了对 1968 年民间思想界之"食指群"的"含恨怀念"。这里面的"食指"，已不再是一个具体的人，而是一种精神象征，是在某种时势呼吁中被扩大化了的"食指"。诗人食指就是在这样的背景中进入 1998 年事件现场的。

　　当我们复述这个精神事件的时候，似乎找到了一把钥匙。这把钥匙可以打开一扇门，让我们解开"王小波热"之谜。

　　从某种意义上说，王小波与食指是具有比照关系的。他们都是"六八年人"，在 1968 年末的那个冬天，从北京火车站出发，食指去了山西杏花村，王小波去了云南陇巴农场；他们都在各自的插队生活中收获了属于自己的"黄金岁月"，都在返回城市之后成为一个隐性的、沉默的"社会病人"；他们都有着相似的外部形态特征，满足于粗茶淡饭，衣着陈旧，不修边幅。

　　他们也有着显著的相异之处。张清华在论及食指的时候，谈到了食指的"佯狂"，它是一种通往诗性澄明的方式，最后却让诗人沉溺于其中而不能自拔。[1] 在王小波身上，亦可看到这种"佯狂"的精神因子，但同时还有更突出的另一面，即智者的形象。

　　王小波以思想者的姿态思考个体存在的当代命运，并以智性语言

----

[1]　参见张清华：《20 世纪 60 年代—70 年代的非主流诗歌思潮研究》，《中北大学学报》（社会科学版）2011 年第 5 期，第 9 页。

戏谑、反讽了个体自由和尊严被剥夺的当下现实。正是这种话语属性，赋予了王小波一个鲜明的、可被感知的思想者形象。这个形象是一个锁孔，它遇到了前述的那把钥匙，于是，一扇门被打开，露出了一门缝。透过这条门缝，我们可以窥见"王小波热"的隐秘成因。

朱学勤之所以"含恨怀念"1968年民间思想界的"食指群"，是因为当年的多数思想者今已不在，他们的精神生命早已死亡。[1] 但王小波是一个例外，他的意外死亡恰好及时提醒了这一点。因此，"王小波热"的发生，首先不是在文学界，而是在思想界得到有力的推动。

朱学勤在1998年末撰文说道，作为文坛的一个异数，1998年的文学界依然视王小波为一个陌生人物，"我们今日议论王小波者，大多是文学界之外的人士，而文学界中人反而不能或不愿议论，也能管窥一二"。[2] 朱学勤此说，与前述的丁东先生之说大致相似，也颇能代表时人对"王小波热"的一种普遍看法。

王小波被思想界"热捧"，却非空穴来风。在《不再沉默：人文学者论王小波》一书中，思想史学者王毅先生说道，王小波秉承的是"陈寅恪和顾准他们'独立之精神和自由之思想'的血脉"，而他的境界"却又不是生活在陈、顾心境和语境中的人们有幸能够想象的"。[3] 在这里，王小波被视为可与陈寅恪、顾准相提并论的人物。大约要早若干年，思想史学者已陆续在讨论陈、顾二人，[4] 有关他们的话题延续

---

[1] 参见朱学勤：《思想史上的失踪者》，广州：花城出版社1999年版，第190—192页。

[2] 参见朱学勤：《1998年自由主义学理的言说》，《思想史上的失踪者》，广州：花城出版社1999年版，第243页。

[3] 参见王毅：《不再沉默·序》，北京：光明日报出版社1998年版，第3—4页。

[4] 思想界对顾准的讨论，始于《顾准文集》（1994）和《顾准日记》（1997）的相继出版。对陈寅恪的公开讨论，则始于《陈寅恪的最后二十年》（1996）的出版。这些讨论以及在公众层面的影响，为1998年"自由主义学理的公开言说"做了必要的铺垫。

到 1998 年，终于与"王小波热"一同构筑了一块话语高地。这也就是朱学勤所说的"自由主义学理的言说"。[1] 这个言说在 1998 年的兴起，是本书重点阐述之所在，需要另辟篇幅给予讨论，此处意在简要勾勒"王小波热"出现在 1998 年的思想史成因，故而不做过多引申。

一个"街头暗号"："王小波门下走狗"的兴起

王小波的精神遗产恰逢其时地迎合了 90 年代末中国思想界的潮流涌动，然而这股潮流毕竟属于某种"高端话语"，虽然被赋予了某种学理化阐释，但这种阐释本身也充满了本质化危险，极有可能将王小波的精神世界图解得趣味全无。

巧合的是，在 1998 年，一股来自民间的新兴话语涌起，并成全了"王小波热"的软着陆。于是，讨论王小波的人不再仅仅是有名有姓的知识分子，更有处于匿名状态、披着"马甲"的无名氏。

一个自称从小狂妄自大、目中无人的年轻人这样写道："一九九八年的夏天，我突然在一个专门贩卖盗版书的小地摊上发现了一本《我的精神家园》，这种状况才从此改变。"[2] 该文作者还说道，这本书甚至"被我翻成一卷海带的样子"。[3]

一个普通读者在接触王小波的作品之后，深受感染，甚至顶礼膜

---

[1] 参见朱学勤：《1998 年自由主义学理的言说》，《思想史上的失踪者》，广州：花城出版社 1999 年版，第 237—256 页。该文部分发表于 1998 年 12 月 5 日的《南方周末》和 1999 年 1 月 5 日的《中国图书商报》。本书对该文引用的出处将依具体情况而定。

[2] 苗翠花：《怀念王小波和一只特立独行的猪》，《王小波门下走狗》（宋广辉、淮南主编），北京：文化艺术出版社 2002 年版，第 327 页。

[3] 王小波在《思维的乐趣》一文中说道："25 年前，我到农村去插队时，带了几本书，其中一本是奥维德的《变形记》，我们队里的人把它翻了又翻，看了又看，以致它像一卷海带的样子。"参见王小波：《思维的乐趣》，太原：北岳文艺出版社 1996 年版，第 1 页。

拜，这种景象在王小波逝世之后变得蔚为大观，以至于很快成了一股大众潮流。

不同于思想史学者的高屋建瓴的学理阐释，王小波的追随者则妙趣横生地模仿"王小波体"，总结出"王小波写作速成大法"，并甘当"王小波门下走狗"，在著名的网络社区"西祠胡同"网站开设了"王小波门下走狗大联盟"论坛板块。从 2002 年到 2007 年，齐聚在王小波旗下的文艺青年们还连续出版了"王小波门下走狗文集"[1] 系列，从而开启了"王二代"的文本扩大再生产。这个历史过程极像武夷山大红袍的当代变迁：起初它只是生长在丹霞岩壁上的六株原生茶树，遗世独立，卓尔不群，后来被施予无性繁殖技术，便有了量化生产的二代大红袍。

在"王小波热"实现软着陆的过程中，同样不可忽视某种"繁殖技术"正普及于中国社会。这里指的是网络以及与网络相匹配的社会意识形态的兴起。

恰恰也是在 1998 年，第一代信息技术（简称 IT）精英开启了中国互联网的"门户时代"，因而具有了"网络元年"的纪念意义：丁磊推出网易门户网站，王志东创建新浪网，张朝阳正式推出搜狐产品，马化腾创办腾讯计算机有限公司，马云正在开发网上中国商品交易市场。[2] 作为"网络元年"，1998 年的网民数量也实现了井喷式增长，总量超过了 500 万人，创下 139% 的历史最高增幅（1997 年中国网民

---

[1] "王小波门下走狗文集"系列包括：《王小波门下走狗》（文化艺术出版社 2002 年版）、《一群特立独行的狗》（陕西师范大学出版社 2003 年版）、《王小波门下走狗第三波》（朝华出版社 2005 年版）、《王小波门下走狗第四波》（知识出版社 2006 年版）、《王小波门下走狗第五季》（太白文艺出版社 2007 年版）。

[2] 参见匡冬芳：《1998：数字经济浮现》，《互联网周刊》2008 年第 20 期，第 44—53 页。

的绝对数量还非常有限）。此后，越来越多中国人的日常生活与互联网联系在一起，网民数量占中国城市总人口的比例由 1998 年的 9.4% 发展到 2002 年的 35%。[1]

"王小波热"从人数有限的知识分子群体扩展到广义的"知识界"（接受过中高等教育的群体），与网民数量的快速增长是休戚相关的。自称"王小波门下走狗"的这群年轻人，在网络社会啸聚联盟，其中亦不乏有人成为中国文坛或学界的新秀。[2] 他们构造了一种"网络文化"，代表了一种新的世界观和人生态度。尽管他们拒绝承认这种新的文化形态与"王小波热"有必然联系，但他们至少不否认这样一个事实："网络和王小波几乎是同一时间在中国大陆登陆。"[3]

从 1998 年开始，对于许多人来说，王小波不再是一个陌生的名字。随着时间的推移，这个名字在特定人群中成了一种符号，成为他们彼此趣味认同的一个"街头暗号"。[4]

这是一个"死而后生"的转折点。诚如前文所述，这里面有许多偶然因素，如王小波的意外死亡、思想界对"六八年人"的历史钩沉、自由主义学理的公开言说，以及网络文化的兴起，等等。但是这些偶然因素已在某个历史节点相互勾连，构成错综复杂的文化事实。"王小

---

[1] 以上关于网民数量的统计资料均引自互联网实验室：《中国城市居民互联网应用研究报告》（2004）。该报告的前言部分刊发于《信息世界》2004 年第 8 期，主体内容可参见"互联网实验室"官方网站：http://jiuban.chinalabs.com/channel/1/0031.html

[2] "王小波的门下走狗"多以稀奇古怪的网名现身，如剌小刀、犀骨指环、欢乐宪、赖着不死、中风狂走的小源、救世猪、托尼熊等等。其中，剌小刀真名胡坚，1983 年生，曾试图以《愤青时代》一书叩开北京大学的特招大门，无果，后被武汉大学录取，是一度影响较大的"80 后"作家、学者之一。

[3] 拉家渡：《十问王小波追随者》，《南方周末》2002 年 4 月 11 日。

[4] 参见李银河：《他的名字是一个街头暗号》，《王小波十年祭》（李银河编著），南京：江苏美术出版社 2007 年版，第 87—88 页。

波热"的出现，看似由这些文化事实推演出来的一个结果，实则也是构成这些文化事实的一种有机成分。

在"王小波热"刚刚出现之际，曾有多方人士质疑这是一个以死亡为契机的炒作。[1]但在此后十多年（一直到本书写作时），"王小波热"未曾消停。每年一小祭，五年一大祭，已成为国内媒体以及"王小波门下走狗"自发的行动。在王小波逝世八周年之际，甚至还有"走狗"们扛着摄像机探访王小波当年在云南插队的农场。

这种持续不衰的"热"，绝非是一时的炒作能够解释的。炒作毕竟是一种短期的商业行为，是对一个事件的即时反应，来得快，去得也快。但"王小波热"显然超越了这种短期效应，书写了属于它自身的中时段史。透过这段历史，我们看到的不仅仅是事件，还有局势。

"大文坛"与"看不懂"：王小波的沉默史

对"王小波热"的事实描述，至此可告一个段落，但我们依然还要回过头来深究一下王小波生前的那段沉默史。

王小波对小说怀有极大的抱负，也有人惊叹于王小波小说中的"纯粹的文学思维"[2]，但作为90年代以来中国文坛的一个异数，他一直未能得到主流文坛的接纳。这种情况一直到王小波逝世多年之后，依然没有改变。在王小波五周年祭之际，《南方周末》曾委托文学评论家李静采访文坛大腕对王小波的评价，结果众方家顾左右而言他，委婉拒绝了发表看法。[3]与王小波有过合作的电影导演张元多次参加

---

[1] 参见李银河：《写在前面》，《黄金时代》（王小波著），西安：陕西师范大学出版社2003年版，第1页。

[2] 刘心武：《寄往仙界》，《王小波十年祭》（李银河编著），南京：江苏美术出版社2007年版，第256页。

[3] 参见李静：《依旧沉默："文坛中人"对王小波的一般看法》，《南方周末》2002年4月11日。

过悼念和纪念王小波的活动，亦发现知名作家寥寥。[1]

如何理解来自主流文坛的这种态度呢？在事实层面，我们必须注意到，文坛对王小波的冷漠，只是一个总体态度，并不代表所有个体的看法。根据李静收集的资料，王小波逝世之后，还是有一些文坛中人写了悼念或评价文章，他们包括王蒙、刘心武、陈村、林白、李大卫、韩东等等。[2]

在王小波生前，亦有人对其作品进行了系统的、深度的文学解读。这个人是艾晓明。她与王小波相识于 1993 年夏末，起因是她偶然读到了王小波的一部尚未出版的书稿。[3] 当时她是北京一所高校的教师，一年后南下广州就职于中山大学。严格上讲，艾是学院中人，而非文坛中人。但她从事现当代文学研究与评论，极有可能将自己的声音传递到文坛中去。从 1993 年秋末到 1997 年王小波去世之时，艾晓明为王小波的多数作品写了评论，其中一些评论面对的则是王小波的手稿。但正如王小波的作品总是出版未遂一样，这些评论也多数未能在大陆公开发表。[4]

---

[1]　参见丁东：《有关〈东宫·西宫〉——访导演张元》，《王小波十年祭》（李银河编著），南京：江苏美术出版社 2007 年版，第 126 页。

[2]　参见李静：《依旧沉默："文坛中人"对王小波的一般看法》，《南方周末》2002 年 4 月 11 日。

[3]　参见艾晓明：《世纪之交的文学心灵（代序）》，《浪漫骑士：记忆王小波》（艾晓明、李银河编），北京：中国青年出版社 1997 年版，第 3 页。

[4]　艾晓明评王小波小说的文章主要有：《重说生命、死亡与自由——读现代传奇〈红拂夜奔〉》，《香港文学》1994 年 3 月；《重说〈黄金时代〉》，香港《二十一世纪》1995 年 8 月；《新无双传》，香港《大公报》1997 年 1 月 13 日；《穷尽想象——谈王小波的〈万寿寺〉》，《岭南文化时报》1997 年 4 月 18 日。另，谢泳在评价艾晓明这一义举时说道："面对手稿的评论家，才是真正独立的评论家。因为这样的评论文字，既不能换取红包，也不能换取职称，甚至可能根本见不了天日。"参见谢泳、丁东：《王小波：一位知识分子和一个时代》，《王小波十年祭》（李银河编著），南京：江苏美术出版社 2007 年版，第 132 页。

应该将"大文坛"视为一个系统来理解王小波的艰难处境。这个系统除了以作家为行动主体的核心文坛之外，还包括以学者和评论家为行动主体的学院，以及以出版人为行动主体的出版机构。它是根据当代中国的单位体制建立起来的"熟人社会"，系统内的每个子单元既相对独立，又纵横交织，从而形成相互牵制的内循环气候。它对外来的、新生的事物反应迟缓，并持一种本能的排斥倾向。它对一切事物的决策取决于系统中的"长老"，即那些富有威望或手握实权的"大腕"的态度。因此不难理解，虽然也有个别学者和编辑一眼相中了王小波的作品，但落到实处，却举步维艰。1994 年有了一个意外的突破——王小波的《黄金时代》由华夏出版社出版，而最后促成此举的编辑赵洁平女士，可谓殚精竭虑，最后生了一场大病。[1]

王小波曾经抱怨，欧美的作家只需用心将作品写到最满意的程度，余下的就是出版社的事情了，而中国作家写完作品还不算结束，还要为作品的最终出版费尽心力。[2] 从"大文坛"这个系统来看，这种情况很好理解。因为写作与出版在这个系统内具有同等意义。作家只有出版了作品，才能被文坛认可，反之亦然。这样，写作与出版都成了一种面向稀缺资源的竞争性活动。

就王小波的生性来说，他未必对进入文坛有太大的兴趣。他曾经参加过一次文学研讨会，深感文坛中人趣味全无，因而也就不再参加。[3] 但作为一个作家，王小波也不掩饰出版自己作品的愿望。他甚

---

[1] 参见邢小群：《你很寂寞，所以你走了》，《王小波十年祭》（李银河编著），南京：江苏美术出版社 2007 年版，第 270 页。

[2] 参见黄集伟：《王小波：最初的与最终的》，《王小波十年祭》（李银河编著），南京：江苏美术出版社 2007 年版，第 96 页。

[3] 参见谢泳、丁东：《王小波：一位知识分子和一个时代》，《王小波十年祭》（李银河编著），南京：江苏美术出版社 2007 年版，第 134 页。

至在小说中调侃自己：如果有足够的钱，"老子自费出书，你们给我先印出来再说——拿最好的纸，用最好的装帧"。[1] 不过这毕竟只是调侃，现实中的王小波依然遭遇无法出版的困境。只要文坛权威不发话，这种局面就难以改变。

除了"大文坛"这个系统的反应特性，也不得不考虑王小波的作品的因素。一种较直观的看法是这样的：王小波的作品涉及大量性描写，触犯了出版禁忌。

1949 年以后，国家禁欲主义过滤了一切与私欲有关的公开表述。从明哲保身的官场规则来看，出版社的决策者压制涉性作品，往往是一种条件反应。但是从 90 年代初开始，当代出版审查体制对于涉性出版物的审查已经打开了一条特殊通道，以适应"低俗市场"的需求。在纯文学出版领域，从贾平凹的《废都》开始，出版方已经能够熟练掌握"禁"与"放"的辩证法，并从中渔利。更何况王小波的性书写并无放纵之处，在刘心武看来只有"纯粹的文学思维"。

因此，厉害之处并不在于涉性，而在于王小波的个人趣味是一个绝对的异数，以至于如艾晓明所说，文坛中人"看不懂"。[2] 这种"看不懂"，既是文坛美学权威对王小波的一种审判，也是"大文坛"系统代表多数读者做出的否定性选择。

王小波在自我调侃中曾经提到一个细节：他的小说在出版社一压好几年，"社里的人总在嘀咕着销路"。[3] "销路"代表了一种公众意志，

---

[1] 参见王小波：《夜里两点钟》，《地久天长：王小波小说剧本集》，长春：时代文艺出版社 1998 年版，第 227 页。

[2] 参见艾晓明：《编后记》，《地久天长：王小波小说剧本集》，长春：时代文艺出版社 1998 年版，第 384 页。

[3] 同 [1]。

而文坛权威则是这种公众意志的引导者和管理者。他们"读不懂"的小说，则意味着公众也读不懂。

王小波的作品为何让文坛权威们"读不懂"？让我们暂且回到文本中来。

第二节 话语的狂欢：王小波的"穿越体写作"

"探索形式的无限可能性"

从数量上看，王小波留下的作品不算多。他生前已出版或编订好的成熟作品有小说"时代三部曲"，以及三本随笔集，总字数在150万左右。如果再加上后来由李银河、艾晓明整理出版的王小波早期作品、剧本以及未竟稿，总量在200万字左右。写得少的原因，不仅在于他英年早逝，还在于他曾经有过一段沉默期。关于后者，将在后文探及王小波的自由观念时有所讨论，此处暂且不表。

绕过一些枝节，我们来到王小波的文本世界。在这里，我们碰到了一个岔路口：一边通往他的小说，一边通往他的随笔。从语言风格上看，这两个文本世界都带有鲜明的王氏风格，因此一眼便能看出它们出自同一个人的创造。但就思维类型而言，这两个世界又是截然相反的。王小波的小说通往想象飞扬的世界，而他的随笔，更多是降落在智性思考的现实上。

关于小说与杂文的思维构造之差异，王小波心中了然。在他看来，"杂文无非是讲理"，"要负道义的责任"，而"小说则需要深得虚构之美，也需要些无中生有的才能"。[1] 就本意而言，他更想待在小说的

---

[1] 参见王小波：《小说的艺术》，《我的精神家园》，北京：文化艺术出版社1997年版，第150页。

世界中。在一次对话中他说道："我喜欢写小说时的隐蔽和自由，非常personal。自己和自己对话，不碍别人的事。"[1] 因此，在岔路口，我们首先选择走进小说这个"隐蔽和自由"的文本世界。

王小波对现代小说的看法，集中体现在《我的师承》《我对小说的看法》《小说的艺术》三篇短文，以及"时代三部曲"和《怀疑三部曲》的自序与后记，择其要归纳起来，大致有以下几点：1. 现代小说与古典小说的区别，就好比汽车之于马车；2. 小说是一门远不是谁都懂得的艺术，应深得虚构之美；3. 现代小说的巅峰成就主要体现在为数不多的几个中短篇，比如杜拉斯的《情人》、迪伦马特的《法官和他的刽子手》、图尼埃尔的《少女与死》等等；4. "小说正向诗的方向改变自己"。

此外，王小波生前曾与朋友张卫民表述过这样一个观点："今天小说的使命是要探索形式的无限可能性。"[2] 即便是张卫民本人，也无法认同王小波的这个观点，因此他说道："而我以为，既然生命是有限的，文学就不可能真正自由，更谈不上创造，在这个时代，文学的使命是见证。"[3] 张卫民的看法，接近于车尔尼雪夫斯基的"真实即美"，也契合当代中国现实主义文学的主流传统，却恰恰是王小波决意与之分离的一种艺术观。

对"形式的无限可能性"的探索，使得任何一种现成的、主流的叙事规范在王小波的小说中都被拆除了。这种无视规矩和边界的写作，

---

[1] 参见王锋与王小波对话：《我希望善良，更希望聪明》，《王小波十年祭》（李银河编著），南京：江苏美术出版社 2007 年版，第 94 页。

[2] 参见张卫民：《怀念》，《王小波十年祭》（李银河编著），南京：江苏美术出版社 2007 年版，第 274 页。

[3] 同 [2]。

我们权且称之为"穿越体写作"。若要深究，可从时空、文体和语体三个方面加以详述。

时空穿越：双核结构及其合法性问题

新世纪初，"穿越"作为一个流行概念被人们接受，归功于穿越小说、穿越剧等类型化文艺作品的兴起。它的基本语义是指某种非连续性时空切换，即故事中的关键人物从一个时空跳跃到另一个时空的物理过程。

在"穿越"概念盛行之前的 90 年代，已有为数不多的穿越小说和穿越剧出现。90 年代前期香港作家黄易创作的小说《寻秦记》，讲述了香港特区特种战士项少龙被时光飞行器送回战国时代，是为逆时穿越。1989 年公映的电影《古今大战秦俑情》，则构思了一种顺时穿越：大秦帝国郎中令蒙天放在被泥塑之前服下了长生不老药，穿越 2000 年时空来到了民国时代。[1]

无论是逆时穿越，还是顺时穿越，它们都服务于同一个线性故事。换言之，时空穿越了，但故事保持着它自身的整体性和连续性。这种写作套路并无新意，不过是西方科幻小说嫁接到中国传统武侠小说的变种。故事中的关键人物之所以能够穿越于不同时空，往往是借助了某种神奇物件，如《寻秦记》中的时光飞行器，《古今大战秦俑情》中的长生不老药等等。

王小波亦有大量小说涉及时空穿越，但穿越之法却不靠各种神神怪怪的物件，而是通过小说本身的结构设置来实现的。短篇小说《立新街甲一号与昆仑奴》，在王小波的小说中不算突出，但其时空穿越

---

[1]　这部电影根据香港作家李碧华的小说《秦俑》改编，由张艺谋、巩俐主演。

之法，却是王氏书写的典型。它由两个故事交织而成：第一个故事的关键人物是王二，其故事原型来自作者本人的北京生活；第二个故事的关键人物是昆仑奴，其故事原型来自唐人传奇。两个故事发生于不同的时空，且无情节上的任何关联，但王小波"将现代人的爱情与唐人传奇相拼贴"[1]，让两个故事结构于同一篇小说，并殊途同归于某个核心主题——古今一般同的爱情。

王小波迷恋于这种非连续性的时空穿越，并且颇有心得。他反复琢磨过杜拉斯的《情人》的叙事风格，并总结道："叙事没有按时空的顺序展开，但有另一种逻辑作为线索，这种逻辑我把它叫做艺术——这种写法本身就是种无与伦比的创造。"[2]

将故事的时空关系转化为小说的结构设置，这是王氏时空穿越法之典型。

李银河曾解释"时代三部曲"的时空关系：《黄金时代》写现实世界，《白银时代》写未来世界，《青铜时代》写过去世界。[3] 这个说法大体上符合王小波的文本事实，却也未免粗疏，反而掩盖了王氏小说的双核结构和时空穿越特征。事实上，除80年代早期的作品，王小波的多数小说都布置了"双核结构"。一个核用以处理王二的故事，另一个核则用来处理与王二处于不同时空的人物和故事。[4] 两个不同时空的故事之所以能在一篇小说中并置书写，靠的就是王氏穿越之法。

---

[1]　艾晓明：《重说〈黄金时代〉》，《王小波十年祭》（李银河编著），南京：江苏美术出版社2007年版，第160页。

[2]　王小波：《用一生来学习艺术》，《沉默的大多数》，北京：中国青年出版社1997年版，第318页。

[3]　李银河：《写在前面》，《黄金时代》（王小波著），西安：陕西师范大学出版社2003年版，第1页。

[4]　王二是王小波的小说中经常出现的人物。

"一文双核"，这种结构特征不仅体现在写未来世界的"白银时代"和写过去世界的"青铜时代"，而且在写现实世界的"黄金时代"系列小说中，亦复如是。例如《革命时期的爱情》讲述了两个不同时空的故事，一个时空的故事主体是豆腐厂工人王二，另一时空的故事主体则是身为工程师的王二。两个王二在同一篇小说中分属于不同时空，有着不同的记忆，叙述着毫无情节交集的故事。

艾晓明解读这部小说，注意到了王小波对时间的处理方式："一张多重时间的网络覆盖于性爱之上。"[1] 当然，多重时间也对应着多重空间。王小波天马行空地从此王二写到彼王二，又从彼王二写到此王二，这种时空穿越之法，与《立新街甲一号与昆仑奴》并无不同，与王小波的其他小说也并无不同。

王小波的时空穿越法大大迥异于传统的科幻小说，也不同于新千年以来流行的穿越小说，因而它是否属于人们普及观念中的时空穿越范畴，尚且是个疑问。但这个还不是关键所在。对于王小波的实际处境来说，最大的困扰恐怕是，这种独特的时空穿越法带来了小说结构的合法性问题。

在一篇小说中置入两个时空体系，讲述两个毫无情节交集的故事，这种结构方式打破了一般意义上的整体性概念，离正统的小说观念相去甚远了，甚至显得大逆不道。这大概也是王小波的小说一直"被压着"的原因所在。

如果王小波只是写博你一笑的通俗小说，那些文学审判官们也不

---

[1] 艾晓明：《重说〈黄金时代〉》，《王小波十年祭》（李银河编著），南京：江苏美术出版社 2007 年版，第 161 页。

至于如临大敌。但王小波志向所在，却是严肃小说。[1] 在 1949 年以后的当代文学实践中，严肃文学具有排他性正统地位，但是这种地位的获得，是以政治意识形态的严肃性为前提的，因而有意无意地自我删除了"严肃"的丰富含义。王小波的时空穿越法，追求一种天马行空、东拉西扯的叙事效果，显然不兼容于主流的严肃文学。此外，它还连带产生了文体和语体的穿越，均触犯了严肃文学的清规戒律。

文体穿越：打破当代文学的"样板体制"

卡岗在《艺术形态学》一书中描述了这样一种文学事实：在不同时期和不同文学流派中，文体具有不同的价值等级。也就是说，任何一个时期的文学观念与实践，都可以通过相应的文体变迁史得到考察。

在 1949 年之后的文学规范中，文体的壁垒化、狭窄化和等级化构成了一个中长时段的大趋势。小说、散文、报告文学、诗歌构成四大体裁，且界限分明。其中，小说在总体上处于中心位置，但在一些特殊时期，戏剧取而代之，成为"无产阶级文艺新纪元"的样板形式。[2]

这种壁垒森严的文体观念与实践，一直延续到 90 年代甚至新千年之初。有若干例子可以说明这种情况：其一，老牌文学期刊在 90 年代陆续改版之前，其栏目设置多数受制于传统的文体观念，并依此划分出四大板块；[3] 其二，一直到 90 年代中后期，跨文体写作才以一种全新的写作现象出现在中国文坛，并引发广泛争议，代表性作品

---

[1]　参见王小波：《从〈黄金时代〉谈小说艺术》，《浪漫骑士：记忆王小波》（艾晓明、李银河编），北京：中国青年出版社 1997 年版，第 51—52 页。

[2]　参见洪子诚：《中国当代文学史》，北京：北京大学出版社 2010 年版，第 209 页。

[3]　参见杨扬主编：《新中国社会与文学》，上海：上海人民出版社 2009 年版，第 108 页。

有韩少功的《马桥词典》、刘震云的《故乡面和花朵》等等；[1] 其三，2010 年，《人民文学》增设了"非虚构"栏目，缘于时任主编李敬泽发现一些纪实类稿件无法在现有的刊物栏目中找到相应的位置。也就是说，受狭窄的文体规范的约束，直到新千年之初依然有许多作品无法归类。[2]

当代文学对文体的严格规范，是 1949 年之后中国文学接受持续改造的产物。当代作家置身其中，鲜有人能够冲破这种藩篱。王小波则无视这种设置，经常在一部作品中模糊了文体的边界。例如短篇小说《夜里两点半》，从形式和语调上看更像一篇东拉西扯的生活随笔，正如艾晓明有论："几乎全然无情节。"[3] 再如随笔名篇《一只特立独行的猪》，讲述了作者在插队时饲养过一只"无视对生活的设置"的猪，可以爬到房顶晒太阳，学汽笛叫，因而被人忌恨，最后在众人的火力围堵下逃之夭夭。乍读之下，大概鲜有人会认为这是一篇随笔，它描述的事物如此惊世骇俗，更像是一篇虚构的政治寓言小说，仿若微缩版《动物庄园》。

小说属于叙事文体，而以论代叙，或者论叙交织，则是王小波多数小说的鲜明性格。例如在短篇小说《夜行记》中，一位书生与一位老僧谈射艺，字字珠玑，句句精彩，几乎可构成一篇独立的"射艺

---

[1]　赵勇认为，尽管在 90 年代中期，就有作家进行跨文体写作实验，但"跨文体"真正叫响，却是发生在 1999 年，其突出现象是，多家期刊在这一年同时推出了"跨文体写作"专栏。参见赵勇：《反思"跨文体"》，《文艺争鸣》2005 年第 1 期，第 6—10 页。

[2]　参见陈竞采访：《李敬泽：文学的求真与行动》，《文学报》2010 年 12 月 9 日，第 3 版。

[3]　参见艾晓明：《编后记》，《地久天长：王小波小说剧本集》，长春：时代文艺出版社 1998 年版，第 388 页。

论"。[1] 这种情况在王氏小说中比比皆是，因而有弱化小说叙事性之嫌。又由于王小波写得一手好随笔，因而有论者断言王小波长于论说，而弱于小说。[2] 但诸如此论，毕竟是属于"得失寸心知"的审美范畴，恐怕难有公论。只是如果以经典汉语小说为参照，王小波的这种情况已不乏先例。例如刘鹗的《老残游记》，中间有一回关于乐器的长篇大论，在整个故事结构中似有突兀之嫌。[3] 相比之下，王小波的论，是天马行空的，并不停生发出叙事的动力。究其微奥，在于他不为一种先验的目的而论，而是为一种经验的悖谬而论。

似乎有两种"论"：一种是黑格尔式的，一种是尼采式的。前者是理性的，后者是诗性的。理性之论，追求逻辑的自洽，以解释世界为目的；诗性之论，呈现人生之悖论，以思维本身为乐趣。写小说的王小波大体上属于后者。他在小说中的对话或叙述，往往是论点纷呈，却悖谬层出。再以《夜行记》为例，那位书生见一肥胖和尚与女人同行，于是有了如下对话情景：

> "大师，经过十年战乱，不仅中原残破十室九空，而且人心不古世道浇漓。我听说有些尼姑招赘男人过活，还听说有些和尚和女人同居。生下一批小娃娃，弄得佛门清净地里晾满了尿布，真不成体统！"
>
> 和尚虽然肥胖，他却一点也不喘，说起话来底气充足，声如

---

[1]　参见王小波：《夜行记》，《地久天长：王小波小说剧本集》，长春：时代文艺出版社 1998 年版，第 117—118 页。

[2]　关于王小波"小说弱随笔强"之说，在王小波逝后数年几乎成为一部分人的"成说"。可参见和菜头：《因遗忘而被铭记》，《王小波十年祭》（李银河编著），南京：江苏美术出版社 2007 年版，第 280 页。

[3]　参见 [清] 刘鹗：《老残游记》，上海：上海古籍出版社 2011 年版，第 55—61 页。

> 驴鸣："相公说的是！现在的僧寺尼庵，算什么佛门清净？那班小
> 和尚看起女人来，直勾勾地目不转睛。老衲要出门云游，家眷放
> 在寺里就不能放心，只得带了同行。这世道真没了体统！"[1]

这是在王小波的小说中随处可见的论辩模式。论者各说各话，各持论点，构成一种荒诞不经的黑色幽默。在 90 年代，王小波的这种美学趣味与孙绍振的错位美学理论，可以说是遥相呼应。所谓错位美学，是建立在真、善、美的悖谬经验之上的。[2] 王小波在意的，恰恰是这种无解的悖谬的人生情境，以及赋予这种情境以某种言说形式的思维乐趣。他洋洋洒洒却又不着边际的论，使其小说违背了当代文学的"样板体制"，以至于许多人认为王小波的小说不是小说了。当然，更不可能符合正统文论的体制。

打破当代文学的"样板体制"，即打破文体的僵硬边界和森严等级，恰是王小波有意而为之的。他为长篇小说《红拂夜奔》注解道："熟悉历史的读者会发现，本书叙事风格受到法国史学大师费尔南·布罗代尔的杰出著作《15 至 18 世纪的物质文明、经济和资本主义》的影响，更像一本历史书而不太像一本小说。这正是作者的本意。"[3]

艾晓明亦为王小波的穿越式文体辩护。她举《茫茫黑夜漫游》说道，这个作品依照一般的阅读习惯被当作杂文随笔来发表，但"我把它看作小说，并且觉得它不折不扣是一个按小说方式结构、运思和表达的

---

[1] 王小波：《夜行记》，《地久天长》，长春：时代文艺出版社 1998 年版，第 116 页。

[2] 参见孙绍振：《审美阅读十五讲》，北京：北京大学出版社 2013 年版，第 11—12 页。

[3] 王小波：《红拂夜奔·关于本书》，《青铜时代》，西安：陕西师范大学出版社 2003 年版，第 269 页。

小说"。[1]

语体穿越：现代与古代，中心与边缘

王小波曾专文讨论过文体问题。他说："文体之于作者，就如性之于寻常人一样敏感。"[2] 不过仅从这篇短文来看，王小波所说的文体，不同于传统意义上的诗歌、小说、散文等文学体式，而是指与某种语言风格相关联的文学样式。例如以"山药蛋派"为代表的方言体写作，报告文学中的晓康体 [3] 写作等等。因此，王小波讨论的文体问题，其核心却是与文体互为关联的语体问题。在王小波看来，一种语体成为时代风尚，是文学"被左右"的结果，例如山西方言在当代文学中具有特殊地位，是因为它"有革命的气味"。[4]

王小波似乎较少正面说到自己写作中的语体问题。在《我的师承》一文中，他谈到了这一点，却又浅尝辄止，并留下悬念。在这篇文章中，王小波将自己的鲜为人知的师承线索追溯到查良铮、王道乾等翻译家的翻译体文学，称"假如没有像查先生和王先生这样的人，最好的中国文学语言就无处去学"。又说："想要读好文字就要去读译著，因为最好的作者在搞翻译。"[5]

理解王小波的这些话，当然不能割裂一些背景因素。"道乾先生和良铮先生都曾是才华横溢的诗人，后来，因为他们杰出的文学素质

---

[1] 参见艾晓明：《编后记》，《地久天长：王小波小说剧本集》，长春：时代文艺出版社1998年版，第388页。

[2] 王小波：《关于文体》，《浪漫骑士：记忆王小波》（艾晓明、李银河编），北京：中国青年出版社1997年版，第62页。

[3] 晓康体是指以苏晓康的报告文学为代表的文学体式。苏晓康：报告文学作家，电视纪录片《河殇》的总撰稿人。

[4] 同 [2]，第63页。

[5] 参见王小波：《我的师承》，《我的精神家园》，北京：文化艺术出版社1997年版，第143页。

和自尊，都不能写作，只能当翻译家。"[1] 也就是说，在王小波看来，翻译体文学之所以尚有可取之处，源于一些优秀作家在特定背景下的改弦易辙和委曲求全。

对此，戴锦华补充道："如果说，五十年代，一批优秀作家与诗人转向了翻译，是一次历史的谬误，那么它不失为后人之幸。"[2] 由此我们不难理解王小波推崇 1949 年之后翻译体文学的真实含义。它是一次文学语体的横向穿越，并借以完成了意识形态的逃逸，即以曲折的方式避开革命的总体话语对文学的伤害。

不过，纵览王小波的小说，他并不是一个彻底的逃逸者，或者说不是翻译体文学的忠实继承者。乘着语言的飞行器，他又折回了中国经验的记忆现场，展开一种新的语体穿越。这种穿越并非语言的独自飞翔，而是与时空穿越和文体穿越相伴随的。

我们可以从王小波的小说中归纳出两个维度的语体穿越：一个是纵向的，发生在现代语体与古代语体之间；一个是横向的，发生在边缘语体与中心语体之间。关于前者，在王小波的"唐人故事"系列中淋漓尽现。且看中篇小说《红拂夜奔》[3] 中红拂与李靖的一段对话：

> "郎，奴不是做梦吧？"
>
> "做什么毬梦？红拂，我发现你会说谎，从今后，我决不再信你一句话！"

---

[1]　王小波：《我的师承》，《我的精神家园》，北京：文化艺术出版社 1997 年版，第 142 页。

[2]　戴锦华：《智者戏谑：阅读王小波》，《不再沉默：人文学者论王小波》（王毅主编），北京：光明日报出版社 1998 年版，第 162 页。

[3]　王小波的《红拂夜奔》有短篇和小长篇两个版本，短篇收在《地久天长：王小波小说剧本集》，小长篇收在《青铜时代》和《怀疑三部曲》两部集子中。

红拂大叫："郎，这誓发不得也！……呀！奴原来却不曾死！快活杀！"

李靖气坏了，兜屁股给她一脚："混蛋！就因为信了你，我又杀了人。今晚上准做噩梦。告诉你，咱俩死了八成了。杀了杨立，那两个主儿准追来！这回连我也没法子了。"[1]

小说中的人物，一个操古代白话，一个持现代口语。这是一种"双声道写作"，声道的古今转换则是借助于语体的穿越来实现的。艾晓明在评点王小波的"唐人故事"系列时，将这种语体穿越视为一种修辞方式："古今两种语体穿插着"，"造成一种错位感"。[2]

相比之下，横向的语体穿越隐蔽地出现在王小波的小说中，却是作者更加用心经营的。他的"黄金时代"系列，包括《黄金时代》《三十而立》《似水流年》《革命时期的爱情》《我的阴阳两界》等中篇小说，均是在革命的时代背景中书写男欢女爱。在宏大的时代背景下，纯净化、样板化的革命语体构造了激情燃烧的狂欢图景，但是王小波穿越了革命语体的中心位置，将原本处于边缘状态的情欲语体的狂欢调动了起来。他自视甚高的中篇小说《黄金时代》，即为典型。在这部小说中，"敦伟大友谊"成了我与陈清扬在野地合欢的一种私密暗号，而领导要求写作的"交代材料"，则成了一份又一份赤裸相告的"性爱日记"。这是一种逻辑的错位，同时也是一种语体的错位。恰如朱大可所言：非法的、反讽的语体穿越了合法的、正谕的语体的重重包围，

[1] 王小波：《红拂夜奔》，《地久天长：王小波小说剧本集》，长春：时代文艺出版社1998年版，第99页。

[2] 参见艾晓明：《编后记》，《地久天长：王小波小说剧本集》，长春：时代文艺出版社1998年版，第376页。

并在国家禁欲主义的中心广场之外引发了"色语大爆破"。[1]

　　在国家禁欲主义时代，"色语"不过是边缘语体之一种。王小波的小说还出现了大量日常化的"秽语"，比如"屎""大粪"等等，纷至沓来，它们穿越了革命语体的纯洁心脏，显示了未被中心意识形态收编的边缘语体的生命活力。

以无体为体，亦为体之道

　　时空（结构）、文体和语体，三位一体的"穿越体写作"构造了王氏小说独一无二的形式特征。

　　穿越是对边界的突破，是对秩序的颠倒，也是对话语的解放。崔卫平在一篇纪念文章中说，王小波的独特性无论在何时何地都可一眼被认出，这与他"富有天才地抵达和完成了一种对中国读者来说还是比较陌生的狂欢性文体"[2] 不无关系。

　　在"王小波热"升温之初，崔卫平是从文体角度解读王小波作品的少数学者之一。她在这里所说的文体，依然是一种宽泛指称，而非教科书中的文体概念。在某种程度上，它更侧重于说明一种文学样式的实践效果，以及它蕴含的言外之意，而非文体本身。

　　崔卫平实际上说到了两点：

　　第一，王氏小说中的狂欢，是一种拉伯雷式狂欢，充满了颠覆效果："它是从日常时间中逃逸出去的一部分，是对于现存秩序、规范、特权、禁令的暂时摆脱，是消弭一切界限，打破来自观念的和来自身

---

[1]　参见朱大可：《王小波：色语大爆破的英雄》，《流氓的盛宴》，北京：新星出版社 2006 年版，第 262—266 页。

[2]　崔卫平：《狂欢，诅咒，再生——关于〈黄金时代〉的文体》，《不再沉默：人文学者论王小波》（王毅主编），北京：光明日报出版社 1998 年版，第 202 页。

份、地位、阶级关系的各种等级制度。"崔氏此说，也可用来说明王小波的"穿越体写作"的社会性含义。

第二，王氏小说的狂欢性文体，对于 90 年代的中国读者来说，依然还是陌生的。这一点，同样可以说明王小波的小说在 90 年代一直"被压着"的原因。

进入新世纪之后，穿越小说迅速流行开来，几成泛滥之势。从公众传播的实际效果来看，人们未必会将这股文化潮流与王小波的"穿越体写作"联系起来。一般的看法是这样的：香港新派武侠小说作家黄易是穿越小说写作的鼻祖，其代表作品是《寻秦记》，而根据这部小说改编的同名电视剧则被认为是穿越剧的首创。这种看法并无不妥，因为它代表了多数人的意见，是市场选择的结果。不过，回到当代文化思潮史，这样的观点却是站不住脚的。黄易的《寻秦记》写作于 90 年代前期，1997 年才在大陆出版简体本。而王小波在 80 年代便完成了一系列"穿越体写作"，包括《立新街甲一号与昆仑奴》《红线盗盒》《红拂夜奔》等中短篇。1989 年，它们以《唐人秘传故事》[1] 为题结集出版。因此，王小波对"穿越"的实验性书写，要早于其他中国作家。

当然，时间之先后实乃小题，不值大作。真正值得我们关注的，则是"穿越"作为一种精神镜像的时代变迁。关于这种变迁，可从两个开放式概念说起：其一是"穿越体写作"，其二是"穿越小说"。本书以前者来描述王小波的文本特质，而以后者来指称新千年以来流播甚广的某种类型化写作，其间的细微区别只有放到当代文化思潮史的

---

[1] 《唐人秘传故事》由山东文艺出版社 1989 年出版，是王小波公开出版的第一本小说集，但没有在读者市场中获得关注。90 年代以后，王小波以这些小说为基础，创作了《万寿寺》《红拂夜奔》《寻找无双》三部小长篇，合称《青铜时代》（"时代三部曲"之一）。

具体背景中去理解，才是可把握的。

王小波的"穿越体写作"，其实是一种"无体"写作。从王小波的人文立场来看，选择这样一条"非法"的写作路径，不过是想以一人之力反驳各种已趋硬化之"体"。这个"体"，往远了说，就是"生活里面的规矩""对生活的设置"和"人性的障碍"；往近了说，则是以"净化""提升"为名义的"样板文艺"。[1]

由是观之，王小波的"穿越体写作"，是以1949年之后日益窄化的各种"体"为反叛对象的。他以无体为体，亦为体之道。是为解放之道，自由之道。王小波恰是在这个"道"的运思中照亮了被各种"体"遮蔽的人性褶皱。在王小波的"穿越体写作"中，我们可以看到一种尚未完成的方法论意图：将"体"消解，趋近于"无体"之境。但我们无法称王小波的作品是穿越小说，因为回到80年代至90年代的当代文化背景中，王小波的"穿越体写作"还是"反动"的，它不足以构成一种"合法"的类型写作。

新千年之后，"穿越"作为一种文体实践，不仅合法化，而且类型化和狭窄化了。穿越小说由此风生水起。它代表了文化生产流水线上的一种工艺标准及产品类型，可以对号入座，待价而沽。

穿越小说在新世纪之初成为一种流行的类型文学，并由此延伸出玄幻小说、魔幻小说等文学品类，如此盛况大概是王小波生前不曾预料的。此时的穿越，已不再以背叛"体"为目标了，而是以维护自身之"体"为己任。在混沌的世界中，它放弃了对"无体之道"的突破性探索，却对"穿越之器"志得意满。《寻秦记》中的穿越是假借时光飞行器来实现的，这是西方科幻小说中最常见的一种"穿越之器"。

---

[1]　参见王小波：《总序》，《怀疑三部曲》，北京：文化艺术出版社2002年版，第1—5页。

它让作家获得了想象的特权，赋予穿越以某种合法性，同时也终结了穿越的时代反动性。

第三节　可能与限度：王小波的自由观念考辨

"中国要有自由派，就从我辈开始"

1997 年 4 月 10 日上午 7 时许，也就是在王小波猝死的前一天清晨，他给好友刘晓阳发了一封电子邮件。信件很短，内容如下：

> 我正在出一本杂文集，名为《沉默的大多数》。大体意思是说：自从我辈成人以来，所见到的一切全是颠倒着的。在一个喧嚣的话语圈下面，始终有个沉默的大多数。既然精神原子弹在一颗又一颗地炸着，哪里有我们说话的份？但我辈现在开始说话，以前说过的一切和我们都无关系——总而言之，是个一刀两断的意思。千里之行始于足下，中国要有自由派，就从我辈开始。是不是太狂了？[1]

这封信更像是王小波辞世之前的公开宣言。在这个宣言中，他清晰地亮出了自己的精神立场：不再做"沉默的大多数"了，自由派"从我辈开始"。同时我们还可以看到，王小波在公开这个立场之前，曾经也是"沉默的大多数"的一员。进入这段沉默史，将有助于我们在一个具体的历史背景中理解王小波的自由观念。

在《沉默的大多数》一文中，他对这段沉默史进行了交代。他引

[1]　参见刘晓阳：《地久天长》，《浪漫骑士：记忆王小波》（艾晓明、李银河编），北京：中国青年出版社 1997 年版，第 422 页。

用君特·格拉斯在《铁皮鼓》中讲述的故事，说道："小奥斯卡发现周围的世界太过荒诞，就暗下决心要永远做小孩子。在冥冥之中，有一种力量成全了他的决心，所以他就成了个侏儒。"[1]以这个故事为引子，王小波转入自己的心灵成长史。他说道，从青年时代开始，他就对那个通过"高音喇叭"传达出来的总体话语产生了怀疑。"当时我怀疑的不仅是说过亩产 30 万斤粮、炸过精神原子弹的那个话语圈，而是一切话语圈子。"[2]

福柯说，话语是与沉默相对的事物，是被表述出来的"权力编码"。王小波在《沉默的大多数》一文中援引了福柯的"话语权"观点，并引申道："有一件事大多数人都知道：我们可以在沉默和话语这两种文化中选择。"[3]

王小波选择了沉默。

他认为这段沉默史可以从插队的时候算起，一直到在大学任教结束。[4]

根据王小波的叙述，他的沉默与其父王方名的人生境遇，以及由这种境遇弥漫开来的家风有着极大关系。

关于父亲的一生，王小波是这么描述的："每当他企图立论时，总要在大一统的官方思想体系里找自己的位置……结果他虽然热爱科学而且很努力，在一生中却没有得到思维的乐趣，只收获了无数的恐慌。"[5]

---

[1] 王小波：《沉默的大多数》，北京：中国青年出版社 1997 年版，第 5 页。

[2] 同［1］，第 15 页。

[3] 同［1］，第 13 页。

[4] 同［1］，第 5—18 页。

[5] 王小波：《思维的乐趣》，太原：北岳文艺出版社 1996 年版，第 2—3 页。

因为恐慌而导致一种无声的气氛，这是父亲带给整个家庭的一种生活基调。父亲年轻时代闹过学潮，后来投奔延安，50 年代初任国家教育部干部，1952 年，也就是王小波出生的那一年，被定性为"阶级异己分子"，直到 1979 年恢复党籍，后来在中国人民大学从事逻辑学的教学与研究。根据王小波哥哥王小平的回忆，父亲"是一个性格单纯、情绪热烈粗放、爱作豪语之人"，但一生受尽打击，"平日多半板着脸孔"。[1]

这是沉默对个体话语的刻意压抑。

父亲以自己的人生经历为训诫，确立了一条不成文的家规：不准孩子学文科，一律去学理工。[2] 这是压抑的蔓延，是革命时代的"普世经验"。王小波从中发现了沉默的一般意义。它是指有话没有说出来，是存在于话语圈之下的一种喑哑状态。"就是因为这些话没有说出来，所以很多人以为他们不存在或者很遥远"。[3] 王小波称这些人为"弱势群体"，是"沉默的大多数"。"这些人保持沉默的原因多种多样，有些人没能力，或者没有机会说话；还有些人有些隐情不便说话；还有一些人，因为种种原因，对于话语的世界有某种厌恶之情。我就属于这最后一种。"[4]

对"弱势群体"的关注似乎改变了王小波的存在姿态。他意识到自己必须说话，终结那种无声的沉默。他说道："诚然，作为一个人，要负道义的责任，憋不住就得说，这就是我写杂文的动机。"[5]

---

[1] 参见王小平：《艺术的内丹——纪念我的弟弟小波逝世 10 周年》，《王小波十年祭》（李银河编著），南京：江苏美术出版社 2007 年版，第 48 页。

[2] 参见王小波：《我为什么要写作》，《我的精神家园》，北京：文化艺术出版社 1997 年版，第 136 页。

[3] 王小波：《沉默的大多数》，北京：中国青年出版社 1997 年版，第 16 页。

[4] 同 [3]，第 17 页。

[5] 王小波：《小说的艺术》，《我的精神家园》，北京：文化艺术出版社 1997 年版，第 150 页。

　　有一个细节似乎可以证明王小波所言不假。有一次，赵洁平读了王小波的杂文，在电话中劝他"笔下留情"，王小波义愤回道："那些人想干什么？"[1] 王小波确实憋不住了，有话要说。这也意味着王小波的精神立场走到了一个转折点，他要公开表明自己的"自由派"姿态了。

　　表明姿态的方式有二：其一是辞职；其二是写作。

　　1992年，王小波辞去中国人民大学的教师岗位，开始了专心写作的个人生涯。也许是一种巧合，也许是时代的必然逻辑，在这个时间节点上，中国文坛出现了1949年以来的第一批"辞职者"。不是被开除公职，而是主动离开单位。他们是失去单位的"文学个体户"，在短期内面临着丧失身份的焦虑，但同时也意味着他们开始了自由个体的身份重建。而在1998年，无论是文坛内部的"断裂调查"，还是思想界的"自由主义的公开言说"，行动者都不约而同地在"辞职者"这个意义上肯定了王小波的精神立场。[2]

　　至于写作，不仅是王小波表明姿态的一种方式，而且是他阐述自由观念的唯一阵地。他对总体话语的颠覆，对个体话语的张扬，首先在他的杂文中得到了酣畅淋漓的表达。其中最具个人风格的杂文是《一只特立独行的猪》。在这篇短文中，王小波描述了一只敢于无视"对生活的设置"的猪，并以"猪兄"称谓之，实则含有不言自明的自况意味。在文章最后一段，王小波这么写道：

---

[1]　参见赵洁平：《我所认识的王小波》，《王小波十年祭》（李银河编著），南京：江苏美术出版社2007年版，第253页。

[2]　参见韩东：《备忘：有关"断裂"行为的问题回答》，《北京文学》1998年第10期，第42页；朱学勤：《1998年自由主义学理的言说》，《思想史上的失踪者》，广州：花城出版社1999年版，第244页。

　　我已经 40 岁了，除了这只猪，还没见过谁敢于如此无视对生活的设置。相反，我倒见过很多想要设置别人生活的人，还有对被设置的生活安之若素的人。因为这个缘故，我一直怀念这只特立独行的猪。[1]

　　王小波笔下的这只猪，近乎传奇。他会跳上屋顶晒太阳，模仿工厂的汽笛声，并在众人的围击下巧妙突围。对于一个有过农村生活经历的读者来说，猪的千奇百态或许并不少见，不过终究是一种自然现象，毫无传奇色彩可言。王小波传奇化这只猪，无非是想说明人与猪的处境并无不同。"因为我当时的生活也不见得丰富了多少，除了八个样板戏，也没有什么消遣。"[2]

　　从"文化大革命"时代的"文艺样板"中逃离出来，是王小波的个人写作的出发点。不过，从王小波的许多杂文中可看出，他试图要反抗的总体话语，并不是指向具体的"样板戏"，而是指向抽象的"对生活的设置"。因而有论者指出，王小波的杂文是为"一个抽象的仇敌而拼杀、而愤怒、而冷笑"。[3] 也正是因为笔锋指向"抽象的仇敌"，另有论者指出，王小波的杂文是一种"反说教式的说教"。[4] 不过，写杂文对于王小波来说实系情非得已，他更愿意将自己的自由观念转化为某种艺术形式的实践，即以小说写作来代替杂文写作。关于这一点，前文已多有交代，此处不再赘述。

---

[1]　王小波：《一只特立独行的猪》，《我的精神家园》，北京：文化艺术出版社 1997 年版，第 108 页。

[2]　同 [1]，第 105 页。

[3]　参见静矣：《王小波的遗产》，《王小波十年祭》（李银河编著），南京：江苏美术出版社 2007 年版，第 247 页。

[4]　参见林春：《〈清醒的少数〉》，《读书》1998 年第 5 期，第 52 页。

智慧、性爱和乐趣：自由言说的"三大法宝"

在《怀疑三部曲》[1]自序中，王小波曾总结自己的写作动机。他说道："我看到一个无智的世界，但是智慧在混沌中存在；我看到一个无性的世界，但是性爱在混沌中存在；我看到一个无趣的世界，但是有趣在混沌中存在。我要做的就是把这些讲出来。"[2]

不难看出，王小波把自己看作一个怀疑论者。他试图怀疑的对象，是一个已经丧失了智慧、性爱和乐趣的世界。而他的个人写作，则成为智慧、性爱和有趣的发现之旅。他强调智慧、性爱和有趣，醉翁之意不在写作本身，而在写作之外的意图：从无智、无性和无趣的总体话语中摆脱出来，争取一种自由言说乃至"胡说八道"的个体权力和尊严。

艾晓明在论及王小波的有趣观念时说道："乐趣是发自个人的内心，不是来自外部的力量，也不是服从一种社会义务。思维的乐趣，纯属个人对生活的一种体验、一种发现和狂喜，它是个人对自由思想的感受和爱好，因此它无法被规范，也不能由命令来完成。"[3]在艾晓明看来，王晓波如此热爱有趣，实为自由故。至于强调智慧和性爱，大意也是如此。

王小波高举智慧、性爱和有趣"三大法宝"，实际上是将写作置于自己生存的时代背景之中。他以马尔库塞的《单向度的人》为参照，

[1]　"怀疑三部曲"是王小波生前未遂的一个出版计划，即把《寻找无双》《革命时代的爱情》和《红拂夜奔》三部长篇结集出版。王小波逝世之后，在李银河的推动下，文化艺术出版社于2002年出版了这部作品集。

[2]　王小波：《总序》，《怀疑三部曲》，北京：文化艺术出版社2002年版，第4页。

[3]　艾晓明：《编后记》，《地久天长：王小波小说剧本集》，长春：时代文艺出版社1998年版，第377页。

说马氏对发达资本主义世界的物欲的批判是卓越的，但中国的情况则不同，我们的灵魂被净化，被提升，进入了一个无智、无性和无趣的时代，以扩大再生产的方式不停塑造着中国版的"单向度的人"。[1] 故而，王小波身体力行要从单向度的人性灾难中摆脱出来。辞职是一种方式，而写作是另一种方式。

王小波虽有一个"抽象的仇敌"，却不奢谈抽象的自由，而是将自由的观念兑换为智慧、性爱和有趣这些常识性概念，又继而将其转化为文体形式的实践问题，这恰是王小波与多数自由主义知识分子的显著区别之所在。

他不是一个言必称自由主义的知识分子，却将自由的观念从精英话语中释放出来，推到了公众面前。有感于这点，朱学勤称"王小波热"的出现是"1998 年自由主义言说在学理之外的一个意外发现"，"自由主义以学理术语费尽万言，亦不能如王小波文学作品更直接更适时"。又说："1998 年言说王小波，不在于他的作品文学含量有多少高低，而在于他第一次以文学作品呈现了一个自由主义的韧性风格，这一风格不仅对文学有益，对从事学术思想者而言，也是一副适时的清凉剂。"[2]

朱学勤言称的清凉剂，大意是指王小波的形而下的写作风格，即"低调进入，同时还能守住必要的精神底线"。[3] 换言之，王小波在个体写作这个实践范畴内，展示了自由之于当代中国个体的可能性。崔卫平在 1998 年撰文分析了王小波的随笔写作，指出隐含于其间的试错

---

[1]　参见王小波：《红拂夜奔·序》，《怀疑三部曲》，北京：文化艺术出版社 2002 年版，第 309 页。

[2]　参见朱学勤：《1998 年自由主义学理的言说》，《思想史上的失踪者》，广州：花城出版社 1999 年版，第 243—245 页。

[3]　同 [2]，第 243 页。

逻辑，即不停寻找一种结论的新的可能性，包括错误的可能性。正是基于这种理性的试错逻辑，崔卫平感叹道："王小波在最大限度发挥他的自由精神时，也在遵循着这种精神所要求的限制。"[1]

做一个低调的自由派

无论是王小波的生存方式，还是他的文体实践，附着其上的自由观念都具有一种低调、温和的品格。崔卫平在阐述王小波随笔文体的自由精神时，充分地意识到了这一点。他称王小波的文章剔除了权威，却"无意把自己弄成新的潮流或真理的代表者，无意把自己装扮成新的救世主及高级文化战略管理人才"。[2]

王小波笔下的那只特立独行的猪，就是一个低调的自由派。它虽然无视人类对它的各种设置，却也无意与这些设置作对抗性纠缠。它冲决出人类对它的剿灭式围堵，独自逍遥去了。这是一只"自私"的猪，它享受着特立独行的派头儿，却不愿充当"解放全人类"的英雄。

在乔治·奥威尔的《动物庄园》中，有一只猪叫拿破仑，可与王小波笔下的猪做比照。拿破仑带领其他动物赶走农场主之后，夺取了动物庄园的领导权，搞起了个人崇拜和极权式的政治乌托邦。显然，这只猪以他人的自由和解放为己任，实则是自由的真正叛徒。在奥威尔笔下，还有一只驴，叫本杰明，富有智慧，却默不作声，更像是王小波描绘的"沉默的大多数"。他们对自由的追求以明哲保身为限度，只要人不强加我，我亦不强加人。王小波自称属于"沉默的大多数"的一员，自然也就持这样一种低调的自由观念。这就足以解释，为何他更愿意沉溺在别人看不懂的小说创作中，而视随笔写作为权宜之计。

[1] 参见崔卫平：《王小波随笔文体的道德实践》，《北京文学》1998 年第 9 期，第 87 页。

[2] 同 [1]，第 85 页。

小说可以是一个人的想象，可以天马行空，可以胡说八道，而随笔则必须面向公众说话，要负道义责任。

王小波秉持的低调的自由观念，也充分体现在他对知识分子身份的自我限定。

他不止一次谈到了知识分子的角色问题，并珍视自己作为一名知识分子的身份。1995 年末，他在一篇回顾性文章中写下这样一句话："创造性工作的快乐只有少数人才能获得，而我们恰恰有幸得到了可望获得这种快乐的机会——那就是作一个知识分子。"[1]

正是这种清晰的人文立场，使得王小波不经意间与王朔拉开了距离。从个体的身份特征和文本的话语特征来看，王小波与王朔确有相似之处。他们都是辞职者和怀疑论者，热衷并娴熟地使用反讽语体，讨厌假正经和伪崇高，不掩饰自己"蔫坏"的文化表情。王小波生前不仅表示了对王朔的欣赏态度，而且直言不讳在某些立场上他是王朔的"追随者"。[2] 但不同于王朔对知识分子身份的全面颠覆，王小波则为知识分子辩护。就凭这一点，"王小波热"的出现必然会得到众多知识分子的推波助澜。

但王小波不是泛泛而谈知识分子。他有一个广被引用的论断："对于一位知识分子来说，成为思维的精英，比成为道德的精英更为重要。"[3] 王小波认为，思维之所以比道德重要，是因为它可以赋予个体

[1]　王小波：《写给新的一年（1996 年）》，《沉默的大多数》，北京：中国青年出版社 1997 年版，第 527 页。

[2]　例如王小波曾解释为何不加入作协：连王朔都不加入，我怎么能加入。参见李银河：《王小波：有一种活法》，《作文通讯》2009 年第 7 期，第 11 页。另，王小波对王朔的评价还可参考田松与王小波的对话：《以理性的态度》，《王小波十年祭》（李银河编著），南京：江苏美术出版社 2007 年版，第 107 页。

[3]　王小波：《思维的乐趣》，太原：北岳文艺出版社 1996 年版，第 9 页。

以智慧、判断力和批判力，是通往参差多态和自我独立的幸福法门。他说："明辨是非的前提就是发展智力，增广知识。"[1]

通过思维的自我修炼而增知、而明辨、而独立，这是王小波的自我期许。而对于试图充当道德表率、对别人的大脑进行灌输的知识分子，王小波则是深恶痛绝的。他说道："假若上帝要我负起灌输的任务，我就要请求他让我在此项任务和下地狱中作一选择，并且我坚定不移的决心是：选择后者。"[2]

对别人的大脑进行灌输，无异于对参差多态的扼杀，对自由的背叛，王小波是坚决不做的。这也正是王小波的自由观念的限度所在，有人因此看出了他对启蒙的警惕："他认为任何一种启蒙姿态的背后都隐藏着一种精英意识，一种凌驾于他人之上、企图支配和影响别人的姿态。"[3] 这个说法未必妥帖，因为它极有可能与世纪之交的启蒙瓦解论合流。王小波并不是要瓦解启蒙的立场，而是转变了启蒙的方向——从对别人启蒙转向对自己启蒙。这一点可从他主张发展智力、增广知识见出一斑。如果回顾本书对朱文的人文立场的论述，我们会发现王小波与朱文的神似之处。他们试图逃离启蒙与被启蒙的紧张关系，但无疑他们都具有一种自我启蒙意识。

不难看出，王小波的自由观念是从内视角出发的，呈现为一种以己推人的、有限度的个体话语。他无意过多介入公共论题，这可从他对随笔写作的怀疑态度见出一斑。他甚至因此推论："假如说，知识分子的责任就是批判现实的话，小说家憎恶现实的生活的某一方面就不

---

[1]　王小波：《思维的乐趣》，太原：北岳文艺出版社1996年版，第7页。

[2]　同 [1]，第6页。

[3]　田方萌：《人大的王小波》，《王小波门下走狗》，北京：文化艺术出版社2002年版，第335页。

成立为罪名。"[1] 王小波的言下之意就是，那些远离喧嚣话语圈的小说家，也在履行着知识分子的批判职能。"不幸的是，大家总不把小说家看成知识分子。"[2]

在这里，王小波不仅表达了个体自由的限度，而且阐述了纯粹艺术在这个限度内具有的重要作用。不能不说，这是王小波的自由观念的精髓所在。他不迷信那种过于直接的担当精神，不靠近那种铁肩担道义的公共话语圈，而是主张通过纯粹艺术的途径实现自我启蒙。从当代艺术思潮史来看，这种情况已不乏先例。例如在 80 年代后期，崔健的摇滚乐带来了一种小我意识，一开始许多人"听不懂"，但它作为一种深层伴奏，与当代中国社会的个体意识的自我苏醒，构成了同一历史进程。[3]

1998 年人们议论王小波，其兴奋点就在于自由的可能与限度。但对于这一年的中国思想界来说，他们在王小波身上看到的绝不仅仅是这种可能与限度，而是突破这种限度的可能。换言之，他们固然赞赏王小波的低调的自由观念，但眼下之急，是要把自由的调子拔高，让个体的、温和的、实践的自由升华为公共的、高昂的、主义的自由。许多年以后，有人回顾世纪之交出现"王小波热"并持续不衰的过程，似乎已更加心中有数了。在王小波十年祭之际，李公明写道："为了争取自由，人不能满足于做一只特立独行的猪，有时要当一只愤怒的牛

---

[1]　王小波:《〈未来世界〉自序》,《王小波研究资料》(韩袁红编),天津:天津人民出版社 2009 年版,第 37 页。

[2]　同 [1],第 37 页。

[3]　在崔健成名曲《一无所有》中,"我"这个词出现了 23 次。崔健后来解释,他的走红与"文化大革命"之后集体主义逐渐瓦解和公众自我意识的日渐复苏是同步的。

虹，甚至一匹反抗的狼。"[1]

若要从头说起，或许还得回到朱学勤在 1998 年末的一篇文章中写下的那一句话："1998 年，自由主义学理的公开言说浮出了水面，而一些新左派朋友衔尾追击，也浮出了水面。"[2]

---

[1] 李公明：《自由非只做特立独行的猪》，《南方都市报》2007 年 4 月 15 日。

[2] 参见朱学勤：《1998，自由主义的言说》，《南方周末》1998 年 12 月 25 日。

第八章

思想的和声：自由主义之争

第一节　传统之争：对两种自由观念的阐释

话说百年北大：两种自由观念传统

梁启超在《清代学术概论》中说道："纵观二百余年之学史，其影响及于思想界者，一言蔽之，曰'以复古为解放'."[1] 1998 年的自由主义之争，倘若视为一次思想解放之争，也是从"复古"开始的。这种"复古"，也就是对中国本土的自由观念传统的寻找。它围绕着一个事件和若干人物展开。

一个事件是指北京大学 100 周年校庆。对于百年北大而言，校史已不仅仅是一校之史，"因其牵涉到二十世纪中国政治文化的许多重要命题"。[2] 鉴于此，90 年代最具影响力的思想类或政论类杂志，如《读书》《方法》《神州学人》《炎黄春秋》《求是》等等，均刊文昭彰百年北大的文化意义。其中最值得注意的声音，就是把北大传统定位在"自由主义"。在过去将近五十年的时段里，这样的表述是不曾有过的，因而是具有颠覆性的。

---

[1]　参见朱维铮校注：《梁启超论清学史二种》，上海：复旦大学出版社 1985 年版，第 6 页。

[2]　参见陈平原：《作为话题的北京大学》，《读书》1998 年第 5 期，第 19 页。

由刘军宁主编的《北大传统与近代中国》一书，明确将有关北大传统的论述推入自由主义的言说轨道，七十五岁高龄的李慎之为之作序，称近代中国的自由主义传统发轫于北京大学。这一事实判断基于一些重要的史实，如北大首任校长严复翻译穆勒的《群己权界论》（即《论自由》），最早把自由概念引入中国。严复曾解释，"中文自由常含放诞、恣睢、无忌惮诸劣义"，故而以"群己权界"替代之。[1] 李慎之认为这四个字准确传达了自由之真义："人生而自由，他可以做任何他愿意做的事情，但是必须以不妨碍他人的自由为界限。"[2] 李慎之又说道，除了严复，北大历史上多位掌校者的办学方针，如蔡元培的"囊括大典、网罗众家、思想自由、兼容并包"，蒋梦麟的"大度包容"，均是自由主义之精神的体现。

但在1998年，对北大自由主义传统的追溯是充满了歧义的。在《想起七十六年前的纪念》一文中，钱理群从北大二十五周年校庆纪念刊说起，认为北大传统应该追溯到蔡元培对北大的改造，以及由他始发的"思想自由、兼容并包"的办学方针。"他对北大的改造，说到底，就是要为中国的知识分子开拓一方自由的精神空间，摆脱思想禁锢、精神受压抑的状态。"由此，钱理群主张，"北大应以培养具有独立批判意识的思想家型的人才为主"。[3] 显然，钱理群理解的自由，是一种批判精神，与严复的"群己权界论"相去甚远。

陈平原在这一年写了一系列有关北大传统的文章，通过考据式的探隐发微，从各种并不显著的文献中勾勒出北大传统在百年变迁史中

---

[1] 参见严复：《译凡例》，《群己权界论》，北京：商务印书馆1981年版，第7页。

[2] 李慎之：《弘扬北大的自由主义传统》（序），《北大传统与近代中国：自由主义的先声》（刘军宁主编），北京：中国人事出版社1998年版，第1页。

[3] 参见钱理群：《想起七十六年前的纪念》，《读书》1998年第5期，第3—9页。

沉积出来的双重性格。例如在《作为话题的北京大学》一文中，陈平原细数北大历次校庆的纪念册或同学录，从中捕捉到了隐藏在北大传统中的双色光谱：一色光谱体现在蔡元培为校庆纪念册写的序言，他劝告北大人"要以学术为惟一之目的"；另一色光谱体现在北大学生李辛之的文章《北大之过去与现在》一文，该文彰显了北大人引领时代思潮、与旧势力抗争的传统。[1] 对比这双色光谱，又可见出北大自由主义传统的双重性格。一方面是专业意识，与思想独立之精神相联系；另一方面是批判意识，与时代担当之使命相联系。

　　恰如李慎之、刘军宁等学者的阐述，北大传统之所以与自由主义相连，是因为北大校史上的代表性人物不乏自由主义者。[2] 但是，暂且不论"主义"，而是直接进入这些代表性人物的复杂的精神世界，我们就会发现，这些被笼统归纳到自由主义旗帜下的自由派，其自由观念并不尽相同，甚至相去甚远。即便是孤立地考察每一个人物，他们的自由观念的世界也是充满了矛盾的。对此，刘军宁曾举例阐述道：

　　　　比如说，是要守旧还是要激进，在自由主义内部，以及在自由主义思想与其他思想之间都有很大的争论。激进和保守的对立在北大、在中国近现代思想界一直都存在。又比如，对学生来说，如何处理读书与参与之间的关系，这在北大，从五四时代开始，就一直存在着紧张。对蔡元培和胡适等师长来说，心情也很矛盾。他们既想要学生好好读书，更不愿压制学生们关心国是的热情。对他们自己来说，也面临着为学问而学问，还是用自由主义来议

[1]　参见陈平原：《作为话题的北京大学》，《读书》1998年第5期，第14—15页。

[2]　参见刘军宁：《前言：北大传统与近现代中国的自由主义》，《北大传统与近代中国：自由主义的先声》，北京：中国人事出版社1998年版，第3页。

政论政的困难抉择。胡适本人就长期处于这一困境之中。他一方面誓言不问政治，另一方面又写下了大量的政论文章；一方面声称愿意多研究问题少谈些主义，另一方面又以自由主义的旗手著称于社会。[1]

理解 1998 年的自由主义之争，不可不参阅刘军宁的这篇重要文献。它从历史深处钩沉出了两种自由观念的紧张关系，这种关系在某些历史时期尚可和平共处，而在某些历史时期却发生深刻的话语断裂。1998 年的自由主义之争，不过是这条若隐若现的历史裂缝的一个节点。回到 1998 年的思想论争现场，我们看到双方各执一词，甚至恶语相加；而进入那条历史裂缝，我们看到历史的偏见早已嵌在了时间链条之上。因此，若要周详考察 1998 年这个断裂节点，就有必要对这条历史裂缝进行勘探。

鲁迅与胡适：两种自由观念，两种话语类型

在 1998 年自由主义之争爆发之后，论战双方频繁提到了近现代自由主义思想史上的一些代表性知识分子，其中涉及北大校史上的人物包括胡适、鲁迅、闻一多、傅斯年等等，亦呈现了两种相互抵牾的自由观念。

最常被援引的是胡、鲁二人 [2]，他们同为五四新文化运动的旗手，

---

[1] 刘军宁：《前言：北大传统与近现代中国的自由主义》，《北大传统与近代中国：自由主义的先声》，北京：中国人事出版社 1998 年版，第 7 页。

[2] 90 年代以来关于鲁迅与胡适的比较研究与争论，可参见谢泳编：《胡适还是鲁迅》，北京：中国工人出版社 2003 年版；邵建著：《胡适与鲁迅：20 世纪的两个知识分子》，北京：光明日报出版社 2008 年版。

而后分道扬镳，恰是两种自由观念在历史深处发生话语断裂的一个源头性例子。他们的思想幽灵在 90 年代的中国知识界游荡着，仿佛历史的声音昨日重现。

汪晖以研究鲁迅著称，亦常以"鲁迅精神"自况。他在为《恩怨录：鲁迅和他的论敌文选》写的序言中说道，"鲁迅一向不喜恕道，偏爱直道，他也早就说过，他的骂人看似私怨，实为公仇"，又称鲁迅"宁愿成为一个葛兰西称之为'有机知识分子'的战士"。[1]

葛兰西以"有机知识分子"来描述当代知识分子与社会的有机联系，即在专业分化基础上，知识分子成为社会不同利益集团的代言人。[2] 只是汪晖显然已经转移了这一概念的初始意义，因为在他看来，鲁迅"不是某个集团的代言人"，他为"公仇"而骂，反抗"一切新旧不平等关系及其再生产机制"。[3] 这里面实则包含着汪晖引以自勉的某种抽象的代言意识和抗争精神。

汪晖写下这篇序言，是在 1996 年。1998 年自由主义之争爆发之后，与汪晖持相近立场的立论者则明确将鲁迅的这种代言意识和抗争精神视为"真正的自由主义精神"。

在《何谓"自由主义知识分子"》一文中，李庆西称"真正的自由主义者不是别人，正是鲁迅"。又说："如果对照胡适那帮人的言论行为，不难看出，鲁迅至少比他们更接近自由主义的本质。"[4]

---

[1] 参见汪晖：《序四》，《恩怨录：鲁迅和他的论敌文选》（李富根、刘洪主编），北京：今日中国出版社 1996 年版，第 20 页。

[2] 参见［意］安东尼奥·葛兰西著，葆煦译：《狱中札记》，北京：人民出版社 1983 年版，第 418—426 页。

[3] 同 [1]，第 18 页。

[4] 参见李庆西：《何谓"自由主义知识分子"》，《读书》2000 年第 2 期，第 66—67 页。

　　韩毓海的观点与李庆西几无二致："一个真正的自由主义者必然是鲁迅这样的坚持必须具有'批评自由主义的自由'的人。"[1]韩毓海言下之意是，真正的自由主义者对一切持批判态度，甚至不放过自由主义本身。

　　鲁迅之所以被追认为自由主义者，缘于他的代言意识和抗争精神，在此意义上，朱自清、闻一多也被视为同道，因为他们"终于从象牙之塔里重新走了出来，发出了正义的声音"。[2]与之相反的是，"那些小阁楼里的无视人间苦难的知识分子"，在上述论者看来则是伪自由主义者。[3]他们是以胡适为代表的"宽容派""求异派"，或如汪晖所言，是一些喜欢"恕道"的知识分子。

　　与上述论者相反，谢泳在《我们有没有自由主义传统》一文中，把自由主义传统追溯到胡适等知识分子身上，称自由主义不过是一种生活方式，它是说理的、商量的、温和的。[4]

　　撇开谢泳的观点不论，在以往的知识分子思想史中，将胡适看作一个自由主义者似乎也没有太大异议。1920年与1922年，以胡适为代表的一批知识分子先后发表了《争自由宣言》《我们的政治主张》等政论文章，被看作中国"自由主义的观点的第一次系统的概括"。[5]

　　在1956年"胡适批判"运动中，不在场的胡适也被定性为"自

---

[1]　韩毓海：《中国当代文学在资本全球化时代的地位》，《知识的战术研究：当代社会关键词》，北京：中央编译出版社2002年版，第306页。

[2]　参见旷新年：《"智者的尊严"，还是聪明的遁词》，《沉默的声音》，合肥：安徽文艺出版社2000年版，第136—139页。

[3]　同[2]，第137页。

[4]　参见谢泳：《我们有没有自由主义传统》，《书屋》1999年第4期，第9页。

[5]　参见［美］杰罗姆·B.格里德著，鲁奇译：《胡适与中国的文艺复兴》，南京：江苏人民出版社1989年版，第200页。

由主义者"。这个时候，"自由主义"是一个否定性词汇，是出现在政治批判运动中的一种污名。

时移世易，到了 90 年代末，当有人提出鲁迅比胡适更接近自由主义本质的时候，胡适的自由观念也就需要被重新推敲了。即使如此，为胡适的自由观念进行辩护者大有人在。典型者如邵建，他对胡适与鲁迅的自由观念做了辨析，称有些人将鲁迅视为自由主义者犯了"胡冠鲁戴"的错误。他说道，二者的区别，充分体现在"路径依赖"的不同：胡适将自由的追求寄托于以英美宪政为样板的政治体制，即建立一个"限政"的"好政府"；而鲁迅则把改造国民性、唤醒民众的抗争意识作为"第一要著"。邵建因此得出结论，鲁迅虽然热爱自由，但不是一个自由主义者。[1]

在"主义"拉锯战中，历史上的自由主义者只能在是与非之间"被站队"。倘若进入他们的自由观念的内部，我们可以离析出两种话语类型。这两种类型，实则关乎他们对知识分子之本位角色的不同预设。

在胡适看来，通往自由的手段是"限政"，目标则是"不问政治"，是躲回小阁楼里耕耘自己的一亩三分地；而在鲁迅看来，通往自由的手段是"唤醒"，目标则是"抗争政治"，是实现所有人的精神解放。前者是小我的话语，而后者是大我的话语。

细究之下，这两种话语类型并非是界限分明的，也不可能非此即彼地被一个人占有。正如刘军宁描述的胡适是充满了矛盾的：一方面誓言不问政治，另一方面又写下了大量的政论文章；一方面声称应该多研究问题少谈些主义，另一方面又高举自由主义的旗帜。

不独胡适，鲁迅也是如此。他在一首著名的《自嘲》诗中，恰有

---

[1]　参见邵建：《胡适与鲁迅：20 世纪的两个知识分子》，北京：光明日报出版社 2008 年版，第 1 页。

两句可用来概括他身上的两种话语类型：一句是"俯首甘为孺子牛"，一句是"躲进小楼成一统"。[1] 写杂文的鲁迅属于前者，而写《野草》的鲁迅则更倾向于后者。

言及此，我们似乎又回到了本书第一章，一个关于当代文学的断裂原型的叙述。这里指的是诗人食指。作为一个典型的精神受难者，食指以假性精神分裂的方式向我们展示了当代文学并置呈现的两个话语层：一个话语层是面向自我的独语，另一个话语层是面向大众的代言。[2] 这两个话语层的对接与断裂、抵触与转化，恰是中国现当代文学史乃至思想史意义上的构造地质学。

回到一般观念史：消极自由与积极自由

因对自由的理解不同而产生争执不下的局面，在一定程度上源于自由本身就是一个多义而含混的概念。正如以赛亚·伯林说道："自由是一个意义漏洞百出以致于没有任何解释能够站得住脚的词。"[3] 不过正是伯林，从观念史的考察入手，将自由区分为"消极"和"积极"两种，从而结束了它的意义含混的历史。

以赛亚·伯林论述道：

消极自由是"免于……"的自由，是在"变动不居但永远清晰可辨的那个疆界内"不受干涉的自由。不受干涉的领地有多大，自由也就有多大，因此，它也是一种以"自我克制"和"最低限度"为消极目标的自由。

积极自由是"去做……"的自由，是一种"我是我自己的主人"

---

[1]　引鲁迅诗《自嘲》。

[2]　参见本书第一章第二节的相关论述。

[3]　[英] 以赛亚·伯林著，胡传胜译：《自由论》，南京：译林出版社 2003 年版，第 189 页。

的自由。它以"真实的自我"为中心，"只要我相信这是真实的，我就感到我是自由的"，因而它是一种以"自我管理"和"最高理性"为积极目标的自由。

伯林继而阐述道，表面上，这是两个在逻辑上相距不远的概念，但是从历史上看，他们朝不同方向发展，直至最终造成相互间的冲突。这种冲突表现为两种自我的分裂：一种是为了获得独立而采取的自我克制的态度，它最终成全了一个低级本性的、经验的、他律的自我；而另一种是为了获得完全相同目的而采取的自我实现的态度，或完全认同于某个特定原则或理想的态度，它朝着一个真实感觉的、理想的、自律的自我迈进。在伯林看来，后一种自我以"更高的自由"为感召，将个体引向了某种社会整体，包括"部落，种族，国家，生者、死者与未出生者组成的大社会"，其潜藏的危险在于，它以集体的、有机的、单一的意志强加在差异个体身上，强制他们去追求一种更高层次的自由。[1]

以赛亚·伯林对两种自由观念的区分，是自由思想史上的重大贡献。回到 90 年代末的中国思想现场，伯林的自由观念史研究具有更深刻的启示意义。它不仅让我们看到了两种自由观念的分化，而且提醒我们，从两种自由观念到两种自我意识，具有一般的转化关系。

在本书第三章，透过朱文的长篇小说及其自我启蒙观念，我们已经看到了这两种自我的影子。总体而言，朱文对积极自我的确认往往是以失败告终，最后又回到了消极自我。在《什么是垃圾，什么是爱》这部长篇小说中，迷失于酒吧和街头的小丁试图重返社会的中心，但最后又不得不仓皇逃离于这个中心。《我爱美元》大致也是如此："我"试图以"真实的自我"为名义对父亲完成一次"性启蒙"，但最后却

---

[1]　以上关于"消极自由"与"积极自由"的论述，可参见 [英] 以赛亚·伯林著，胡传胜译：《自由论》，南京：译林出版社 2003 年版，第 189—204 页。

被美元击溃了。排除一些特例，朱文的小说叙事有着相似的开端与结局：从"把握不住自己"开头，最后结束于"把握不住世界"。这是朱文在其观念世界中呈现出来的"自我的限度"，也是"自由的限度"。对这个限度的自觉意识，亦是王小波的自由观念的精髓。他称宁愿下地狱，也不愿去做一个灌输别人大脑的人，可见他的自由观念是低调的，也是消极的。

韩东的观念世界中的自我，则发生了一个历时性的两极变化。在他早期代表作《有关大雁塔》这首诗中，"我"爬上大雁塔，然后下来，消失在人群中，仅此而已。[1] 相比杨炼在《大雁塔》中试图完成一次自我英雄化的历史代言，韩东的自我想象是反英雄的，低调的，消极的。[2] 但是随着时间向后推移，韩东笔下的自我愈显英雄的、高调的、积极的倾向。我们可以重温一下《爸爸在天上看我》这首诗的片断：

> 我因为爱而不能回避，爸爸，就像你
> 为了爱我从死亡的沉默中苏醒，并借助于通灵的老方
> 我因为爱被杀身死，变成了一具行尸走肉[3]

韩东在这里已将自我想象为"因为爱被杀身死"的英雄。这种爱是抽象的，它是某种隐伏的压迫的对抗物，引导着韩东"不在沉默中

---

[1]　参见韩东：《有关大雁塔》，《爸爸在天上看我》，石家庄：河北教育出版社2002年版，第10页。

[2]　张清华认为，韩东的《有关大雁塔》蕴含了道家的消解精神和佛家的空无意味。这一解释与《有关大雁塔》的整体基调是比较吻合的，与本文的理解虽不相同，却也相去不远。参见张清华：《遇见诗人》，《海德堡笔记》，济南：山东画报出版社2004年版，第137—138页。

[3]　韩东：《爸爸在天上看我》，石家庄：河北教育出版社2002年版，第253页。

爆发，就在沉默中死亡"[1]的战斗意识。在此意义上，韩东与鲁迅是可以相提并论的，他们都是为"更高的自由"而战的代言者。

由是不难理解，在 1998 年"断裂调查"行动中，以及随后爆发的"盘峰论战"中，韩东无意识地扮演了一种具有领袖气质的角色。与韩东不同，朱文则在 1998 年之后逐渐淡出中国文学场，留下一副离群索居的面孔。

对王小波、顾准、陈寅恪的争论

前文从北大百年校庆及其校史上的代表性人物着眼，梳理了 1998 年中国思想界对两种自由观念的阐释，并从中离析出知识分子自我期许的两种话语类型。但在 1998 年，对自由观念的历史钩沉远不止于这一事件及其关联人物。朱学勤说道，1998 年围绕着顾准、陈寅恪和王小波这三个思想人物的自由观念的议论，由小渐大，为自由主义学理的言说挤出门缝扫清了障碍。[2]

当然，朱学勤的陈述是一种有立场的偏爱，是以肯定性态度来论述顾、陈、王三者。撇开朱氏之论，全面地看，1998 年中国思想界对这三人的讨论，恰恰暴露了知识分子在两条话语路径之间的选择与决裂。关于王小波，主要是对他的小说和随笔写作成就的不同评价。正如前文已作阐述，表面上这是文体选择的问题，实则是知识分子对两种话语类型的自我预设。

需要补充的是对顾准与陈寅恪的讨论。

1997 年 9 月，《顾准日记》出版，李慎之作序，将顾准定位为一

[1] 引鲁迅《纪念刘和珍君》中的一句话。

[2] 参见朱学勤：《1998 年自由主义学理的言说》，《思想史上的失踪者》，广州：花城出版社 1999 年版，第 238—244 页。

位自由主义者。[1] 这篇序文是自由主义之争的前奏，因而被朱学勤称为"发出了 1998 年自由主义公开言说的第一声"。[2]

　　针对日渐升温的"顾准热"，林贤治在 1998 年初撰文《两个顾准》，称从《顾准文集》到《顾准日记》，他读出了两个顾准：前一个顾准在 50 年代的"左倾"思潮中可贵地保持着独立思考和批判的能力，而后一个顾准"已经失却了免疫力"，甚至在"文化大革命"中"相当严重地感染了流行的'猩红热'"。由是，林贤治对顾准的整体思想做了细思明辨，指出顾准作为一位知识分子，其话语面目是暧昧不清的。他说，《顾准文集》"有一个突出的现象就是，很少涉及个人权利和自由问题"，而在《顾准日记》中，顾准推崇集体英雄主义，并一度有过"阶级斗争不可废"的观点。[3]

　　林贤治此文无疑打破了此前已日渐升温的"顾准神话"，一时引来众多回应。李国文、靳树鹏、何东、金梅等文史学者和作家均发表文章，评说"两个顾准"现象。[4] 尽管各自立论不尽相同，但在论的背后，实则连接着两种话语类型的预设。

　　这种预设同样适用于对陈寅恪的想象性言说。

　　陈寅恪突然成为中国思想界推崇备至的一个历史人物，缘于他在有生之年与现实政治保持着远距离的学术生命。他生前对王国维所做

[1]　参见李慎之：《序二：智慧与良心的实录》，《顾准日记》，北京：经济日报出版社 1997 年版，第 10—16 页。

[2]　参见朱学勤：《1998 年自由主义学理的言说》，《思想史上的失踪者》，广州：花城出版社 1999 年版，第 239 页。

[3]　参见林贤治：《两个顾准》，《南方周末》1998 年 2 月 6 日。

[4]　参见李国文：《顾准的"雅努斯"现象》，《文学自由谈》1998 年 3 月 27 日；靳树鹏：《解读顾准——兼与林贤治先生商榷》，《作家》1998 年第 9 期；何东：《两个顾准与无行文人》，《文学自由谈》1998 年 9 月 27 日；金梅：《实事求是地评价顾准》，《文学自由谈》1998 年 9 月 27 日。

的"独立之精神、自由之思想"的评价，恰好迎合了90年代以来暗潮涌动的自由主义言说。胡适曾经誓言"不问政治"，却一生与现实政治纠缠不清，而反观思想史视野中的陈寅恪，恰是"不问政治"这一理想的真正践行者。

但在1998年，有关陈寅恪的评价出现了新的声音，从而推动着一个有歧义的陈寅恪进入更多人的视野。林贤治著文称陈寅恪实为"文化遗民"，他的"不合作主义态度，是传统士大夫式的，与西方知识分子对权力的疏离与对立有着根本的不同"。[1]

林贤治有此观点，缘于他对知识分子之自由精神的另一种理解。他说道："现代意义的知识分子，固须立足于自己的专业，又须超越自己的专业，以独立的批判态度，体现对现实社会的关怀。"[2] 细察林氏此论，他赞许的知识分子人格包含了一种富有现代感的代言意识和批判精神。

王炎对林贤治的"文化遗民论"做出了不具名的回应，称其有误导之嫌。他在《陈寅恪政治史研究发微》一文中说道，陈寅恪史学体系的重要特点就是"以文化史治政治史"，而"要理解陈寅恪文化史体系与政治史研究的关系，其史学体系中的'文化托命之人'具有关键的地位与意义"。[3] 王炎所谓"文化托命之人"，是指以文化建设和永续为使命的知识分子。

王炎说，从"文化托命之人"着眼，陈寅恪的政治史研究有了一个核心，"那就是发端于古典自由主义的、与国家对立的社会概念"。[4]

---

[1]　参见林贤治：《文化遗民陈寅恪》，《书屋》1998年第6期，第13、14页。

[2]　同[1]。

[3]　参见刘军宁、王焱编：《陈寅恪政治史研究发微》，《自由与社群》，北京：生活·读书·新知三联书店1998年版，第337页。

[4]　同[3]，第337、441页。

他进而比较道，从盛年时期的中古史研究到晚年时期的明清史研究，陈寅恪笔下的"文化托命之人"发生了社会主体的转移，前者是以宗族性社群为基础的士族，而后者则是"东山妓即是苍生"的民间个体。从宗族性社群到民间个体，这是对个体生命的渐进发掘，也显示了陈寅恪的"古典自由主义的纯正立场"。[1]

纵观王炎此文，对陈寅恪晚年学术转向之心境的探照最富启发性。他援引俞大维、牟润荪原话[2]，指出陈寅恪早年选择以治史为业，实则有着"史学经世"的传统士大夫理想，这可从他"极恭维《资治通鉴》"[3]见出一斑；而他晚年著述，无论是《论再生缘》，抑或《柳如是别传》，均与经世致用相去甚远，所谓"著书惟剩颂红妆"[4]，近乎沉迷于一个妓女的缱绻独语，就连他的弟子也大惑不解了。[5]王炎以为，陈寅恪写作《柳如是别传》之际，政治运动连绵不断，具体的个人已消失，抽象的人民覆盖了一切。而正是在这个时期的晚年心境中，我们可窥见个体意识在陈寅恪内心世界中清醒地生长着。王炎以为，这便是陈寅恪的"广大深邃与难以测度"。[6]

---

[1]　参见刘军宁、王焱编：《陈寅恪政治史研究发微》，《自由与社群》，北京：生活·读书·新知三联书店1998年版，第378页。

[2]　俞大维说陈寅恪治史是"在历史中寻求历史的教训"，牟润荪说寅恪先生"向往的是司马温公"。参见俞大维、牟润荪等著：《谈陈寅恪》，台北：传记文学出版社1978年版，第6、72页。

[3]　牟润荪：《敬悼陈寅恪先生》，《谈陈寅恪》，台北：传记文学出版社1978年版，第72页。

[4]　1961年，吴宓到广州探访陈寅恪，陈赋诗云："五羊重见九回肠，虽住罗浮别有乡。留命任教加白眼，著书惟剩颂红妆。钟君点鬼行将及，汤子抛人转更忙。为口东坡还自笑，老来事业未荒唐。"

[5]　同[1]，第331、352页。

[6]　同[1]，第368页。

第二节　主义之争：新左派与新自由主义

一段沉浮史：被压抑的自由主义

1998 年的自由主义之争，分歧的起点并不是要不要自由主义，而是谁才是真正的自由主义。换言之，这场论争是从对自由主义的辨伪开始的。显然，对于何谓自由主义，在 90 年代中国思想界充满了语义的混乱。导致这种混乱的原因，一方面正如前文所述，在现代知识分子话语系统中，存在着两种不同的自由观念；另一方面则是因为在 20 世纪中国，两种自由观念又是难分难解的。

在严复移译《群己权界论》之前，中国人对自由一说尚且陌生，正如严复尝谓道："夫自由一言，真中国历古圣贤之所深畏，而从未尝立以为教者也。"[1]

自由不存，主义焉附？

严复之后，自由主义作为一种舶来品开始在中国落地生根，却终因先天不足而遭遇理解上的诸多困难，甚至在"极端的年代"[2]，自由主义是作为一种否定性观念被中国人整体接受下来的。

1937 年，毛泽东发表《反对自由主义》一文，指出自由主义缘于小资产阶级的自私自利性，是一种消极精神，是一种腐蚀剂。[3] 这篇文章后来成为党内整风运动的纲领性文献之一，并扩展到整个社会意识形态领域，从"政治正确"的高度否定了自由主义的合法性。1949

---

[1]　严复：《论世变之亟》，《严复集》，北京：中华书局 1986 年版，第 2 页。

[2]　历史学家艾瑞克·霍布斯鲍姆在一部历史学著作中将 1914 年至 1991 年间西方资本主义世界经历的重大灾难性震荡称为"极端的年代"。本书借用这个表述特指 1949 年至 1976 年间的政治一体化改造运动。参见 [英] 艾瑞克·霍布斯鲍姆著，郑明萱译：《极端的年代》，南京：江苏人民出版社 1998 年版。

[3]　参见毛泽东：《反对自由主义》，北京：人民出版社 1952 年版。

年之后，自由主义作为一种否定性观念，不仅在党内，而且在整个社会，成为群众性思想改造的一面镜子。[1]

对自由主义的全盘否定又导致了后来的矫枉过正，以至于80年代中后期的新启蒙运动支持了一场激进的泛自由化思潮，并且在1989年遭遇重大挫折。有鉴于此，李慎之在评述顾准时说过一句话："中国的近代史，其实是一部自由主义的理想屡遭挫折的历史。"[2]李慎之此说，与三十年前远在台湾的殷海光曾经下过的一个论断，相去不远。殷海光是这么说的："中国的自由主义者先天不足，后天失调。"[3]

1989年之后，"自由主义"在主流表述中成为一个敏感词汇，在各种正规出版物中濒临绝迹。通过现代文献检索可发现，在1998年之前的近十年间，鲜有关于自由主义的学术讨论。当然，"鲜有"也就意味着并非完全没有。只是在少数几篇学术性文章中，我们可以明显看出论述者的谨慎态度：不约而同地采取了一种远离当下问题意识的叙述策略，把自由主义表述为一种纯粹的历史知识。[4]

也有一些例外现象。如在1992年至1997年间，刘军宁陆续发表了若干谈论自由主义的文章，并带有明显的价值倾向，似乎离自由主

---

[1]　例如《读书》杂志在1958年发表了一篇某工厂工人学习《反对自由主义》的读后感，称"这本书好似一池清水，好似一面镜子，它把所有的自由主义者都照清楚了"。参见陈雄华：《自由主义者的"镜子"——读〈反对自由主义〉》，《读书》1958年第10期，第17页。

[2]　李慎之：《序二：智慧与良心的实录》，《顾准日记》，北京：经济日报出版社1997年版，第16页。

[3]　殷海光：《中国文化的展望》（下），台北：桂冠图书股份有限公司1990年版，第319页。

[4]　参见姜新浩：《从"革命之子"到"云游仙人"：美国早期自由主义政治观的兴衰》，《美国研究》1993年第2期；姚海：《世纪之交俄国自由主义运动的演变》，《世界历史》1993年第6期；马千里：《试析40年代政治自由主义思潮》，《江苏社会科学》1995年第1期。

义的公开言说只有一步之遥了。[1] 但从知识界的反应来看，刘军宁的声音也是曲高和寡。90 年代中前期，官方媒介不仅不支持对自由主义的肯定性论述，而且也不支持对其进行批判性思考。关于这个事实，可从以下细节见出一斑：

1998 年 9 月，在与杜维明的一次对话中，李慎之回忆 1997 年为《顾准日记》写序的情景，称自己是战战兢兢地用了"自由主义"这个词。[2] 李慎之在《顾准日记》序言中盛赞顾准是自由主义理想的觉悟者，朱学勤则称"李慎之先生在这里是第一次破题，发出了 1998 年自由主义公开言说的第一声"。[3]

还有一个细节：汪晖的《当代中国的思想状况与现代性问题》一文写于 1994 年，但在大陆一直无法发表。究其原因，在于这篇长文对国内隐而不见的经济自由主义思想状况做出了批判性论述。一直到 90 年代末，自由主义之争爆发之后，这篇重要的源头性文献才真正进入公共视野。[4]

思想界在公开场合避谈自由主义，缘于 1989 年之后中国意识形

---

[1] 刘军宁的这些文章主要发于《读书》杂志，个别文章发表于《东方》杂志。它们分别是：《当民主妨碍自由的时候》，《读书》1993 年第 11 期；《保守的柏克，自由的柏克》，《读书》1994 年第 5 期；《善恶：两种政治观和国家能力》，《读书》1994 年第 5 期；《勿忘"我"》，《读书》1995 年第 12 期；《大道容众，大德容下》，《读书》1996 年第 2 期；《理想之敌，理想之友》，《东方》1996 年第 4 期。

[2] 参见李慎之：《风雨苍黄五十年——李慎之文选》，香港：明报出版社 2003 年版，第 162 页。

[3] 参见朱学勤：《1998 年自由主义学理的言说》，《思想史上的失踪者》，广州：花城出版社 1999 年版，第 239 页。

[4] 《当代中国的思想状况与现代性问题》一文在 1994 年最早刊发于韩国的《创作与批评》，虽然在韩国引发了讨论，但并没有波及国内。一直到 1997 年 9 月，这篇文章的修订版在当年第 5 期《天涯》杂志发表，才真正与大陆读者见面，并成为 1998 年自由主义之争的重要导火索之一。1998 年 11 月，该文增订版又刊发于当年第 6 期《文艺争鸣》。此外，在 1998 年，汪晖的这篇文章还相继刊发于美国的《社会文本》、日本的《世界》等杂志。

态领域的"集体休克"。无论是官方，还是民间，知识分子都在某种程度上达成了不谈自由主义的默契。但不谈并不代表了没有，它很可能只是处于一种隐伏状态。1989年仅仅是在政治事件史层面构成了某种显而易见的断裂性震荡，对于总体性层面的思想史[1]来说，始于80年代的自由主题思潮，在90年代依然延续着，只是由于受到1989年突发事件的冲击，它进入一个沉潜的运行轨道。一直到1998年前后，有关自由主义的公开言说，又重新浮出水面。

正面言说："寻找社会主义市场经济下的人文资源"

1998年前后，一批思想性论著的公开出版，为自由主义的正面言说提供了必要的文献铺垫。首先是欧美自由主义代表人物的作品被译介到国内，它们包括霍布豪斯的《自由主义》（1996）、柏克的《法国革命论》（1997）、雅赛的《重申自由主义》（1997）和哈耶克的多部著作。特别是哈耶克的作品，很快在国内引发阅读和讨论的热潮。1997年底，《通往奴役之路》（王明毅等译）和《自由秩序原理》（邓正来译）相继出版，紧随其后，邓正来在1998年出版了哈耶克思想研究专著《自由与秩序》，推动了哈耶克自由主义思想在大陆知识界的广泛传播。

从30年代开始，始终有中国学者在接触并局部传播哈耶克思想，代表人物有30年代的周德伟，40年代的潘光旦，50年代的滕维藻、瞿同祖，"文化大革命"时期X诗社的张鹤慈和《今天》诗社的刘自立，80年代的梁小民和罗卫东等。此外，在周德伟的推荐下，殷海光于1954年在台湾翻译出版了《通往奴役之路》，并得到胡适的积极评价。但哈耶克思想一直未能在中国大陆广被传播。1958年和1962年，

---

[1] 关于思想史的总体性特征，可参阅［意］贝内德托·克罗齐著：《作为思想和行动的历史》，北京：商务印书馆2012年版；葛兆光：《思想史的写法》，上海：复旦大学出版社2004年版。

中国大陆曾翻译出版哈耶克的《物价与生产》《通往奴役之路》两本著作，但在当时，这些作品属于"反面教材"，只能作为内部读物供党内高层参阅，印数甚少，流传范围极其有限。在此后相当长一段时期，没有新的哈耶克作品被译介到中国。1989 年，以"诺贝尔经济学奖获奖者著作丛书"为名，哈耶克的《个人主义与经济秩序》在国内出版，但它也仅限于在经济学界传播，未能在整个思想界引起关注和讨论。

1998 年及之后，哈耶克成了中国思想界的一个热门符号。其中固然有人为因素，如哈耶克著作的两位重要翻译者，邓正来和冯克利，都不遗余力地推介哈耶克的自由主义思想。他们在 1998 年之后又陆续翻译出版了哈耶克的其他作品，如《自由宪章》（1999）、《致命的自负》（2000）、《法律、立法和自由》（2000）、《知识、自由与秩序：哈耶克思想论集》（2001）、《哈耶克论文集》（2001）、《科学的反革命：理性滥用之研究》（2003）、《经济、科学与政治》（2003）和《哈耶克文选》（2007）等。可以说，正是依靠邓、冯两位译者的持续努力，大陆读者才有可能全面接触哈氏著作和思想，并促成了一股持久的"哈耶克热"。

在特定历史背景中，这种人为因素也可以理解成是"结构在行动"。1998 年自由主义的公开言说首先以正面姿态亮相，选择哈耶克作为思想代言人，实际上清晰暴露了论战一方的主要理论来源及其现实立场。因为哈耶克是西方自由市场经济的理论代言人，这也就意味着，1998 年开始正面言说的自由主义，首先是经济的自由主义。

除了哈耶克的中文版译著以及邓正来研究哈耶克的相关论著之外，还有一批思想性论著或编著的集中出版，构成了自由主义正面言说的强大冲击波。其中，刘宁军主编的《北大传统与近代中国》《自由与社群》《直接民主与间接民主》，以及两部个人专著《保守主义》《共和·民主·宪政——自由主义思想研究》均在 1998 年与读者见面。如果说对哈耶克理论的译介和阐释是着眼于经济的自由主义，那么刘军宁则侧重于阐述政治的自由主义，也就是他所说的"市场秩序的政治架构"。[1]

刘军宁总结了两种政治观：积极的和消极的。前者主张至善的政治，在心态上强调积极的作为和伸张的行动，具有浓厚的空想色彩；后者主张防恶的政治，在心态上较为收敛、消极，讲究实际，注重设防的艺术。[2]

刘军宁对两种政治观的论述，与以赛亚·伯林阐述的两种自由观如出一辙。甚至可以说，前者是对后者的话语挪用。而在情感立场上，他们也是相似的。刘军宁对消极政治观的同情性理解，溢于言表，正如伯林没有掩饰他对消极自由的偏爱一样。

在刘军宁看来，消极的政治观最接近于持保守主义立场的政治观，这可从他援引英国保守主义思想家奥克肖特的观点见出一斑："政治是在现有行动路线中选择最小之恶的艺术，而不是人类社会追求至善的努力。"在引述了奥克肖特的观点之后，刘军宁又补充论述道，这种消极政治观的人间目标却是"最大限度的个人自由"，它仅仅是为这个目标的实现提供"必需的最低政治条件"。[3]

通观刘军宁的论述，其消极政治观最终还是以经济的自由主义为导向的，也就是主张一种私人财产权利不受侵犯、自由市场秩序不受

---

[1]　参见刘军宁：《共和·民主·宪政——自由主义思想研究》，上海：上海三联书店 1998 年版，第 102 页。

[2]　同 [1]，第 2 页。

[3]　同 [2]。

干涉的政治架构。借用他援引的一句话来说，就是"风能进，雨能进，国王不能进"。[1]

在《北大传统与近代中国》一书的序言，刘军宁亦表达了他对自由主义之经济内涵的理解。他说道，近代中国自由主义传统的重要缺陷之一，"就是对经济自由主义的系统的忽略"，"自由主义及其拥护者们一旦失去了经济自由主义的内核和自由市场经济的社会依托，其下场和结局是可想而知的"。[2] 由是，这本书的责任编辑石中元先生顺理成章地说，此书出版的深远意义，就在于"寻找社会主义市场经济下的人文资源"。[3]

传播阵地：《方法》《开放时代》《南方周末》

在论著之外，有关自由主义的正面言说更多是依赖于报刊的传播。相比一般图书，由期刊和报纸构成的连续性出版物具有相对稳定和同质的受众群，而且在传播速度上也具有瞬间抵达的效果。可以说，自由主义"挤出门缝"的关键一步，就是报刊的积极介入。其中，《方法》《开放时代》《南方周末》是主要的传播阵地，构成了南北呼应、三位一体的话语阵势。

在这三家报刊中，又以《方法》最为持重。《方法》创刊于 1986 年，原本是一本专门讨论聪明与愚蠢的普及性读物。1997 年下半年，《方法》改版，重新定位为一本交叉科学类思想文化月刊，并在董光璧等学者

---

[1] 参见刘军宁：《共和·民主·宪政——自由主义思想研究》，上海：上海三联书店 1998 年版，第 38 页。

[2] 参见刘军宁：《北大传统与近现代中国的自由主义》，《北大传统与近代中国：自由主义的先声》，中国：中国人事出版社 1998 年版，第 8、10 页。

[3] 参见石中元：《一代英杰的思想探索——〈北大传统与近代中国〉的编辑出版》，《长江日报》1998 年 12 月 20 日。

的建议下，公开标举新启蒙旗帜。《方法》改版后，在全国知识界产生了广泛影响，在1998年末被《南方周末》推举为"目前最值得注意的中国知识分子杂志"。[1] 1999年，《方法》杂志推出第3期之后悄然停刊了。从改版到停刊，这本杂志一共出版了二十期，时间跨度不到两年，却成为自由主义展开正面言说的第一重镇。

改版之初，《方法》便以新启蒙为旗帜，蓄势待发自由主义新命题。在1997年第7、8期合刊，汪丁丁发表《什么是启蒙》一文，称启蒙"是以每一个个体为终极目的的道德，是反对以任何方式沦个体生命于手段的道德，是以保护每一个人的自由为皈依的道德"。[2]

李醒民在1997年第9期发表《五四与自由问题》一文，提出了这样一个问题：五四新文化运动请进了"德先生"（民主）和"赛先生"（科学），却没有请进"李先生"（自由）。他枚举史料证明，在思想、学术和出版领域，五四先驱者已经有了明确的自由诉求，但今日中国尚未能完全兑现，还有相当长的一段路要走。[3]

在同年第11期，钱满素发表《炉边谈话和群众集会》一文，以罗斯福和希特勒为例子，说明在国家危机时期政治家面对民众的两种风格：前者是自由式的个体协商，它确保"大众是名副其实的个人的总和，而非集会上那个丧失个性、任人支配的整体"；而后者是民主式的群众动员，它"让德国人民丧失理智、丧失独立思考，成为他盲

---

[1] 参见《年终特稿·阅读1998》，《南方周末》1998年12月25日。

[2] 参见汪丁丁：《何谓启蒙》，《回到启蒙：〈方法〉文选1997—1999》（傅国涌、周仁爱编），北京：经济科学出版社2013年版，第11页。

[3] 参见李醒民：《五四与自由问题》，《回到启蒙：〈方法〉文选1997—1999》（傅国涌、周仁爱编），北京：经济科学出版社2013年版，第12—14页。

目的追随者"。[1]

综观几篇论述启蒙的文章，不难看出改版后的《方法》有着某种不言自明的"补课意识"，也就是补上被五四以来各种启蒙思潮忽略或误解的"自由"这一课。在这个意义上看《方法》杂志标举的新启蒙旗帜，其"新"字也就不难理解了。

有了新启蒙的铺垫，《方法》在1998年迅速转入自由主义的正面叙述。其中最引人关注的，依然还是围绕北大百年校庆而展开的讨论。刘军宁的《北大传统与近代中国自由主义》、李慎之的《自由主义传统在中国的发轫与复兴》，先后刊发于当年该刊第4期和第8期。在这里，我们可以看到，事件、书籍和思想发生了一种混合反应，并通过报刊的即时传播将自由主义的音效瞬间扩大了。

《方法》的作者分别来自人文科学、社会科学和自然科学三大领域，多数是术业有专攻的知识分子，尤以社会科学研究者为倚重。以专业为基础，《方法》杂志有意识地策划了一些话题，比如戊戌变法百年反思、社会性别问题、陈寅恪现象等等。从话语操作层面上看，这种策略可避免高蹈的主义，回到问题本身，同时也符合自由主义者自我标榜的低调风格。因此，刊发在《方法》上的多数文章，虽然都以自由主义为旨归，却不直接谈自由主义，而是化主义为问题，化抽象为具体。

在《方法》之外，广州的《南方周末》《开放时代》成为自由主义展开正面言说的另一个中心。毛寿龙在《开放时代》发表《吾邦虽久，其思惟新》一文，以刘军宁主编的《北大传统与近代中国》一书为话题切入点，引出自由主义的三大要义：（1）经济自由；（2）基于宪政

[1] 参见钱满素：《炉边谈话和群众集会》，《回到启蒙：〈方法〉文选1997—1999》（傅国涌、周仁爱编），北京：经济科学出版社2013年版，第21—24页。

和法制的"有限政治"；（3）尊重个人的道德选择，反对"卫道士"。[1]
毛寿龙文章不绕弯子，言简意赅，虽有过度化约之嫌，却有助于自由
主义的正面言说快速"挤出门缝"。

此外，《开放时代》在这一年还刊发了王元化谈卢梭《社会契约论》
的系列文章，虽然没有从正面切入自由主义话题，却是不可忽略的关
乎自由主义之争的重要文本。此中幽微，留待后文细解。

《南方周末》以广义知识分子为传播对象，其影响范围远甚于《方
法》《开放时代》等杂志。1997 年 11 月 5 日，名重一时的英国自由主
义思想家以赛亚·伯林逝世，《南方周末》于 11 月 28 日辟出专版，发
表了由朱学勤等学者撰写的纪念文章，为自由主义的正面言说做了一
个很好的话题铺垫。

对一个国外学者致以如此隆重的敬意，显示了这家报纸对世纪
末思想气候的"春江水暖鸭先知"。这种敏感性，与它置身于南方经
济中心、又紧临香港文化地理有着某种关联。就在这一年，徐友渔
等大陆学者已经在香港的学术刊物上发出了"重提自由主义"的声
音。[2] 1998 年 3 月 6 日，《南方周末》对徐友渔做了专访，以《自由
主义缘何成为热点》为题刊出。此后，"自由主义"几乎成了《南方
周末》的年度关键词之一。

《南方周末》与《方法》形成南北呼应，其声势又远远超出《方法》。
一直到年末，朱学勤在该报刊发《1998，自由主义的言说》一文，标
志着自由主义之争进入正面交锋阶段。

---

[1] 参见毛寿龙：《吾邦虽久，其思惟新》，《开放时代》1998 年第 4 期，第 109—111 页。

[2] 参见徐友渔：《重提自由主义》，《二十一世纪》（香港）1997 年 8 月号。

传统的修正：新自由主义"新"在哪里？

从 1997 年末至 1998 年底，自由主义的正面言说由小到大，快速汇成一股强大话语流。在世纪之交的思想论争现场，这股话语流被论争对手称为新自由主义。

细察之下，自由主义的正面言说却是始于对中国本土的自由主义传统的修正。在这个修正过程中，新自由主义至少在两个层面上发生了"话语身段"的下降。

第一个层面体现在立足点上，即从传统启蒙降到新启蒙，从科学和民主的总体话语降到世俗层面的个体话语。不同于五四时期只是在笼统意义上张扬个性，新自由主义从人的日常生活层面提出了个体权利的至上性，并主张回到具体的处境中考察个体性与整体性的关系，也就是严复最早阐发的"群"和"己"之权界关系。关于这一点，汪丁丁有过一段贴切的表述："因为人要思考，必从自身处境中去思考，而每一个'处境'都是特定的，是具体时空中的，特殊社会内的，由无数对思考者个体有意义的特殊关系构成的处境。"[1]

第二个层面体现在依赖路径上，即从人文自由主义降到经济自由主义。显然，依赖路径的转移是与他们的立足点的变化相关联的。在他们看来，个体权利的首要选项是经济自由及个人财产不可剥夺，而要实现这种权利的自我保障，就必须通过宪政和法制的途径对国家权力进行限制，也就是他们宣称的"政治与经济的脱钩"。基于此，他们认为五四以来的传统自由主义者仅仅是在思想自由层面要求政府"放权"，而缺乏对经济自由主义的认识，以及相应的制度化建设，难免耽于幻想，必然导致他们在"极端的年代"丧失知识分子的起码底线。

---

[1]　汪丁丁：《什么是启蒙》，《回到启蒙：〈方法〉文选 1997—1999》（傅国涌、周仁爱编），北京：经济科学出版社 2013 年版，第 9 页。

综上所述，从传统的修正这个角度来理解新自由主义的"新"，显然比其他各种定义来得更直观一些。

批判的声音：甘阳、汪晖、韩毓海

在自由主义展开正面言说的同时，另一种声音也对其展开了正面或侧面的批判。这个声音同样先是在香港发出了前奏。甘阳在《二十一世纪》1997年2月号发表《反民主的自由主义还是民主的自由主义》一文，开门见山指出：90年代中国思想界正日益走向极端保守主义，其基本形态通常表现为"以自由主义之名贬低和否定民主"。[1]

甘阳将自由主义与保守主义画上了等号，与刘军宁关于"保守主义的本质就是自由主义"的论述，似乎有着相同的结论。不同的是，甘阳对90年代的保守主义思潮持明确的批判态度。在他看来，"这种保守主义只能造成知识界在思想上暮气沉沉，在知性上顿足不前，在心态上则未老先衰，一派黄昏景象"。[2]

甘阳进而阐述道，这种走向黄昏心态的保守主义恰恰是一种"自我蔽障"的自由主义，暗潮涌动于世纪末的中国思想界，它的理论出发点退回到了"前民主时代"，是欧洲旧式"贵族自由主义"的死灰复燃，其理论代言人是英国自由主义思想家柏克，其基本人文立场就是忽略甚至拒绝民主时代的来临。

甘阳接着论述道，柏克的自由主义立场，恰恰是另一个英国自由主义思想家伯林要批判的。甘阳引伯林以否定柏克，显示了他在具体的语境中挪用不同理论话语的能力。他吸收了伯林关于积极自由与消

---

[1] 参见甘阳：《反民主的自由主义还是民主的自由主义》，《二十一世纪》（香港），1997年2月号，第4页。

[2] 同[1]，第8页。

极自由的观念阐述，但通过语义换算，翻转了伯林的基本人文立场，继而生发出两种类型的自由主义：民主的和反民主的。由此，他得出结论：自由主义在民主时代必须走向民主的自由主义。他在文章开头引用了托克维尔致穆勒的一句话："我的趣味决定了我热爱自由，我的本能和理性决定了我热爱平等。"[1]

从逻辑上看，甘阳对民主的阐述依然是单向度的，忘记了依理可推：民主也可以分为极权式民主和反极权式民主。甘阳的单向度论述，与他稍后继续批判的"一元论的自由主义"，[2] 几乎犯了同样的错误。但是应该注意到，他对两种自由主义的分类，准确地命中了世纪末自由主义之争的纠结所在，即自由与民主孰先孰后、孰重孰轻这样一个相持不下的问题。

在 90 年代的中国思想界，甘阳已是一位极富影响力的学者。他对世纪末思想气候的敏锐反应，如果是发表在大陆刊物上，极有可能让自由主义之争提早到来。

而在稍后，汪晖接过了甘阳的话题，在《天涯》杂志发表了那篇写于 1994 年却一直未能在大陆刊物正式发表的《当代中国的思想状况与现代性问题》。在这篇雄文中，汪晖并没有将批判火力直接对准 90 年代的自由主义思潮，而是通过对 80 年代以来的新启蒙主义思潮的历史变迁的反思，间接地批评 90 年代的犬儒式的自由主义。

汪晖首先将新启蒙主义思潮定义为一种"作为现代化的意识形态"。他在文章中反复使用了"现代化"和"现代性"两个关键词，却没有对这两个词汇做出明确的概念界定。不过，综观全文亦不难理

---

[1] 参见甘阳：《反民主的自由主义，还是民主的自由主义》，《二十一世纪》（香港），1997 年 2 月号，第 4 页。

[2] 参见甘阳：《伯林与"后自由主义"》，《读书》1998 年第 4 期，第 38—45 页。

解，汪晖所说的现代化是指一种社会目标，而现代性是与这种社会目标相匹配的意识形态。

在汪晖看来，西方资本主义世界与1949年之后的中国代表了两种不同模式的现代化道路。80年代以后，中国开始了与西方现代化模式接轨的社会转型过程，与此同时，以中国传统社会主义为批判对象的新启蒙主义思潮兴起。1989年之后，突发政治事件并没有阻止中国的转型步伐，而且伴随着苏联和东欧社会主义体系的解体，中国也加速成为全球资本主义世界体系的一部分。在这个急剧变迁的过程中，一种现代性危机出现了：其一，中国社会的意见领袖一方面沉溺于经济自由主义的乌托邦想象，以自然范畴的市场掩盖现代社会的不平等关系及其权力结构，另一方面吁求西式市民社会，妄想以此保障个人权利的自由和抵制国家力量的干预，却无视国家与社会的互动关系，因而势必导致对中国当代民主问题的回避。其二，原本作为批判对象的传统社会主义已不复存在，与此同时，知识分子完成了从文化英雄到各路专家、学者和职业工作者的身份转型，新启蒙主义的批判立场在90年代已自我瓦解了。[1]

按照汪晖的理解，自由主义在90年代暗潮涌动，是80年代新启蒙主义发生了话语衰变的结果。他认为，只有在广泛的全球关系中看待中国现代性问题，才能走出中国新启蒙主义思潮的废墟。但从全文立论来看，汪晖的思想立场并不是要回到80年代的新启蒙主义，而是回到"两种现代化模式"的最初假设中去，以重新思考中国问题。

汪晖这篇文章的主体部分早在1994年发表于韩国的《创作与批评》（总第86期），因其"不在场"而未能引起国内思想界的回应。1997

---

[1] 参见汪晖：《当代中国的思想状态与现代性问题》，《天涯》1997年第5期，第133—150页。

年下半年，其修订稿在《天涯》杂志发表之后，国内思想界反应如潮。1998 年，香港《二十一世纪》杂志和海南《天涯》杂志相继刊发了国内知识界对该文的讨论。但这些讨论由于受到"现代性""新启蒙主义"等概念的重重包围，终究距离正面交锋的自由主义之争尚有一步之遥。[1]

从甘阳到汪晖，他们对时代的悄然变化表现出超强的敏感意识，而且为这种变化的发生学解释提供了宏大的理论视野。不过，或许正是因为这种宏大，致使回应者周旋于理论的迷障，因而未能引发更直接的思想交锋。年纪稍轻一些的韩毓海，则抛开了过于沉重的理论包袱，将问题焦点径直推到蓄势待发的论战阵前。他直截了当地批评 90 年代的自由主义思潮是一种市场意识形态，放弃积极自由而追求消极自由，把一切社会问题化约为个人能力问题，鼓吹"打破均衡""天然的不合理""自然的不公正"等等。韩毓海称，这种意识形态已沦为"发财指南"，"为追求利益最大化的既得利益阶层充当参谋部、账房乃至管家的角色"。[2]

在《在"自由主义"姿态的背后》一文中，韩毓海以更加严厉的措辞指责道，当下中国自由主义者鼓吹的市场，摧毁的并不是全能的政治社会，而是人民参与政治活动的能力、方式和公民道德。他称"自由主义"是一种虚伪的姿态，因为它"站在当时社会最强大的势力一边，而不是站在社会公意和人民民主一边"。[3]

---

[1] 需要注意的是，汪晖在香港《二十一世纪》1997 年 8 月号发表了《承认的政治，万民法与自由主义的困境》一文，已对自由主义展开正面批判。但是因为远离大陆这个"场"，其影响远不及《当代中国的思想状况与现代性问题》一文。

[2] 参见韩毓海：《市场意识形态的形成与批评的困境》，《天涯》1998 年第 2 期，第 20—29 页。

[3] 参见韩毓海：《在"自由主义"姿态的背后》，《天涯》1998 年第 5 期，第 13—18 页。

　　韩毓海文风酣畅，语义清晰，并且针锋相对，这是招徕对方正面回应的因素之一。朱学勤称韩毓海的文章"不像其他作者那样晦涩隐蔽，需经过烦琐的语义换算才能抵达其核心"，"是目前可见的正面批评的典型文本"。[1]

　　韩毓海的文章还有一个重要特点就是富有当下性和时代色彩，直指自由主义思潮与90年代中国市场意识形态的同谋关系。或许正是因为这一点，朱学勤在《1998年自由主义学理的言说》一文中对韩毓海的观点进行大段引述，并做出具体的回应，指出韩毓海称颂的"不受一切形式控制之民主"，"在当下中国提出，带有明显的原始冲动，呼唤全民动员以昔日群众专政来清算社会正义"。[2]

　　紧随其后，韩毓海以《"相约98"，"告别98"》为题，通过《中国图书商报》对朱学勤做出反击，称朱学勤把自由主义理解为没有内在矛盾的东西，这种态度就决定了他不是什么自由主义者；同时他还提醒读者，这场讨论绝非务虚之谈，而是争取社会公正和社会民主的现实斗争。[3]

　　这一个回合下来，自由主义之争已从各说各话走向正面交锋了。

自我指认与相互指认：两个符号阵营的形成

　　通过一批图书的出版和一批文章的发表，围绕着自由主义之争，中国思想界发生了大裂变，并通过一系列话语的重新组合，在世纪末演化出两大意识形态阵营：新左派和新自由主义。前者代表人物主要

---

[1]　参见朱学勤：《1998年自由主义学理的言说》，《思想史上的失踪者》，广州：花城出版社1999
　　　年版，第248页。

[2]　同[1]，第250页。

[3]　参见韩毓海：《"相约98"，"告别98"》，《中国图书商报》1999年2月9日。

有甘阳、汪晖、韩毓海、旷新年、陈燕谷、王彬彬等；后者代表人物包括李慎之、朱学勤、刘军宁、徐友渔、汪丁丁、任剑涛等。

无论是新左派，还是新自由主义，这些指称都具有化约色彩，是对每一位论者的差异性观点的站队式整合。通常，这是在思想论战中最常见的一种结局。在"盘峰论战"中，中国诗坛分化出"民间立场写作"与"知识分子写作"两大符号阵营，亦复如是。不过，将这种过于简化的指称仅仅看作是一种被动的、伤害性的暴力符号，也不完全符合事实。确切地说，它们是在自我指认与相互指认的双向互动过程中达成的一种带有权宜色彩的共识。

将论战一方称为新左派，并成为一种广被接受的既定事实，大概始于朱学勤《1998：自由主义的言说》一文的发表。在该文中，朱学勤将韩毓海的思想立场界定为新左派，并给出了三点理由：其一，韩毓海称自由主义"为右派政治提供了摆脱政治合法性危机的理论借口"，无形中把自己定位于"左派"立场；其二，他们大量引用西方左翼理论资源；其三，他们从坚持社会主义原版意义出发，呼吁人民群众大民主。[1]

朱学勤关于新左派的界定，被论争对手认为"明确了1990年代中国思想界的分化与分野"[2]，同时也引来他们的极力反抗。汪晖不止一次以控诉式语言来反驳新左派这一命名，如他在《死火重温》一书序言中说道："我有点疑心这'新左派'是被我们的英雄事先编织而成、挂在衣襟上的稻草人。"[3] 在其他一些文章中，汪晖将新左派与"咒语""党同伐异""污水""中伤"等否定性词汇联系在一起。

[1]　参见朱学勤：《1998，自由主义的言说》，《南方周末》1998年12月25日。

[2]　旷新年：《论争浮出水面》，《沉默的声音》，合肥：安徽文艺出版社2000年版，第233页。

[3]　汪晖：《序》《死火重温》，北京：人民文学出版社2000年版，第5页。

　　被称为新左派的一方对这顶飞来的"帽子"唯恐避之不及，在很大程度上是因为，在过去二十年，"左派"这个符号被赋予了否定性含义。对此，甘阳提供了一种说法："大陆曾长期是一个极'左'的社会，中国的改革更是以'反左'为出发点，因此，在大陆'左'是绝对的贬义词，'反左'则具有最高的道德正当性。"[1]

　　不过，细数新左派言论，他们对新左派的符号含义又有着某种无意识的自我认同。至少从理论自觉和问题意识上看，他们较接近于朱学勤对新左派的界定。后来甘阳写了《中国自由左派的由来》一文，阐述了一种看法：中国新左派的主流可以称为自由左派，是 90 年代中国自由派知识分子分化的产物，其代表人物有王绍光、崔之元、汪晖和甘阳等。[2]此时，甘阳已不再一味地抗拒"新左派"这个欲加之词，而是对其进行符号意义的换算，以完成半推半就的自我指认过程。

　　与新左派不同，被指认为新自由主义的一方一开始就以自由主义者自居，却始终不被论争对手认可。韩毓海称当今自由主义者保留的只是古典自由主义的某些词句，丧失的却是自由主义精神。[3]他表示，这就是他为"自由主义"加上引号的原因。[4]

　　汪晖在论战之初甚至拒绝以任何形式将论争对手与"自由主义"这个符号联系起来，而是代之以"我们的英雄""海上名人""高明的先生""名人硕儒""君子"等反讽性词汇，称他们是打着"自由主义"旗号的知识分子，实则是"市场主义拜物教"，其基本特征是"阉割

---

[1]　甘阳：《中国自由左派的由来》，《思潮：中国"新左派"及其影响》，北京：中国社会科学出版社 2003 年版，第 110 页。

[2]　同 [1]，第 110—120 页。

[3]　参见韩毓海：《在"自由主义姿态"的背后》，《天涯》1998 年第 5 期，第 14 页。

[4]　参见韩毓海：《"相约 98"，"告别 98"》，《中国图书商报》1999 年 2 月 9 日。

平等的价值，以抽象的竞争和效率为幌子，在一个社会内部和全球范围内创造贫富的巨大差别"。[1]

尽管新左派论者极不情愿将"自由主义"这顶帽子赐给论战对手，但是经过一番拉扯之后，他们不得不成全对手以自由主义自居，只是在前面加了一个"新"字，以表明他们的否定性鉴定。这种否定性描述当然也不被新自由主义论者接受，但是正如前文已有论述，考虑到新自由主义首先是经济的自由主义，是为90年代新出现的市场经济寻找人文资源，这个"新"字又是恰当的。

第三节　问题之争："现代化的陷阱"及其出路

《现代化的陷阱》：直面权力市场化问题

自由主义之争是一种"高端话语"，虽然猛烈，却终究只是一场发生在知识分子之间的思想大震荡。它就像两只茶壶里的风暴，闽南乌龙茶与闽北乌龙茶在95℃的热烈气氛里相持高下，却终究只是少数人的对决。[2]

不过，通过文献梳理可发现，自由主义之争有着更广泛的社会含义。它波及社会各个层面，几乎牵连着每一个中国人的日常生活经验，并且与寻常人家的思想状况发生了密切联系。只是这种联系是通过一种具有转化和传输功能的话语中介来实现的。这个话语中介，有具体的事物，如年度畅销书《现代化的陷阱》。

《现代化的陷阱》是一本经济学著作，1998年初正式出版。作者

---

[1]　参见汪晖：《序》，《死火重温》，北京：人民文学出版社2000年版，第1—15页。

[2]　福建地区流行"斗茶"，但依然还是一种"高端游戏"，仅在上流社会普及。

何清涟是"新三届"[1]，1983年大学毕业，先是在湖南财经学院任教，又于1985年考进复旦大学攻读经济学硕士学位。之后来到深圳，先后就职于多家企事业单位。紧贴社会现实的人生经历让何清涟避免了一种高蹈的学术路径，因此在1998年，她没有介入自由主义之争，而是绕到主义背后，通过《现代化的陷阱》这部作品呈现了一个与自由主义之争紧密关联的现实问题。

何清涟提出并分析了一个具体的政治经济学问题：权力寻租如何悄然导演了90年代中国社会的不公正。所谓权力寻租，是指公权掌有者运用权力对市场经济活动进行干预从而取得超额收入的非生产性活动。简言之，权力寻租就是将权力物化和商品化，像土地、房屋或其他物品一样用于出租，手中握有权力的出租者可获取租金，而租借权力的人需要支付租金。

在90年代末，权力寻租已成中国经济学界的一个专业术语，但在普通民众中还不算普及。何清涟也是从经济学角度对权力寻租现象展开阐述的。而在公众传播场合，她更多采用"权力市场化"这个更容易被接受的说法，并指出它与经济学术语中的"权力寻租"、社会日常用语中的"权钱交易"共享着大致相同的经验范畴。[2]

《现代化的陷阱》正式出版之后，反响热烈，首印四万册仅在一

---

[1]　"新三届"指1977年、1978年、1979年进入大学深造的学生。作为"文化大革命"结束之后恢复高考的第一批大学生，他们在90年代已成长为社会各领域的中坚力量，例如在学术界有刘小枫、陈平原、王岳川、艾晓明、雷颐、杨际开、邓正来、秦纲、钟朋荣、范恒山、何清涟、李培林、李小兵、纳日碧力戈等，文艺界中有王安忆、莫言、方方、池莉、铁凝、陈村、刘震云、张欣、顾城、王小妮、徐敬亚、欧阳江河、汪国真、刘晓庆等等。何清涟于1979年考入湖南师范大学历史系。

[2]　参见何清涟与李辉的对话：《改革瓶颈的人文关怀》，《中国商界》1999年第7期，第27页。

个多月内销售告罄，一些媒体称它是"九八中国第一书"。[1]

同一个现实：自由主义之争的三重分歧

权力市场化导致的一系列问题，诚如何清涟对多种经验领域的描述，包括国有资产流失、官场腐败、贫富分化、地方黑社会化、市场伦理畸变等等，正是新左派和新自由主义必须面对的同一个现实。

这个共同的现实也正是分歧焦点之所在。无论是新左派，还是新自由主义，双方论者都没有回避这个分歧焦点。汪晖说道，"知识界的分歧主要是在一系列具体的社会政治问题上的分歧，而不在于他们运用何种思想资源"，其中的分歧焦点又体现在"知识分子在社会公正和平等问题上的态度"。[2]

汪晖的这一说法，在他的论争对手朱学勤那里有着相似的表述。朱学勤意识到：自由主义之争"再也不是单纯的学理分歧，而是具有当下现实的社会经济甚至政治走向的辩论"。又说："从各种已经出版的书刊、文章可以看出，自由主义已经注意到社会现实层面日益尖锐的利益分殊及其冲突。从某种意义上说，它正是注意到这种利益冲突，才比其他言说更为急迫地要求政治体制改革。"[3]

在论战过程中，新左派常常谴责新自由主义忽略甚至掩饰了中国社会的不平等现实。这种说法是存在技术性失误的。从局外人来看，

[1] 参见朱健国：《走进"陷阱热"的幕后》，《南风窗》1998年第10期，第24页。1998年笔者正好考入大学，对这本书的火热程度印象犹深。当时班里的同学几乎必读两本年度畅销书，一本是何清涟的《现代化的陷阱》，另一本是余杰的《火与冰》。这两本书之所以火爆，均与世纪末自由主义之争有着紧密联系。

[2] 参见汪晖：《序》，《死火重温》，北京：人民文学出版社2000年版，第5、8页。

[3] 参见朱学勤：《1998年自由主义学理的言说》，《思想史上的失踪者》，广州：花城出版社1999年版，第246页。

新左派的指责对象应是一些主张"腐败有理"极端观点的经济学家，但这部分人却置身在论争之外。纵观 1998 年自由主义的公开言说，新自由主义论者并不是在否认社会不平等的严峻现实，而是对这个现实的解释与新左派完全不同。其间的观点分歧可谓纷繁复杂，举其要陈述如下：

分歧之一：关于权力市场化的发生学解释。

权力被物化和商品化，并进入市场参与交易，致使市场资源配置的天平发生了严重倾斜，这是权力市场化导致社会不公正的一般解释。但权力市场化是如何发生或因何发生，新左派与新自由主义的答案完全不同。

在新左派看来，权力市场化是市场经济向整个社会领域（特别是政治领域）渗透的必然后果，它的完成形式就是市场社会的出现。这里需要留意汪晖对市场和市场社会的区分："如果说市场是透明的、按照价值规律运行的交换场所，那么，市场社会则要求用市场的法则支配政治、文化和我们的一切生活领域"，却"掩盖了现代社会的不平等关系及其权力结构"。[1]

汪晖关于市场和市场社会的范畴划分，是受了布罗代尔和沃勒斯坦等西方学者的启发。沃勒斯坦曾总结过布罗代尔的一个观点："市场是小人物的领域，是自由的领域，市场进行着不断斗争，反对垄断，而垄断是大人物的领域，是压制他人的领域，垄断只有依靠国家的活动才得以存在。"[2] 布罗代尔相信，资本主义从来都是垄断的，他是一

---

[1] 参见汪晖：《当代中国的思想状况与现代性问题》，《文艺争鸣》1998 年第 6 期，第 19 页。

[2] 参见 [美] 沃勒斯坦：《终天之见：介绍布罗代尔在生前最后一次研讨会上的言谈》，《资本主义的动力》（布罗代尔著），北京：生活·读书·新知三联书店 1997 年版，第 86 页。

种"作弊机制"，致使建立在平等关系之上的交换演变为最终的不平等关系。[1]

汪晖援引布氏、沃氏的观点，指出权力市场化是中国社会向资本主义世界体系接轨的结果，它以自由市场为名，掩盖着人间不公的现实。多数新左派论者认为，纯粹意义上的市场是不存在的，它只不过是新自由主义虚构出来的又一个乌托邦，或者是国际资本主义操纵中国社会的一只替罪羊。韩毓海称"在这样的'市场'胜利的地方，站起来的从来就不是民主，而是一种畸形的'资本主义'"。[2]

不难看出，新左派是基于横向的"外视角"，即从全球化视野来观照中国社会的权力市场化问题。与之相反，新自由主义的解释更多是建立在纵向的"内视角"之上。

在新自由主义论者看来，中国是在"全能政治"背景下开始探索改革开放的，其市场经济不同于新左派论者批评的资本主义市场经济，而是"权力结构再造的产物"。[3]

朱学勤说道，"那些被新左派谴责的人间不公，包括被他们谴责的资本与权力合谋，在中国的现实环境里，更多地是应归咎于那只蛮横的'脚'，而不是归咎于那只肮脏的'手'。"[4] 所谓的"脚"，是指政治，而所谓的"手"，是指市场。朱学勤将二者关系比作"铁轨结构"：只有两条轨平行，火车才能平稳前进，一旦两条轨交织或纠缠在一起，

---

[1] 参见[法]布罗代尔著，杨起译：《资本主义的动力》，北京：生活·读书·新知三联书店1997年版，第78、89页。

[2] 参见韩毓海：《在"自由主义"姿态的背后》，《天涯》1998年第5期，第13页。

[3] 参见朱学勤：《两种反思、两种路径和两种知识分子——与李辉谈知识分子》，《思想史上的失踪者》，广州：花城出版社1999年版，第266页。

[4] 参见朱学勤：《1998年自由主义学理的言说》，《思想史上的失踪者》，广州：花城出版社1999年版，第254页。

危险就出来了。[1]

　　基于上述假设，朱学勤认为，可以在中国过去的"全能政治"历史中找到当下中国各种问题的主要根源："如果一个政治权力进入经济生活、宗教生活，就不会自动撤出，这在政治学上，有一个专门术语，叫'政治不撤出'。"[2]

　　分歧之二：关于当前中国发展阶段的判断。

　　从政治事件史角度来看，发生于80年代末与90年代初的世界性巨变无疑是一次重大的历史转折。苏联和东欧社会主义阵营的解体，标志着冷战时代的结束，因而被弗朗西斯·福山描述为"历史的终结"。[3] 在这个世界性背景之下，中国也经历了1989年政治风波，并于90年代初启动了市场经济体制。毫无疑问，中国进入了一个转型时代，但转到什么程度，却观点不一。

　　汪晖认为，"市场经济已经日益成为主要的经济形态，中国的社会主义经济改革已经把中国带入全球资本主义的生产关系之中，在资本主义化的过程中，国家及其功能也相应地发生了虽然不是彻底的、但却是极为重要的变化"。他甚至相信，"包括中国在内的社会主义国家已经成为世界资本主义市场的一个重要的、也许是最富活力的地区"。[4] 基于上述事实判断，汪晖回到"两种现代化模式"的假设，重新思考当下中国的问题，认为中国已从"反现代化的现代化"转入资本主义的现代化，与此同时，中国今天要面对的现代性危机，也是"由

---

[1]　参见朱学勤：《两种反思、两种路径和两种知识分子——与李辉谈知识分子》，《思想史上的失踪者》，广州：花城出版社1999年版，第264页。

[2]　同 [1]。

[3]　参见 [美] 弗朗西斯·福山著，黄胜强、许铭原译：《历史的终结》，呼和浩特：远方出版社1998年版。

[4]　参见汪晖：《当代中国的思想状况与现代性问题》，《天涯》1997年第5期，第142页。

欧洲的近代资本主义及其文化所引发的"。[1]

　　诚如前文已有论述，汪晖主要在两个层面谈到了现代性危机。其一是民生层面的：由于"市场社会的扩展及其对社会资源的垄断"，中国不可避免要深陷于政治腐败、社会不公以及民主的溃败；其二是思想层面的：由于市场体制加速了中国社会的科层化趋势，知识分子阶层逐渐蜕变为专家、学者和职业工作者，其"批判性本身正在悄悄地丧失活力"。[2] 汪晖的这些观点虽是一家之论，但在新左派诸多论者中极具代表性，甚至在论战背景下散发出一种纲领性气质。

　　新自由主义对90年代中国的总体判断却与新左派大不相同。他们虽然也认同"历史的终结"是一种全球性趋势，但具体到中国国情，如朱学勤所言，"它的复合成分太诡谲太驳杂"。"至1990年代，市场经济改革继续运行，但政治体制改革却迟迟不出，前者与后者重叠，老体制积弊重重，却趴在新体制上吸吮其生命。"[3] 由此，朱学勤认为中国的市场经济不是诞生于西方的母体经济，而且极其脆弱，"不应该把应由权力结构承担的责任归咎于西方资本主义母本，把它判断为西方资本主义弊端的一部分"。[4]

　　分歧之三：关于"走出陷阱"的不同方案。

　　如何遏制权力市场化以及由此导致的社会不公和政治腐败等恶性后果，新左派与新自由主义开出了不同的"药方"。

　　新左派从批判立场出发，呼吁一种全民动员性质的全面民主。所

---

[1]　参见汪晖：《当代中国的思想状况与现代性问题》，《天涯》1997年第5期，第147页。

[2]　同［1］，第133—150页。

[3]　参见朱学勤：《1998年自由主义学理的言说》，《思想史上的失踪者》，广州：花城出版社1999年版，第245页。

[4]　参见朱学勤：《两种反思、两种路径和两种知识分子——与李辉谈知识分子》，《思想史上的失踪者》，广州：花城出版社1999年版，第266页。

谓全面，可从两个层面来说。第一个层面是指经济民主、政治民主与文化民主的直接相关和无可分割。[1] 第二个层面是指国家与个人的一体化关系，按照韩毓海的说法，现代国家是"人民通过积极的政治参与形成的公共领域"。[2]

新左派虽然没有提出一个具体的现成的走出陷阱的方案，但他们对全面民主的阐述，有意无意地表达着对传统社会主义的重新评估以及修正性继承的愿景。这种倾向性典型地体现在汪晖对"毛泽东体制"的评价，以及韩毓海对"斯大林体制"的评价。

汪晖对"毛泽东体制"的论述，从"两种现代化"的基本假设出发，指出"毛泽东的社会主义一方面是一种现代化的意识形态，另一方面是对欧洲和美国的资本主义现代化的批判"。[3] 他对毛泽东的社会主义实践给予了历史性的、肯定性的评价：

> 他所实行的社会主义所有制一方面是为了建立富强的现代民族国家，另一方面又是以消灭工人和农民、城市和乡村、脑力劳动与体力劳动的"三大差别"这一平等目标为主要目的的。通过公有化运动，特别是"人民公社"的建立，毛泽东使自己的以农业为主的国家实现了社会动员，把整个社会组织到国家的主要目标之中。对内，这是要解决晚清和民国政府都未能解决的国家税收的问题，通过对农村的生产和消费的控制，通过城乡不平等的工农业产品价格"剪刀差"，为城市工业化积累资源，并按照社会主义的原理组织农村社会；对外，通过有效地将社会组织到国家

---

[1]　参见汪晖：《当代中国的思想状况与现代性问题》，《天涯》1997 年第 5 期，第 144—145 页。

[2]　参见韩毓海：《在"自由主义"姿态的背后》，《天涯》1998 年第 5 期，第 15 页。

[3]　同 [1]，第 136 页。

目标中,使落后的中国社会凝聚成为一个统一的力量来完成民族主义任务。[1]

由上不难看出,汪晖是从正面描述的角度来肯定"毛泽东体制"的。韩毓海则从反思的角度来论述"斯大林体制为何失败"。他说,根源就在于,"社会主义的斯大林版并没有真正实行生产资料的所有制改造……人民只是在名义上有参与政治和经济事务的权力,而实际上这样的权力掌握在少数官僚手中"。[2]

1998 年之后,随着论战的持续深入,新左派论者撰写了大量"重估传统社会主义"的文论,如韩毓海的《漫长的革命——毛泽东的社会主义》,田力为的《毛泽东难题与中国主流知识精英的历史宿命》,萧喜东的《"文革"所处的世界和历史时刻》等等。[3] 通过对传统社会主义的成就与失误的重新评价,新左派间接地指出了"走出陷阱"的方向。

与新左派不同,新自由主义从建设性立场出发,要求继续推进市场经济体制改革,尽快启动政治体制改革,推行"政治层面的宪政法制,经济层面的市场经济,伦理层面的个人主义"。[4] 其中,当务之急是要推动政治与经济的"脱钩",使"无财产即无自由""无代议制则不纳税"的自由主义基本原则落到实处。

新自由主义论者开出的这一副复合药方,一方面以英美政治经济

---

[1] 汪晖:《当代中国的思想状况与现代性问题》,《天涯》1997 年第 5 期,第 136 页。

[2] 参见韩毓海:《在"自由主义"姿态的背后》,《天涯》1998 年第 5 期,第 17 页。

[3] 参见公羊主编:《思潮:中国"新左派"及其影响》,北京:中国社会科学出版社 2003 年版。

[4] 参见朱学勤:《两种反思、两种路径和两种知识分子》,《思想史上的失踪者》,广州:花城出版社 1999 年版,第 278 页。

制度为临床经验，另一方面则以西方古典自由主义经济理论为药理依据。关于后者，似乎还有必要补充一点：他们主张对中国具体的"手足关系史"进行考察，实际上也暗含着他们的一个基本理据，即发端于亚当·斯密的古典自由主义经济学的假设：市场这只"看不见的手"应该脱离政治这只"看得见的脚"的控制。[1]

在落实民主的具体方案上，新自由主义坚决反对新左派主张的直接民主。朱学勤批评韩毓海称颂的"不受一切形式控制之民主"，"带有明显的原始冲动，呼唤全民动员以昔日群众专政来清算社会正义"，"不仅不能解决当下日益尖锐的利益冲突，而且会葬送正在蹒跚前行的市场经济，甚至有可能使得改革开放之前的百年治乱循环死灰复燃"。[2]

以上三个方面，大致呈现了论战双方对权力市场化这个问题的主要分歧。由于论战本身的复杂性，想要举其全部论点，是不可能的。而仅从上述三个要点来看，双方立场之不可调和已见一斑。可以说，自1949年以来，中国知识界第一次出现了如此深刻同时又是如此透明的分裂。

80年代之前，当代中国思想界是清澈的，至少在表面上"又红又专"，是不能有"私心杂念"的。而从80年代开始，启蒙主义思潮再次兴起，中国思想界又是混沌的，正如许纪霖所言，在新启蒙这面旗帜下，这一时期的话语运动以"重新估定一切价值"为共识，具有笼统的"态度同一性"。[3] 即便如此，在"清澈"和"混沌"的意识形态

---

[1] 参见 [英] 亚当·斯密著，郭大力、王亚南译：《国民财富的性质和原因的研究》，北京：商务印书馆1972年版。

[2] 参见朱学勤：《1998年自由主义学理的言说》，《思想史上的失踪者》，广州：花城出版社1999年版，第250页。

[3] 参见许纪霖：《总论》，《启蒙的自我瓦解：1990年代以来中国思想文化界重大论争研究》，长春：吉林出版集团有限责任公司2007年版，第8页。

话语之下，被遮蔽的裂缝一直在历史深处存在着。它以不规则的路径蔓延着，最后在 1998 年这个时间节点呈现为一种断裂的思想地表。

何清涟的"中庸之道"：综合"左"与"右"

回到《现代化的陷阱》，我们发现，作者何清涟显示出了某种"中庸之道"，也就是综合了新左派和新自由主义的态度和立场。具体地说，何清涟的问题意识和人文立场是靠近新左派的，而她的知识立场和提出解决问题的路径（即政治与经济的脱钩），却是亲近新自由主义的。

何清涟将转型期的不平等和不公正问题摆在一切问题之首，这一点是与新左派不谋而合的。而且不难看出，在这些问题之上，何清涟还隐含着更高层面的问题意识，一种被称为"现代化"的总体关怀。这一点，也正是汪晖等新左派论者念兹在兹之所在。

前文已有论述，汪晖对新自由主义的批判，是从"两种现代化"这个基本假设出发的。一种是西方资本主义的现代化，一种是 1949 年之后中国探索出来的反西方资本主义现代化的现代化，简称"反现代化的现代化"。汪晖又说，他的理论目标是超越"传统／现代""中国／西方""社会主义／资本主义"这种二元对立的意识形态迷障。[1] 不过从其整体论述来看，他只是完成了某种语法换算，其话语结构却没有逃出历史早已写下的"势不两立"的符咒。他以资本主义现代化为假想敌，恰恰说明了这一点。

但值得注意的是，在汪晖的假设中，可以看出他对历史进行重新评估的现实意图，即为中国现代化的可能途径和迷误寻找历史解释的

---

[1]　参见汪晖：《当代中国思想状况与现代性问题》，《天涯》1997 年第 5 期，第 133—135 页。

资源。这种问题意识，也体现在何清涟的作品中。她在《现代化的陷阱》导言部分说道："可以说，改革开放以来的短短18年，几乎凝聚了中国自1840年代开始现代化进程以来的全部苦恼和追求、希望和挫折、失败与探索。"[1] 从这个表述来看，何清涟与汪晖是有共同语言的，至少他们共享着以"现代化"为历史主题的某种命运感，并试图在历史与现实的相互观照中承担起知识分子的某种责任。

从这种共同的问题意识出发，何清涟与新左派的人文立场也是极为相似的。这种立场可以描述为"批判性"。与新左派诸多论者一样，何清涟对90年代以来日益盛行的"不讲道德"的"纯经济学"，以及批判能力日益弱化的当代中国知识分子持严厉的批判立场，而称赞"一部分有道德理想担当的知识精英"，以及他们"对人类公平、正义等人类原则的信仰"。[2]

何清涟将知识分子批判类型分为三种：技术的、道德的和意识形态（历史）的。"而要认识中国现代化的一切问题，就必须重新认识中国近现代史，将社会批判上升到历史亦即意识形态的批判。"[3] 这种人文立场，也是"新左派"反复申述的。

需要留意的是，在《现代化的陷阱》主体部分，何清涟的问题意识和人文立场又是隐而不显的。它们暂时被悬置起来了。只有在这本书的"结论"和"后记"，以及同年出版的另一本书《经济学与人类关怀》，或在报刊上发表的随笔，它们才被清晰地表达出来。这就涉及一个学者的知识立场问题。何清涟是这么说的：

---

[1] 何清涟：《现代化的陷阱》，北京：今日中国出版社1998年版，第18页。

[2] 参见何清涟：《"长江读书奖"颁奖会上的获奖致辞》，《书屋》2001年第1期，第12页。

[3] 同 [2]，第13页。

作为一个转轨时期问题的分析家，我深知一个学者应当在与现实保持一定距离的同时，对现实作批判性的审视和检阅。但我也确实非常清楚这种批判的限度，因为我知道经济学的边界在哪里，也知道自己的学问功力的边界在何处：经济学只能告诉人们用什么样的方法才能使有限的资源得到最佳配置，财富怎样才能最大限度地增长，即使是深具人文关怀的经济学家，也只能在财富的分配上倾注公平正义思想。[1]

也就是说，《现代化的陷阱》对权力市场化的阐述，是在经济学的边界之内展开的。它回到问题本身，并建立在经济学研究必需的大量实证性资料之上。这与朱学勤称赞的"低调进入，又守得住必要的精神底线"[2]的知识立场颇为吻合。在此意义上，何清涟又是与新自由主义息息相通的。

朱学勤亦赞赏何清涟的知识立场。他说道："何清涟凭她对社会转型问题的经验性体验，躬身采集这些在一般学者眼中看来'不登大雅之堂'的'遍地荆棘'，坚持数年，终于为她的批判理论铺垫了坚实的统计学依据。"[3]

在《现代化的陷阱》结论部分，何清涟重新回到了公平与正义这个问题，但如何实现公平与正义，何清涟给出的答案还是偏向新自由主义的"低调原则"。她指出，中国改革开放之后产生的诸多问题，"有

---

[1] 何清涟：《"长江读书奖"颁奖会上的获奖致辞》，《书屋》2001 年第 1 期，第 13 页。

[2] 这是朱学勤评价王小波的一个说法，前文已有引用。朱学勤认为，王小波自始至终接受社会科学训练，没有沾染"文人旧习"，这是他能够在责任伦理上进行低调斟酌的重要因素之一。参见朱学勤：《1998 年自由主义学理的言说》，《思想史上的失踪者》，广州：花城出版社 1999 年版，第 243 页。

[3] 朱学勤：《敲门者的声音》，《天涯》1998 年第 2 期，第 131 页。

着深刻的历史根源和体制根源，只不过是在改革进程中集中暴露而已，是改革还不够深入全面的具体表现"，因此，"唯一的出路是深化改革和继续加大改革力度"。[1]

各种资料表明，在《现代化的陷阱》正式出版之前，曾有众多学界朋友为这本书的出版奔走呼号，如朱学勤、徐友渔、秦晖等等，后来均被归到新自由主义阵营。[2] 从中亦可看出何清涟与新自由主义的某种亲和性。

封面的"社会意见"：书名在"左"，画面在"右"

《现代化的陷阱》历经周折，最后出版于自由主义之争爆发的年份，实则包含着应时而生的话语逻辑。在图书生产领域，有这样一种假设：一本图书以最终形态出现在读者面前，已脱离它的最初作者的意愿，而代表了特定背景下的"社会意见"。如果我们相信这种假设，那么我们就可以在《现代化的陷阱》的图书封面中读出这种"社会意见"。

从封面显示的书名来看，"现代化的陷阱"这个表述洋溢着新左派的道德热情和人文立场。何清涟曾解释，按照一般的学术表达惯例，书名定成《转型期中国社会经济问题研究》最为妥当，只是考虑到销售等原因，才定为《现代化的陷阱》。[3] 但这样的解释显然是不够充分的。出于销售的考虑，固然容易否定一个语感过硬、学术色彩过浓的书名，却又为何要选择"现代化的陷阱"这个表述？关于这一点，可

---

[1]　参见何清涟：《现代化的陷阱》，北京：今日中国出版社1998年版，第354页。

[2]　参见何清涟：《后记：追寻学者生命的真谛》，《现代化的陷阱》，北京：今日中国出版社1998年版，第389页；何清涟：《用生命点燃爱和智慧之火》，《天涯》1998年第2期，第138—140页。

[3]　参见何清涟：《〈现代化的陷阱〉两个版本之比较》，《天涯》1998年第2期，第141页。

从何清涟的道德热情和人文立场中得到一部分解释。

"现代化的陷阱"是作为一种道德热情，而不是作为一个具体问题，体现在何清涟的这本著作中。或者说，"现代化的陷阱"是一个隐喻性说法，它赋予"不讲道德"的经济学以某种道德含义，从而使得潜伏在 90 年代的不便公开言说的具体问题获得了合法的言说空间。[1] 诚如前文所述，这种道德热情和人文立场，与新左派是不谋而合的。

而从封面构图上看，一幅呈仰拍视角的画面则蕴含了新自由主义的理性诉求。画面是这样的：在一扇极具现代感的大门前，一双手被一条黑白相间的细带子捆绑着，形似带着镣铐。通过这幅画面，读者可以想象出两种可能的画外之意：其一，市场之手已在体制大门之外，却依然未能摆脱体制的束缚；其二，权力之手有着伸出体制之门的欲望冲动，须加以束缚。

上述两种可能意义之不同，缘于描述角度的差异。前者着眼于体制外：从体制外部来看，各个社会领域依然受制于计划体制的约束。后者着眼于体制内：从体制内部来看，权力之手依然为所欲为。但无论是哪一种视角，它们都隐含着某种相似态度，即经济与政治应该"脱钩"。这正是新自由主义的时代诉求。

---

[1] 何清涟曾解释说，取"陷阱"一词，非严格的学术含义，而是取道德含义。参见何清涟：《〈现代化的陷阱〉两个版本之比较》，《天涯》1998 年第 2 期，第 141 页。

第九章

两种文学性：断裂的文化诗学

第一节　异质文本：文学、行动和思想的话语同构性

威尔逊的启示："在一个更大的社会和文化框架中考察文学作品"

让我们暂且离开 1998 年的"断裂现场"，走进法国作家维里耶的长篇戏剧诗《阿克瑟尔》。

阿克瑟尔是一位公爵。他退隐于黑森林深处的城堡，钻研炼金术士的哲学，是一个活在幻想世界中的王子。前来寻找宝藏的表哥以世俗利益来引诱公爵，并嘲讽他的沉思冥想是病态、无用而空洞的人生。高傲的公爵拒绝了表哥的诱惑，并在一场决斗中将其击败。随后，阿克瑟尔又获得绝色真爱与百年宝藏。但是，意想不到的结局出现了：阿克瑟尔公爵突然变得沉重而不可理解，最后，他说服心爱的人与他双双饮鸩，自杀于城堡。

为什么要自杀？

——阿克瑟尔公爵意识到自己的存在已经太圆满了，那个幻想的世界已经走到了尽头。

后来，美国文学评论家埃德蒙·威尔逊二次书写了这个诗性寓言，用"阿克瑟尔的城堡"来描述出现在欧洲特定时期的"想象文学"。他

在《阿克瑟尔的城堡》一书中论述了六位案例作家，分别是叶芝、瓦莱里、艾略特、普鲁斯特、乔伊斯和斯泰因。威尔逊将这六位作家的"想象文学"与法国象征主义思潮联系起来，指出这些作家的文学文本具有典型的封闭特征，就像阿克瑟尔的城堡，代表着一个"与外在世界隔绝而沉湎于内在世界的经验，以及与社会的理想隔绝的经验"。[1]

在欧美文学批评史上，威尔逊最早将这些作家放在象征主义思潮的整体性视野之中进行考察，并称赞他们的成就"足以与其他任何时代的文学媲美"。[2] 这样，在许多人的印象中，威尔逊难免与象征主义文学思潮"沾亲带故"。但威尔逊指出这是一种误解。他的批评立场恰恰远离了那个带有象征意味的"阿克瑟尔的城堡"，回到了由约翰逊、圣伯夫、别林斯基、阿诺特等批评家构筑起来的人文主义传统。这个传统恰如以赛亚·伯林在评价威尔逊时所做的描述："在一个更大的社会和文化框架中考察文学作品。"[3]

威尔逊丝毫不掩饰这种批评立场，公开宣称文学批评是"观察人类意念与想象如何被环境模塑"[4]的一种历史书写。在威尔逊生活的时代，"新批评"正大行其道。这是在欧美文学批评领域构建起来的一座"阿克瑟尔的城堡"，在这个城堡内，文学批评家摆脱了对外部世界的牵挂，回到封闭的文本系统之内，探索纯粹的语言形式的秘密，正如阿克瑟尔在黑森林城堡之内以求获得某种神秘启示一样。但在威

---

[1] 参见 [美] 埃德蒙·威尔逊著，黄念欣译：《阿克瑟尔的城堡》，南京：江苏教育出版社 2006 年版，第 185—186 页。

[2] 同 [1]，第 209 页。

[3] 参见 [英] 以赛亚·伯林著，林振义、王洁译：《埃德蒙·威尔逊在牛津》，《个人印象》，南京：译林出版社 2013 年版，第 176 页。

[4] 威尔逊在写给他的大学老师基思坦·高斯的致辞中表达了这个观点。详见 [美] 埃德蒙·威尔逊著，黄念欣译：《阿克瑟尔的城堡》，南京：江苏教育出版社 2006 年版，第 11 页。

尔逊看来，"新批评"追求一种局限于文本内部的放之四海而皆准的分析方法，以及现代主义对纯艺术准则的奉若圭臬，终究只能走向死胡同。因此，他要重申的，是文学的社会属性，以及重建文学、行动与思想之间的社会性联系的批评志向。

在《阿克瑟尔的城堡》最后一章，威尔逊以兰波为例，阐述了"想象文学"的另一种可能。早期的兰波沉湎于个人想象和内省，几至疯狂，但很快他又抛弃了这种纯艺术生活，转向一种以旅行和经贸为主旨的世俗行动。威尔逊以兰波为例，是否贴切尚值得商榷，因为兰波一意孤行的"弃文从商"，与作家重建文学和社会的联系，似乎是两码事。但威尔逊的言下之意却可以被我们准确理解。他反复强调的，就是文学的个人想象不应孤立于社会行动。

在《到芬兰车站》这部作品中，威尔逊进一步把文学、行动和思想糅为一个整体，探讨了马克思主义这样一种历史观念如何发生、发展并改变着现实的世界。在这里，威尔逊似乎完全放弃了文学本身的目的，而是将文学当作一盏探照灯，来帮助自己完成一次观念旅行。在威尔逊看来，马克思、恩格斯、列宁既是革命思想家，也是历史行动者，同时还是具有政治视野的诗人。他们富有想象力的写作构成了历史行动的一部分，也创造了新的历史行动。

将文学、行动与思想视为一个有机整体，这种批评立场塑造了威尔逊独树一帜的写作风格。作为在美国东部文坛具有霸主地位的文学评论家，威尔逊也显示了有别于时代主流的文本观：文学批评不应只是向内看，正如"新批评"宣称的，只面对纯粹意义上的文学文本；同时还要向外看，在各种亚文本中寻找文学与时代气息的关系。因此，威尔逊就像杂食动物消化多样性食物一样，发展出一种处理异质文本的独特方法。

所谓异质文本，就是在类型学意义上属于不同性质的多样性文本群，比如文学文本与非文学文本，在文学日益走向专业化的时代，二者被认为具有明确的界限，是不可通约的。但威尔逊反其道而行之，有意模糊了这种边界。他以"文学记者"自谓，将文学作品、传记、稗史、趣闻以及严肃的学术著作统统视为具有平等价值的文本，并以威尔逊特有的叙事手法将它们烩成一锅文学批评大餐。

尽管取材庞杂，威尔逊却坚持了一种源于文学的统摄性视角。在别人看来，《资本论》仅仅是一部生涩难懂的政治经济学著作，但威尔逊出奇制胜地把它当作文学文本来解读。他称马克思是"商品诗人"，认为"《资本论》之所以充满了迷人魅力，除了其论证贴切中肯而发人深省之外，主要也是因为它基本上乃为一本充满想象力的艺术杰作"。[1]他把一切都看成是文学的，难免在这个专业化时代引来非议，但他确实有力地坚持了他的批评立场：文学与广泛的人类生活具有不可分割的社会性联系。

行动、文学与思想：断裂的诗学及其生成

援引威尔逊的批评立场，既关乎本书之宏旨，也关乎本书之形式要义。

本书以1998年的中国文学场为时空切片，阐述当代中国文学的断裂思潮，但是这种阐述已不可能仅仅局限于文学本身，得出一个"纯文学"的结论。尽管1998年文学断裂思潮的潜在话语之一，就是文学的自主性诉求，即主张文学不必牵强附会于时代的宏大话语，但是，如果不回到当代中国的具体历史语境中，这种诉求就是不可理解

---

[1] 参见［美］威尔逊著，刘森尧译：《到芬兰车站：历史写作及行动研究》，桂林：广西师范大学出版社2014年版，第339—340页。

的。而一旦回到具体语境中，实际上已把1998年的文学断裂思潮纳入特定时期的社会框架中给予考察。这是一种"将文学放回社会精神生活潮流中的有机研究与描述"[1]，由此生成的"断裂图景"，不仅是文学的，更是文化诗学的。我们不妨将这样一种文学景观称为"断裂的诗学"。

　　吴炫在分析"断裂调查"时，曾准确地钩稽出这一事件的时代性关联。他首先区分了两种写作：一种是"以小见大"的"大叙事"，注重于写公共性事务，写政治和社会的内容；一种是"以小见小"的"小叙事"，倾向于写私人性事务，写个体的欲望和性。前者通常发生在价值中心化时代，而后者更多发生在中心价值解体的时代。

　　根据这一类型划分，吴炫对韩东、朱文等作家发起的"断裂调查"有了一个基本判断。他认为，所谓"断裂调查"，就是90年代开始进入文坛的新生代作家以问卷这种特殊的文本形式，对"大叙事"的主流传统进行非对抗式的批评，其背后隐藏的，则是一种"小叙事"的写作立场。一言以蔽之，这是两种写作类型的断裂。

　　吴炫继而说道，这一类型划分的依据是文学的时代性特征，是一种外部视角，因而不能从中得出孰是孰非、孰优孰劣的结论。而在1998年的"断裂现场"，对"断裂调查"持褒贬不同态度的双方，似乎都轻易犯了这种价值判断的错误。

　　在吴炫看来，"小叙事"的兴起，是时代使然，"是九十年代以个人生活为目的的市场经济的时代特征"。由是，吴炫断言，"小叙事"与"大叙事"的对立，不仅仅是文学与非文学的对立，还是时代与时

---

[1]　李书磊：《序言》，《1942：走向民间》，济南：山东教育出版社1998年版，第4页。

代的对立。[1]

　　吴炫的这一论述是值得关注的。它不仅将韩东反复申明的"空间断裂"还原为时间性问题，而且赋予了世纪之交的文学断裂思潮以一种外部视角，也就是把文学放到一个时代格局中考察。在此意义上，我们可以说，文学场域的断裂和思想场域的断裂具有同构性，推而广之，也与时代视野中的社会断裂具有同构性。

　　为了透视 1998 年文学断裂思潮的社会关联属性，本书展开了三个层面的叙述。

　　第一个层面是行动意义上的，它表现为一系列事件层，包括：食指重返文坛并引发"食指热"，韩东、朱文等作家发起"断裂调查"行动，诗坛"盘峰论战"的酝酿，"70 后"女作家的集体出场，"王小波热"的兴起，以及在思想界全面爆发的自由主义之争等等。

　　以上事件层并不构成前后和因果关系，而是形成一种广义的复调结构。[2] 它们就像同一地质带的不同岩层，叙说着特定时空的断裂故事。为了准确描述这些事件的断裂属性，我们采用了两种相对稳定的视角：

　　一种视角是属于发生学的，它更多指向过去，旨在探寻断裂之所以发生的观念运动史；另一种视角是属于形态学的，它更多着眼现在，

---

[1]　参见吴炫：《断裂：游丝般的原创努力》，《中国当代文学批判》，上海：学林出版社 2001 年版，第 241—265 页。

[2]　复调结构是巴赫金在陀思妥耶夫斯基的小说中发现的一种艺术手法，指多种人物和声音在小说中平行出现，"有着众多的各自独立而不相融合的声音和意识"。可参阅 [俄] 巴赫金著，白春仁、顾亚铃译：《陀思妥耶夫斯基诗学问题》，北京：生活·读书·新知三联书店 1988 年版。"复调"作为一种艺术手法，在音乐领域更常见，即两种或两种以上的旋律同时进行，它们各自独立，又是一个整体，彼此形成和声关系。不同旋律的同时结合叫作对比复调，同一旋律隔开一定时间的先后模仿称为模仿复调。

意在勾勒 1998 年事件现场中的行动系统。正是通过这两种视角的交叉延伸，原本表现为复调结构的多个事件层交织在同一个主题中，正如陀思妥耶斯基笔下的拉斯科尼科夫、索尼娅、波尔菲里、斯维德里加依洛夫等主人公的多声部观念统一于"罪与罚"的故事。不仅如此，一个事件层中的叙事要素，如一个人物、一个场景或一种观念片断，还有可能反复出现在另一个事件层中，正如进入一块岩石的横断面，我们可以在一个岩层中发现另一个岩层的物质。

但本书并不是在描述自然界的断裂景观。本书需要面对的，是比自然界的断裂景观复杂得多的精神现场。当研究者重返这个现场，必然面临着选择的问题，即哪些精神主体应被确定为被叙述的对象，这与一部电影必须将镜头对准若干主角是同一个道理。但是这种选择也不是先入为主的结果，而是事件现场自然呈现出来的活跃部分。所谓活跃部分，是指能够激活事件现场，并承担了特殊意义的行动者。

当我选择了 1998 年，也就意味着我选择了以短时段的事件史作为观察历史的突破口。而事件史研究，难免沉迷于对行动者的关注。这是一种危险，或许我已经陷入了厚此薄彼或真假难辨的思维迷障之中。但是正如分子生物学家也常常从活跃分子入手去探寻生命之谜一样，我也可以在行动者身上下一把赌注。换言之，我关注到了事件和行动者，却不沉溺于此。我要做的，是在事件现场和行动系统中重新发现历史的迹象和话语的结构。

第二个层面是文学意义上的，它通过一系列文学文本呈现出一种观念集合。这个集合由若干子集构成，它们包括："食指体"诗歌，朱文的"教育小说"，于坚的长诗《飞行》，"七十年代出生的女作家小说专号"，王小波的小说和随笔等等。

实际上，可作为分析对象的文本还有很多，从理论上讲可无穷举例。为此，我在文本的选择上重点把握了两点：第一，必须是与1998年的事件现场发生关联的文本；第二，这些文本呈现出来的"断裂经验"具有历史延展性，即有助于研究者将"事件现场"转换为"历史结构"。

鉴于此，本书将食指的诗歌作为一个重要的分析起点，从中发现了潜藏在当代文学的某种持久的观念冲突。这种观念冲突的基本结构就是代言—独语，而"食指体"诗歌惊人地集这两种话语的典型性于一身。

沿着"食指体"呈现出来的裂缝，可抵达于坚的文本观念：写日常生活。这是针对当代文学主流传统中反复强调的典型生活而言的。日常生活是一种自发的秩序，是人人皆可抵达的高度，是一种离散的个体话语；而典型生活是一种过滤的秩序，是"干部"才能抵达的高度，是一种"集权"的总体话语。

1949年以后，"写典型生活"成为当代文学的一种主流规范。作家属于"干部"身份系列，其写作姿态是"深入生活，高于生活"。这也就意味着，写作与生活是有高下之分的二元存在。但在于坚看来，一切皆诗，写作与生活是一个相互渗透的同构体。这种"写日常生活"的文本观念，在当代文学规范中一度是不合法的，却一直被一些作家惦记着。例如胡风的"三十万言书"，试图重申日常生活的合法性，结果变成一起政治灾难。

朱文的写作观念可以说与于坚一脉相承，却生发出新的时代蕴涵。他不仅写日常生活，而且写无聊的日常生活，并将无聊写得诗性飞扬。无聊是一种意义虚脱症，是日常生活中的个体生命摆脱总体意义之后的一种虚空状态。因此，朱文笔下的人物多是一些精神漫游者。他们是同质社会的边缘存在，游离在缺乏总体意义观照的异质社会中。

在朱文这一代作家笔下，精神漫游者依然被编织在一个网状的社会结构中，并且不时有回归社会中心的冲动。但是在卫慧、棉棉等作家的文本中，这种冲动完全消失了，取而代之的，是以两性为互动模式的"二人转"世界及其欲望法则。在这个法则里，个体需要面对的不再是一张无边无际的网，而是具体的、有着亲密关系的另一个人。这正是"七十年代出生的女作家小说专号"呈现出来的断裂经验。

透过上述文本，我们看到了一种不规则的话语力量在隆起。最终在王小波的"穿越体写作"中，我们又看到它呈现出自由飞翔而又自我反思的理性色彩。这种话语力量，诚如吴炫所言，是一种指向个体的、自我的、独语的"小叙事"。它的另一面则是"大叙事"。正是这两种文学观念的冲突，构成1998年文学断裂思潮的内在力源。

第三个层面是思想意义上的，它表现为一种更广泛的社会文化的冲突，并将文学断裂思潮裹挟在内。这里主要是指爆发于1998年的自由主义之争。这场争论持续日久，蔓延至整个知识界，席卷了文学、政治学、经济学、社会学、哲学诸思想领域，其间出现的新自由主义与新左派的话语断裂，正是世纪之交中国社会结构的断裂在意识形态领域的一次大爆发。1998年的文学断裂思潮，不迟不早，正好也发生在这个断裂带中，构成整个思想界话语断裂的重要一环。

新自由主义主张的个体自由，新左派主张的社会民主，其间的话语冲突与1998年的文学断裂思潮犬牙交错。它们不是对号入座的关系，而是发生在同一个话语断裂带的纵横交织的关系。

通约于文学性：从文学断裂思潮到自由主义之争

从行动到文学再到思想，本书面对的是同一个断裂现场，但我着手分析的，却是三种完全不同质地的文本。

当我分析行动时，我进入了新闻文本（各类资讯报道、访谈对话等等）；当我分析文学时，我进入了文学文本（诗歌、小说、散文诸体式）；当我分析思想时，我又进入了思想文本（评论、论文和学术专著等等）。

于是，一些令人棘手的问题接踵而至。我似乎听到了许多"专家"的严厉质问：你是在解决传播学的问题，还是文学的问题，抑或是思想史的问题？这些异质文本是否存在指向同一个问题的中心意识？

今天的"专家"对这些问题如此敏感，多半是学问被现代知识体制（即所谓的学科）进行条块分割的结果，由此产生的问题意识便是当今盛行的文本等级观念。

以新闻文本为中心的人认为文学文本是玄虚的，理论文本是晦涩的；以文学文本为中心的人认为新闻文本是平面的，理论文本是僵硬的；以理论文本为中心的人认为新闻文本是即时的，文学文本是混乱的。

在文本等级主义者看来，异质文本是不可通约的，就像富人区和贫民窟有着一道隐形却不可逾越的区隔线一样。但威尔逊告诉我们，异质文本相互之间是平等的，而且具备共同面对和解决同一个问题的能力。威尔逊还启发我们，任何一种文本，无论是文学的，还是非文学的，都隐含着一种被称为文学性的独特构造。

俄国形式主义批评家雅格布森最早提出文学性这个术语，意指文学的本质特征，即文学文本有别于其他文本的独特性。这种独特性，存在于文学作品的语言形式，而非文学作品的道德内涵和社会意义。但这只是一种狭义的文学性。在雅格布森之后，文学性的内涵和外延在不停地转移和蔓延。它不再仅仅是用来划分文学与非文学的某种特殊属性，而是指存在于广泛的文化产生领域和社会实践领域的特殊话语形式。通过对这些话语形式的分析，我们可以在异质文本之间发现和厘清一些共同的问题。

倘若以这样一种看待异质文本的观念为前提，我们进入 1998 年的自由主义之争，也可从中归纳出两种类型的文学性，并从中窥测 1998 年文学断裂思潮与自由主义之争的话语同构关系。

第二节　语言形式：自由主义之争的两种文学性

语言是文本构造的第一素材，也是一种最直观的文学性。不同类型的文学性，可通过不同类型的语言形式来承载。

总体语言与局部语言：词与物的两种关系

这是在词与物的关系范畴内区分出来的两种语言形式。

总体语言凌驾于局部事物之上，追求一种统摄性命名能力，试图赋予人间万物以一种先验的本质性解释。而局部语言停留在多样性事物的经验表层，承认人间万物的真面目就是"横看成岭侧成峰"，相信语言本身"只缘身在此山中"的自足意义。前者是"大词"，是形而上的，抽象的；后者是"小词"，是形而下的，具体的。

杨炼写《大雁塔》，诉诸总体语言。在他笔下，大雁塔不再是一座具体的建筑，而是被升华为"记寻下民族的痛苦和生命"[1] 的历史象征。但是到了韩东的《有关大雁塔》，总体语言已被消解（以反讽的方式），诗人对大雁塔的描述是局部性的，是"看看四周的风景 / 然后再下来"[2] 的微观经验的呈现。

---

[1]　杨炼：《大雁塔》，《荒魂》，上海：上海文艺出版社 1986 年版，第 71 页。

[2]　韩东：《有关大雁塔》，《爸爸在天上看我》，石家庄：河北教育出版社 2002 年版，第 10 页。

在 80 年代，韩东说过一句在中国诗坛影响广泛的名言：诗到语言为止。他说的这个语言，是有特殊含义的。这种语言试图剥除历史和道德等"言外之意"，回到自身的初始语义。比如，"水性杨花"的最初含义只是对一种物理状态的描述，并不含有道德的判断。它的道德含义来自历史文化的淤积，是一种总体语言。当韩东说出"诗到语言为止"，他强调的是局部语言。

沿着局部语言这条路径，韩东走到了 1998 年的"断裂现场"。他在 1998 年发起"断裂调查"，虽然将目标转向了"自生产的文学秩序"，但是这种秩序依然是与他的语言观紧密联系在一起的。只是在旁观者看来，无论是在行动层面，还是在文学层面，抑或在思想层面，韩东的局部语言往往是过于紧张的，充满了战斗性的。这也就意味着，韩东的局部语言是不安分的，它时刻觊觎着总体语言的存在，并且有着让自己变身为总体语言的冲动。在这一点上，韩东与食指一样，都深陷于双重语言的拉扯状态，他们的精神世界也因此是充满了痛苦的。

相比之下，在 1998 年的"断裂现场"，与韩东一样有着相似的精神立场的许多行动者，包括于坚、朱文，乃至卫慧、棉棉，甚至是死而后生的王小波，他们对局部语言的坚持则要纯粹得多。正是这一部分行动者的存在，特别是王小波的语体在他死后引来绵绵不绝的追随者，我们才有可能在 1998 年的"断裂现场"勘察出一种清晰的立场，一种绵绵若存的时代性声音。

在自由主义之争中，总体语言与局部语言的分野即便不是绝对的，也是鲜明的。

新左派更倾向于一种总体性修辞，通常在有限的篇幅里展开对历史大势、世界大局的总括性阐述，从而营造出一种高屋建瓴、纵横捭阖的语言势能。汪晖的《当代中国的思想状况与现代性问题》，堪称此中范本。这篇长文甚少以局部性语言描述具体问题，而是贯之以统领性语言，对近代中国以来的现代性问题与思想状况做出凝练而极具张力的阐发。汪晖的这种写作风格是一以贯之的，以至于有论者称其是"史诗式的论文写作"。[1]

与新左派相反，新自由主义论者偏爱局部语言。他们的论述往往从点滴细节着手，中间甚少有波澜壮阔的升华，最后还是在点滴细节上收手。例如朱学勤的《1998年自由主义学理的言说》一文，可谓典型。它先是启笔于思想界在这一年对顾准、陈寅恪和王小波三个人物的讨论，接着举陈新左派在这一年对自由主义的批评，又接着对新左派的批评做出针对性回应，最后收笔于对"自由主义的难局"的检讨与反思，通篇停留于"就事论事"的叙述，而少有升华式总结。这种语言风格，借汪丁丁的一句话，就是"一段脚踏实地的叙说"[2]。

从词与物的关系来看，语言的选择反映了语言持有者对位置关系的判断。持总体语言者，将自己定位在人间万物之上，采用一种俯瞰视角；持局部语言者，将自己定位在与人间万物平行的位置，采用一种平行视角。

批判语言与协商语言：言说者的两种精神姿态

这是依据言说者的精神姿态区分出来的两种语言。

批判语言隐含着某种形式的对抗姿态，是知识分子解决现实不满问题的革命式话语路径；而协商语言隐含着某种形式的顺从姿态，是一种解决现实不满问题的改良式话语路径。

---

[1] 高全喜：《汪晖〈现代中国思想的兴起〉简评》，《何种政治？谁之现代性？》，北京：新星出版社2007年版，第182页。

[2] 参见汪丁丁：《自由：一段脚踏实地的叙说》，《天涯》1999年第2期，第47页。

从语言持有者的精神姿态来区分两种语言，在类型学上近似于德国社会学家菲根提出的作家分类说。根据作家与社会的关系，菲根区分出三种作家类型：对抗型、顺从型与背离型。[1] 批判语言与协商语言的类型划分，可看作是对菲根之分类说的进一步化约。

在自由主义之争中，批判是新左派的基本姿态。汪晖对当代中国思想状况的总体判断就是"批判性本身正在悄悄地丧失活力"，并对90年代以来文化英雄的没落表示忧愤。这一总体判断和情感立场实际上包含了汪晖对自身的精神姿态的某种期许，即如他所说的"重新确认批判的前提"。对这个前提的确认，又关联着知识分子"用什么样的方式以至语言来分析中国的问题"。[2]

正如汪晖自我期待的那样，包括汪晖、甘阳、韩毓海、旷新年、陈燕谷等在内的新左派论者，均不约而同地选择了一种剑拔弩张的批判语言。这里的批判，不仅仅是指语言面对具体事物的否定性态度，而且还指埋设在语言肌体内部的某种"道"，即如汪晖赞许的鲁迅之"直道"。[3]

与之相对应的，则是胡适的"恕道"。新自由主义更倾向于胡适的话语方式，因此其行文多诉诸协商语言。这也可从朱学勤对王小波的写作风格的推崇中见出一斑，称他"不疾不徐，不温不火"，恰好与自由主义怀疑论的"低调风格"相吻合，又称新左派的写作风格则

---

[1]　转引自于沛：《西尔伯曼和德国文学社会学研究》，《文学社会学引论》（西尔伯曼著），合肥：安徽文艺出版社 1988 年版，第 18 页。

[2]　参见汪晖：《当代中国的思想状况与现代性问题》，《天涯》1997 年第 5 期，第 135—141 页。

[3]　参见汪晖：《序四》，《恩怨录：鲁迅和他的论敌文选》（李富根、刘洪主编），北京：今日中国出版社 1996 年版，第 20 页。

是一种"病态激越"和"高调提法"，是应当避免的。[1]

在新自由主义论者的文本中，拉家常式的协商语言是较常见的。他们对批判语言的警惕，对协商语言的亲和，亦体现在钱满素在《炉边谈话和群众集会》一文中得出的结论：在国家面临危机的时刻，作为政治领袖的罗斯福和希特勒采用了两种完全不同的方式与公众对话——前者是"炉边谈话"，代表了一种协商理性，而后者是"群众集会"，代表了一种批判激情。[2]

在批判和协商这两种倾向性之间，不同的语言已隐含了对世界关系的不同预设。

批判语言将世界预设成"中心—边缘"的结构，批判者往往将自己想象为边缘社会的代言人，因此难免自我英雄化。许子东称汪晖是"九十年代式的忧国忧民姿态"[3]，实际上就是把汪晖视为处在边缘世界的文化英雄。

而协商语言将世界预设成网状结构，协商者是每个网结上的对等主体，要么平等互动，要么各就其位，因此更加推崇日常性和凡俗性。朱学勤在谈到技术官僚治国的时候，认为相比人文官僚的"今年要乘风破浪，明年要鼓足干劲，后年要大好形势"，技术官僚要更加具体和务实，可以回到日常琐事中来，因此从历史长程来看，技术官僚治

[1] 参见朱学勤：《1998年自由主义学理的言说》，《思想史上的失踪者》，广州：花城出版社1999年版，第244—250页。

[2] 参见钱满素：《炉边谈话与群众集会》，《回到启蒙：〈方法〉文选1997—1999》（傅国涌、周仁爱编），北京：经济科学出版社2013年版，第11页。

[3] 李欧梵、许子东等：《单元与多元的现代性——汪晖〈当代中国的思想状况与现代性问题〉一文讨论纪要》，《天涯》1998年第4期，第54页。

国是大势所趋。[1] 朱学勤推崇技术官僚治国，实乃意识到了现代社会的复杂分工必然导致官僚的职业化。他们不是领袖，也不是解放全人类的英雄，而是复杂社会分工的产物，属于网状社会的一分子。

浪漫语言与工具语言：两种语言理性

这是对语言的理性类型的划分。

韦伯在研究人类行为的社会动机时，区分了两大理性范畴：价值理性和工具理性。前者相信"无条件的固有价值的纯粹信仰，不管是否取得成就"。后者强调人类行为的条件、手段以及效果最大化，同时悬置各种情感性因素。[2]

就社会属性而言，语言也可归属于上述两大理性范畴。浪漫语言是一种合乎价值理性的语言，是对不完美现实的激情批判与乌托邦再造，是批判语言的"物极必反"。工具语言是一种合乎工具理性的语言，是对不完美现实的实证模拟与"讨价还价"，是协商语言的极端理性形式。[3]

正如价值理性与工具理性在人类行为中无法决然分开，浪漫语言与工具语言也很难从一个具体的文本中分离出来。但是在自由主义之争中，相对立场的论者对这两种语言的倾向性之不同，却是鲜明的。

新左派对浪漫语言的偏爱，恰如对批判语言的迷恋一样，是他们构建正反相成的文本张力的一种风格策略。当汪晖、韩毓海等人论证"反现代性的现代性"这个当代中国经验的时候，他们也毫不犹豫地

---

[1] 参见朱学勤：《两种反思、两种路径和两种知识分子——与李辉谈知识分子》，《思想史上的失踪者》，广州：花城出版社1999年版，第268页。

[2] 参见［德］马克斯·韦伯著，林荣远译：《经济与社会》，北京：商务印书馆1997年版，第56页。

[3] 如合同语言，就是一种极端理性的工具语言。

吸收了隐藏于这个经验内部的修辞成分，即20世纪中国革命语言的浪漫主义传统。

随着苏联与东欧社会主义阵营的解体，"历史的终结"已成事实。但新左派的浪漫语言超越了这种现实，重塑了全民动员式的广场民主的理想图景。这种浪漫想象，是与对现实的批判相辅相成的，因而在文本构造上具有波澜起伏、抑扬交错的文学性效果。

在新自由主义这里，体现在文本语言中的浪漫因素却被刻意删除了。他们警惕的，恰恰是新左派在语言诉说中透露出来的某种倾向，即"有意无意地要求恢复昔日政治的浪漫性格"。[1]

新自由主义论者更加信仟工具语言，即以试错逻辑为基础的实证性语言。所谓试错逻辑，也就是波普尔的证伪法：基于现有的解决方案，逐一试验，如果失败，继续尝试下一个方案。王小波的杂文写作，就体现了一种典型的试错逻辑。[2]

新自由主义论者对现实的不完美，既不诉诸激情式批判，也不诉诸浪漫化想象，而是求诸经验的试错分析。这就决定了其文本构造的"多选题结构"：在一个问题的后面，有若干平等选项。这是一种平铺直叙的文学性，在文本效果上与新自由主义的低调怀疑论颇为吻合。

第三节　欲望形式：续论自由主义之争的两种文学性

三角欲望及其结构：一种文本分析方法

文本承载其文学性，必须依赖于语言这个可见素材，正如音乐之

---

[1]　参见朱学勤：《两种反思、两种路径和两种知识分子——与李辉谈知识分子》，《思想史上的失踪者》，广州：花城出版社1999年版，第261页。

[2]　参见崔卫平：《王小波随笔文体的道德实践》，《北京文学》1998年第9期，第85—88页。

于声音，美术之于色彩。但在任何一种文本中，还有一种不可见的文学性，被覆盖在语言这个可见的外表之下，就像海底构造隐藏在海水下面一样。这种不可见的文学性，可称之为欲望形式。

勒内·基拉尔通过《堂吉诃德》《红与黑》《追忆逝水年华》等作品，发现小说叙事中普遍存在的两种欲望形式，借用几何数学的语言来表示，可称为"直线欲望"和"三角欲望"。

"堂吉诃德梦想过上骑士生活"，这是一种直线欲望。

"堂吉诃德在阿马迪斯的暗示下梦想过上骑士生活"，这是一种三角欲望。

在直线欲望的表述模式中，小说叙事从欲望主体直接抵达欲望客体；而在三角欲望的表述模式中，多了一个欲望介体。这个欲望介体，是欲望主体的行动依据，因此，"追求客体，归根结蒂就是追求介体"；同时，在欲望传递过程中，介体也影响着客体，使其发生变形，"介体好像人造太阳，把神秘的光投射到客体上，给客体蒙上一层虚假的光彩"。[1]

勒内·基拉尔断言，所有的欲望叙事都存在着一个三角结构，没有欲望介体的欲望叙事，实际上只是小说家在刻意掩饰着介体的存在，是一种"浪漫的谎言"。[2]

在小说这种叙事文本中，欲望主体、欲望客体和欲望介体往往都是浮现在文本之上的，隐蔽的只是三角欲望的有形结构。而在理论性文本中，不仅有形结构是隐而不见的，而且往往隐藏了欲望主体和欲望介体，只露出欲望客体。唯有通过形式复原，才能将三角欲望的结

---

[1] 参见 [法] 勒内·基拉尔著，罗芃译：《浪漫的谎言与小说的真实》，北京：生活·读书·新知三联书店 1998 年版，第 10、17 页。

[2] 同 [1]，第 16 页。

构重现出来，就像证明一道梯形几何题，常用手法就是通过几何修补，将其还原为一道三角几何题。

在自由主义之争的理论性文本中，欲望客体是清晰可见的。在新左派那里，它们是积极自由和直接民主；在新自由主义那里，它们是消极自由和间接民主。但是正如前文所述，新左派与新自由主义在阐明立场之余，总是不忘追溯某种精神资源。这些精神资源，实则是他们的欲望中介。

正是通过对两种欲望中介的追寻，中国思想界在世纪之交兴起了一股历史翻案潮。它们包括对鲁迅和毛泽东的价值重估，对陈寅恪和顾准的知识考古，甚至包括对生前寂寞、死后哀荣的王小波的全面解读。

两种欲望中介：鲁迅、毛泽东和顾准、陈寅恪、王小波

新左派的欲望中介，以鲁迅和毛泽东最为常见。

在《恩怨录：鲁迅和他的论敌文选》一书的序言中，汪晖对鲁迅的代言意识和抗争精神不无赞美，恰恰隐含着易被忽略的欲望逻辑：汪晖是以鲁迅为榜样的。按照基拉尔的说法，这种欲望逻辑的外在表现就是模仿。当然，模仿不可能是复制，而是内在包含了一种想象性创造。故而在这篇序言的结尾处，汪晖不无想象地写道："看着窗外的高楼，我心里却有些想念鲁迅后院的两棵枣树：它们如铁似地直刺着奇怪而高的天空。"[1] 在这里，汪晖不仅以鲁迅为欲望中介，而且以鲁迅笔下的两棵枣树为欲望中介，想象性地营构着他的内心镜像。

与鲁迅等值的另一个符号是毛泽东。汪晖对现代性问题的论述，

---

[1] 汪晖：《序四》，《恩怨录：鲁迅和他的论敌文选》（李富根、刘洪主编），北京：今日中国出版社 1996 年版，第 21 页。

其逻辑起点就是毛泽东的现代化实践。在他看来，"毛泽东的社会主义思想是一种反资本主义现代性的现代性理论"，"包括了对现代性的批判性反思"，但这一理论并不为毛泽东独有，而是"晚清以降中国思想的主要特征之一"。[1]

在鲁迅和毛泽东等欲望介体的光照下，总体性、批判性和浪漫性的语言显示了它自身的文脉根源和历史根基，由此，新左派强烈诉求的积极自由和直接民主也不再是空穴来风了。

在新自由主义这一边，欲望介体则是顾准、陈寅恪、王小波等历史人物符号。

朱学勤在《1998年自由主义学理的言说》一文中说道，围绕着顾、陈、王三个思想人物的讨论，为自由主义这条低调言路在1998年"挤出门缝"扫清了障碍。他又说道，李慎之在评价顾准时"发出了1998年自由主义公开言说的第一声"，王炎对陈寅恪的评价有助于我们重新厘清自由主义与保守主义的历史关系，而思想界对王小波的讨论"是1998年自由主义言说在学理之外的一个意外收获"。[2]

我们同样可以在朱学勤的叙述中看到某种潜在的欲望逻辑，即以顾、陈、王等人物符号为欲望中介，以抵达对消极自由与间接民主的欲望诉求。特别是王小波的写作风格和生存方式，既符合新自由主义论者对局部性、协商性和工具性语言的偏好，也准确表达了消极自由和间接民主的思想精髓，朱学勤将其作为一个理想的欲望中介，也就可以理解了。

---

[1] 参见汪晖：《当代中国的思想状况与现代性问题》，《天涯》1997年第5期，第136页。

[2] 参见朱学勤：《1998年自由主义学理的言说》，《思想史上的失踪者》，广州：花城出版社1999年版，第238—245页。

以"六八年人"为欲望中介：再看何清涟的"左右逢源"

前文引入何清涟的《现代化的陷阱》，并得出一个基本结论：何清涟的问题意识和人文立场是靠近新左派的，而其知识立场和提出解决问题的路径却是新自由主义的。简言之，自由主义之争的双重话语结构，在何清涟的文本中得到了不偏不倚的综合。

这不免让我们想到诗人食指，一个发生在历史断裂深处的"六八年人"。他的所有悲剧意识来源于他对两种话语的绝对迷恋，一种是面向小我的独语，一种是面向大我的代言。

在思想史意义上，食指不是特例，而是典型。我们可以在他身上窥见"六八年人"这一代人的精神特质。作为"上山下乡"的一批知识青年，他们的历史真实身份是"正在走向觉醒的红卫兵"。一方面，他们依然憧憬着毛泽东为他们描绘的革命图景，时刻准备着解放全人类；另一方面，他们开始对自己的人生际遇产生了怀疑，开始思考"个体何为"的问题。

在王小波身上，同样可以看到"六八年人"的精神特质。他曾坦言，他主动请缨到云南接受改造，最初也是出于"一心想要解放全人类"的道义感，但在云南的知青生活则教会他清醒地认识到个体生命被剥夺的骨感现实。[1] 这种发端于双重遭遇的人生立场，经过时间程序的复杂转换，最后生成了王小波的文本立场：一心沉迷于小说中的个人想象，却出于道义和责任又拿起了杂文的笔。

回到何清涟身上，我们发现，恰恰是这些"六八年人"，构成了她的欲望中介，将她引向"追寻学者生命的真谛"：

---

[1]　参见王小波：《思维的乐趣》，太原：北岳文艺出版社1996年版，第1、6页。

　　60 年代中期的邵阳市，曾生活着一批颇有"铁肩担道义，妙手著文章"之志的青少年，这批人后来成了该市"文革"中两大圈子的核心人物。一个圈子是以一批知青为核心的"小兵"圈子（因他们的组织名称为"小兵司令部"而得名），另一个是以该市的重点中学二中六六届高中学生为核心的"谁主沉浮"圈子（亦因为他们的组织名称为"谁主沉浮"而得名）。他们的才华在"文革"的特殊产物大字报上尽展风采，读到这些大字报的时候，我还只是个小女孩，也被他们文章的气势所震慑，更为那种被革命英雄主义和道理理想主义陶冶出来的精神气质所感动。我是直到十五六岁，那两个圈子因其核心人物星流云散而不复存在时，才和其中的部分人交上朋友。那时的他们已经不再是"文革"初期那种激情和浪漫主义，多了几分成熟和凝练。从他们那里，我常借到一些 19 世纪俄罗斯古典文学与法国启蒙时代的文学作品，对别林斯基的作品更是情有独钟。……我无法估计这些朋友对我的影响，但我知道自己的思想成长史上确实打上了这段友谊的深深烙印：在他们中间，我懂得了什么是人生的责任，萌生了人道主义思想的幼芽。这就是我在年龄上不属于"老三届"和"六八年人"，但思想特征却和他们惊人地相似之根源所在。[1]

　　从语言形式到欲望形式，这是一次由表及里、由浅入深的文学性探视。这种探视实际上已经离开了 1998 年"断裂现场"的表层话语结构，而进入知识分子的心灵结构之中。无论是欲望介体，还是欲望客体，它们都是主体的欲望之镜。主人站在镜子面前，向镜子发出了自

---

[1]　何清涟：《后记：追寻学者生命的真谛》，《现代化的陷阱》，北京：今日中国出版社 1998 年版，第 379—380 页。

己的影像信息，在潜意识里是要确认或确立自己的存在形象。从 1998
年的文学断裂思潮到自由主义之争，虽然它们触及的具体问题各不相
同，但隐藏在问题背后的主体欲望却是一致的，即重新确认"我是谁"
以及"我将何为"。这是典型的"知识分子之问"，绵延于知识分子的
总体历史。在世纪之交，这一问是在当代知识分子面临着前所未有的
身份危机的背景下发出的，因而被汪晖称为"被迫进行的自我确认"。[1]

　　对这一问的回答，意味着潜伏的话语断裂正式喷发于表了。

---

[1]　参见汪晖：《当代中国的思想状况与现代性问题》，《天涯》1997 年第 5 期，第 135 页。

第十章

文学的态度：政治化与去政治化

第一节　再政治化：新左派为何是"文学系"

"文学系"：一种专业身份描述

文学断裂思潮与自由主义之争的话语同构关系，还表现为二者在态度结构上的关联性。新左派的基本态度是重建知识分子对现实政治的干预功能，而新自由主义恰恰相反，认为知识分子应该与现实政治保持距离，回到自己的专业领域中来。在1998年文学断裂思潮中，我们可以看到相应的两种文学态度：再政治化与继续去政治化。

许纪霖有一个观点：90年代以来启蒙思想阵营的瓦解，隐含着知识分子在现实利益、知识结构和目标诉求三个方面的具体分化。[1] 其中，他特别阐述了知识结构的分化，指出80年代中后期形成的启蒙阵营是建立在"态度同一性"之上，而非相同的知识立场之上，这也就为他们在90年代的分道扬镳埋下了隐伏的因果关系。[2]

许氏关于知识立场的论述，是可作有效参考的。仅以1998年爆

---

[1] 参见许纪霖：《总论》，《启蒙的自我瓦解：1990年代以来中国思想文化界重大论争研究》，长春：吉林出版集团有限责任公司2007年版，第14—16页。

[2] 同 [1]，第11—12页。

发的自由主义之争为例，论争双方确乎有着知识立场的鲜明分歧。这种分歧仅看"专业身份"便已判然若揭了。

在新左派这一边，参与论争的代表人物，包括甘阳、汪晖、韩毓海、旷新年、陈燕谷等人物，多数是文学专业出身的学者。其中甘阳在专业上属哲学出身，是个例外。但这并不妨碍他也是一个亲文学的学者。

新左派在知识结构上的这种一致性，在自由主义之争爆发之初，便已被朱学勤指出。他称他们是"文学型知识分子"，沾有致命的"文人旧习"。而他之所以赞赏王小波，全然在于王氏久经社会科学的正规训练，唯独未曾受到大陆文学圈尤其是文学评论圈的不良熏染。[1]

朱学勤对"文学型知识分子"的否定性偏见溢于言表，不难被看见。从专业出身来看，朱学勤主治思想史，属于人文学科范畴，亦是近文学的学者。[2] 但这同样不妨碍他对社会科学作为经世之学、技术官僚作为治国之才的推崇。[3]

从这个知识立场来看，朱学勤是"反文学"的。所谓"反文学"，并不是反对文学本身的存在，而是反对文学的中国式传统理想，即以文学的方式介入现实的冲动。这与新自由主义的知识立场是吻合的。这个立场必须从两个层面来说。第一个层面是指认同或支持新自由主

[1] 参见朱学勤：《1998年自由主义学理的言说》，《思想史上的失踪者》，广州：花城出版社1999年版，第242—243页。

[2] 从朱学勤的诸多文章可看出，他熟悉文学史上的许多经典作品，对文学史中的人与事也多有了解。同时，他也在《上海文学》等纯文学刊物发表文章，与当下文坛中人保持往来关系。

[3] 朱学勤在接受李辉访谈时曾说道，他是一个人文知识分子，这个时代的工具理性的抬头对他来说是不利的，但不能因此否定这一因素在整个历史长程中的合理性。参见朱学勤：《两种反思、两种路径和两种知识分子——与李辉谈知识分子》，《思想史上的失踪者》，广州：花城出版社1999年版，第267—268页。

义的文学知识分子，主张文学应从现实干预中退出，这也正是于坚、韩东、朱文等作家的一个共同的人文倾向，也是王小波这样具有鲜明的自由主义立场的作家反复申明的一种文学观。关于这一点，恰好也是世纪之交文学断裂思潮的发生学因素，后文还将细解，暂且不表。另一个方面是指持新自由主义立场的非文学型知识分子，主张以去文学化的知识立场来参与自由主义之争。前文谈及何清涟的知识立场，已经涉及这一点。她所说的"经济学的边界"，实际上就是提醒自己在面临具体问题的时候，应该暂且悬置某种带有文学修辞色彩的道德批判。[1] 从这个知识立场出发，不难看见，在 1998 年的自由主义之争中，新自由主义的代表人物多是社会科学领域的学者。

那么，新左派为何都是"文学系"？这个问题或许表述得还不太贴切。新左派作为一种被标签化的意识形态，正如我们已经论述的和即将论述的，都绝不会只是文学圈的事儿。恰恰相反，它比新自由主义更加重视自身与社会的联系，特别是善于提炼社会底层的声音。

随着自由主义之争的持续蔓延，我们也可以看到，新左派论者也绝不仅限于文学型知识分子。在 2003 年出版的《思潮：中国"新左派"及其影响》一书中，新左派代表人物的名单已经有了扩展，包括汪晖、陈燕谷、李民骐、甘阳、黄纪苏、旷新年、韩德强、韩毓海、田力为、萧喜东、张广天、崔之元、王绍光等等。从"专业出身"上来看，有近一半不属于文学领域。[2]

即便如此，从以下几点来描述新左派与"文学系"的关系，依然是有效的：

第一，在新左派思潮呼之欲出的 90 年代，文学型知识分子无疑

[1]　参见何清涟：《"长江读书奖"颁奖会上的获奖致辞》，《书屋》2001 年第 1 期，第 13 页。

[2]　参见公羊主编：《思潮：中国"新左派"及影响》，北京：中国社会科学出版社 2003 年版。

充当了引火先锋，所以在 1998 年自由主义之争爆发之际，新左派代表
人物在知识结构上呈现为鲜明的"文学系"特征。

　　第二，在延续日久的自由主义之争中，新左派的整体理论构建是
由文学型知识分子来完成的，其代表性成果是汪晖等学者对"反现代
性的现代性"的论述。如果抽去这个具有史诗般气质的理论构架，新
左派就有可能如朱学勤所言，其"批判的理性资源很薄弱"。[1]

　　第三，新左派代表人物，无论在专业上是否出身于文学系，他们
的话语特征都带有鲜明的文学化色彩，也就是有某种"文艺范儿"，
重视文艺的现实干预功能。例如黄纪苏，在专业出身上属于社会科学，
但他作为新左派论者却是以剧作者的身份而知名，其作品包括《一个
无政府主义者的意外死亡》《切·格瓦拉》等，均在公众层面产生较
大影响。而与黄纪苏有着密切合作关系的张广天，则是一位以"红色
艺术"传播新左派理念的剧作家、音乐人和导演。前述由黄纪苏担任
剧本创作的两部舞台剧，均由张广天导演。此外，张广天还写了不少
极富新左派色彩的文艺理论作品，涉及样板戏、人民戏剧美学等论题，
如《江山如画宏图展》一文，从样板戏革命的角度论述了文艺的"人
民性"问题，指出"革命的人民和人民的革命登上文艺舞台"是大势
所趋。[2] 在自由主义之争的整个过程中，新左派特有的这种"文艺范
儿"，不仅重新激活了中国革命文艺的传统，而且也部分软化了他们
的抽象理论，使其更容易被大众接受。

---

[1]　参见朱学勤与李辉的对话：《两种反思、两种路径和两种知识分子——和李辉谈知识分子》，《思
　　　想史上的失踪者》，广州：花城出版社 1999 年版，第 262 页。

[2]　参见张广天：《江山如画宏图展》，《思潮：中国"新左派"及其影响》，北京：中国社会科学出
　　　版社 2003 年版，第 199—213 页。

抗争：对文学边缘化处境的热烈回应

由上观之，文学型知识分子在新左派思潮中多少扮演着意见领袖的重要角色。

这又是一个悖论。

如果说文学在 80 年代的新启蒙思潮中起到了至关重要的作用，那么到了 90 年代，这一"黄金景象"正在走向它的"黄昏景象"：在世纪之交，在工具理性快速抬头的中国社会，知识的科层化和文化的商业化致使文学的传统功能急剧衰弱。

这里所说的传统功能，必须放到 20 世纪中国文学的特定传统中去理解。它是指文学的代言功能，也就是一种对现实进行批判和想象化再造的干预功能。这个传统功能发端于五四新文学，若以李泽厚的观点来概括，包含了"救亡"和"启蒙"两种话语。

在近代中国思想史研究领域，李泽厚在 80 年代提出了具有广泛影响的"主题变奏说"，即 20 世纪中国的思想主题，启五四新文化之端，在经历"启蒙与救亡的相互促进""救亡压倒启蒙"这两个历史阶段之后，于 80 年代迎来了二者关系的"创造性转化"。[1]

80 年代以后，李泽厚的"主题变奏说"在当代中国思想史，特别是在文学思想史领域成了一种广被接受的公论，至今还是许多学者观测 20 世纪中国文学史的一种现成尺度。但细思之下，李氏将救亡与启蒙并置书写，并将二者在 80 年代的关系描述为"创造性转化"，实际上是看到了某种恒定因素，也就是在救亡与启蒙之间有共通之处。从文学史角度来看，这个共通之处就是：文学作为一种思想力量，具有面向社会实际事务的代言功能。鉴于此，80 年代以来的启蒙文学，

---

[1]　参见李泽厚：《启蒙与救亡的双重变奏》，《走向未来》1986 年第 1 期，第 18—40 页。

与 1949 年至 1978 年之间的革命文学不是一种对抗性断裂关系，而是一种创造性转化关系。换言之，整个 80 年代的中国文学，依然内在地包含着救亡与启蒙的双重性功能因素。

但是到了 90 年代，情况发生了根本性转变，文学具有的某种特殊功用在新的时代背景中出现了周转不灵，从而面临着一场深刻的精神衰变。这也就是汪晖尝言道的"社会文化的主体已经从中心向边缘转化"。[1]

90 年代以来，文学场内部开始唱衰文学，其实正是对文学边缘化处境的一种自我指认。从社会空间来看，这是文学去中心化的过程；从社会功能来看，这是文学迅速失去其社会代言之功用的过程。

文学界对这一基本事实的警觉，始于 1993 年的"人文精神大讨论"。这场讨论历时数年，在今天来看，其意义深远。但在 90 年代中前期，它并没有在社会层面产生广泛影响。其时，文学作为一种思想话语，正在走向它自身的成熟时期，但从整个社会来看，其他形态的思想话语，特别是由学术专业主导的科学话语，开始进入社会中心，覆盖了文学的声音。与此同时，大众文化生产也开始在商业社会内部孕育，虽未全面占领整个中国社会，但对原有的由"革命"和"启蒙"两种话语形态主导的深度精神生产模式构成了咄咄逼近的威胁。[2] 在此背景下，文学型知识分子呼吁"人文精神大讨论"，并未获得整个社会层面的反应。它恰恰表明了文学的边缘化已成不可逆转的事实，

---

[1] 参见汪晖：《当代中国的思想状况与现代性问题》，《天涯》1997 年第 5 期，第 135 页。

[2] 由于精英知识分子大多生活在中心城市，他们对 90 年代初瞬间启动的商业化进程有着异常敏锐和警觉的感受。但由于中国社会的不平衡发展，特别是城乡之间的巨大差异，90 年代中前期，多数偏远地区实际上并未受到商业化浪潮的明显冲击，而知识分子对中国社会全面商业化的认识，更多也是一种基于个人体验的想象。

并以事实本身压抑着对事实的警觉。

因此，90 年代以后，若有文学的思想力量成为时代思潮的"意见领袖"，难免被视为一种悖论式的存在。

不过，也正是在这个悖论中，我们解开了新左派为何都是"文学系"之谜。在人文精神急剧衰变的 90 年代，以"文学系"来引领新左派思潮，这里面恰好隐含着文学的一种热烈态度，也就是对自身的边缘化处境做出抗争式回应。

在汪晖的《当代中国的思想状况与现代性》一文中，这种隐含的文学态度已得到了充分表达。他言称的"社会文化的主体"，也就是指扮演着英雄化角色的人文知识分子，尤其是文学知识分子，因此多有自指的含义。从思想史角度入手，他总结了"社会文化的主体"在 90 年代被"逆向淘汰"[1] 的事实：

第一，商业化及其消费主义文化渗透到社会生活的各个方面，瓦解了"革命"与"启蒙"的深度精神生产模式，知识分子"痛苦地意识到自己已经不再是当代的文化英雄和价值的塑造者"。[2]

第二，资本主义的科层化（理性化）进程深刻地改变了知识分子的社会角色，使其"逐渐地蜕变为专家、学者和职业工作者"。[3]

对 90 年代中国社会环境的变化，文学知识分子无论是对抗还是适应，都表现了比其他人更为敏感的反应。事实上，在 90 年代多数时期，文学的传统生产模式并未受到社会剧变的正面的、直接的冲击，而只是表现为一种消极的边缘化事实。也就是说，在 90 年代中前期，新的社会生产机制尚未扩展到文学领域，传统的文学生产在新时代面

---

[1]　逆向淘汰，又称"精英淘汰"，即在特定的社会机制下，"精英"出局，"庸人"入局。

[2]　参见汪晖：《当代中国的思想状况与现代性问题》，《天涯》1997 年第 5 期，第 134 页。

[3]　同［2］，第 133—134 页。

前只是被冷落了而已。这种情况一直持续到 90 年代末为止。若要说清这个问题，有待后文详解。

这里需要着重指出的是，文学作为一种精神反应器，对时代环境的变迁有着超常的敏感。由是，不仅是 1993 年的"人文精神大讨论"，发生于 90 年代的任何一次富有影响的思潮，几乎都可以看到文学知识分子的活跃身影。90 年代的中国思想界发生了三次重要的思想争锋：第一次是"自由与保守之争"，第二次是"民族主义之争"，第三次是"自由主义之争"。在这三次思想争锋中，一些文学知识分子都试图以积极姿态参与其中。尽管他们的声音在众声喧哗的时代日渐微弱，却不妨碍他们以日益亢奋的姿态来"反抗绝望"。[1] 在江晖等人看来，面对社会巨变，以文化英雄自居的传统知识分子必须确立一种"批判性的道德化的姿态"，这也是一种"自我重新确认的社会行动"。[2]

寻找：赋予当代文学再政治化的维度

抗争与寻找，是正反相成的两种知识分子姿态，也符合新左派论者的基本精神立场。他们要抗争的对象，是一个日益工具理性化和精神世俗化的资本主义世界，而他们要寻找的，则是以资对抗当下现实的精神资源，也就是当代文学特有的干预现实政治的传统。

相比抗争，寻找更显当务之急。在这里，我们可以看到新左派思想立场与其文学态度的无缝对接。新左派对全面民主和积极自由的政治性诉求，经过历史话语的转化，亦可兑换为一种文学的态度。这种

---

[1] "反抗绝望"这一说法引自汪晖专著《反抗绝望：鲁迅及其文学世界》。鲁迅作为一个多侧面的精神偶像，成了许多当代中国知识分子的"欲望中介"。汪晖以"反抗绝望"来描述鲁迅的精神世界，也隐含着一个自我构造的心像。

[2] 参见汪晖：《当代中国的思想状况与现代性问题》，《天涯》1997 年第 5 期，第 134 页。

态度，简言之就是赋予当代文学再政治化的维度。

之所以说是再政治化，而不是政治化，是因为中国当代文学曾经有过极其光辉的政治化传统。这个传统如果放到 20 世纪中国文学史中考察，可以说是一个源远流长的大统。作为一种现代文学观念，它的萌芽、发展与变迁经历了几个重要的时间节点：

首先是 19 世纪末 20 世纪初的萌芽期，以梁启超的"群治说"和"新民说"为代表，强调小说的"开智"功能，最终实现"改良群治"的社会目标。

其次是在五四新文化运动时期，新文学被赋予了救亡和启蒙两大历史主题。

第三是在 20 世纪 20 年代末至 40 年代初，左翼文学运动兴起，并被逐步纳入阶级斗争和革命运动范畴，文学与政治的广义关系被缩小为文学与阶级的狭义关系，其标志性事件是 1930 年中国左翼文学作家联盟在上海成立，以及 1942 年由毛泽东主持召开的延安文艺座谈会。

第四是在 1949 年之后，直至"文化大革命"结束，社会主义现实主义成为文学生产的唯一合法范式，文学的政治化走到历史极端时期。

最后是在 1978 年之后，救亡与启蒙两大主题走向新的融合，也就是李泽厚所说的"创造性转化"。

需要特别说明的是"1978 年之后"这个时间节点。出于对前面三十年极端政治化的反驳，这一时期的文学一开始就表现为某种潜在的对抗姿态，在去政治化的表面诉求中实际上已将自己推入某种特殊的政治化形式。从"朦胧诗"到"伤痕文学"，莫不如是。80 年代后半期，中国文学进入了形式主义探索的高峰，表面上与外部政治毫无关系了，但从本文角度来看，这只是内嵌政治化的结果，外部的政治残酷性被转移到文本内部，于是有了余华、莫言等人的"暴力奇观"。[1]

在整个 80 年代，中前期和中后期可以划分为两个阶段，但从"创造性转化"角度来看，这两个阶段有着一致的方向，即以"人的文学"替代"人民的文学。这个方向也就是新启蒙主义思潮的方向，也是"创造性转化"的方向。然而，"创造性转化"也就意味着能量的消耗。1985 年之后，新启蒙思潮的高涨实际上意味着文学介入现实的话语能量正在衰变。这也就是汪晖忧心不已的"逐渐丧失批判和诊断当代中国社会问题的能力"。[2]

与新左派立场相勾连，再政治化的文学态度以"反抗绝望"的姿态，恰逢其时地出场了。这种态度志在表明文学对现实政治的积极功能，恰如韩毓海所言："这个在某种程度上是日益被逼迫得鲜明起来的立场，既不是埋头于各自领域的专门化研究所能绕得过去的，也不是一句'多谈些问题少谈些主义'的口号所能遮掩的。"[3]

正如前文所述，在不同历史时期，文学的政治化内涵各不相同。在新左派思潮背景下，再政治化的文学态度也有着不同于以往的时代诉求。从汪晖等论者的观点来看，他们显然要摒弃文学政治化传统中的启蒙主义立场，因为在他们看来，启蒙知识分子在 90 年代已蜕变为资本主义生产关系的代言人。[4] 但他们也不是要照搬左翼文学或革命文学的历史经验，而是试图在全球资本主义视野之下重新熔铸这些历史遗产，包括左翼文学的批判话语和革命文学的现代性经验，从而

---

[1] 参见王德威对余华小说中"暴力奇观"的解读。王德威：《伤痕即景，暴力奇观》，《读书》1998 年第 5 期，第 113—121 页。

[2] 参见汪晖：《当代中国的思想状况与现代性问题》，《天涯》1997 年第 5 期，第 141 页。

[3] 韩毓海：《市场意识形态的形成与批评的困境》，《天涯》1998 年第 2 期，第 20 页。

[4] 同 [3]，第 142 页。

确立一种新的"救亡式写作"。参照新左派的论点，考虑到 90 年代以后中国社会正"沦陷"于全球化资本主义世界，"救亡"也就有了突出的时代含义。

对比：政治化与再政治化之异同

这里需要进一步对比新左派与革命时期的文学政治化内涵之异同。仅仅是出于叙述的简便，我们暂且将 1949 年至 1978 年的这个中时段称为革命时期。这个时期的文学政治化，与 90 年代新左派的文学再政治化诉求，确实有着不少惊人的相似之处，例如它们都共享着文化民主的价值预设。

在论述当代中国思想状况的时候，汪晖大胆提出了文化民主的命题，指出"文化生产就是整个社会再生产的一部分"，而新马克思主义的重要缺陷之一，就是对"文化民主问题似乎基本上没有涉及"。[1]

在新左派看来，文化民主的命题之所以能够成立，在很大程度是由文化的公共性决定的。在为《文化与公共性》一书写的导论一文，汪晖称公共性"应该成为一种争取平等权利的战斗的呼唤"，而文化既是手段，也是目标。[2]

新左派对文化民主和文化公共性的强调，显然是要凸出价值理性在当代社会的重要位置，以资对抗日益庸俗化的工具理性。这也是从另一个侧面为正在失落的人文精神"伸张正义"。以汪晖为例，他虽然在价值立场上同情"人文精神大讨论"，却不认同当时的启蒙知识分子的精英姿态，因为这种"个人化的道德实践"必然致使文化的公

---

[1]　参见汪晖：《当代中国的思想状况与现代性问题》，《天涯》1997 年第 5 期，第 144 页。

[2]　参见汪晖：《导论》，《文化与公共性》，北京：生活·读书·新知三联书店 1998 年版，第 2、38—47 页。

共性大大萎缩。[1]

但新左派诉求的文化民主绝非凭空想象，而是取自1949年之后传统社会主义实践的历史经验。在这一时期，文化民主是全面民主的一部分，内含于消除阶级差别这一总体目标。

在文艺生产领域，文化民主的具体实践就是开展大众化文艺运动，其中尤以1958年的"新民歌运动"和"文化大革命"时期的"样板戏"为代表。前者以平等创作权为指导准则，要求全国人民按指标写诗；[2]后者以平等欣赏权为指导准则，要求全国人民共唱几台戏。尽管在具体实施上有所区别，但二者在消除文化特权这一目标上是一致的。关于这一结论，洪子诚亦有相近说法。他说："1958年的文艺运动，其理念与运动方式与后来'文革'开展的文艺运动有内在的逻辑关联和相近的形态。"[3]

在新左派对文化民主的诉求中，我们似乎看到了这一目标的昨日重现。不过，在这个貌似相同的目标之外，又有着历史与现实的巨大差异。

在革命时期，文学的政治化是通过一体化政治运动来实现的。在有关当代中国的不同研究领域，"一体化"这个说法可以被用来描述不同的研究对象。但从总体史范畴来看，一体化就是通过政治运动的方式，将一切社会组织和社会生活纳入国家目标之中，文学作为一种社会性存在，亦是如此。洪子诚在当代文学研究中使用一体化概念，是指："特定时期文学组织方式、生产方式的特征，包括文学机构、文学报刊、写作、出版、传播、阅读、评价等环节的高度'一体化'的

---

[1]　参见汪晖：《当代中国的思想状况与现代性问题》，《天涯》1997年第5期，第142页。

[2]　参见洪子诚：《中国当代文学史》，北京：北京大学出版社2010年版，第79页。

[3]　洪子诚：《中国当代文学史》，北京：北京大学出版社2010年版，第194页。

组织方式，以及因此建立的高度组织化的文学世界。"[1]

在一体化政治运动中，文学不停调校自己，使其话语结构与消除一切阶级差别、实现全民民主和平等的国家目标相耦合。在这个平面化的世界，每个角落都洒满了阳光，完成了政治化改造的文学也充满了乐观情绪，因此多表现为一种抒情的浪漫主义基调。

但在 90 年代，文学的再政治化诉求已经部分地丧失了一体化时期的体制保障。至少从汪晖等人的立场来看，他们将自己定位在与国家目标有着严重错位的边缘位置。

从"中心—边缘"的空间关系来认知 90 年代的中国社会，新左派论者的命运感有效链接了中国文学的微妙处境。他们不再假想自己是国家的主人翁，而是社会边缘个体，被迫采取抗争姿态。由此，新左派赋予文学再政治化的维度，更多强调了一种批判性的现实主义基调。

第二节　继续去政治化的路径：学院化与市场化

王元化的行动："文学系"并非都是新左派

1998 年 5 月 18 日至 6 月 1 日，在近半个月时间里，已近耄耋之年的王元化只做了一件事：反复再读卢梭的《社会契约论》，并写了一篇长达一万四千字的《与友人谈社约论书》。[2] 连同他在 1992 年写作的《与友人谈公意书》和在 1997 年写作的《张奚若谈卢梭》，这些

---

[1] 参见洪子诚：《问题与方法：中国当代文学史研究讲稿》，北京：北京大学出版社 2010 年版，第 181 页。

[2] 包括去杭州之前的阅读，王元化一共花了两个多月来消化卢梭的《社会契约论》，并做了详细笔记。可参见王元化：《九十年代日记》，上海：上海古籍出版社 2008 年版，第 335—337 页；王元化：《与友人谈社约论书》，《九十年代反思录》，上海：上海古籍出版社 2000 年版，第 98 页。

文章在思想界被合称为"社约论笔谈三篇"。

　　作为久负盛名的文学史家，王元化主治中国文论史，鲜有涉及政治学说。他坦言，由于知识结构上的偏差，他读《社会契约论》颇感吃力。[1] 不过，从王元化的思想自述来看，对卢梭思想的探究，又是他在晚年走向思想成熟的重要步骤。他自称，一直到 90 年代，他才摆脱了长期形成的既有观念的束缚，开始"用自己的头脑去认识世界，考虑问题"。[2] 这个临界点的出现，是在 90 年代对自己的思想做了比较彻底的全面反省的结果。

　　参照阅读《九十年代反思录》和《九十年代日记》，不难看见，王元化在 90 年代全面检讨的对象是五四新文化运动，以及由此奠定的启蒙话语。他在日记中写道：今天中国仍需启蒙，但又须防止或克服启蒙的"扭曲心态"，即"意识形态化的启蒙心态"。[3]

　　对启蒙话语的检讨，其中就包含了对卢梭的政治哲学的反思。

　　从中国的五四到法国的卢梭，其间的逻辑关联在王元化的《张奚若谈卢梭》一文有着简明的揭示：五四时期的民主学说多半源于卢梭的著作。[4] 而在《与友人谈公意书》一文，王元化则勾画出了 1949 年以后以群众运动形式完成的国家一体化进程与卢梭"公意说"之间的逻辑同一性。[5]

　　整体地看王元化的"社约论笔谈三篇"，不难判断，他对卢梭的

---

[1]　参见王元化：《与友人谈社约论书》，《九十年代反思录》，上海：上海古籍出版社 2000 年版，第 99 页。

[2]　参见王元化：《九十年代日记》，上海：上海古籍出版社 2008 年版，第 400 页。

[3]　参见王元化：《九十年代日记》，上海：上海古籍出版社 2008 年版，第 360 页。

[4]　参见王元化：《张奚若谈卢梭》，《九十年代反思录》，上海：上海古籍出版社 2000 年版，第 93 页。

[5]　参见王元化：《与友人谈公意书》，《九十年代反思录》，上海：上海古籍出版社 2000 年版，第 88—92 页。

"公意说"，是持审慎之否定态度的。但他不是从一般的批判性立场出发，而是在文本细读中自然而然流露出这种否定态度。

在《与友人谈公意书》一文，他以"一位友人的论文"作为分析对象，得出了对卢梭之"公意说"的理解：公意是相对众意而产生的，公意着眼于公共利益，而众意着眼于私自的利益，因此，归根结底，卢梭的公意是"抽空的私意"，"其实质只不过是悍然剥夺了个体性与特殊性的抽象性"。[1]

在《张奚若谈卢梭》一文，王元化则以《张奚若文集》为分析对象，批驳了卢梭的"公意说"内含的一个观点：人民建立的国家其性质规定了它是不会作非的。他引张奚若原话论述道：政府是由人组织的，不是由神组织的，政府中的人亦如普通人一样，其理智半偏不全，其经验亦有限，而其操守也是易受诱惑的。[2]

在《与友人谈社约论书》一文，王元化则回到《社会契约论》原著，并循环往复援引"友人的论文"和张奚若的观点，得出"公意必然造就以牧人自命的领袖"的结论。他说，牧人并非总是充满了恶意，但他无一例外地要求人民将自己的权利全部转让给集体，这公意完全排除了个人的和特殊的成分。[3]

王元化还将卢梭的公意、众意和私意之政治学说与黑格尔的普遍性、个体性和特殊性哲学三范畴相提并论，称他们是"一条藤上结的

[1] 参见王元化：《与友人谈公意书》，《九十年代反思录》，上海：上海古籍出版社 2000 年版，第 88—92 页。

[2] 参见王元化：《张奚若谈卢梭》，《九十年代反思录》，上海：上海古籍出版社 2000 年版，第 93—97 页。

[3] 参见王元化：《与友人谈社约论书》，《九十年代反思录》，上海：上海古籍出版社 2000 年版，第 98—120 页。

瓜"。[1] 显然，王元化是在为众意和私意作辩护，也就是为"独立存在于普遍性之外的个体性和特殊性"做辩护。

不得不说，这同样是一种有立场的写作。

王元化对"意图伦理过剩"，即"立场在先结论在后"的思想方式，是充满了警惕的。但是，当一种立场转化为一个时代气候之时，王元化已不可能置身立场之外。他不偏不倚，正好是 90 年代新自由主义思潮发展链条的一个醒目环节。

回到 1998 年的自由主义之争，关于卢梭的"公意说"，恰是论战双方的争执焦点之一。新左派主张的全面民主，正是吸收了卢梭的"公意说"，而他们主张的积极自由，在卢梭的《社会契约论》亦有出处，即"任何人拒不服从公意，全体就要强迫使他服从公意，这恰好就是说，人们要迫使他自由……"。[2]

新自由主义论者则对卢梭的"公意说"持否定态度。朱学勤被公认为是新自由主义最具代表性人物之一，很大程度上是因为他在 1994 年便出版了《道德理想国的覆灭》。[3] 这是 90 年代中国知识界最早全面反思卢梭"公意说"的著作。王元化在《与友人谈公意书》一文提及"一位友人的论文"，即指朱著。

在 90 年代中前期，无论是朱学勤对"道德理想国"的反思，还是王元化对自身思想的全面检讨，均未见立场之外露，却已凿开了通往新自由主义思潮的隐秘通道。到了 90 年代末，他们的反思与检讨，已成公开的立场。

---

[1] 参见王元化：《与友人谈社约论书》，《九十年代反思录》，上海：上海古籍出版社 2000 年版，第 110 页。

[2] 参见〔法〕卢梭：《社会契约论》，北京：商务印书馆 2003 年版，第 24—25 页。

[3] 《道德理想国的覆灭》是朱学勤的博士论文，完成于 1992 年，1994 年由上海三联书店出版。

1998 年初，王元化在报纸上发表《〈清园近思录〉后记》一文，肯定了张奚若谈卢梭国家学说的观点，实则是在公开自己的思想立场。[1] 针对这篇文章，不同立场的反弹也是一触即发。之后吴江来信，谈了不同看法，并建议"还可以查阅一下《社会契约论》全文"。[2] 王元化于是年五月下旬避居杭州以完成《与友人谈社约论书》一文，便是为了回应吴江等学界友人的质询。从这篇长文可看出，王元化不独对吴江做出回应，也试图对近来不少"只凭臆测""投以冷嘲""企图挑起风波"的挑衅者做出有态度的回应。[3]

回到 1998 年的思想现场，王元化的行动代表了文学的另一种态度，一种不同于"新左派"的态度。它提醒我们不应陷入前文中可能已经形成的某种偏见，即新左派都是"文学系"这样一种似是而非的武断。事实上，正如在本书多数篇幅中已描述的，一种与新左派相对的态度，恰好在 1998 年的文学断裂思潮中构成了一种积极的行动因素。

从"断裂调查"到"通往论战"再到"王小波热"，从于坚的"诗歌之舌"到朱文的"自我启蒙"再到卫慧的"快乐写作"，最后到王小波的"穿越体写作"，它们均传递出一种个体性话语，以向上的力量试图突破总体性话语的地表。

这些仅仅是在文学场内部造成了话语断裂的声音，并没有正面介入 1998 年的自由主义之争，因此我们无法用新自由主义这个简明标签来化约它们，但毫无疑问，它们与新自由主义处在同一话语板块，或者说，二者具有"态度同一性"。

---

[1]　参见王元化：《〈清园近思录〉后记》，《文汇报》1998 年 2 月 7 日。

[2]　参见王元化：《九十年代反思录》，上海：上海古籍出版社 2000 年版，第 121 页。

[3]　同 [2]，第 119 页。

这个同一性态度，简言之，就是继续去政治化。

去政治化：一种文学态度的简史

正如再政治化的文学态度继承并改写了政治化的历史遗产，继续去政治化的文学态度也必须放到它自身的历史坐标中，才能获得清晰的含义。

作为现代文学的一种意识形态，去政治化代表了这样一种态度倾向：将现实政治因素从文学本身中剥离出来，从而寻求文学自身的"独立自主"。

事实上，这也是文学的一种"划界政治"。它要求自己不要介入现实政治，也谨防现实政治干预自己的审美王国。这是一种来自文学场域的"不干涉内政"的声音，然而这样的诉求并非文学独有，而是现代知识分子的一种共同话语。胡适在1917年从美国归来后，曾誓言"不问政治"，代表了中国现代知识分子的去政治化的自觉意识。

在文学领域，去政治化思潮在20世纪20年代至30年代达到一个小高峰。周作人从"文学斗士"转向"自己的园地"，林语堂倡导性灵小品文写作，梁实秋力主"文学无阶级论"，沈从文创作《边城》等牧歌式小说，均在不同侧面疏离了文学与现实政治的关系。

但是正如胡适誓言"不问政治"最后又"不得不问政治"一样，去政治化一开始就面临着难以为继的难题。在随后出现的左翼文学和抗战文学的洪流中，去政治化的文学态度更是存在着自身的合法性危机。

萧红写作《生死场》的整个过程，恰好体现了去政治化意图的破产。摩罗曾指出，萧红这部小长篇在内容上出现了明显的结构断裂：前三分之二的篇幅写东北两个村庄的老百姓的生老病死，而后三分之一却突兀地转向抗战主题。摩罗认为，出现这种情况，应从文学与现实政治的关系去寻找答案：萧红写作《生死场》时，东北三省已沦陷于日军铁蹄之下，萧红"可能意识到自己的文学作品应该担负起某种与时局有关的责任"，此外，身边的"左翼文学"朋友（特别是作为生活伴侣的萧军）的影响，也是一个直接因素。摩罗还说道，萧红自己也意识到了文本的内部断裂，因此不得不在断裂处作"缝合手术"。[1]

《生死场》在它诞生之初广被接受，很大程度上与它靠上了抗日的政治主题有关，鲁迅为这部小说作序，也是从抗日角度来阐述的。可见，在特定时局下，去政治化的文学态度无法抵挡政治化的滔滔潮流。40年代，尽管钱钟书、梁实秋、王了一等学者型作家在散文领域坚持去政治化的写作，[2]但这种文学态度始终未能占据主流。它们不过是逃离或消失在政治化这个大传统之外的小传统。

1949年之后，通过国家一体化运动，主流文学完成了充分政治化的改造。关于这一点，前文已有交代，此处不再赘述。从相反一面来看，文学的充分政治化，也就意味着原本微弱的去政治化传统发生了纵向的历史断裂。尽管近年来通过"地下文学"或"潜在文学"的挖掘，证明在1949年至1978年间依然存在着未被政治化的文学遗迹，但这些遗迹毕竟在当时被排除在时代话语之外。

去政治化的文学态度重新浮出时代的地表，却是发生在新时期的文学思潮。从70年代末80年代初的"伤痕文学""寻根文学""朦胧

---

[1] 参见摩罗：《〈生死场〉的文本断裂及萧红的文学贡献》，《社会科学论坛》2003年10月号，第41—50页。

[2] 参见范培松：《论四十年代梁实秋、钱钟书和王了一的学者散文》，《文学评论》2008年第1期，第48—53页。

诗"到 80 年代中后期的"第三代诗歌""先锋文学"和"新写实小说"，虽然经历了两个不同的阶段，但在去政治化这个总体态度上，它们是具有同一性和连续性的。[1] 关于这一点，前文亦有交代。

这里需要补充的是，进入 90 年代以后，无论是趋向新左派的文学态度，还是趋向新自由主义的文学态度，它们对 80 年代的去政治化都是不满意的。

诚如前文所述，具有新左派倾向的文学态度认为，正是 80 年代的去政治化，导致了新启蒙话语的衰变，以至于在 90 年代逐步丧失了诊断和批判社会现实的能力。

正如下文将要论述的，带有新自由主义倾向的文学态度则认为，80 年代的去政治化并没有完成它的历史使命，因此必须继续去政治化。在他们看来，80 年代的去政治化是以对抗姿态出现的，也就是试图以新启蒙话语来替代旧的革命话语，因而难免陷入一种激越的文化亢奋状态。在此意义上，他们对 80 年代的去政治化的不满，实际上就是要对这一时期的新启蒙意识形态进行反思。晚年王元化就是从这个问题出发，走向了他个人的反思时代。他在 1998 年 11 月 29 日的日记中这样写道：

> 我一直在思考的一个问题是，今天中国仍需要启蒙，但又须防止或克服启蒙的"扭曲心态"。这种心态：一、以为人的力量

---

[1] 关于"伤痕文学"是否具有去政治化的倾向，不同论者意见悬殊。李陀认为"它基本上还是工农兵文学那一套的继续和发展"，是一种"旧"文学。具体可参见李陀：《漫说"纯文学"》，《上海文学》2001 年第 3 期，第 4—15 页。但也有论者认为，"伤痕文学"是对"国家一体化"的"第一次剥离"，因为它"把个人的惨痛经历置于国家之上"。可参见张伟栋：《去政治化与先锋小说》，《上海文化》2009 年第 4 期，第 57—62 页。

是万能的，人的理性可以掌握终极真理。二、一旦自以为掌握的
是真理，必不容怀疑，更不容别人反对。因而反对真理的人也就
名正言顺地成了异端。对于反对真理的异端，不是去改造他，就
只有去消灭他！三、由此形成的理想是崇高的，伟大的，可以为
之献身，也可以为之牺牲自身以外别的一切！这就形成一种狂热，
一种激进，一种偏颇。[1]

王元化对新启蒙意识形态的反思，当然并不局限于 80 年代，而
是追根溯源到五四新文化运动。他认为，发端于五四时期的"启蒙"
与"救亡"，这两种意识形态只有一步之遥，其间还有一条便捷直通道。
故而，他在日记中写道，今天的中国须防止或克服启蒙的"扭曲心态"。
这种心态的典型症状之一就是：对于反对真理的异端，不是去改造他，
就只有去消灭他。对此，王元化补充注解道："我还记得年轻时所常听
到的一种说法：'如果敌人不投降，那就消灭他！'"[2] 王元化认为，这
是在当代历史的救亡经验中形成的一种启蒙心态，是"一种狂热，一
种激进，一种偏颇"。

在继续去政治化的文学态度中，王元化的这些观点是具有代表性
的。它放弃了 80 年代盛行的文化英雄式的抗争姿态，取而代之一种
逃逸姿态。所谓"逃逸"，就是离开现实政治的中心，消失于斗争现场。

市场化路径：朱文、于坚、韩东的"美元叙事"

继续去政治化的文学态度，转化为具体的文学生产，又有内部的
分化，呈现出两种不同的路经依赖。第一条路径是市场化，主要发生

---

[1]　王元化：《九十年代日记》，上海：上海古籍出版社 2008 年版，第 360—361 页。

[2]　同 [1]，第 361 页。

在文学创作领域，其话语方式是"美元叙事"。

在 90 年代初，抽象的市场作为人文精神的假想敌，首先遭到了文学知识分子的抵制，其典型事件是始于 1993 年的"人文精神大讨论"，以及张承志、张炜等作家发出的"抵抗投降"的道德理想主义宣言。这种文学态度微妙地延续了 80 年代的新启蒙主义立场。这种立场为改革开放的时代主题思想提供了最内在的精神支撑，只是到了 90 年代，当改革开放朝着自身逻辑日渐显示其结果时，新启蒙主义却无从适应了。对此，许纪霖有过一个恰到好处的描述："启蒙知识分子第一次在自己所呼唤的改革结果出现的时候感到失落。"[1]

与此同时，另外一种处于潜伏状态的文学态度也若隐若现了。这种态度不是将市场想象成"文学的敌人"，而是将其想象成文学继续去政治化的一种再生空间。

在朱文创作于 90 年代前期的《食指》这部短篇小说中，这种隐伏的文学态度已露出了蛛丝马迹。这个短篇小说有一个副标题：秘密的诗歌之旅。恰如副标题所示，小说讲述了诗人吴新宇在 1989 年"神秘地从这个纷纷扰扰的世界消失了"的故事。吴新宇躲在一个小阁楼里写着无人搭理的分行文字，却在 1985 年意外地成了当代汉语先锋诗歌的代表。但随后，他又意识到必须"把诗歌还给人民"。因此，吴新宇的消失，不为别的，只是为了给自己的诗歌找到需要它的人民。但这不是最终结局。最终结局见于吴新宇留下的一封信，信中说，吴新宇并没有找到所谓的人民，而是找到了那些真正拥有诗歌的人们，他们就是以方言来构造日常生活世界及其交往关系的"小市民"。在

---

[1] 许纪霖：《总论》，《启蒙的自我瓦解：1990 年代以来中国思想文化界重大论争研究》，长春：吉林出版集团有限责任公司 2007 年版，第 33 页。

这里，朱文通过吴新宇的一封信虚构了一个与市场有关的细节：

> 我注意过菜场上两个农妇的对话，她们一边摆弄着秤，一边
> 隔着一条街在对话。天啦，我虽然几乎一句也听不懂，但他们彼
> 此抑扬的调子，在黄昏的市场上来来去去的调子，让我相信那就
> 是诗歌。[1]

本书不止一次引述过朱文的这部小说，并非仅仅是一种健忘式重
复，而是从中看到了循环往复的新意。

吴新宇一开始躲在小阁楼里写诗，其无意识的文学态度就是去政
治化的；后来他要"把诗歌还给人民"，则是出于政治化意识的召唤；
而他在小市民的日常生活图景中找到了真正的诗歌，则意味着他最终
又回到了去政治化的文学态度。朱文为这种态度描绘了具有典型意义
的场景：菜市场上的诗性对话。显然，在小说的背后，已经隐含了作
者的叙述意图，即对去政治化的文学态度的肯定性理解。

这种叙述意图在这篇小说的其他叙事元素中亦得到体现，例如故
事发生在 80 年代中期至 90 年代，恰好可与 80 年代以来的去政治化的
文学事实"对号入座"。小说中还出现了许多真实人物的名字，如诗
人于坚、韩东、丁当、于小韦、吴晨骏等等。这些现实化元素消融于
虚构的故事中，最后合成了一个文学的真实世界。构成这个真实世界
的核心元素，并非情节和故事，而是作者的态度。

朱文始终未曾正面叙述过吴新宇这个人，而是通过"我"以及众
多诗人的转述，让吴新宇显得扑朔迷离又异常真实。这种带有强烈的

---

[1]　朱文：《食指》，《达马的语气》，上海：上海人民出版社 2006 年版，第 159 页。

迷宫色彩的叙述方式，与博尔赫斯的小说有着惊人相似之处。在短篇小说《〈吉诃德〉的作者皮埃尔·梅纳尔》中，博氏亦描述了一个子虚乌有的作家皮埃尔·梅纳尔，他立志"写出一些同米格尔·德·塞万提斯逐字逐句不谋而合的篇章"，但事实证明任何一部杰出的作品都具有它的不可复制的偶然性，没有一位作家能够回到塞万提斯的世界中去。[1]

我们不必去考证朱文是否模仿了博尔赫斯，因为这并非本书旨趣之所在。[2] 我们关心的是，从博氏到朱氏，他们都借"真实的作家"虚构了一个"假想的作家"，又借这个"假想的作家"传达了某种文学观念的真实抉择。在博氏那里，这个文学观念是指写作的必然性与偶然性；而在朱氏这里，它是指写作的政治化与去政治化。

耐人寻味的是，朱文将去政治化的文学态度寄托于市场，而不是精英知识分子的启蒙话语。在整个 90 年代，多数精英作家对市场怀有一种难以言说的恐惧。朱文作为新一代作家，其突出之处或许就在于，他前所未有地将市场想象成一个美妙的文学空间。

但朱文绝非特例，《食指》这部小说亦非孤例。

在 1998 年文学断裂思潮中持积极行动立场的作家，多数在 90 年代的写作实践中倾注了对市场的想象，由此形成以"美元叙事"为特征的文本序列。我们可以枚举最具代表性的三个文本，它们分别是于坚的《棕皮手记》、朱文的《我爱美元》和韩东的《美元硬过人民币》。

《棕皮手记》是于坚的笔记体诗学随笔，目前已公开出版的部分，

---

[1] 参见 [阿根廷] 博尔赫斯著，王永年译：《〈吉诃德〉的作者皮埃尔·梅纳尔》，《博尔赫斯全集》（小说卷），杭州：浙江文艺出版社 1999 年版，第 88—98 页。

[2] 事实上，朱文承认博尔赫斯的书"确实是我在某一阶段的主要读物"。参见张钧：《小说的立场：新生代作家访谈录》，桂林：广西师范大学出版社 2002 年版，第 7 页。

涵盖了 1982 年至 2000 年的长短不一的断章。从中可以看到，在 90 年代前期，于坚对市场已持明确的肯定性态度。他在 1993 年写下了这么一段话：

> 在市场的社会中，总体话语将被"看不见的手"不断支离、消解。最终体现出价值的东西，将是来自个人的（并非什么"自我"的），相对于过去的时代的文化价值呈现为"〇"的东西。诗人心态是"自在"、"自己承担责任"，因为他们不再有某种一致的语境可以依附。无数个人的语境构成了总体话语。不是由于指令，而是由于存在。[1]

于坚写下这段话，正是许多文学知识分子高呼抵御市场这只"会吃文学的狼"之时，而此时的于坚却对市场怀有一种简单的、乐观的看法。他深信市场将威胁那些"指令诗人"，但不必然意味着诗歌本身的灾难。他甚至坚信通过市场这只"看不见的手"，可以再造出一个由个体话语构成的全新的文学空间。

于坚对市场的理解，更多是基于推理，而非体验。只有在朱文和韩东的小说中，市场才在他们笔下转化为一种生存经验。

朱文的《我爱美元》和韩东的《美元硬过人民币》，其故事主角都是置身于市场的身份模糊的作家。他们的生活世界确实如于坚所言，丧失了总体性，取而代之的，是来自市场的卑琐事物、杂碎场景和个体欲望。在这个丧失了总体意义的世界里，以往由"指令"构成的交往关系（其实质是一种政治关系）也已不复存在，一种由"交易"构

---

[1] 于坚：《棕皮手记·1992—1993》，《拒绝隐喻》，昆明：云南人民出版社 2004 年版，第 23 页。

成的新型的交往关系变得清晰起来。

在《我爱美元》这里，交易关系发生在儿子、父亲和妓女之间；而在《美元硬过人民币》这里，交易关系发生在两个同学以及妓女之间。他们交易的物品都是性，一种同时兼有生物性和社会性的"人之初"。无论是在父子之间，还是在同学之间，性都是属于最常见之物。但从社会的角度来看，性又受制于具体的伦理关系而变成不可通兑之物。唯有"美元"，可以有效化解这其中的关系壁垒。显然，"美元"是因其中介功能而被突出的，它维护了个体的纯粹欲望的合法性存在，同时又将其纳入特定交往关系中，使其获得新的社会属性。

在90年代，"美元叙事"反复出现在作家的文本中，具有不可忽略的象征意义。它既是对市场这个新型社会空间的确认，同时也是作家对去政治化之文学态度的自我指认。但是这种文学态度并非孤立地存在于文本之中，而是与作家的行动构成一个互文世界。

在描述"断裂调查"这一事件时，我们已经注意到了行动者的一个显著特征，即他们都是辞职者。从1949年之后的文学体制来看，辞职已不言自明地包含了去政治化的特殊含义，这是在90年代才有可能发生的事实。而辞职之后，则意味着作家必须进入一个全新的市场化的社会空间。

学院化路径：为理论而理论与价值中立

文学继续去政治化的第二条路径是学院化，主要发生在文学理论领域，其话语方式是价值中立。

90年代以来，文学知识分子发生内部分化，首先是从专业分工开始的，即形成了创作与理论两个相对自主的知识场域。这其中最突出的现象就是，以理论形态存在的文学变成了一种脱域力量，独立于文坛之外。文学理论不再充当即时的文学创作思潮的"喉舌"，而是为理论而理论，从而构建了一个自足的知识王国。但这个知识王国并非空中楼阁，而是建基在90年代以来日趋科层化的学术体制之上。

学术的科层体制的建立，意味着80年代处于民间自发状态的思想场域正在消失，取而代之的，是以学院为主体建制的知识场域。正是在这个场域空间内，文学知识分子达成了新的共识。首先，他们确认了理论的自足性，认为文学理论不必依附于文学创作这个善变的"现实"。其次，他们强调了理论的专业性，也就是拒绝理论的空疏形态，及其万能膏药式的批评干预功能。

以上两点，就其话语方式而言，可以总结为价值中立，也就是"抛弃立场优先的价值评判态度，而代之以知识论的分析方法"。[1] 这一知识立场的出现，与90年代整个思想气候的变化几乎是同步的。借用李泽厚的说法，这个变化可总结为"思想家淡出，学问家凸显"。[2]

在这个变化过程中，在当代政治语境中一度被抑制的、具有实证倾向的社会科学日渐显示其重要地位，而人文学科则被迫发生了社会科学化的转型。这一微妙的思想气候的变迁，在从事文学研究的知识分子身上可见一斑。90年代初，陈平原等文学研究者开始检讨80年代的"浮躁"与"空疏"之学风，便是一例。[3]

值得注意的一个细节是，在90年代初，出现了一批带有民间色彩的学术刊物，如《学人》《学术集林》《原学》和《中国社会科学季刊》等等，均是推动新启蒙知识分子从思想转向学术的重要力量。这

---

[1]　参见许纪霖：《总论》，《启蒙的自我瓦解：1990年代以来中国思想文化界重大论争研究》，长春：吉林出版集团有限责任公司2007年版，第20页。

[2]　参见李泽厚：《致〈二十一世纪〉杂志编辑部的信》，《二十一世纪》1994年6月号，第159页。

[3]　参见陈平原：《学术史研究随想》，《学人》第1辑，南京：江苏文艺出版社1991年版，第3页。

一事实似乎传递了这样一种信息：90 年代中国思想界的"学术转向"，是在民间完成的。

但这只是一个幻觉。

90 年代初，思想界虽然在一定程度上延续了 80 年代的民间传统，[1] 但是到了 90 年代末便难以为继了。作为 90 年代学术规范化运动的旗手，曾经长期沉浮于民间场域的邓正来见证了这个过程。他在 90 年代末发现，身边的许多朋友均已遁身进入体制之内。[2] 这个体制，不是指别的，而是指学院，也包括其他官办学术机构。事实上，90 年代的"学术转向"，只能借助学院化这条路径才能得以完成。唯有在学院这个特殊的社会建制之内，纯粹的知识和理论才是理所当然的。

在学院化这条路径上，文学理论与文学创作走向了殊途。不过，为理论而理论，与为艺术而艺术，二者在继续去政治化这个目标上却是一致的。王元化对启蒙的"扭曲心态"和"意图伦理过剩"的反思，便是从一个纯粹的文学理论研究者的知识立场出发，以纠正五四以来现代知识分子纠缠于现实政治的传统。

在 90 年代初，当王元化开始反思上述问题之时，不乏同道者发出了相似的声音，由此形成了应和之势。例如余英时在论及道统与治统之关系时曾说道："现代知识分子的活动主要是限于文化的领域，而不在实际政治和经济的范围内。知识分子是通过'影响力'去指导社会，而不是凭借'权力'去支配它。"王元化在 1993 年的日记中录下了这段话，并称"和我意甚吻合"。[3]

---

[1]　这一传统实际上是在"文化大革命"时期孕育起来的。

[2]　参见叶飙、杨宝璐：《来是正好，去是正好：邓正来与他的江湖》，《南方周末》2013 年 2 月 21 日。

[3]　参见王元化：《九十年代日记》，上海：上海古籍出版社 2008 年版，第 157 页。

这是一种去政治化的知识立场，对于一个文学研究者来说，也代表了一种文学的态度。这样的立场和态度，也决定了王元化看待问题的基本方法。他对张奚若"如老吏断狱，反复推敲，不放过一字一义"的行文风格推崇备至，特别是张氏对卢梭的评价仅限于"个案判断"，在王元化看来尤其符合对"意图伦理"进行限制的学术原则。他说张氏"只是对具体问题经过充分论证以后才作出个案的判断。而他的判断仅限于个案范围之内，而决不扩大到它的界限之外"。[1]

这种"就事论事"的原则，转化为文学的态度，则是回到"就文本论文本"的基本方法。1998 年，王元化避居杭州，写下了万言书《与友人谈社约书》，便是以文本细读为基础的。他分析道，卢梭的《社会契约论》具有两个重要的文本特征：其一是不易被理解的思辨性，近乎一种"语言游戏"；其二是"将历史叙述和自己的构想混杂在一起"。王元化认为，如果不能抓住以上两个文本特征，就不能说真正理解了卢梭的《社会契约论》。[2]

王元化反驳卢梭的"公意说"，意在表明一种去政治化的文学态度，而他以纯粹的文本细读和分析作为反驳的策略，代表了一种典型的学院化路经，在方法论上也是充分去政治化的。

第三节　影响：世纪之交的文学思潮与文学格局

再政治化的影响：重建文学的人民性

两种文学态度的分化，不仅成为文学知识分子确立各自精神姿态

---

[1] 参见王元化：《张奚若谈卢梭》，《九十年代反思录》，上海：上海古籍出版社 2000 年版，第 95 页。

[2] 参见王元化：《与友人谈社约论书》，《九十年代反思录》，上海：上海古籍出版社 2000 年版，第 98—120 页。

和生存路径的依据，而且对世纪之交的文学思潮和文学格局产生了深远影响。

首先来看再政治化的态度对世纪之交文学思潮的影响，可从两个层面来描述：

第一个层面体现在文学创作上。尽管新左派忧愤于当下知识分子丧失了批判现实的能力，但事实上，文学介入现实的冲动，就像新左派思潮一样，愈来愈显示出其激昂姿态。

在90年代，这一文学事实主要表现为"现实主义冲击波"的出现。这一冲击波起初以河北"三驾马车"[1]的创作为发端，后来形成一股声势颇大的现实主义创作思潮。在这一思潮的引领下，现实主义写作题材呈现为"一上一下"的空间格局：所谓"上"，主要是指以官场为轴心的顶层社会空间，而所谓"下"，主要是指以困境中的"人民"为叙事对象的底层社会空间。呈现在文学作品中的社会空间之"上"与"下"，不过是现实权力空间的倒影，是再政治化的文学话语为现实政治刻下的一个时代烙印。

到了新千年之初，文学的再政治化诉求有了新的发展，并与新左派思潮构成鲜明的交叉感染关系，其代表性事件是2004年曹征路的中篇小说《那儿》在《当代》杂志发表，以及之后引发的一系列讨论。这篇小说涉及国有资产流失以及工人阶级的艰难处境等现实问题，在题材处理上充满了浓浓的新左派意识。曹征路本人也坦言，他的文学立场在很大程度上受到了自由主义之争的影响。[2]当然，曹征路现象不是孤例，而只是一个缩影，体现了一部分知识分子重申文学的社会

---

[1] "三驾马车"是指河北籍作家谈歌、关仁山和何申均。

[2] 参见李云雷、曹征路：《曹征路访谈——关于〈那儿〉》，《文艺理论与批评》2005年第2期，第17—23页。

代言功能及其面对现实、干预现实和改造现实的传统诉求。这是一种在 20 世纪中国文学史中具有悠久传统和扎实根基的价值取向，并在新千年之初的时代变迁中试图重振其昔日光彩。"新左翼文学""底层写作""草根性诗学""小文人诗歌批判"，以及"非虚构写作"等文学思潮在新世纪头十年此起彼伏，均是这种价值取向的细微体现。

　　还有一种特别值得关注的傍生现象，是对革命经典元素的浪漫主义再创造。这一现象在视觉、听觉艺术领域中表现得更加突出。由张广天和黄纪苏联合创作的舞台剧《一个无政府主义者的意外死亡》《切·格瓦拉》等，即是此类典型，前文已有论述，此处不表。由张广天独创词曲的音乐作品《毛泽东》，在网络上流传甚广，也是在这一文艺现象中具有参考价值的个案。它对革命时代的精神领袖的创造性想象，极富浪漫色彩，似乎对"告别革命"[1] 时代的精神失落可以起到自我疗伤之功效。且看如下歌词：

> 当忽然我发现自己那么贫穷
> 回想起当年看烟火的那个晚上
> 我们的想象布满了整个夜空
> 多么啊多么灿烂　毛泽东
> 每一天早上太阳依旧火一般鲜红
> 我看见你独自一人站在远方
> 你的手指指向我心灵的广场
> 跟你啊跟你前进　毛泽东

---

[1] 李泽厚、刘再复在 90 年代中期提出"告别革命"的观点，对 20 世纪的革命历史进行了反思，在中国思想界影响甚广。参见李泽厚、刘再复：《告别革命：回望二十世纪中国》，香港：天地图书有限公司 1995 年版。

　　　　有些歌听起来熟悉充满希望

　　　　就好像在多年以前听你演讲

　　　　原来这都是些我心中的歌唱

　　　　多么啊多么美好　毛泽东

　　上述这些文学创作思潮与新左派立场亦步亦趋，构成了世纪之交多元化文学空间之一元，也是这个时期的文学断裂思潮的一部分。从时间维度来看，这些思潮恰恰展示了它对20世纪革命文学传统的延续。洪子诚先生在论述"现实主义冲击波"时，指出这一文学思潮与中国当代文学的社会性传统有关。他说，在90年代前期，中国文学未能对现实问题做出有力回应，而到了90年代后期，随着现实矛盾的日益尖锐，"那种在'当代'塑造的、在'新时期'曾经受到一定离弃的'现实主义'遗产，开始给予召回"。[1] 他还从文本内部构造的角度论述了传统现实主义与90年代被召回的现实主义的同一性关系：大多采用全知视角，以及矛盾最终获得解决的封闭式结构，此外，"正剧的庄严感几乎是它们一致的美学规格，而适度的悲剧色彩则用以支持正义感，加强阅读上感情宣泄、抚慰的效果"。[2]

　　再政治化的文学态度对文艺思潮的第二个层面的影响，体现在文艺理论上。

　　一方面，它对90年代以来的具有现实主义倾向的文学创作潮流做出积极回应，试图将其纳入大时代视野中进行考察。由此产生了众多文艺思潮的命名，从90年代的"现实主义冲击波"，到新千年以来的"新左翼文学""底层写作""草根性诗学"以及对"小文人诗歌"

[1]　参见洪子诚：《中国当代文学史》，北京：北京大学出版社2010年版，第444页。

[2]　同 [1]，第445页。

的批判，无不体现出以文学再政治化为核心诉求的理论意图，即强调文学介入现实的批判立场和代言功能。[1]

另一方面，进入新千年之后，文学理论界开始回到理论内部来反思文学的社会属性问题，也就是暂且悬置对具体作品的价值判断，仅仅在"元理论"层面检讨以往的文学观念之得与失。这一言说路径的合理性并不难理解——在整个文学观念体系中，如果作品和理论是两个相对独立又相互影响的单元，那么对文学理论本身的态度倾向性的反省，就被认为是必须的。

这一行动大概始于对"纯文学"观念的讨论，较有代表性的事件是李陀与李静在 1999 年进行了一次有关"纯文学"的对话。在这次对话中，李陀以过来人身份检讨了形成于 80 年代中后期的"纯文学"观念可能出现的社会性偏差，指出"它削弱了甚至完全忽略了在后社会主义条件下，作家坚持知识分子的批判立场，以文学话语参与现实变革的可能性"。[2]

李陀、李静的这次讨论是一个引子，触发甚至促成了文学理论界

---

[1]　"新左翼文学"这一命名的出现，始于 2004 年对曹征路中篇小说《那儿》的讨论，包括韩毓海、旷新年、邵燕君、季亚娅等文学研究者参与其中，其讨论阵地除著名的新左派网站"乌有之乡"外，还广见于《当代作家评论》《文艺理论与批评》等学术刊物。文艺理论界对"底层写作"的讨论，最初缘于对"纯文学""文学自主性"等观念的反思，在 2005 年形成一次论争高峰，其主要观点也发表在这一年的《上海文学》杂志。可参阅南帆等：《底层经验的文学表述如何可能》，《上海文学》2005 年第 11 期，第 74—82 页。提出"草根性诗学"的代表人物是李少君，时间大约在 2004 年至 2005 年间。其时，李少君已接任《天涯》主编。这本杂志在自由主义之争中被认为是新左派的主要阵地之一。对"小文人诗歌"的批判，出现在 2006 年的"麓山诗会"（即首届"麓山·新世纪诗歌名家峰会"），诗人谭克修和沈浩波在会上对"过着两耳不闻窗外事的传统文人似的生活"的"小文人诗歌"提出质疑，称批判现实主义的诗歌已经成为一种潮流和共识。

[2]　参见李陀、李静：《漫说"纯文学"》，《上海文学》2001 年第 3 期，第 4 页。

的"1980年代学"，也就是对80年代的文学思想遗产进行重新评估。其中被反复检讨的思想遗产就是去政治化的文学立场。这种检讨之风盛行，实际上隐含着新千年以来文学理论界对"重建文学的政治维度"[1]的核心诉求。从这个角度看，新左派思潮在"文学系"有着广泛的观念基础。我们可以看到，许多新左派论者，恰是上述文学思潮的积极推动者。

当然，上述这些文学思潮与新左派思潮始终存在着理论上的距离。这是因为，新左派思潮试图诉诸的社会现实，已远不是任何一种文学话语能够抵达的。作为观念形态存在的文学，与这个时代的活色生香的现实，始终有着某种难以逾越的隔阂。这种隔阂，恰是新左派试图努力改变的现实。正是因为文学的这种"不及物"，这种对现实的"无能为力"，出身于"文学系"的许多新左派论者，在世纪之交的思想论战中选择一种"转专业"的话语路径，试图借助其他专业领域的思想资源，以完成知识分子的批判使命。例如汪晖在90年代将主要精力转向思想史研究，其文《当代中国的思想状况与现代性问题》糅合了多种专业的思想资源，"几乎囊括了中国大陆目前的所有论点"，以至于让"文学系"同行惊异于这篇文章的"经济因素"很浓。[2]

无论是文学创作，还是理论构建，文学的再政治化诉求得到了中国官方的折射式回应和支持。自90年代以来，尽管文学的社会辐射功能在萎缩，但它始终未从"政治防线"上溃败下来。中国共产党作为执政党，一度深深受益于延安时期建立起来的"文艺为工农兵服务"

---

[1] 参见葛红兵、赵枚:《中国经验·现实维度·反思视角：2008年文学理论批评热点问题评述》，《当代文坛》2009年第1期，第9—17页。

[2] 参见李欧梵、黄子平等:《单元与多元的现代性——汪晖〈当代中国的思想状况与现代性问题〉一文讨论纪要》，《天涯》1998年第4期，第52页。

的传统，深知文艺介入现实政治的巨大能量。这个传统延续至今已有半个多世纪，从未中断，即便是在 80 年代新启蒙主义文学思潮一发不可收拾，90 年代市场经济兵临城下的时代背景下，中国官方也未曾松懈过延安文艺传统的主导地位。与此同时，发育于延安时期的文艺管理体制，经由 1949 年之后的一体化改造与建设，在机制上更加健全和稳定，已成为中国现行政治体系中无法割舍的一部分。所有这些足以表明，在当代中国，文学再政治化既是一种传统诉求，也有其强大的体制保障。

继续去政治化的影响：消费文学和学院批评的兴起

　　同样，可从两个层面来描述继续去政治化的态度对世纪之交文学思潮的影响。

　　在文学创作层面，市场化的路径选择，最终导致了以消遣为功能导向的消费文学的全面兴起。所谓消费文学，可从两个维度来解释：

　　第一个维度是时间意义上的，即以"70 后""80 后"为标签化命名的文学世代逻辑开始盛行。这种世代逻辑以年龄为标准、以中时段为尺度来划分作者群，使出生于同一时间段内的作家成为一个整齐划一的文学世代，深刻颠覆了传统的文学世代的测量尺度。根据埃斯卡皮的研究，传统的文学世代的划分，是根据文学内涵与时代环境这两个变量来确定的。[1] 也就是说，在传统的文学世代逻辑中，存在着一种文学的时间。而"70 后""80 后"的文学世代的生成，则是以同龄群体为变量，在本质上是一种市场细分逻辑。在这里，文学的时间已不在，只剩下了文学商品时间。从"70 后"到"80 后"，尽管其内部

---

[1] 参见 [法] 埃斯卡皮著，于沛选编：《文学社会学——罗·埃斯卡皮文论选》，杭州：浙江人民出版社 1987 年版，第 19—22 页。

的个体差异性依然存在，但他们被打包上市，烙上了深深的商品化印迹。

第二个维度是空间意义上的，即在文本类型学的指导下出现了一种被称为类型文学的文化生产空间。所谓类型文学，是一种出现在世纪之交的特有的文类范畴，通常包括青春小说、玄幻小说、悬疑小说、恐怖小说、武侠小说、财经小说等品类。类型文学作为一种特定范畴，有其鲜明特征：

其一，它是在传统的精英文学之外建立起来的一种文化生产空间，标志着通俗文学在世纪之交的异军突起，以及文学生产格局的重大转变。[1] 但类型文学并非总是与传统的精英文学界限分明，而是不断扩张自己的边界，试图对传统精英文学的"生产线"进行改造，将其纳入自己的文化生产空间之内。以官场小说为例，在90年代多数时期，它仅仅是发生在精英文学生产空间之内的一个题材种类，而到了新千年之初，它已被悄然整合进了类型文学的生产空间。

其二，类型文学对文本类型的划分，有其潜在的、特定的标准。仅从外在标准来看，类型文学是按题材分类的，如青春、玄幻、悬疑、恐怖、仙侠等等。在此意义上，类型文学与当代文学的传统分类体系具有共通之处。1949年之后，当代文学往往也按题材分类，由此产生了工业小说、土改小说、革命小说、历史小说、改革小说、边疆小说等文本类型。但是从传统文学到类型文学，相同的分类标准却产生了不同的分类结果。究其原因在于，在"题材"这个可见的分类标准之

---

[1]　白烨认为，"类型文学"实际上是"通俗文学"在世纪之交重新崛起的一种文类范畴及其相应的生产方式。它根据文化背景和题材类别对通俗文学进行市场细分，使之具有一定模式化的风格和风貌，以满足不同爱好与兴趣者。参见白烨：《长篇小说中的类型化写作》，《长篇小说艺术暨文学发展趋势研讨会论文集》，北京：作家出版社2012年版，第115页。

外，还有一种潜在的分类标准往往被忽视了。传统的题材分类，有一个重要的参考变量是"政治"。[1]而在类型文学这里，"政治"这个变量已被撤销，代之以"消费"。从供需关系来看，前者是"国家定制"[2]，而后者是"市场定制"。

其三，综合前述两个特征，类型文学具有"去政治化"和"消费化"的双重属性。

无论是"70后"和"80后"，还是类型文学，它们作为消费文学的时空表现形态，均出现在1998年左右这个时间节点。[3]这与本书探讨的文学断裂思潮，看似一种偶然的巧合，实则有着深层的话语同构关系，同时也形成了微妙的话语错位关系。

消费文学瓦解了当代主流文学依附于政治意识形态的生产模式，这是持继续去政治化态度的作家愿意看到的事实。但这一事实并非是最终结果。作为一种深植于市场社会的话语力量，消费文学确实被赋予了去政治化的维度，但同时，在这个话语的内部，也自动生成了商品化的新维度。这个新维度与文学的维度并不相同，甚至在一定情况下相互排斥。因此，消费文学是一把话语双刃剑，具有直接清除政治化和间接排斥文学化的双重意识形态功能。在世纪之交的文学断裂思

[1] 洪子诚曾论述道，当代文学对题材的严格分类，"在实质上包含着'阶级'区分的类别背景，同时，也表现了以社会群体的政治生活（而非'个人日常生活'）作为题材区分的根本性依据"。详见洪子诚：《中国当代文学史》，北京：北京大学出版社2010年版，第91页。

[2] "国家定制"这一说法引自何平的论述。他在一篇文章中指出："从'新民'、'启蒙'、'救亡'，到'配合行政政策'，中国现代文学的标准化生产，从知识群体的定制生产一路滑向国家定制。"详见何平：《类型小说：文学分层中的"第三条道路"》，《博览群书》2012年第9期，第14页。

[3] 夏烈曾在2012年撰文指出，"1998年前后孕育和诞生了最近15年来最重要的两个新文学即文学新人的风暴眼"，其一是"新概念作文"造就的"80后作家群"，其二是脱胎于网络文学的"类型文学"作家群。参见夏烈：《类型文学：一场非典型性文学革命》，《博览群书》2012年第9期，第5—9页。

潮中，持继续去政治化态度的作家，对于这把话语双刃剑的双重功能是缺乏心理预期的。他们只是一厢情愿地提出继续去政治化的理想诉求，而不曾预估或选择性盲视他们所依赖的市场化路径可能带来的自我伤害的效果。

前文枚举了于坚、韩东、朱文这些在文学断裂思潮中采取积极行动立场的作家的代表性文本，来说明他们确信通过市场这只"看不见的手"可以再造出一个全新的文学空间。如朱文的短篇小说《食指》虚构了一个"纯粹市场"，它由熙熙攘攘的人群、自由交易的秩序和讨价还价的节奏构成，而发生于其中的来来往往的调子，"让我相信那就是诗歌"。[1] 在这里，"纯粹市场"与"纯文学世界"具有对等意义。但问题是，"纯粹市场"是虚构的，"纯粹市场"与"纯文学世界"的对等意义也是虚构出来的，这种虚构的愿景一旦转化为他们在现实世界中的诉求和行动，则往往要落空。在这一点上，持再政治化态度的文学知识分子倒是看得清楚。汪晖在《当代中国的思想状况与现代性问题》一文中说道，市场作为一个虚构的概念，恰好掩盖了现代社会的不平等关系及其权力结构。[2]

继续去政治化的文学态度对新世纪文学思潮的影响，体现在第二层面则是学院批评的全面兴起。所谓学院批评，是指依赖于学院知识规范体系的文学批评话语。从艺术批评发展史来看，学院批评也是知识分类的结果。艺术社会学家豪泽尔指出，启蒙运动之后，艺术批评开始发生内部分工，因而出现了两种常见类型：见诸报端的日常批评

---

[1]　参见朱文：《食指》，《达马的语气》，上海：上海人民出版社 2006 年版，第 159 页。

[2]　参见汪晖：《当代中国的思想状况与现代性问题》，《文艺争鸣》1998 年第 11 期，第 19 页。

与学术性批评。[1] 这里的学术性批评，相近于新千年以来中国文艺界常说的学院批评，它"企图使文艺批评成为一种独立的、具有自身内在价值的文学样式"。[2]

学院批评以价值中立为前提，恪守着马克斯·韦伯关于"学术不问政治"的知识立场。这一立场与继续去政治化的文学态度日渐吻合，也促成了学院批评在世纪之交的日益兴盛。在特定背景下，学院批评以其封闭的知识体系与现实政治划开了界限，从而使继续去政治化的文学态度获得它自身的合法性。但是这种封闭性也导致学院批评陷入为理论而理论的内循环困境，其最终结果是，学院批评与文学现场渐行渐远，批评与创作的互动关系日趋微弱。这是继续去政治化的文学态度带来的又一个悖论，亦成为一部分知识分子诟病学院批评的口实。在学院批评内部，也有一部分知识分子试图对这种批评做出积极回应，以改变学院批评留给人们的那种刻板印象。例如陈思和曾在一篇文章中阐述道，理想的学院批评，既非"封闭在学院里玩弄理论概念和术语"，亦非"热衷于在各种媒体活动中呼风唤雨"，而是"与时代并行不悖的自身的传统和传承形式"。[3] 显然，陈思和期待的学院批评，已带有某种调和色彩，重新被赋予了某种现实关怀。

三元体制：文学新格局的形成

再政治化与继续去政治化，这两种文学态度不仅深刻地影响了世纪之交的文学思潮，它们还作为一种变量性因素，推动着文学新格局

---

[1]　参见［匈］阿诺德·豪泽尔著，居延安编译：《艺术社会学》，上海：学林出版社1987年版，第162页。

[2]　同［1］。

[3]　参见陈思和：《学院批评的追求》，《文汇读书周报》2010年3月26日。

的形成。所谓文学格局，借用更专业一点的术语来说，就是文学场的结构。一个特定时期的文学场，总是可作结构化描述的，并可分解为无形结构和有形结构两个层次。无形结构是指不同观念的总和，而有形结构是指可见的、物化的行动系统，包括文学生产、传播与接受的全部过程，总而言之，是各种文学生活的总和。

学术界普遍认为，当代中国文学的总体格局发生了三次历史性转变：第一次始于 1949 年之后，形成一体化格局；第二次始于 1978 年之后，进入了启蒙话语复兴时期；第三次始于世纪之交，开启了大众文化时代。

在上述三次转变中，唯有 1949 年至 1978 年间的一体化格局是表述清晰的，在当代文学史研究中成为一种广泛且有效的指认。本书在写作过程中亦反复出现"一体化"这个词。但我必须指出，"一体化"不是文学研究的专有词汇，而是特指 1949 年以来的一段当代总体史的发生：通过全民动员的政治运动，将一切社会组织和社会生活纳入国家目标之中。在文学研究领域，洪子诚较早使用"一体化"这个词汇，来描述"特定时期文学组织方式、生产方式的特征，包括文学机构、文学报刊、写作、出版、传播、阅读、评价等环节的高度'一体化'的组织方式，以及因此建立的高度组织化的文学世界"。[1]

当洪子诚用一体化来描述特定历史阶段的文学格局时，它不仅仅指一些可见的文学组织方式和生产方式，还包括不可见的"意义结构"。[2] 也就是说，在一体化格局中，文学的意识形态标准也是一元化的，即文学必须服务于政治；这个时期的文学态度也是单一的，即文

---

[1]　参见洪子诚：《问题与方法：中国当代文学史研究讲稿》，北京：北京大学出版社 2010 年版，第 181 页。

[2]　同 [1]，第 161 页。

学应该充分政治化。

1978 年以后，文学格局的变化首先是在"意义结构"中发生的。在当代文学史的主流表述中，这个时间节点被称为"新时期"。新在哪里？就在于文学新思潮的出现，打破了一体化时期的意识形态标准。这些新思潮包括始于 70 年代末的"伤痕文学""朦胧诗"，以及 80 年代中后期出现的"寻根文学""第三代诗歌"和"先锋小说"等等。不管这些文学新思潮如何一浪接一浪，它们都有一个共同目标，就是对抗、消解一体化的文学格局。在此背景下，一种被称为二元对立的意义结构，成了当代文学史的共同想象，也成了 1978 年以后的文学新格局的发生依据。

但 1978 年以后文学格局的变化并非仅仅表现在"意义结构"层次上。在可见的、物化的行动系统，常常被忽略的是 1978 年以后出现的新的文学生活空间。它们包括：

第一，民间刊物从"地下"转到"地上"，成为文学新思潮发生发展的重要阵地。《今天》在 1978 年 12 月创刊，并且孕育了"朦胧诗"论战的话语资源，就是一个典型例子。到了 80 年代中后期，诗歌民间刊物已是中国文学场的一种坚实的物质基础，成为"第三代"诗歌运动的星星之火得以燎原的空间依托。

第二，大学体制逐步恢复，成为文学新思潮的另一个重要策源地。1978 年 8 月 11 日，复旦大学大一学生卢新华在上海《文汇报》发表短篇小说《伤痕》，是为"伤痕文学"的发端；1980 年 4 月，在"南宁诗会"上，来自北京大学的谢冕和来自福建师范大学的孙绍振为"古怪诗"辩护，引爆了"朦胧诗"论战；1986 年之后，"第三代"诗歌运动以大学校园为根据地，形成星火燎原之势。类似的例子还有很多，若以个体回顾，1978 年以后的文学新思潮的积极推动者，多是在 1977

年之后进入大学接受高等教育或回到大学任教的作家、学者。[1]

第三，少数作家开始在80年代离开单位，尝试体制外的文学生活。其中最典型的例子是1983年王朔从北京医药公司辞职，以及1986年翟永明辞去了西南物理研究所的工作。他们都是为心中的自由写作而离开单位，其行为在80年代可谓惊世骇俗，极富象征意义。但在80年代，这种现象仅仅是作为特例而存在，虽然显眼却不具有代表性。一直到1990年前期，作家离开单位才成为一种普遍现象。

新的文学生活空间为文学新格局的出现提供了必要的物质基础，但总体而言，这个基础是极其脆弱的。二元对立的格局看似充满了对抗性，但它主要是发生在原有的一体化格局的内部。这也就意味着，所谓二元对立不过是一个空中楼阁，由于对立的一方缺乏坚实的地基，必然在剧烈运动中发生坍塌。

进入90年代以后，一部分作家试图为二元对立的格局寻找地基，并强化了某种意识形态幻觉。1998年文学断裂思潮的发生，内在地包含了这种历史演进逻辑。韩东在1998年发起"断裂调查"之后，又与于坚、杨克等人汇合，作为主动的一方挑起了"盘峰论战"，公开竖起了"民间立场写作"的旗帜。所谓"民间"，在很大程度上是二元对立思维的产物。

诚如本书已做阐述，"民间"作为一种思想资源，开始在90年代末浮出历史的水面，出现在许多知识分子的案头卷宗。但在80年代和90年代的大部分时期，即便存在"民间"这样一种社会事实，也没有知识分子敢于自我标榜。因为彼时的"民间"看似热闹，却缺乏

---

[1] 例如"伤痕文学"的卢新华，"寻根文学"的韩少功、贾平凹，"第三代诗歌"的于坚、韩东、徐敬亚，"先锋小说"的莫言、马原、刘索拉，"新写实主义"的方方、池莉、刘震云等等，均是1977年恢复高考之后的大学生。

物质基础，更没有相应的体制做支撑，是飘忽不定的。直至市场扩展成一个不容忽视的社会空间和一种新的社会希望，一些知识分子才感到了"民间"的真切存在，才意识到"民间"是需要被言说的。

韩东、于坚等人提出的"民间立场写作"，恰是在市场社会进入跨越发展的时候。之所以说是跨越发展，理由有二：第一，中国在1992年开始推行市场经济体制，但基础薄弱，直至90年代末，依然处在摸索和起步阶段；第二，虽然是在起步阶段，但全球性知识经济已经涌入这个全新的社会空间，赋予中国市场社会前所未有的机遇和挑战。

知识经济的来临，让一部分知识分子感受到了自己与市场休戚与共，并且看到了新的可能。韩东、于坚等人对市场社会的跨越发展是有敏锐感知的。尽管他们对这个新的社会空间有着警惕之心，但从他们的"美元叙事"中可知，他们对市场社会持一种总体肯定的态度，甚至从中看到了"民间"的着陆空间。

但"民间"与市场的目标不是完全一致的，甚至在某些关键节点上是严重错位的。韩东、于坚等人，乃至众多知识分子在90年代末努力阐述的"民间"，其实是一种精神立场和精英姿态，是中国知识分子在二元对立叙事中构建起来的话语空间。市场在某些情况下可以为这个话语空间提供落脚点，甚至在必要的情况下会利用这个话语空间来维护自身的合法性，但终究来讲，市场是势利的，随大流的，甚至是水性杨花的。因此，在80年代构建起来的二元对立的文学格局，并没有在世纪之交成功落地，而是在断裂思潮的强烈冲击中快速分解了。

二元对立已不再，世纪之交的文学格局显得更加复杂了。其中最大的变局是大众文化的兴起，瓦解了以精英形态存在的纯文学在社会文化中的中心地位。对于多数文学知识分子来说，这一变局是此前不曾料及的。尽管他们对这个变化的世界有着超前的敏感，也有过各种反抗或期待，但他们对这个变局的最终结果却没有给出一个理性的评估，也缺乏应有的心理准备。

白烨认为，在经历了80年代的文化浪潮、90年代的经济浪潮和新世纪以来的信息浪潮这三次社会巨变之后，中国文学的总体格局已今非昔比，出现了"三分天下"的局面：以文学期刊为主导的传统型文学，以商业出版为依托的市场化文学，以网络媒介为平台的新媒体文学。[1]

不难看出，白烨是以媒介形态的发展变化为依据，来判断新世纪文学的总体格局。如此论断自然无可厚非，因为媒介对文学的影响越来越大，甚至在这个时代已有架空文学本身之势，以至于让人以为文学丧失了本体性存在。在这样一个时代背景之下，从媒介角度来观测文学格局，是再自然不过的了。但终究来讲，这是一种外部视角，不是从文学本身的观念性变迁来看待文学新格局的出现。

从两种文学态度出发，我们看到的是另外一种文学格局。

无论是哪一种文学态度，都不会仅仅是停留在态度本身，而是牵连着每一位文学知识分子的安身立命之道。或者说，任何一种文学态度，都必须选择相应的文学生活和体制环境作为他们的现实依托。但并不是说有两种文学态度，就会有二元结构的文学格局。因为一种文学态度落实到生存环境的选择，需要面对传统与现实的双重制约，必然会出现更复杂的路径分歧。

再政治化的文学态度，不仅继承了以文学介入现实的伟大传统，

---

[1] 参见白烨：《"三分天下"：当代文坛的结构性变化》，《文汇报》2009年11月1日。

而且在制度落实上可被一体化时期遗留下的传统文学体制充分吸收。这种体制以"单位"为实践空间，以"干部"为等级约束，通过一整套指标体系，即人们通常所说的行政级别，来规范文学知识分子的日常生活。我们称这样一种文学生活共同体为单位制文坛。1949 年以来，这个文坛依存于稳定而庞大的国家建制——国家文艺机构，始终处于主流地位。

90 年代以来，随着一体化社会的逐步解体，许多作家离开体制内单位，离开国家文艺机构，单位制文坛在人力资源方面出现了较大流失，但它依然是世纪之交中国文学的"法人代表"，是各种文学资源的中心处理器，也是各种文学标准的权威制定者。

继续去政治化的态度，在对现实体制的选择上则要复杂得多。诚如前文所述，这一态度可作两条路径选择：学院化与市场化。由此形成了在一体化时期不曾有的两种文学生活共同体。

1949 年以来，大学经过政治化改造，成为一体化体系的组成部分，是一种"单位"建制，并在"文化大革命"时期一度被废止。1977 年之后，大学恢复招生与教学，但在体制建设上百废待兴，尚处于起步阶段。在 80 年代，大学更像是中国社会的青春广场，是各种新思潮轮番上演的表现阵地，也是文学去政治化的思想舞台。90 年代之后，中国大学开始谋求学院化转型，淡化思想，标举学术，恰如李泽厚所言：思想家淡出，学问家凸显。在体制建设方面，中国大学开始走与国际接轨的路线，标准之一就是学术自由与价值中立。这也就意味着，一个具有制度保障的去政治化的话语空间，在中国逐步成型，并成为许多知识分子的想象共同体。在此背景下，许多持继续去政治化立场的作家与批评家集体遁入学院，尤其在新千年之后形成高潮，由此形成了一个学院制文坛。

在学院制文坛内部，作家与评论家必须身兼两职：文学创作（包括文学评论）与学术研究。这是两种相去甚远的专业取向。无论是创作，还是评论，感性的触角必须是发达的，天马行空的想象，对细节的迷恋，甚至看似逻辑混乱的语言，都被认为是合法的。而学术研究要求逻辑自洽，且有理有据，不可臆想，不可揣度，唯有实证性知识才是合法的。即便如此，两种专业取向在去政治化这个态度上却是高度一致的。它们共享了一种假设：学院是一种超越现实政治和功利纠纷的象牙塔。这一假设与去政治化的文学态度高度吻合。90年代以来中国诗坛出现的"知识分子写作"，其实就是内在地包含着这种假设和态度。

在去政治化的态度上，"知识分子写作"与"朦胧诗""第三代"是一脉相承的，但在姿态上却试图摆脱"朦胧诗"的"二元对立模式里的政治意味"，和"第三代"的"文化表演"，[1] 实际上就是主张从现实的紧张关系中抽身出来，取而代之一种如隔岸观火般置身事外的话语策略。关于这一点，在"知识分子写作"的理论宣言中不乏有代表性观点。例如欧阳江河说道："它并不提供具体的生活观点和价值尺度，而是倾向于在修辞与现实之间表明一种气质，一种毫不妥协的气质。"[2] 再如，还有一些"知识分子写作"诗人，将诗歌视为一种"资料性"写作。[3] 诸如此类，皆与学院话语的生产特征相契合。

在两种文学态度上，学院制文坛与单位制文坛被预设了不同的价值取向，但就体制依托而言，它们共享着"单位制"的现实基础。这是因为，1977年以后复办的大学，是在一体化社会内部进行的，其制

[1] 参见程光炜：《不知所终的旅行》，《岁月的遗照》，北京：社会科学文献出版社1998年版，第2页。

[2] 欧阳江河：《89后国内诗歌写作：本土气质、中年特征与知识分子身份》，《花城》1994年第5期，第198页。

[3] 参见肖开愚：《九十年代诗歌：抱负、特征和资料》，《学术思想评论》1997年第1期，第215页。

度保障依赖于高度政治化的单位制行政体系。在这个体系内部，大学不仅按照严格的行政级别来建制，而且在文化运行上，也受政治化目标的干扰和制约。90 年代以后，随着学术自治的学院理想日渐深入人心，去行政化的呼声也日高，特别是在新千年之后，这种声音在中国社会变得愈发尖锐。

继续去政治化的第二条路径是市场化，由此形成了一个市场制文坛。这是一个隐性而弥散的文学生活共同体，没有清晰而统一的行政建制，而是嵌在各种分散的市场组织体系之中。这个体系没有明确的边界，但我们可以在经验层面列举出一些重要的组织机构，包括大众媒体、民间出版机构、互联网、文化传播公司等等。这些市场化组织代表了一种不同于单位和学院的社会空间，它们的运行目标是产业，而不是文学，但它们是市场制文坛的现实依托。

典型而极端的例子是由郭敬明投资运营的上海最世文化传媒有限公司（以下简称"最世文化"）。这家公司是青春文学运营商，旗下产品包括《最小说》《最漫画》《文艺风赏》《文艺风象》等杂志，还涉及图书出版和影视制作。一度产生社会轰动效应的电影《小时代》，包括其同名小说，都是"最世文化"参与投资和运营的代表性产品。消费者往往只看到这些产品，而不曾过问隐藏在这些产品背后的文学生态系统。事实上，"最世文化"笼络了许多优秀的签约作家，以此确保郭敬明经营的这条青春文学生产线具有充足的人力资源。此外，"最世文化"旗下的多本青春文学杂志，具有较好的开放性，可以吸引更多优秀作者加入他们的团队，从而确保作者资源的实时补充。

"最世文化"不过是一个微观例子，远不足以概括市场制文坛的生态全景。市场作为一种新的社会空间，内部充满了差异性。产业是各种市场组织的共同目标，在此基础上，什么都可以想，什么都可以谈。因此，市场制文坛是类型文学的温床。所谓类型，首先是差异化的结果。不同类型的文学产品，寻求不同方式的生产、传播与接受，由此才有类型文学的诞生。在市场制文坛内部，类型文学并非只是针对大众。市场细分的结果就是，小众文学也谋得了自己的生存空间。因此，简单地把市场制文坛看作大众文化生产空间，是有偏颇的。事实上，在市场制文坛内部，也存在着严肃的、小众的文学追求。例如由诗人楚尘运营的"楚尘文化"，主要从事纯文学书籍的出版，在"断裂调查"之后接连策划出版了"断裂丛书""年代诗丛"等系列图书，是世纪之交文学断裂思潮的参与力量之一。

　　市场制文坛无法通过有形的社会建制来确认自身的边界，但它所涵盖的文学人口数量是相当庞大的。在这个文坛内部，文学活动主体与各种组织的关系是契约型的，流动性的，甚至是远距离的。例如一位作家在一家大众媒体上开了一个专栏，或者与一家出版公司签订了出版合同，仅仅是纯粹的、短暂的劳资关系。作家无须依附于某个固定的组织，甚至可以做一个完全没有组织关系的自由撰稿人，随心所欲地写自己想写的作品，这或许正是市场制文坛对许多作家的最大诱惑之所在。在1998年的文学断裂思潮中，一部分作家成为积极行动者，主动挑起了"断裂调查""盘峰论战"等事件，多少也是因为他们已置身于市场制文坛中，或者将市场制文坛视为一种可靠的大后方。

　　由上分析，世纪之交中国文学的总体格局是以三元体制为构架的，由此形成了中国文坛的三大板块：单位制文坛、学院制文坛和市场制文坛。作此判断的一个主要依据，是两种文学态度的分化。但这并不意味着本书作者是在宣扬一种"态度决定论"，将历史的发展轨迹简单地看成是观念运动的结果。事实上，两种文学态度的分化，并非只是在世纪之交的文学断裂思潮中才突然出现的。在整个当代文学史，它始终是一条重要的线索，是一个牵连着每一位文学知识分子必须对现实生存路径做出选择的迫切性问题。因此，并不是说态度决定了格局，而是说态度与格局始终处于一种难分难解的互动状态。

从场域角度来看，三个文坛之所以分而存在，是因为他们遵循着不同的资本逻辑。在单位制文坛，政治资本是决定性因素，一切秩序依赖于一整套完整的行政体系，以及与这套体系相匹配的国家职称评定体系。在学院制文坛，知识资本是决定性因素，并且普遍共享着价值中立的学术准则。在市场制文坛，经济资本是决定性因素，货币既是一种动力，也是一种媒介，有效调控着文学秩序的发生。由于资本逻辑不同，每个文坛遵循着不同的价值标准和行动准则，必然导致"场的隔离"。由此我们看到了世纪之交最为纠结的一个"文学之问"：什么才是文学的标准？是单位制文坛的"政治正确"，是学院制文坛的"高头讲章"，还是市场制文坛的"利润回报"？

新世纪以来，诸多文学乱象的发生，皆缘于上述的"文学之问"。例如茅盾文学奖和鲁迅文学奖在单位制文坛的权威性毋庸置疑，但是随着新的文学格局的出现，两大奖项每逢评奖，必然招致多方诘难，甚至丑闻不断。再如，学院批评退出当下文学现场，将文学视为一种纯粹的历史知识，完全符合价值中立的学术准则，但在世纪之交愈发受到指责，被认为是一种隔靴搔痒的批评。又举一例，类型小说是市场制文坛的中流砥柱，在文学出版市场中占据了巨大份额，却在新世纪初年遭遇单位制文坛和学院制文坛的猛烈阻击。诸如此类现象，不胜枚举，让人眼花缭乱。唯有以新的文学格局为参照，它们才是可理解的。

　　但是，正如有关两种文学态度的区分仅仅是一种理想类型的描述，对单位制文坛、学院制文坛和市场制文坛的划分亦复如是。在现实层面，三个文坛在更多情况下是相互渗透与交织，由此形成世纪之交中国文学的三元体制和总体格局。

个体的意义与断裂的诗学

一

夏志清曾经探讨过"中国古代短篇小说中的社会与个人"这个问题，其结论与本书试图阐述的"断裂的诗学"，可谓古今呼应。

在以"三言"[1]为代表的中国古代短篇小说中，夏志清发现，这些故事的叙述者，往往隐含着两种相互背离的姿态：一种姿态是对"一个能充分品味自身知觉和感情的自我"表示理解和同情，另外一种姿态则是"作为传统和折中的道德家"，对风纪和道德给予关注和维护。[2]

夏志清指出，这一背离现象的出现，至少可以追溯到北宋衰弱时期。叙述者在同一个故事文本中置入两种完全不同的姿态，恰恰反映了个体意识在宋明之际的萌芽与生长，以及这种新兴意识与传统的以儒家价值为核心的社会意识的冲突。叙述者试图调和这种冲突，却收

---

[1] "三言"是指由明代文学家冯梦龙编定的三部通俗小说集，包括《喻世明言》《警世通言》《醒世恒言》。

[2] 参见夏志清：《中国古代短篇小说中的社会和个人》，《中国古典小说史论》，南昌：江西人民出版社 2001 年版，第 326 页。

效甚微，仅在《蒋兴哥重会珍珠衫》等极少数作品中，表现出了调和这种冲突的"豁达的理解力"。[1] 冲突之不可调和，是由大历史的局限注定了的。虽然个体意识在宋明之际已开始萌芽，故事的叙述者却很难摆脱当时的社会心理结构的约束，从而超越中国古典文学的平凡想象力。据此，夏志清说道："说书人尽管完全同情情人们追求自由和欢乐，却多半不能或不敢在理论和道德上持赞同态度，有系统地陈述这种同情。"[2]

"三言"故事的叙述者，既指隐藏在文字背后的话本创作者，也包括面向公众进行口头传播的说书人。他们虽然只是一些讲故事的人，却引领我们窥见了古代知识分子群体的心像。他们在两种姿态之间的平衡与周旋，正是宋明之际古代知识分子日益感到迫切的问题。

夏志清的观察，固然是建立在中国古代短篇小说的系列文本之上，但其结论并未终止于"古代"。两种姿态的紧张关系，在个人与社会的关系不断发生变化的历史过程中，总是尾随出现，延续至今。

理解"断裂的诗学"，亦可从两种姿态说起。

本书的目标，是通过一年的文学思潮的考察，来揭示世纪之交中国文学的话语结构的重大变迁。简言之，本书重点描述的，是一个在80年代开始形成的具有内部同质性的文学场，在经过近二十年的运行之后，发生结构性断裂的结局。但这个结局不可能孤立存在，不可能没有前因后果。在我们试图理解这个结局时，我们必须回到导致这种结局的逻辑起点。这个起点，恰如夏志清观察到的，是文学知识分子的两种姿态的相互背离或冲突。

---

[1] 参见夏志清：《中国古代短篇小说中的社会和个人》，《中国古典小说史论》，南昌：江西人民出版社 2001 年版，第 314—334 页。

[2] 同 [1]，第 326 页。

职是之故，本书的写作始于当代文学的一个"断裂原型"。这里指的是诗人食指。这是一位从"集体大合唱"时代走出来的幸存者，他的诗歌集合了代言和独语的双重特质，就精神路径而言，恰好连接了社会和个体的两端。与食指具有比照意义的，是王小波。他写随笔，是为"沉默的大多数"代言，承担着社会的道义和责任；而他写小说，发乎一己之独语，高举性爱、智慧和乐趣的叙事旗帜，是一种自由的想象和语言的嬉戏。

在食指和王小波身上，我们同时看到了夏志清在"三言"小说中发现的"冲突叙事"。这种冲突的双面性存在，实则符合人性的双重假设。也就是说，作为一个普通的人，社会性和个体性兼而有之，大我与小我也总是难分难舍的。不过，在传统的以儒家为核心的价值观念里，人的社会性被张扬到了最大限度，个体性反而被遮蔽了。按照夏志清的观察，在唐代传奇中，爱情故事依然呈现出"更带理想色彩、更自觉的"社会道德意识，而在"三言"中，爱情故事"更加坦白地欣赏性本能，更加直率地肯定冲动和疯狂热情的神圣性"。[1] 这种情况表明，一种"能充分品味自身知觉和感情"的个体意识，在宋明之际的时代风气中已然润物细无声，同时也与传统的社会意识产生了隐隐约约的冲突。故事的叙述者敏锐地捕捉到了这种冲突，并且比一般人更加敏感、细心地在这种左冲右突的精神境地中做出平衡和选择。这种"冲突叙事"延续到 20 世纪的中国文学，不仅没有减弱，而且在特殊的时代气候的裹挟下变得更加猛烈了。当时代的风气遽然倒向一边，诗人和作家往往被架在失衡的时代跷跷板之上，承担着更多的精神折磨，甚至像食指一样，成为一个假性精神病患者。

---

[1] 参见夏志清：《中国古代短篇小说中的社会和个人》，《中国古典小说史论》，南昌：江西人民出版社 2001 年版，第 325 页。

食指在 1998 年重返文学场，不是一般意义上的"重出江湖"；王小波病卒于 1997 年，却实现了精神意义上的"死而后生"，也远非"炒作"能够解释的。他们作为一种符号被强行推进了公共视野，是一个时代的气候使然，代表了一种时势的呼吁。无论是食指，还是王小波，他们都是"知青"一代，都是经历过"极端的年代"的"六八年人"。在他们的青年时代，中国经历了长达十年的"文化大革命"，合法的社会边界已空前萎缩，合法的文艺样式也只剩下了以八大样板戏为典范的"工农兵文艺"。这种文艺样式强调一种狭隘的社会性，即文艺只为政治服务，而对人的个体性需求则给予最大程度的删除。食指和王小波不过是没有被删除成功的两个特例。他们在"集体大合唱"中保留了"独唱"的一面，敏感或机智地传达出个体的爱与痛，也包括对时代的怀疑。这种来自历史深处的宝贵的精神资源，迎合了 90 年代以来中国文学的个体意识的苏醒，并在循环往复的意义再生产中被迅速放大了。

在 1998 年的文学断裂思潮中，始终贯穿着一种蓬勃的个体意识隆起于文学地表的强大力量。撇开食指和王小波不说，且看其他几个事件，亦可窥见这条若隐若现的线索。

在"断裂调查"事件中，韩东、朱文等行动者是当代中国文坛的第一批"文学个体户"，他们要求建立一种自生产的文学秩序，既体现了他们对个体身份意识的觉醒，也传达出了他们的利益诉求。在通往"盘峰论战"的前夕，于坚公开为口语写作辩护，重申了自发的、局部的、差异的"杂语"在诗歌写作中的重要性，实则包含着不言自明的个体主义立场。以卫慧、棉棉为代表的"70 后"女作家亮相文坛，既惊世骇俗又让人期待，是因为她们的写作完全抛开了社会道德的顾虑，前所未有地照亮了个体欲望的深渊。

上述若干事件，虽无直接关联，但考察这些事件的行动主体，不难发现他们有着密切的精神互动关系。在某种意义上，他们都是"同道中人"，是 90 年代以来新兴的个体意识的张扬者。但他们对个体的意义的认识，并不完全相同，有时相去甚远。这种情况可从他们各自的作品中见出一斑。对于韩东来说，个体的意义依然带有 80 年代的理想主义色彩，更多地指向一种抽象的自由，一种精英姿态。相比之下，同是从 80 年代过来的人，于坚要务实得多，个体的意义在他这里充满了人间烟火气息，是俗世里芸芸众生的诗性光辉，是"我们一辈子的奋斗，就是想装得像个人"。到了朱文这里，个体的意义变成了漫游者的精神寻找，他们是离散分子，游走于社会边缘，生活在一个丧失了中心思想的世界里。在卫慧、棉棉这里，个体的意义是对欲望秘密的发现，是对个人内心世界的充分感知和开掘，是灵与肉若即若离的欢愉和痛苦。

　　1949 年以后，没有哪一个时期的文学，可以像世纪之交的文学思潮一样，让个体的意义变得如此丰富、饱满和自信。1998 年仅仅是一个醒目的观测节点，或许也是一个重要的转折点。此后数年，个体意识在当代文学中真正迎来了一个雨后春笋般的崛起年代。仅从无以数计的"王小波门下走狗"这一现象中，便可见出一斑。这也就意味着，一个在 80 年代被许多文学知识分子念兹在兹的文化启蒙目标，在世纪之交已悄然成为现实。换言之，因政治的需要而极端强调文学的社会性 [1] 的年代，在世纪之交的个体性话语的冲击下，已经走到了它的尽头。此后，在不断新生的文学品类中，"政治正确"已不再是首要考虑的问题，只要在"政治无害"的前提下，什么都可以写，什么都可以尝试。就是在这个背景下，中国文学应了朱熹的一句好话，颇有

---

[1] 这种特殊的社会性有一个专门术语，叫"人民性"。

"万紫千红总是春"的耀眼景象了。

　　个体的意义遍地开花，并不意味着文学的社会性传统即将退出历史舞台，而只是表明中国文学的话语结构正在发生重大变化。事实上，不仅是 1949 年之后，中国文学迫于特殊时期的政治需要而过度追求它的社会性目标，而是在整个 20 世纪，这种目标一直是主流的，压倒性的，并且形成了难以被撼动的正统地位。这里面自有值得被珍视的文学传统。即便是夏志清这样的文学史家，早年极力为中国现代文学的个体性话语辩护，却在晚年的反思中承认，新文学作家"富于人道主义精神，肯为老百姓说话而绝不同黑暗势力妥协"，因而"是值得我们崇敬的"。[1]

　　正如生物有机体具有自救功能一样，一种有着百年历史且一枝独大的文学传统，在面对一种异质性的文学思潮全面兴起的时刻，必然会调节自身系统运行的有效性，将最有活力的传统因子激发出来。事实上，在 1998 年的文学断裂思潮中，在个体的意义凸显于文学地表的同时，与此相反的另外一种意义追求，也就是强调文学应该回归社会性传统的声音，也变得格外强烈了。例如谢冕在 1998 年初发表长文，对"中国新诗迅速地走向个人化"表示忧虑，并重提当代诗歌写作的代言功能。[2] 诸如此类的细节是耐人寻味的。谢冕是 80 年代初期的新启蒙文学思潮的重要旗手，但他对启蒙价值的预设，与 90 年代兴起的个体话语实则有着一言难尽的错位关系。在 80 年代初期的新启蒙思潮中勇立潮头的文学知识分子，虽然心中富含个体的意义，却多表

---

[1] 参见夏志清：《作者中译本说明》，《中国现代文学史》，香港：香港中文大学出版社 2001 年版，第 46 页。

[2] 参见谢冕：《丰富又贫乏的年代——关于当前诗歌的随想》，《文学评论》1998 年第 1 期，第 112 页。

现为一种抽象的理想，其实是一种自我英雄化的想象。一旦个体的意义在俗世里落了地，他们反而心里落了空。于是，一种意欲为文学的社会性辩护的声音，也被激发出来了。

就像个体的意义充满了斑驳色彩一样，重返社会性的声音也是极其芜杂的。这种复杂性牵连着一个大传统内部的小传统的差异。一则是启蒙，一则是革命（或曰救亡）。两种小传统在不同历史时期又生成不同经验。但无论有何差异，在为时代和大众立言的大传统上，他们往往是殊途同归的。虽然本书没有过多地从正面去描述这个大传统，但对于置身于当代经验的每一位中国知识分子来说，这个大传统并不陌生，即便不着笔墨，也能心领神会。

二

个体意识的全面兴起，在世纪之交改变了中国当代文学的话语结构，也为 1998 年的文学断裂思潮提供了发生学依据。这个结论是针对文学本身而言的，是一种狭义的诗学，即从"文学的整个内部原理"[1]来考察文学断裂思潮的发生。但是我们无法忽略一个重要的历史事实：当代文学对于个体意义的公开探求，并非始于 90 年代末，而是发端于 70 年代末，在 80 年代初便已形成一股看得见的文学思潮。这个重要的历史起点，是以新的文学思潮对"文革话语"的反驳为标志的，这在当代文学史上已成共识，并无太大异议。

我们不妨参考一下域外学者是如何看待这段历史的。

丹麦汉学家魏安娜曾总结道，从 70 年代末开始，中国当代文学

---

[1] ［法］达维德·方丹著，陈静译：《诗学：文学形式通论》，天津：天津人民出版社 2003 年版，第 2 页。

的个体书写经历了三个发展阶段：第一个阶段发生在 80 年代（包括
70 年代后期），个体是历史、文化、民族等宏大力量的精神对抗者，
或承担者；第二阶段发生在 90 年代的大部分时期，个体是在家庭、
朋友等各种社会关系中寻找位置的精神漫游者；第三阶段发生在 1990
年末期及新千年转折点之后，个体是对私人领域和个人取向日益关注
的精神自传者。[1]

　　魏安娜还有一个观点是值得关注的。她认为自 80 年代以来，文
学和文学辩论对个体自我的维护或探讨，是在一种压制性社会结构内
进行的。在这个总体框架之内，文学运动被赋予了一个共同目标，就
是"将个体重新建构成为一个用以理解历史、文化和民族的核心概念"。
但是到了 90 年代中后期，文学对个体意义的探索朝多个方向分化，"大
多数倾向于进入私人和个人领域，偏离民族和政治的宏大叙事"。一
直到了世纪之交，这一趋势进一步加强和多元化了。[2]

　　我们发现，魏安娜从两个不同角度来描述同一段历史过程。当她
专注于过程本身时，这段历史是渐变的；当她专注于过程两端时，这
段历史是突变的。但无论是渐变，还是突变，都与本书描述的事实基
本吻合。从叙述角度来说，我有意将焦点集中在突变的短时段上，却
不意味着我放弃了对中长时段渐变史的考察。关于这一点，我在本书
引论中已有交代，并贯穿于全书始终。

　　并非每一个作家都可以在这段渐变史中对号入座。例如诗人吕德
安，早在 1979 年就写出了《沃角的夜和女人》，将自足存在的生命个
体安置在一个海边渔村的宁静夜晚中，没有宏大的时代背景，只有人

---

[1]　参见魏安娜：《在自我和社会团体之间：中国当代文学中的个人》，《"自我"中国：现代中国社
　　会中个体的崛起》（贺美德、鲁纳编著），上海：上海译文出版社 2011 年版，第 184 页。

[2]　同 [1]，第 182—190 页。

们早早睡去之后"盐在窗外洒播气息"[1]。诗人对个体存在的安静书写，丝毫未染于"文革"结束之后迅速高涨的个体抗争意识，因而远非是那个时代的文学思潮能够概括得了的。

但我想说的是，作为一种被打上了时代烙印的文学思潮，从一个时期到另一个时期的渐变是存在的。当魏安娜在论述这段渐变史的时候，用以支撑她的观点的例子，是来自北岛、刘索拉、阿城、韩少功、余华、王朔、陈染等作家的作品。而本书则将叙述的焦点集中在与食指、王小波、于坚、韩东、朱文、卫慧、棉棉等作家相关联的事件和文本。二者叙事路径不同，在结论上却是殊途同归的。

既然有渐变的过程，必然有渐变的终点。

这个完成时态，就发生在世纪之交。做此判断的一个主要依据就是，经过世纪之交的文学断裂思潮，个体话语与历史宏大话语的对峙关系迅速崩解，个体的意义已不再是高扬的启蒙理想和人文精神，而是如水银泻地，各地东南西北流，成为俗世人间的寻常之物了。此后，许多作家心中不再与"庞然大物"对峙，甚至不再理会那个难以琢磨的"社会关系"，而是直接面对赤裸裸的个体，以及隐藏在这些个体背后的孤单的灵魂。这正是我在写作过程中循环反复地描述的诗学景观之一。而我在此处援引魏安娜的论述，不过是再一次重复了我的观点。

魏氏考察 80 年代的文学思潮，注意到了那个压制性社会结构，虽然未作过多论述，却有意无意地将分析框架拓展到文学本身之外，看到了更广阔的社会背景。这条分析路径也正是我有意而为之的探索。如果说 80 年代的文学思潮总是受制于那个压制性社会结构，那么

---

[1] 吕德安：《沃角的夜和女人》，《南方以北》，桂林：漓江出版社 1988 年版，第 3 页。

1998 年的文学断裂思潮的发生，其社会背景又是什么呢？只有走出狭义的诗学，回到广义诗学（文化诗学）的大视野中去，也就是进入文学 - 社会的分析框架，我们才能回答这个问题，并最终说明，为何一直到世纪之交，中国文学才迎来了个体话语全面崛起（同时也意味着全面衰变）的年代。

三

在过去一个世纪，中国社会经历了反复无常的巨大变迁。这种变迁是由救亡、革命等抗争性政治带来的，是国家宏大话语发生历史性震荡的结果，非有"风云际会"之类大词不足以概括。在时代的峰回路转中，人们遭遇了命运无常，深感个人在时代洪流面前的渺小与无能为力。但就日常生活而言，他们的经验世界并没有发生根本性的变革。国家、族群和家庭的兴衰更替，不过是一岁一枯荣的自然现象，虽有天灾人祸时常发生，但人们身处其中的经验范畴没有发生大的变化。

从 1990 年代末开始，人们开始经历了一种不同以往的沧海桑田。无以数计的农村人口通过升学或务工等方式自发地进入城市，告别了以家庭为生产单位和以宗法为伦理依据的乡土世界。几乎同时，城市开始了爆炸性扩张的进程。在过去半个世纪，中国的城市是由一个个单位构成的集合体，这些单位是国家计划体制的产物，人们以单位为依托聚居在一起，形成了一个半封闭式的熟人社会。从新千年开始，在进城人口急剧扩充、国有企业改革重组、住房市场化全面推行等因素的刺激下，原有的城市空间形态急剧瓦解了。

无论是新城市人，还是老城市人，他们弥散在茫茫无边的混沌空间里，成为浮游状的离散个体。

与城乡社会变迁相伴随的，是互联网的迅猛发展，由此构造了一个新型的社会空间。这个空间被称为"网络社会"，它亦虚亦实，前所未有地刷新了人们对世界真实性的认知。在互联网兴起之初，中国广泛流传着一句话：没有人知道你是一条狗！这是传统的真实世界被颠覆的戏谑式写照。

在网络社会，陌生人的心理距离和防线已被拆除。网民以个体自由交往为原则，建立了一种新型的亲密关系，从而改写了传统现实世界的人际交往伦理，也预示着传统的社群关系的危机。陈希我的长篇小说《抓痒》，为我们描述了一个极端而又堪称典型的例子：一对夫妻以陌生人身份出现在网络社会，并通过网络聊天重建了一种新的亲密关系。[1] 在这个故事中，我们看到了互联网对传统社会关系的拆解：在传统社会里，夫妻是一个基本的、整体的社会单元，但在网络社会里，这个社会单元自动分解成两个独立的个体，并且临时组建了一种不受传统伦理约束的交往关系。

从城乡变迁到网络社会，这一切足以表明，原本建立在熟人关系之上的生活共同体正在加速消解，中国社会开启了如齐格蒙特·鲍曼、乌尔里希·贝克等欧洲学者描述的个体化进程：个人从家庭、家族、社群和阶级等"僵化的范畴"中解脱出来；个体成为社会再生产的基本单位；"为自己而活"成为一种自足的人生意义；人们生活在"不确定的自由"和"短暂无常的希望"之中，等等。

这是一次不可逆转的历史大变局。不是通过军事战争，不是通过政治运动，也不是通过知识分子的思想启蒙，而是通过日常生活的追

---

[1]　参见陈希我：《抓痒》，广州：花城出版社 2004 年版。

求与实践，对历史和传统完成了一次釜底抽薪式的和平演变。只有当我们蓦然回首时，才能深深体会这种社会巨变带给我们的心灵震动。

来自美国加州大学洛杉矶校区的华裔人类学家阎云翔，是较早关注中国社会的个体化进程，并对其做出田野调查和卓越研究的学者。他指出，私人化家庭的兴起和私人生活的蓬勃发展，导致了中国社会在 90 年代末开始了一次重大转型的进程。"个体的崛起在很大程度上改变了社会关系的结构，导致了中国社会的个体化"。[1]

阎云翔对中国社会的个体化进程的描述，与欧洲学者对个体化的定义大致相符。他们都注意到，个体化意味着一种全新的现代性进程，传统的社会关系或社会结构发生了粉碎性瓦解，取而代之是一种新的社会关系或社会结构。在这个进程中，个体化既是前因，也是后果。简言之，个体化已成为新的社会形态的内在特征，或者说，它本身就是一种全新的社会关系和社会结构。

欧洲社会学家在论述个体化命题时，是针对西欧社会已全面进入了一个新的发展阶段而言的。在鲍曼那里，这个新阶段被称为"后现代"；在贝克那里，它被称为"第二现代性"。我们不必在乎这个社会阶段应该怎么命名，只需明白这个新的社会阶段，是在现代社会已充分发展了三百年的前提下自动到来的，所谓水到渠成是也。即便如此，个体化也非一蹴而就，而是如鲍曼所言，是一种日复不休的进程。[2]

中国社会虽然在世纪之交开启了由个体化带来的结构转型，但

---

[1] 参见 [美] 阎云翔：《导论：自相矛盾的个体形象，纷争不已的个体化进程》，《"自我"中国：现代中国社会中个体的崛起》（贺美德、鲁纳编著），上海：上海译文出版社 2011 年版，第 2 页。

[2] 参见 [英] 齐格蒙特·鲍曼：《序二：个体地结合起来》，《个体化》（贝克、格恩斯海姆著），北京：北京大学出版社 2011 年版，第 21 页。

其历史和现实背景，迥然不同于西欧多数国家的社会个体化进程。关于这一点，无论是欧洲的社会学家，还是在中国土生土长的旅美学者阎云翔，都着力给予比较和阐述。其中涉及的背景因素千丝万缕，实难一言以蔽之。这里要着重指出一点：中国社会的个体化进程，是在90 年代借助市场经济体制改革的路径瞬间启动的。在此之前，尽管在不同时期出现过不同形式的个体化实验，但是这些实验都是在国家集体主义和一体化格局不受损坏的前提下进行的，总体上看，人们的个体经验依然受到抑制，个体话语无法得到公开言说。例如，从 70 年代末到 90 年代末，在改革开放的背景下，中国官方依然推行严格的集体主义教育，努力将每个个体打造成符合一体化政治目标的"螺丝钉"。但是，从新千年开始，这种努力显然已不可为，国家不仅放弃了 1949 年以后确立的一体化政治目标，而且转身成为社会个体化进程的主要推动者。新千年之后，中国社会的巨大变迁，在一定程度上正是国家主导的制度转型的后果。

面对这个急剧变迁的年代，社会学家通常只是关注客观层次上的变化，如经济结构的转型或社会结构的断裂等等，而往往忽略了主观层次上的剧烈运动。事实上，生活在这个剧变时代的人们，不仅切身参与了国家对个体进行松绑的过程，而且在这个过程中经历了各种价值的挑战和心灵的震动。只有那些敏感的观察者，当他深度凝视这个社会过程的时候，才有可能注意到其中的丰富的道德蕴含，才能准确描述出这个时代的"道德坐标和道德体验的转型"。[1]

这种转型是仓促的。时代的步伐太快，旧的还没有退台，新的已经登场。由此我们看到了不同时期的个体观念在这个剧变年代迎面相

---

[1] 引哈佛大学教授凯博文对阎云翔的评价。参见 [美] 阎云翔著，陆洋等译：《中国社会的个体化》，上海：上海译文出版社 2012 年版，第 1 页。

逢，上演了犬牙交错式的碰撞与冲突。

爆发于 1998 年的自由主义之争，正当其时地反映了不同时期的个体观念在社会巨变时代的冲突。表面上，这场论争的现实焦点依然是体制路径的选择问题，即中国是继续推进市场经济体制改革，与国际政治经济体制接轨，还是反思 1949 年以来的现代化进程，创造性地继承社会主义民主政治的遗产。但在这个论争焦点的背后，实则包含了对个体价值的不同预设。

对于新左派而言，唯有诉诸社会公平，个体才是有意义的，个体的价值才是有保障的。为此，必须重新将个体嵌入国家控制的集体主义体系之中，重建个体与国家的互动关系，从而保护个体平等权利不受资本霸权的侵蚀。这是一种国家集体主义的个体观念，带有清晰的当代历史印记，其源头可追溯到社会主义革命时代的个体化进程。阎云翔发现，早在 1949 年至 1976 年期间，中国已经出现了某种特殊形式的个体化，即国家通过社会主义改造运动，将个人从家庭、亲属、地方社区中抽离出来，然后又将个体再嵌入到国家控制的集体主义体系之中。一项关于农村青年文化的研究，证明了这一点：50 年代，国家出于政治改造的需要，号召广大青年争当社会主义革命的新人；1966 年以后，"文化大革命"进一步发动青年充当"造反"先锋，最终演绎成声势浩大的"红卫兵"运动。[1] 在这个不断升级的政治运动过程中，个人从传统的社群关系中解放出来，成为积极的、能动的、高亢的"革命个体"。1978 年以来，中国官方虽然逐步放弃了这种全民动员的个体化模式，但是集体主义的个体观念作为一种历史经验和遗产，被延续了下来，并在循环往复的意义再生产中不时散发出迷人

---

[1] 参见［美］阎云翔著，陆洋等译：《中国社会的个体化》，上海：上海译文出版社 2012 年版，第 168—170 页。

的道德意蕴。

对新自由主义而言，个体的价值尽在参差之美，在于个人选择的自由，以及私人财产和个体言说的不可侵犯。为此，必须推行"政治层面的宪政法制，经济层面的市场经济，伦理层面的个人主义"（朱学勤）。正如我在本书的专门章节中已指出的那样，这一整套方案是以西方古典自由主义经济理论和英美现行政治经济体制为依据的。[1]不过，只有回到当代中国的特定背景中，我们才能更准确理解这些方案蕴含的个体观念。新自由主义对个体的理解，更多是针对如何摆脱当代历史包袱而言的，也就是如何从个体—国家的一体化体系里面解放出来。在此意义上，对于中国人的个体命运而言，以市场化为导向的体制改革具有了特殊的意义。它意味着一个全新的社会空间呼之欲出，个体将面临更多的选择，个人的世俗欲望和卑琐的日常生活也将被赋予合法性。在特定语境下，不妨称这是一种市场自由主义的个体观念。

从总体上看，上述两种个体观念的交锋，预示着中国社会在个体化进程中面临的主要矛盾。一方面，中国社会亟须通过个体化进程来完成一次前所未有的自我解放，也就是从过去的压制性社会结构中解脱出来；另一方面，在个体化已成大势所趋的背景下，如何重建个体之间的社会性和公共伦理，或如鲍曼所言，如何实现"个体地结合起来"[2]，已是一个紧迫问题。自由主义之争虽是发生在精英知识分子之间的话语对峙，却有着广泛的社会关联，反映了大转型时代的中国人对个体价值和命运的重新思考和公开言说。新千年以来，在短短十几

---

[1]　参阅本书第八章第三节。

[2]　[英] 齐格蒙特·鲍曼：《序二：个体地结合起来》，《个体化》（贝克、格恩斯海姆著），北京：北京大学出版社 2011 年版，第 21 页。

年时间里，两种个体观念已不是什么曲高和寡的宏论，而是成为普通人在日常生活中的微观政治实践。关于这一点，足可长篇大论，唯有另辟议题，方可澄清。

这里我要补充的是，不同时期的个体观念在世纪之交呈现出来的复杂交织的面貌，远非自由主义之争一个案例就能说明。事实上，自由主义之争不过是启蒙思想界对 90 年代中国社会转型的一种被动反应，虽然凸显了现实矛盾的主要方面，却无力对转型时期的复杂格局做出深入讨论，也无法对中国社会的个体化趋势做出前瞻性的理论回应。一定程度上，这是由论战双方的身份意识和理论视野决定了的。从身份上看，他们都是启蒙知识分子，至少在 80 年代，他们为探索同一个抽象的现代化目标而被统一在某种启蒙意识之下。只是到了 90 年代，面对现代化的具体路径的选择，他们有了不同的立场。从远的来看，他们固然都借助了西方的现代化理论资源，但从近的来看，他们的不同立场是以 1949 年之后当代中国的两种现代化模式为现实依据的。或许，后者更具有实质性意义，也是局限之所在：因为太执着于当下，以至于顾不了太多了。

至少还有两种重要的个体观念并存于这个转折的时代，却被自由主义之争忽略了。

一种是根植于乡土社会的个体观念，在中国实则有着深厚的传统，并在大转型时代表现出变异的多种可能性。在费孝通的差序格局理论中，中国的乡土社会就像一张网，由纵横交错的关系构成；个人则是网上的联结点，每一个联结点就是一个中心，向外扩展，形成亲疏远近的关系。[1] 所谓差序，当作如此解。在差序格局中，我们可以看到

---

[1] 参见费孝通：《乡土中国》，北京：生活·读书·新知三联书店出版社 1985 年版，第 21—25 页。

中国传统社会独有的个体中心主义观念：个体在整个社会中处于中心位置；在个体与社会之间，起中介作用的是变动不居的关系，而非制度化的结构；最重要的关系纽带是以血缘为基础的家族谱系，以及凝结在这个谱系之上的一整套宗法伦理。

我们不妨称这是一种乡土关系主义的个体观念。

在新千年之前，这种个体观念在中国社会依然居于主导地位。尽管始于 50 年代的政治运动对差序格局的社会秩序造成了严重冲击，但是一俟运动结束，这种秩序及其蕴含的个体观念便会复苏。一个典型的例子便是：1983 年之后，中国官方取消人民公社制度，并在农村推行家庭联产承包责任制，传统的农村社会秩序很快复原。阎云翔在他的研究中指出，改革开放以来，中国社会个体化进程的"最初的一步"，始于农村改革，其突出表现是家庭联产承包责任制的实验与实施。[1] 我以为，这种个体化，是向传统的社会秩序和个体价值的回归，与 90 年代以后的个体化进程有着本质性区别。而且，这种回归也只是短暂的回光返照。从世纪之交开始，大量农村人口迁入城市，传统的个体观念虽然也跟着进城，却发生了不可逆转的衰变，并有可能与其他形态的个体观念发生冲突。

还有一种个体观念是自由主义之争无力给予观照的。这也就是我在前文已着重阐述的，中国在 90 年代后期全面开启了个体化进程之后，出现的一种新的社会意识形态：个人对家庭、阶级、国家等传统的集体范畴的依赖感日渐削弱，同时又致力于构建新的公共伦理，使个体与个体之间的重新整合成为可能。对此，鲍曼曾经描述过一幅生

[1] 参见〔美〕阎云翔著，陆洋等译：《导论：个体的崛起》，《中国社会的个体化》，上海：上海译文出版社 2012 年版，第 5 页。

动的图景："通往有真正自主权的城邦的道路穿过一片人口稠密、动荡不定的广场。那里，人们每天相遇，继续齐心协力，在个人关注的问题和大众利益之间来回往复地不停转换。"[1]

新千年之后，越来越多的中国人正在主动适应一种新的个体观念的降临：乡土家园日渐远去，乡情日益稀薄；大团圆的象征意义开始模糊，传统的年味也变淡了（与此同时，过年时在外旅行被许多中国人接受）；传宗接代不再是无可逃脱的责任，许多人坚信为自己而活才不枉此生；家庭构成不再有统一模板，夫妻、亲子之间的角色关系依协商而定；单位不再是唯一的，"炒鱿鱼"成了一种司空见惯的职场游戏；国家和民族不再是抽象的，爱国主义和民族主义的含义因时因地因人而异，如此等等，在经验描述上已无法穷尽。这是社会个体化进程引发的"离心效果"，同时也催生了新的社会敏感性：个人越来越依赖于制度，通过制度层面的联系把量子化的个体重新整合成一个社会整体。贝克称这是一种"制度化的个体主义"。[2]

前文大致描述了四种不同的个体观念：国家集体主义的、市场自由主义的、乡土关系主义的和制度化个体主义的。这是依据理想类型而作的划分，它追求理论的简洁性，同时也抽离了现实的复杂性。事实上，作为不同时期的社会形态下的产物，四种个体观念共存于世纪之交，必然发生交织、错位与碰撞，以至于我们在描述其中一种观念特征时，必然会被相反的例子驳倒。

---

[1] [英] 齐格蒙特·鲍曼：《序言：讲述的生活和经历的故事》，《个体化社会》，上海：上海三联书店 2002 年版，第 19 页。

[2] 参见 [德] 乌尔里希·贝克、伊丽莎白·贝克-格恩斯海姆著，李荣山等译：《制度化的个体主义》，《个体化》，北京：北京大学出版社 2011 年版，第 29—35 页。

　　这便是转折时代的文化断裂：在不同社会发展阶段形成的文化形态共存于同一个时期，却不是一个有机整体，由此形成主观层面的社会冲突。这一事实与社会学家孙立平对 90 年代中国社会的经验描述如出一辙。孙氏由此得出了一个关于"断裂的社会"的经典定义：在一个社会中，几个时代的成分同时并存，互相之间缺乏有机联系。[1]从文化的断裂到社会的断裂，不同的理论话语抵达这些经验事实时，均凸显了转型时代的各种异质要素的相互冲突，以及导致这种冲突的力学原理。但社会学更多只是关注断裂的客观层面，对主观层面几乎无暇顾及。

　　1998 年的文学断裂思潮，正是社会文化发生断裂的一个主观环节。正如本书始终致力于描述的那些事实，无论是在事件层面，还是在文学层面，抑或在思想层面，它们都指向了差异化的个体观念的冲突。不过，文学之于社会现实，不是一面被动的镜子，不只是机械地反映社会关系的全部。按照戈德曼的发生结构主义的观点，文学作品也是社会意识的一种构成因素，并与其他不同层次的"有意义的结构"形成一种同构关系。[2] 倘若我们认为戈德曼言之有理，我们就不应该将1998 年的文学断裂思潮仅仅看作是对社会断裂的光学反射，而是将其视为参与社会断裂过程的一个重要环节。明白了这一点，我们就不会天真地把转型社会中的个体观念的冲突，直接等同于文学断裂思潮中的冲突。

---

[1]　参见孙立平：《断裂：20 世纪 90 年代以来的中国社会》，北京：社会科学文献出版社 2003 年版，第 14 页。

[2]　参见 [法] 吕西安·戈德曼著，段毅、牛宏宝译：《文学社会学方法论》，北京：工人出版社 1989 年版，第 178—198 页。

四

　　事实上，文学只能在自己的社会层次内呈现它的"有意义的结构"。这个社会层次，我们称之为文学场。在这个场内，个体观念的冲突必然连接着它自身的历史，以及由这种历史限定了的传统和主题。

　　从长时段史来看，正如夏志清揭示的，作家不得不在两种姿态之间做出平衡，一种姿态是面向自我的维度，一种姿态则是面向社会的维度。在一般意义上，对两种姿态的选择也是普通社会个体的日常实践，但是对于作家而言，这种选择不是一件普通的事情，而是具有方法论的意义。因为作家如何处理两种姿态之间的关系，也就决定了他将以什么样的方式与假想中的读者进行对话。表面上看，这是一个简单的问题，不过历史上任何一个时期的作家都未曾在这个问题上获得一劳永逸的答案，而是伴随着时代的步伐历久常新、日复不息，成为一个永恒的主题。

　　从中短时段史来看，中国作家不得不面对当代文学的一种特殊的社会性传统。这种传统在它的鼎盛时期有一个通俗的说法，叫"文学为政治服务"。从70年代末开始，尽管新启蒙主义文学思潮对这种传统展开了抗争性的反驳，却没有取消它的主流地位。与此相应的是，恰如魏安娜描述的，用以支持这种传统的压制性社会结构依然广泛制约着中国文学的表达。因此，在大转型时代，作家在两种姿态之间的选择与平衡，转换成了面对现实的两种态度。一种态度是再政治化，一种态度是继续去政治化。这两种态度朝着不同的方向延伸，正是我们考察1998年文学断裂思潮时需要辨认的重要分水岭之一。

　　两种态度的分化，意味着两种不同的安身立命之道，却不能依此类推，中国文学的整体格局也将一分为二。1978年之后，中国当代文学的一体化格局开始发生局部变化，在其内部出现了一种二元对立的意义结构。但是这种意义结构并没有在现实中落地，因为在现实生存层面，文学知识分子并没有更多的选择空间。不过，从 90 年代开始，市场化和学院化将文学知识分子引向了两条不同的生存路径，这也就意味着，在继续去政治化这个共同的态度之下，他们可以选择两种不同的制度性生存空间。因此，到了世纪之交，由单位制文坛、学院制文坛和市场制文坛并举共存的基本格局初步成型，这便是本书已着重论述过的当下中国文学的三元体制。

三元体制的出现，表明在中国文学场内部形成了三个相对独立的"小宇宙"，它们有着不同的运行逻辑、规则和目标，因此必然导致新千年之后中国文学面貌的多样性和复杂性。从事当代文学前沿思潮研究的学者，对于世纪之交的历史性巨变是有共识的，难以形成共识的则是对新格局下的文学现状、价值标准及未来走向的判断。在我看来，共识的破产正是时代转折的结果。在旧的文学格局已经瓦解、新的文学格局初步成型的过渡时期，以往看待文学的统一标准已不复存在了，取而代之的，是一种"看不懂"的局面。

对于一部分文学知识分子而言，不得不说，这已是一个最好的时代。他们同时享有了单位制文坛提供的国家福利，学院制文坛提供的理论支持和市场制文坛提供的经济回报。同时，三元体制也提供了一个变动不居的文学生活环境，文学知识分子游走其间，可最大限度地回避任何一种文坛带给他们的单向度的伤害。其中最值得称道的幸运，是他们可以从以往的无休止的政治运动中解脱出来。如果一位作家有着真正的文学抱负，立志坚持三十年、五十年的写作生涯，恰是在这个转折时代最有可能如其所愿。不过，如此完美的"转型福利"，仅属于那批生逢其时的文学知识分子。他们多数出生于 50 年代，在 80

年代出道，至今三十年有余，始终是当代文坛的中流砥柱。在今日文坛，他们被称为"50后"作家，包括贾平凹、莫言、余华、苏童、格非、阿来、王安忆、韩少功、阎连科、于坚等等，实际名单要远远多于我列举的。

过去三十多年，中国的文化气候变化多端，变迁的时代也走马灯似地推出了一代又一代的新人，但"50后"作家并没有过时，而是愈发显示出他们不可被逾越的高度和不可被推移的力量。即便是在新千年之后，大众文化不可一世，新潮作家大红大紫，他们的社会地位和深远影响也难望"50后"作家之项背。这其中固然有一言难尽的因素可说，但我以为最重要的一点就在于，这一代作家生得其时，最充分地享有了三元体制带来的文学利好环境。他们以青春的锋芒占据了单位制文坛的显要位置，却是在中国文学向三元体制转型的过程中真正走向了个人写作的巅峰。"铁饭碗"是国家给的，版税是市场给的，经典化的论证则是学院给的。因着天时、地利与人和，这一代作家将中国文学推向了这个时代的高峰，其中最具有象征性意义的事件，或许当属莫言在2012年斩获诺贝尔文学奖。随着年龄的增长，这一代作家将陆续进入创作衰退期，但是三元体制的文学红利依然将最大化地分配给他们，助推他们完成最后的文学使命，获得更多的文学荣誉。

不过，三元体制为当代文学带来的利好终究是有限的，也不是一劳永逸的。当三种文坛形成一种富有张力的场域结构时，它有可能赋予当代文学一种富有活力的多样性景观；而当三种文坛处于隔离状态，或朝着各自一元发展，或以一元遮蔽其他二元的时候，它又可能将当代文学推向混乱或单调的深渊。

在未来一个中时段内，三元体制的基本格局或许将得到延续，但其内在活力将日渐消退。做此判断的主要依据，是来自对一般的历史动态模型的理解：三元体制是在过去的一体化格局内部发展起来的，并在一定时期内达成三足鼎立的平衡状态，但是随着市场制文坛和学院制文坛的急剧扩张，这个基本格局必然走向新的失衡。这种趋势在今日中国文坛中已日渐显现，似乎已没有太多的悬念。

市场制文坛在它呼之欲出之时，一度让许多文学知识分子看到了新的可能和希望。它预示着去中心化、为自己而写和更多的选择。不过，从新千年开始，这种愿景正在落空。因为在市场制文坛内部，大众文化变得不可一世，试图吞并或淘汰所有其他差异化的文学生产线。从某个角度看，大众文化极力倡导个体自由和个性选择，尊重社会文化的生态多样性，但事实并非如此。隐藏在大众文化背后的货币逻辑，本质上与"样板戏"逻辑并无不同。它时刻准备着借助一套精准的洗脑术，在力所能及的范围内，最大化地让人们的文化消费变成一种从众行为。这种从众行为并非只是停留在文化消费领域，而是传导至文化生产领域，力图将文学生产线改组为流行文化生产线。在货币逻辑的驱使下，这条生产线排斥个体化的文学生产，要么将其挤压，要么将其收编。因此，在市场制文坛，立志从事纯文学写作的一些作家，迫于生存，不得不向流行文化生产线妥协，向畅销书看齐，向版税讨要生存权。从"60后"这一代开始，许多作家离开单位走向了市场，或者一出道就进入了市场，其实是朝着市场制文坛的"更多选择"奔去的，最后却只能深陷于从众潮流中，甚至一去不复返。很难说，这样的结局对于一个作家而言是好是坏，但就客观结果来说，那种专注于个人志趣、十年磨一剑的文学江湖已经难以为继了。

在学院制文坛这边，从众性文化生产是被抵制的，但它却陷入了为学术而学术的封闭系统，从而割裂了批评与创作的有机联系。如果把大文坛系统看作一个现实世界，学院制文坛则自我划定了一个"桃花源"，不知有汉，无论魏晋。在学院制文坛内部，文学批评必须纳入学术生产流程中，因而自成一体，今日文坛称之为"学院批评"。这种批评实际上已经放弃了批评的审美立场，转而服从于一整套标准的学术规范。从个体自觉和精神独立的角度来看，这一整套规范为学院派知识分子远离现实潮流提供了合法依据，是有进步意义的。但是，缺席文学现场和审美判断的学院批评，只能通过一系列僵硬的知识范畴来把握文学现实，因而愈发显示出其枯燥乏味的一面。今日执掌学院制文坛的一代批评家，多数在80年代至90年代期间置身于文学现场，因而尚能保持批评与创作的良性互动。但对于新一代学院批评家来说，情况或许不再是乐观的了。经过学术生产车间的残酷锻压，他们中的多数人已适应了严格的学术规范体系，却与文学现实有了隔阂。尽管有人依然怀有介入文学现实的愿景，但终究摆脱不了理论先行的学院派范儿。这里并无贬低学术生产之意，而仅仅是在客观层次上说明，批评与创作的裂痕有再扩大的趋势。

在单位制文坛这边，情况或许还要更复杂一些。支撑单位制文坛运转的轴心机制是作协体制，因此，单位制文坛的未来走向，很大程度上取决于中国的政治体制改革将在什么时候和在何种程度上触及作协体制。作为当代一体化政治以及向苏联体制学习的产物，作协体制在新千年之前一直运作良好，具有无可争议的权威性。但从新千年开始，这一体制的合法性开始被公开质疑。批判的声音首先是从以韩寒为代表的"80后"作家中发出来的，而后发生了连锁反应。不过，在未来一个中时段内，困扰单位制文坛的最大问题恐怕还不是作协体制的续与废，而是人力资源的大面积流失。从90年代开始，新生代作家和批评家，要么投奔市场，要么遁入学院，致使单位制文坛几乎停止了新陈代谢。这种情况在基层作协体系中尤其明显，并在新千年之后呈现出不可逆转之势。如此局面，是单位制文坛的公务员化导致的结果。90 年代，在推行市场经济体制的同时，中国开始正式实施公务员制度，[1] 作协被纳入这个体系中参照建制。既是公务员体制，其人力资源的补给必须通过统一的公务员考试制度来实现，但这种制度仅仅适用于应试精英的筛选，对文学精英则有可能变成一种逆向淘汰机制。在中国，进入公务员体制，意味着获得了"铁饭碗"，因而势必吸引对文学并无志趣的应试精英挤进单位制文坛。久而久之，随着老一代作家的衰退，单位制文坛内部的文学精英将日益凋零，出现青黄不接的局面。

　　无论是市场制文坛的从众化，还是学院制文坛的学术化，抑或单位制文坛的公务员化，它们都显示了一种共同的趋势：去文学化。在过去，围绕着文学这个共同的内核，三元体制呈现出一种向心的张力和活力。而当三个文坛的运行逻辑都在排斥文学时，它们将朝着与文学无涉的不同方向运动，三元体制也就无从依附了。这是中国文学的三元体制即将面临的实质性危机，亦是透过断裂的诗学，我们可以看到的日益逼近的"物质现实"。

　　　　　　　　　2013 年 3 月—2014 年 5 月，北京—福州，第一稿

　　　　　　　　　2014 年 11 月—2015 年 7 月，福州，第二稿

　　　　　　　　　2015 年 9 月 5 日—12 月 3 日，福州，修改稿

　　　　　　　　　2015 年 12 月 11—19 日，漳平厚德长美堂，定稿

---

[1]　1993 年国务院正式签发《国家公务员条例》，标志着中国开始全面推行公务员制度。

参考文献

一、研究著作（含史料著作）

1. 艾晓明、李银河编：《浪漫骑士：记忆王小波》，北京：中国青年出版社 1997 年版

2. 常立：《"他们"作家研究》，上海：上海三联书店 2010 年版

3. 陈思和：《中国当代文学史教程》，上海：复旦大学出版社 2008 年版

4. 陈晓明：《中国当代文学主潮》，北京：北京大学出版社 2009 年版

5. 程光炜：《文学史的兴起——程光炜自选集》，开封：河南大学出版社 2009 年版

6. 程光炜：《中国当代诗歌史》，北京：中国人民大学出版社 2003 年版

7. 费孝通：《乡土中国》，北京：生活·读书·新知三联书店 1985 年版

8. 傅国涌、周仁爱编：《回到启蒙——〈方法〉文选 1997—1999》，北京：经济科学出版社 2013 年版

9. 高全喜：《何种政治？谁之现代性？》，北京：新星出版社 2007 年版

10. 葛红兵：《障碍与认同：当代中国文化问题》，上海：学林出版社 2000 年版

11. 葛兆光：《思想史的写法》，上海：复旦大学出版社 2004 年版

12. 公羊主编：《思潮：中国"新左派"及其影响》，北京：中国社会科学出版社 2003 年版

13. 顾准著，陈敏之、丁东编：《顾准日记》，北京：经济日报出版社 1997 年版

14. 韩袁红编：《王小波研究资料》，天津：天津人民出版社2009年版

15. 韩毓海：《知识的战术研究：当代社会关键词》，北京：中央编译出版社2002年版

16. 何言宏：《精神的证词》，长春：吉林出版集团有限责任公司2009年版

17. 何清涟：《现代化的陷阱》，北京：今日中国出版社1998年版

18. 何清涟：《经济学与人类关怀》，广州：广东教育出版社1998年版

19. 洪子诚、刘登翰：《中国当代新诗史》，北京：人民文学出版社1993年版

20. 洪子诚：《中国当代文学史》，北京：北京大学出版社2010年版

21. 洪子诚：《作家姿态与自我意识》，北京：北京大学出版社2010年版

22. 洪子诚：《问题与方法：中国当代文学史研究讲稿》，北京：北京大学出版社2010年版

23. 胡风：《胡风三十万言书》，武汉：湖北人民出版社2003年版

24. 胡适：《白话文学史》，合肥：安徽教育出版社2006年版

25. 胡适：《国语文学史》，合肥：安徽教育出版社2006年版

26. 黄文倩：《在巨流中摆渡："探求者"的文学道路与创作困境》，武汉：武汉出版社2011年版

27. 旷新年：《沉默的声音》，合肥：安徽文艺出版社2000年版

28. 李慎之：《风雨苍黄五十年——李慎之文选》，香港：明报出版社2003年版

29. 李书磊：《1942：走向民间》，济南：山东教育出版社1998年版

30. 李银河编著：《王小波十年祭》，南京：江苏美术出版社2007年版

31. 李富根、刘洪主编：《恩怨录：鲁迅和他的论敌文选》，北京：今日中国出版社1996年版

32. 李泽厚、刘再复：《告别革命：回望二十世纪中国》，香港：天地图书有限公司 1995 年版

33. 李世涛主编：《知识分子立场：自由主义之争与中国思想界的分化》，长春：时代文艺出版社 2000 年版

34. 梁启超著，朱维铮校注：《梁启超论清学史二种》，上海：复旦大学出版社 1985 年版

35. 刘春：《朦胧诗以后：1986—2007 中国诗坛地图》，北京：昆仑出版社 2008 年版

36. 刘春：《一个人的诗歌史》，桂林：广西师范大学出版社 2010 年版

37. 刘禾编：《持灯的使者》，桂林：广西师范大学出版社 2009 年版

38. 刘军宁：《共和·民主·宪政：自由主义思想研究》，上海：上海三联书店 1998 年版

39. 刘军宁：《保守主义》，北京：中国社会科学出版社 1998 年版

40. 刘军宁主编：《北大传统与近代中国：自由主义的先声》，北京：中国人事出版社 1998 年版

41. 刘军宁、王焱编：《自由与社群》，北京：生活·读书·新知三联书店 1998 年版

42. 刘宁：《汉语思想的文体形式》，上海：华东师范大学出版社 2012 年版

43. 陆机著，刘运好校：《陆士衡文集校注》，南京：凤凰出版社 2007 年版

44. 毛泽东：《反对自由主义》，北京：人民出版社 1952 年版

45. 钱理群：《1948：天地玄黄》，济南：山东教育出版社 1998 年版

46. 钱穆：《中国文学论丛》，北京：生活·读书·新知三联书店 2005 年版

47. 邵建：《胡适与鲁迅：20世纪的两个知识分子》，北京：光明日报出版社 2008 年版

48. 孙立平：《断裂：20世纪90年代以来的中国社会》，北京：社会科学文献出版社 2003 年版

49. 孙绍振：《审美阅读十五讲》，北京：北京大学出版社 2013 年版

50. 唐晓渡：《唐晓渡诗学论集》，北京：中国社会科学出版社 2001 年版

51. 王俊祥、王洪春：《中国流民史·现代卷》，合肥：安徽人民出版社 2001 年版

52. 王晓明编：《人文精神寻思录》，上海：文汇出版社 1996 年版

53. 王元化：《九十年代反思录》，上海：上海古籍出版社 2000 年版

54. 王元化：《九十年代日记》，上海：上海古籍出版社 2008 年版

55. 王毅编：《不再沉默：人文学者论王小波》，北京：光明日报出版社 1998 年版

56. 汪晖、陈燕谷主编：《文化与公共性》，北京：生活·读书·新知三联书店 1998 年版

57. 汪继芳：《断裂：世纪末的文学故事》，南京：江苏文艺出版社 2000 年版

58. 汪晖：《死火重温》，北京：人民文学出版社 2000 年版

59. 汪晖：《去政治化的政治：短20世纪的终结与90年代》，北京：生活·读书·新知三联书店 2008 年版

60. 文池主编：《在北大听讲座》（第三辑），北京：新世界出版社 2001 年版

61. 吴思敬编选：《磁场与魔方：新潮诗论卷》，北京：北京师范大学出版社 1993 年版

62. 吴炫：《中国当代文学批判》，上海：学林出版社 2001 年版

63. 谢冕：《文学的绿色革命》，贵阳：贵州人民出版社 1988 年版

64. 谢泳：《逝去的年代：中国自由知识分子的命运》，北京：文化艺术出版社 1999 年版

65. 谢泳编：《胡适还是鲁迅》，北京：中国工人出版社 2003 年版

66. 许纪霖等：《启蒙的自我瓦解：1990 年代以来中国思想文化界重大论争研究》，长春：吉林出版集团有限责任公司 2007 年版

67. 严复著，王栻主编：《严复集》，北京：中华书局 1986 年版

68. 杨健：《文化大革命中的地下文学》，北京：朝华出版社 1993 年版

69. 杨晓民、周翼虎：《中国单位制度》，北京：中国经济出版社 1999 年版

70. 杨扬主编：《新中国社会与文学》，上海：上海人民出版社 2009 年版

71. 叶辛主编：《上海文学发展报告·2009》，上海：上海人民出版社 2009 年版

72. 殷海光：《中国文化的展望》（下），台北：桂冠图书股份有限公司 1990 年版

73. 于风政：《改造：1949—1957 年的知识分子》，郑州：河南人民出版社 2001 年版

74. 俞大维等：《谈陈寅恪》，台北：传记文学出版社 1978 年版

75. 张闳：《感官王国：先锋小说叙事艺术研究》，上海：同济大学出版社 2007 年版

76. 张钧：《小说的立场：新生代作家访谈录》，桂林：广西师范大学出版社版 2002 年版

77. 张柠：《想象的衰变：欠发达国家精神现象解析》，福州：福建教育出版社 2008 年版

78. 张柠：《再造文学巴别塔》，广州：广东教育出版社 2009 年版

79. 张柠：《感伤时代的文学》，北京：新星出版社 2013 年版

80. 张清华：《文学的减法》，长春：吉林出版集团有限责任公司 2009 年版

81. 张清华：《猜测上帝的诗学》，北京：北京大学出版社 2010 年版

82. 中国作家协会创作研究部编：《长篇小说艺术暨文学发展趋势研讨会论文集》，北京：作家出版社 2012 年版

83. 周立民：《人间万物与精神碎片》，北京：北京大学出版社 2013 年版

84. 朱大可：《流氓的盛宴》，北京：新星出版社 2006 年版

85. 朱学勤：《道德理想国的覆灭》，上海：上海三联书店 1994 年版

86. 朱学勤：《思想史上的失踪者》，广州：花城出版社 1999 年版

87. 朱学勤：《书斋里的革命》，长春：长春出版社 1999 年版

88. ［德］黑格尔著，王造时译：《历史哲学》，上海：上海书店出版社 2006 年版

89. ［德］康德著，何兆武译：《历史理性批判文集》，北京：商务印书馆 1990 年版

90. ［德］马丁·海德格尔著，王作虹译：《存在与在》，北京：民族出版社 2005 年版

91. ［德］马克斯·韦伯著，林荣远译：《经济与社会》，北京：商务印书馆 1997 年版

92. ［德］马克斯·韦伯著，冯克利译：《学术与政治》，北京：生活·读书·新知三联书店 1998 年版

93. ［德］瓦尔特·本雅明著，许绮玲、林志明译：《迎向灵光消逝的年代》，桂林：广西师范大学出版社 2008 年版

94. ［德］乌尔里希·贝克、伊丽莎白·贝克—格恩斯海姆著，李荣

山等译:《个体化》,北京:北京大学出版社 2011 年版

95. [德] 西尔伯曼著,于沛译:《文学社会学引论》,合肥:安徽文艺出版社 1988 年版

96. [俄] 巴赫金著,白春仁、顾亚铃译:《陀思妥耶夫斯基诗学问题》,北京:生活·读书·新知三联书店 1988 年版

97. [俄] 卡岗著,凌继尧、金亚娜译:《艺术形态学》,北京:生活·读书·新知三联书店 1986 年版

98. [俄] 普罗普著,贾放译:《故事形态学》,北京:中华书局 2006 年版

99. [法] Alain Touraine: *The Self-Production of Society*, Chicago: University of Chicago Press, 1977

100. [法] 阿兰·图海纳著,狄玉明、李平沤译:《我们能否共同生存》,北京:商务印书馆 2003 年版

101. [法] 阿兰·图海纳著,舒诗伟等译:《行动者的归来》,北京:商务印书馆 2008 年版

102. [法] 布罗代尔著,杨起译:《资本主义的动力》,北京:生活·读书·新知三联书店 1997 年版

103. [法] 布罗代尔著,刘北成、周立红译:《论历史》,北京:北京大学出版社 2008 年版

104. [法] 达维德·方丹著,陈静译:《诗学:文学形式通论》,天津:天津人民出版社 2003 年版

105. [法] 古斯道夫·勒庞著,冯克利译:《乌合之众:大众心理研究》,北京:中央编译出版社 2004 年版

106. [法] 勒内·基拉尔著,罗芃译:《浪漫的谎言与小说的真实》,北京:生活·读书·新知三联书店 1998 年版

107. ［法］卢梭著，何兆武译：《社会契约论》，北京：商务印书馆2003年版

108. ［法］罗兰·巴尔特著，李幼蒸译：《写作的零度》，北京：中国人民大学出版社2008年版

109. ［法］罗贝尔·埃斯卡皮著，于沛选编：《文学社会学——罗·埃斯卡皮文论选》，杭州：浙江人民出版社1987年版

110 ［法］吕西安·戈德曼著，段毅、牛宏宝译：《文学社会学方法论》，北京：工人出版社1989年版

111. ［法］马塞尔·普鲁斯特著，王道乾译：《驳圣伯夫》，南昌：百花洲文艺出版社1992年版

112. ［法］莫里斯·哈布瓦赫著，王迪译：《社会形态学》，上海：上海人民出版社2005年版

113. ［法］米歇尔·福柯著，杜小真编选：《福柯集》，上海：上海远东出版社1998年版

114. ［法］米歇尔·福柯著，钱翰译：《不正常的人》，上海：上海人民出版社2003年版

115. ［法］米歇尔·福柯著，刘北成、杨远婴译：《疯癫与文明》，北京：生活·读书·新知三联书店2007年版

116. ［法］米歇尔·福柯著，谢强、马月译：《知识考古学》，北京：生活·读书·新知三联书店2007年版

117. ［法］P. 布尔迪约、J.-C. 帕斯隆著，邢克超译：《再生产：一种教育系统理论的要点》，北京：商务印书馆2002年版

118. ［法］Pierre Bourdieu, Jean Claude Passeron: *Reproduction in Education, Society and Culture*, London: SAGE Publications Ltd., 1990

119. ［法］Alain Touraine：*The Self-Production of Society*, Chicago: Univer-

sity of Chicago Press, 1977

120.［法］皮埃尔·布尔迪厄著，谭立德译：《实践理性：关于行为理论》，北京：生活·读书·新知三联书店 2007 年版

121.［法］乔治·巴塔耶著，汪民安编：《色情、耗费与普遍经济》，长春：吉林人民出版社 2003 年版

122.［法］乔治·巴塔耶著，刘晖译：《色情史》，北京：商务印书馆 2003 年版

123.［法］夏尔·波德莱尔著，郭宏安译：《人造天堂》，北京：生活·读书·新知三联书店 2009 年版

124.［挪威］贺美德、鲁纳编著，许烨芳等译：《“自我”中国：现代中国社会中个体的崛起》，上海：上海译文出版社 2011 年版

125.［美］埃德蒙·威尔逊著，黄念欣译：《阿克瑟尔的城堡：1870—1930 的想象文学研究》，南京：江苏教育出版社 2006 年版

126.［美］埃德蒙·威尔逊著，刘森尧译：《到芬兰车站：历史写作与行动研究》，桂林：广西师范大学出版社 2014 年版

127.［美］弗朗西斯·福山著，黄胜强、许铭原译：《历史的终结》，呼和浩特：远方出版社 1998 年版

128.［美］海登·怀特著，董立河译：《话语的转义：文化批评文集》，郑州：大象出版社、北京：北京出版社 2011 年版

129.［美］杰罗姆·B.格里德著，鲁奇译：《胡适与中国的文艺复兴》，南京：江苏人民出版社 1989 年版

130.［美］克林斯·布鲁克斯著，郭乙瑶等译：《精致的瓮：诗歌结构研究》，上海：上海人民出版社 2008 年版

131.［美］理查德·罗蒂著，徐文瑞译：《偶然、反讽与团结》，北京：商务印书馆 2003 年版

132. ［美］欧文·戈夫曼著，冯钢译：《日常生活中的自我呈现》，北京：北京大学出版社2008年版

133. ［美］欧文·戈夫曼著，宋立宏译：《污名：受损身份管理札记》，北京：商务印书馆2009年版

134. ［美］乔治·米德著，赵月瑟译：《心灵、自我与社会》，上海：上海译文出版社2005年版

135. ［美］苏珊·桑塔格著，程巍译：《疾病的隐喻》，上海：上海译文出版社2003年版

136. ［美］苏珊·桑塔格著，程巍译：《反对阐释》，上海：上海译文出版社2011年版

137. ［美］塔尔科特·帕森斯著，张明德等译：《社会行动的结构》，南京：译林出版社2008年版

138. ［美］夏志清著，胡益民等译：《中国古典小说史论》，南昌：江西人民出版社2001年版

139. ［美］夏志清著，刘绍铭、李欧梵等译：《中国现代文学史》，香港：香港中文大学出版社2001年版

140. ［美］威廉·詹姆斯著，郭宾译：《心理学原理》，北京：中国社会科学出版社2009年版

141. ［美］阎云翔著，陆洋等译：《中国社会的个体化》，上海：上海译文出版社2012年版

142. ［美］约翰·霍洛韦尔著，仲大军、周友皋译：《非虚构小说的写作》，沈阳：春风文艺出版社1988年版

143. ［美］约翰·克罗·兰色姆著，王腊宝、张哲译：《新批评》，南京：江苏教育出版社2006年版

144. ［匈牙利］阿诺德·豪泽尔著，居延安编译：《艺术社会学》，南京：

学林出版社 1987 年版

145.［英］艾瑞克·霍布斯鲍姆著，郑明萱译：《极端的年代》，南京：江苏人民出版社 1998 年版

146.［英］戴维·弗里斯比著，卢晖临等译：《现代性的碎片》，北京：商务印书馆 2003 年版

147.［英］哈耶克著，王明毅、冯兴元等译：《通往奴役之路》，北京：中国社会科学出版社 1997 年版

148.［英］齐格蒙特·鲍曼著，范祥涛译：《个体化社会》，上海：上海三联书店 2002 年版

149.［英］维多利亚·D. 亚历山大著，章浩、沈杨译：《艺术社会学》，南京：江苏美术出版社 2009 年版

150.［英］以赛亚·伯林著，林振义、王洁译：《个人印象》，南京：译林出版社 2013 年版

151.［英］以赛亚·伯林著，胡传胜译：《自由论》，南京：译林出版社 2003 年版

152.［英］约翰·穆勒著，严复译：《群己权界论》，北京：商务印书馆 1981 年版

153.［意］安东尼奥·葛兰西著，葆煦译：《狱中札记》，北京：人民出版社 1983 年版

154.［意］贝内德托·克罗齐著，田时纲译：《作为思想和行动的历史》，北京：商务印书馆 2012 年版

155.［意］维柯著，朱光潜译：《新科学》，北京：人民文学出版社 1986 年版

二、文学作品（书籍部分）

1. 阿斐：《青年虚无者之死》，西安：太白文艺出版社 2010 年版

2. 柏桦：《今天的激情：柏桦十年文选》，上海：上海人民出版社2006年版

3. 蔡志恒：《第一次的亲密接触》，北京：知识出版社1999年版

4. 陈平原：《老北大的故事》，南京：江苏文艺出版社1998年版

5. 陈希我：《抓痒》，广州：花城出版社2004年版

6. 程光炜编选：《岁月的遗照》，北京：社会科学文献出版社1998年版

7. 朵渔：《意义把我们弄烦了》，北京：人民文学出版社2004年版

8. 海子著，西川编：《海子诗全编》，上海：上海三联书店1997年版

9. 韩东：《韩东散文》，北京：中国广播电视大学出版社1998年版

10. 韩东：《爸爸在天上看我》，石家庄：河北教育出版社2002年版

11. 韩东、朱文等：《我的自由选择》，上海：上海文艺出版社2000年版

12. 韩东：《我的柏拉图》，西安：陕西师范大学出版社2000年版

13. 韩东：《扎根》，北京：人民文学出版社2003年版

14. 韩东：《美元硬过人民币》，上海：上海人民出版社2006年版

15. 韩东：《小城好汉之英特迈往》，上海：上海人民出版社2008年版

16. 韩东：《幸福之道》，重庆：重庆大学出版社2011年版

17. 郝海彦主编：《中国知青诗抄》，北京：中国文学出版社1998年版

18. 胡宽著，牛汉等主编：《胡宽诗集》，桂林：漓江出版社1996年版

19. 贾平凹：《废都》，北京：作家出版社2009年版

20. 廖亦武主编：《沉沦的圣殿》，乌鲁木齐：新疆青少年出版社1999年版

21. 林莽、刘福春选编：《诗探索金库·食指卷》，北京：作家出版社1998年版

22. 刘鹗：《老残游记》，上海：上海古籍出版社2011年版

23. 吕德安：《南方以北》，桂林：漓江出版社1988年版

24. 棉棉：《盐酸情人》，上海：上海三联书店 2000 年版

25. 棉棉：《糖》，北京：中国戏剧出版社 2000 年版

26. 芒克：《瞧，这些人》，长春：时代文艺出版社 2003 年版

27. 毛泽东：《毛泽东诗词选》，北京：人民文学出版社 1986 年版

28. 欧阳江河：《谁去谁留》，长沙：湖南文艺出版社 1997 年版

29. 食指：《食指的诗》，北京：人民文学出版社 2000 年版

30. 宋广辉、淮南主编：《王小波门下走狗》，北京：文化艺术出版社 2002 年版

31. 苏童：《妻妾成群》，上海：上海文艺出版社 2011 年版

32. 唐晓渡、王家新编：《中国当代实验诗选》，沈阳：春风文艺出版社 1987 年版

33. 唐晓渡编：《现代汉诗年鉴·1998》，北京：中国文联出版社 1999 年版

34. 王小波：《唐人秘传故事》，济南：山东文艺出版社 1989 年版

35. 王小波：《思维的乐趣》，太原：北岳文艺出版社 1996 年版

36. 王小波：《沉默的大多数》，北京：中国青年出版社 1997 年版

37. 王小波：《我的精神家园》，北京：文化艺术出版社 1997 年版

38. 王小波：《黄金时代》《青铜时代》《白银时代》（花城版），广州：花城出版社 1997 年版

39. 王小波：《地久天长》，长春：时代文艺出版社 1998 年版

40. 王小波：《黑铁时代》，长春：时代文艺出版社 1998 年版

41. 王小波：《怀疑三部曲》，北京：文化艺术出版社 2002 年版

42. 王小波：《黄金时代》《青铜时代》《白银时代》（陕师版），西安：陕西师范大学出版社 2003 年版

43. 卫慧：《上海宝贝》，沈阳：春风文艺出版社 1999 年版

44. 卫慧：《蝴蝶的尖叫》，长沙：湖南文艺出版社 1999 年版

45. 西川：《西川的诗》，北京：人民文学出版社 1999 年版

46. 溪萍编：《第三代诗人探索诗选》，北京：中国文联出版公司 1988 年版

47. 小海、杨克编：《他们——〈他们〉十年诗歌选》，桂林：漓江出版社 1998 年版

48. 杨炼：《荒魂》，上海：上海文艺出版社 1986 年版

49. 杨克主编：《1998 中国新诗年鉴》，广州：花城出版社 1999 年版

50. 杨克主编：《1999 中国新诗年鉴》，广州：广州出版社 2000 年版

51. 于坚：《棕皮手记》，上海：东方出版中心 1997 年版

52. 于坚：《人间笔记》，北京：解放军文艺出版社 1999 年版

53. 于坚：《一枚穿过天空的钉子》（于坚集，卷 1），昆明：云南人民出版社 2004 年版

54. 于坚：《0 档案》（于坚集，卷 2），昆明：云南人民出版社 2004 年版

55. 于坚：《正在眼前的事物》（于坚集，卷 4），昆明：云南人民出版社 2004 年版

56. 于坚：《拒绝隐喻》，（于坚集，卷 5），昆明：云南人民出版社 2004 年版

57. 余华：《许三观卖血记》，北京：作家出版社 2011 年版

58. 翟永明：《终于使我周转不灵》，石家庄：河北教育出版社 2002 年版

59. 张清华：《海德堡笔记》，济南：山东画报出版社 2004 年版

60. 朱文：《我爱美元》，北京：作家出版社 1995 年版

61. 朱文：《什么是垃圾，什么是爱》，南京：江苏文艺出版社 1998 年版

62. 朱文：《达马的语气》，上海：上海人民出版社 2006 年版

63. 朱文：《弟弟的演奏》，上海：上海人民出版社 2007 年版

64. [阿根廷] 博尔赫斯著，王永年等译:《博尔赫斯全集》（小说卷），杭州：浙江文艺出版社 1999 年版

65. [德] 歌德著，杨能武译:《威廉·迈斯特的学习时代》，南京：译林出版社 2002 年版

66. [俄] 陀思妥耶夫斯基著，臧仲伦译:《白夜》，南京：译林出版社 2011 年版

三、报刊文献（含文学作品）

1. 白烨:《"三分天下"：当代文坛的结构性变化》，《文汇报》2009 年 11 月 1 日

2. 北村:《自由和纯粹的写作》，《山花》1999 年第 2 期

3. 曹禺:《永远向前：一个在改造中的知识分子的话》，《人民日报》1952 年 5 月 24 日

4. 陈思和、王光东、宋明炜:《朱文：低姿态的精神飞翔》，《文艺争鸣》2000 年第 2 期

5. 陈思和:《从"少年情怀"到"中年危机"：20 世纪中国文学研究的一个视角》，《探索与争鸣》2009 年第 5 期

6. 陈思和:《当代文学的粗鄙化与文学世代的断裂》，《南方都市报》2009 年 3 月 26 日

7. 陈思和:《学院批评的追求》，《文汇读书周报》2010 年 3 月 26 日

8. 陈思和:《期望于下一个十年——再谈对新世纪十年文学的理解》，《杭州师范大学学报》（社会科学版）2011 年第 2 期

9. 陈晓明:《异类的尖叫：断裂与新的符号秩序》，《大家》1999 年第 5 期

10. 陈椿年:《关于"探求者"、林希翎及其他——兼评梅汝恺的〈忆

方之〉》，《书屋》2002 年第 11 期

　　11. 陈竞整理：《新世纪十年文学：断裂的美学如何整合？》，《当代文学研究资料与信息》2010 年第 4 期

　　12. 陈竞：《李敬泽：文学的求真与行动》，《文学报》2010 年 12 月 9 日

　　13. 陈平原：《作为话题的北京大学》，《读书》1998 年第 5 期

　　14. 陈希我：《遮蔽》，《厦门文学》2004 年第 1 期

　　15. 陈雄华：《自由主义者的"镜子"——读〈反对自由主义〉》，《读书》1958 年第 10 期

　　16. 崔卫平：《王小波随笔文体的道德实践》，《北京文学》1998 年第 9 期

　　17. 丁东：《面对背影的思絮》，《北京文学》1998 年第 9 期

　　18. 多多：《1970—1978 被埋葬的中国诗人》，《开拓》1988 年第 3 期

　　19. 朵渔：《华语传媒文学大奖 2009 年度诗人获奖演说》，《南方都市报》2010 年 4 月 8 日

　　20. 范培松：《论四十年代梁实秋、钱钟书和王了一的学者散文》，《文学评论》2008 年第 1 期

　　21. 甘阳：《反民主的自由主义还是民主的自由主义》，《二十一世纪》（香港）1997 年 2 月号

　　22. 甘阳：《伯林与"后自由主义"》，《读书》1998 年第 4 期

　　23. 郜元宝：《没意思的故事背后——〈断裂丛书〉印象》，《南方文坛》2001 年第 2 期

　　24. 葛红兵：《个体性文学与身体型作家：90 年代的小说转向》，《山花》1997 年第 3 期

　　25. 葛红兵：《朱文小说论》，《当代文坛》1997 年第 3 期

　　26. 葛红兵、赵枚：《中国经验·现实维度·反思视角：2008 年文学理论批评热点问题评述》，《当代文坛》2009 年第 1 期

27. 郭晓力记录整理：《文学期刊的生存与出路——98 全国文学期刊主编研讨会侧记》，《钟山》1998 年第 5 期

28. 韩东：《山民》，《青春》1982 年第 8 期

29. 韩东：《〈他们〉略说》，《诗探索》1994 年第 1 辑

30. 韩东：《备忘：有关"断裂"行为的问题回答》，《北京文学》1998 年第 10 期

31. 韩东：《不是"自由撰稿人"，而是"自由"》，《山花》2000 年第 3 期

32. 韩东：《如何不再饥饿？》，《中国图书商报》2003 年 12 月 26 日

33. 韩石山：《佯狂难免假成真》，《文学自由谈》1999 年第 5 期

34. 韩毓海：《市场意识形态的形成与批评的困境》，《天涯》1998 年第 2 期

35. 韩毓海：《在"自由主义"姿态的背后》，《天涯》1998 年第 5 期

36. 韩毓海：《"相约 98"，"告别 98"》，《中国图书商报》1999 年 2 月 9 日

37. 何小竹：《写作是最迷人的生活方式》，《山花》2000 年第 5 期

38. 何东：《两个顾准与无行文人》，《文学自由谈》1998 年第 5 期

39. 何平：《类型小说：文学分层中的"第三条道路"》，《博览群书》2012 年第 9 期

40. 何清涟：《用生命点燃爱和智慧之火》，《天涯》1998 年第 2 期

41. 何清涟：《〈现代化的陷阱〉两个版本之比较》，《天涯》1998 年第 2 期

42. 何清涟、李辉：《改革瓶颈的人文关怀》，《中国商界》1999 年第 7 期

43. 何清涟：《"长江读书奖"颁奖会上的获奖致辞》，《书屋》2001 年第 1 期

44. 荒林：《当代中国诗歌批评反思——"后新诗潮"研讨会纪要》，《诗探索》1998 年第 2 辑

45. 建中：《食指（郭路生）生平年表》，《诗探索》1998 年第 3 辑

46. 金仁顺：《想象中的那一个世界离我们到底有多远》，《作家》1998年第 7 期

47. 金梅：《实事求是地评价顾准》，《文学自由谈》1998 年第 5 期

48. 靳树鹏：《解读顾准——兼与林贤治先生商榷》，《作家》1998 年第 9 期

49. 匡冬芳：《1998：数字经济浮现》，《互联网周刊》2008 年第 20 期

50. 拉家渡：《十问王小波追随者》，《南方周末》2002 年 4 月 11 日

51. 李冯整理：《录音带：文本与声音》，《作家》1998 年第 8 期

52. 李公明：《自由非只做特立独行的猪》，《南方都市报》2007 年 4 月 15 日

53. 李国文：《顾准的“雅努斯”现象》，《文学自由谈》1998 年第 2 期

54. 李健亚：《深圳·香港城市 / 建筑双年展将开幕》，《新京报》2009 年 12 月 3 日

55. 李敬泽：《戴来：克制着的不耐烦》，《作家》1998 年第 7 期

56. 李敬泽：《舞者周洁茹》，《作家》1998 年第 7 期

57. 李静：《依旧沉默：“文坛中人”对王小波的一般看法》，《南方周末》2002 年 4 月 11 日

58. 李欧梵、黄子平等：《单元与多元的现代性——汪晖〈当代中国的思想状况与现代性问题〉一文讨论纪要》，《天涯》1998 年第 4 期

59. 李庆西：《何谓“自由主义知识分子”》，《读书》2000 年第 2 期

60. 李陀、李静：《漫说“纯文学”》，《上海文学》2001 年第 3 期

61. 李云雷、曹征路：《曹征路访谈——关于〈那儿〉》，《文艺理论与批评》2005 年第 2 期

62. 李醒民：《五四与自由问题》，《方法》1997 年第 9 期

63. 李银河：《王小波：有一种活法》，《作文通讯》2009 年第 7 期

64. 李泽厚：《启蒙与救亡的双重变奏》，《走向未来》1986 年第 1 期

65. 李泽厚：《致〈二十一世纪〉杂志编辑部的信》，《二十一世纪》（香港）1994 年 6 月号

66. 林春：《"清醒的少数"》，《读书》1998 年第 5 期

67. 林莽：《并未被埋葬的诗人——食指》，《诗探索》1994 年第 2 辑

68. 林莽、翟寒乐整理：《食指生平年表》，《诗探索》2006 年第 4 辑

69. 林舟：《在期待之中期待——朱文访谈录》，《花城》1996 年第 4 期

70. 林舟：《朱文颖小说点滴印象》，《作家》1998 年第 7 期

71. 林贤治：《两个顾准》，《南方周末》1998 年 2 月 6 日

72. 林贤治：《文化遗民陈寅恪》，《书屋》1998 年第 6 期

73. 刘福春：《"白洋淀诗歌群落"寻访活动》，《诗探索》1994 年第 3 辑

74. 刘溜：《朱文：有时候尖锐，有时候温情》，《经济观察报》2006 年 9 月 22 日

75. 南帆等：《底层经验的文学表述如何可能》，《上海文学》2005 年第 11 期

76. 毛焰等：《我仍这样说：南京部分艺术家谈马桥诉讼案》，《中华读书报》1999 年 4 月 11 日

77. 毛寿龙：《吾邦虽久，其思惟新》，《开放时代》1998 年第 4 期

78. 摩罗：《〈生死场〉的文本断裂及萧红的文学贡献》，《社会科学论坛》2003 年 10 月号

79. 欧阳江河：《89 后国内诗歌写作：本土气质、中年特征与知识分子身份》，《花城》1994 年第 5 期

80. 欧钦平：《文学，远离 80 年代盛况之后》，《京华时报》2008 年 11 月 14 日

81. 钱理群：《想起七十六年前的纪念》，《读书》1998 年第 5 期

82. 钱满素：《炉边谈话和群众集会》，《方法》1997 年第 11 期

83. 石中元：《一代英杰的思想探索——〈北大传统与近代中国〉的编辑出版》，《长江日报》1998 年 12 月 20 日

84. 宋海泉：《白洋淀琐忆》，《诗探索》1994 年第 4 辑

85. 孙基林：《世纪末诗学论争在继续：'99 中国龙脉诗会综述》，《诗探索》1999 年第 4 辑

86. 万静：《翟永明："少就是多"》，《南方周末》2007 年 3 月 1 日

87. 王蒙：《通俗、经典与商业化》，《读书》1998 年第 8 期

88. 王德威：《伤痕即景，暴力奇观》，《读书》1998 年第 5 期

89. 王元化：《〈清园近思录〉后记》，《文汇读书周报》1998 年 2 月 7 日

90. 汪丁丁：《什么是启蒙》，《方法》1997 年第 7、8 期

91. 汪丁丁：《自由：一段脚踏实地的叙说》，《天涯》1999 年第 2 期

92. 汪晖：《承认的政治、万民法与自由主义的困境》，《二十一世纪》（香港）1997 年 8 月号

93. 汪晖：《当代中国的思想状况与现代性问题》，《天涯》1997 年第 5 期

94. 汪晖：《当代中国的思想状况与现代性问题》，《文艺争鸣》1998 年第 6 期

95. 汪洁：《分裂的诗魂——食指诗论（1965—1979）》，《晋阳学刊》2004 年第 4 期

96. 魏微：《从南京始发》，《作家》1998 年第 7 期

97. 卫慧：《蝴蝶的尖叫》，《作家》1998 年第 7 期

98. 卫慧：《我还想怎么呢》，《作家》1998 年第 7 期

99. 危砖璜：《〈糖〉：泡在酒里》，《中国经济时报》2000 年 5 月 19 日

100. 吴思敬：《〈诗探索〉的办刊宗旨与历史沿革》，《诗探索》1994 年第 1 辑

101. 吴炫：《"晚生代"小说中的"性"》，《书屋》2000 年第 10 期

102. 西川、安琪：《知识分子是"民间"的一部分》，《经济观察报》2006 年 3 月 27 日

103. 夏烈：《类型文学：一场非典型性文学革命》，《博览群书》2012 年第 9 期

104. 夏商：《疑惑与期待》，《作家》1998 年第 10 期

105. 小海：《诗到语言为止吗？》，《诗探索》1998 年第 1 期

106. 肖开愚：《九十年代诗歌：抱负、特征和资料》，《学术思想评论》1997 年第 1 期

107. 谢冕：《丰富又贫乏的年代——关于当前诗歌的随想》，《文学评论》1998 年第 1 期

108. 谢冕、孟繁华、张颐武、李书磊、张志忠：《"文学走向九十年代"笔谈》，《当代作家评论》1991 年第 5 期

109. 谢冕：《停止游戏与再度漂流》，《当代作家评论》1991 年第 5 期

110. 刑晓芳：《一批年轻女作家崭露头角》，《文汇报》1998 年 5 月 21 日

111. 徐友渔：《重提自由主义》，《二十一世纪》（香港）1997 年 8 月号

112. 徐兆淮：《我的文学写实》，《芳草》2007 年第 5 期

113. 杨子：《食指：凄凉的悲壮》，《鸭绿江》（上半月版）2001 年第 9 期

114. 杨克：《中国诗歌现场——以〈中国新诗年鉴〉为例证分析》，《南方文坛》2007 年第 3 期

115. 阎延文：《把诗歌推向二十一世纪——全国诗歌座谈会（张家港诗会）侧记》，《诗刊》1999 年第 2 期

116. 叶飙、杨宝璐：《来是正好，去是正好：邓正来与他的江湖》，《南方周末》2013 年 2 月 21 日

117. 伊沙：《到精神病院送奖》，《诗歌报》1998 年第 11 期

118. 于坚：《对二十五个问题的回答》，《他们》1994 年总第 7 期

119. 于坚：《诗歌之舌的硬与软：关于当代诗歌的两类语言向度》，《诗探索》1998 年第 1 辑

120. 于坚：《飞行》，《花城》1998 年第 4 期

121. 于坚、陶乃侃：《抱着一块石头沉到底》，《当代作家评论》1999 年第 3 期

122. 于坚：《真相：关于"知识分子写作"和新潮诗歌批评》，《诗探索》1999 年第 3 辑

123. 于坚：《当代诗歌的民间传统》，《当代作家评论》2001 年第 4 期

124. 于坚：《答诗人乌蒙问》，《诗歌月刊》2008 年第 1 期

125. 翟永明：《我被迫经受各种考验》，《东方早报》2008 年 8 月 1 日

126. 张洪波：《作为白洋淀诗歌群落一员的林莽》，《诗歌月刊》2008 年第 10 期

127. 张杰：《去看诗人食指》，《诗歌月刊》2006 年第 1 期

128. 张钧：《新生代作家走访日记》（节选），《作家》1998 年第 12 期

129. 张钧：《时间链条之外的另一空间的写作》，《花城》1999 年第 5 期

130. 张清华：《食指与林莽》，《经济观察报》2006 年 1 月 11 日

131. 张清华：《20 世纪 60 年代—70 年代的非主流诗歌思潮研究》，《中北大学学报》（社会科学版）2011 年第 5 期

132. 张伟栋：《去政治化与先锋小说》，《上海文学》2009 年第 4 期

133. 张英、夏榆：《2006 韩寒白烨笔战始末：起于网络，无疾而终》，《南方周末》2006 年 4 月 7 日

134. 张志国：《〈今天〉的创办与诗歌构型》，《诗探索》2010 年第 4 辑

135. 张宗刚、李翠、陈梓荞整理：《写给人类的诗——食指诗歌研讨会发言纪要》，《太湖》2010 年第 1 期

136. 赵长天：《十年》，《萌芽》2008 年第 1 期

137. 赵勇：《反思"跨文体"》，《文艺争鸣》2005 年第 1 期

138. 钟怡音：《吕德安：中国式弗罗斯特》，《时代人物周刊》2005 年
1 月 19 日

139. 周洁茹：《回忆做一个问题少女的时代》，《作家》1998 年第 7 期

140. 周南炎：《70 后作家：被遮蔽与再崛起》，《北京日报》2012 年 5
月 17 日

141. 宗仁发、施战军、李敬泽：《关于"七十年代人"的对话》，《南
方文坛》1998 年第 6 期

142. 宗仁发、施战军、李敬泽：《被遮蔽的"70 年代人"》，《南方文坛》
2000 年第 4 期

143. 赵振先：《〈今天〉忆往》，《黄河》1994 年第 2 期

144. 朱健国：《走进"陷阱热"的幕后》，《南风窗》1998 年第 10 期

145. 朱文：《关于沟通的三个片断》，《作家》1997 年第 7 期

146. 朱文整理：《断裂：一份问卷和五十六份答卷》，《北京文学》
1998 年第 10 期

147. 朱文颖：《广场》，《作家》1998 年第 7 期

148. 朱学勤：《思想史上的失踪者》，《读书》1995 年第 10 期

149. 朱学勤：《敲门者的声音》，《天涯》1998 年第 2 期

150. 朱学勤：《1998，自由主义的言说》，《南方周末》1998 年 12 月 25 日

151. ［法］让·克洛德·帕塞隆著，邓一琳、邓若华译：《社会文化
再生产的理论》，《国际社会科学杂志》（中文版）1987 年第 4 期

152. ［英］艾玛·卢帕诺著，侯晓艳译：《革新与控制：中国自由撰
稿人考察》，《新闻与传播评论》2009 年刊

四、其他资料（含民间刊物和音频、视频资料）

1. 诗探索中国新诗会所编：《诗探索中国新诗会所会刊》（民间刊物），2012 年第 1 期

2. 老木编选：《新诗潮诗集》（北京大学五四文学社内部资料），1985 年印

3. 崔健词曲：《一无所有》（音乐作品），1989 年发行

4. 黄礼孩主编：《诗歌与人》（诗歌民间刊物，总第 2 期），2001 年印

5. 黄礼孩主编：《诗歌与人》（诗歌民间刊物，总第 14 期），2007 年印

6. 严小额编导：《寻找黄金时代：纪念王小波逝世八周年》（纪录片），2005 年拍摄

7. 张广天词曲：《毛泽东》（音乐作品），2000 年发行

8. 程小东导演：《古今大战秦俑情》（电影），1989 年公映

9. 张艺谋导演：《大红灯笼高高挂》（电影），1991 年公映

索　引

人名（外国）

事件

　　说明：

　　1.本索引主要以正文内容为引源，个别重要的脚注内容亦纳入索引范围；

　　2.人物词条以精确索引为主，即每个词条指向具体的页码；事件和主题词条则以模糊索引为主，即每个事件或主题指向它们可能覆盖的叙述范围。个别重要的人物词条，因带有主题化倾向，也采用模糊索引。

致　谢

这本书是我在博士论文的基础上，经过二次写作重构出来的一部作品。它最终呈现出来的文本面貌，与博士论文有较大不同，但其内在的骨架和精血却是不变的。

业师张柠教授，不仅在博士论文选题方面给了我灵感和启发，而且对整个写作过程做了精准指导。我不敢说，我已经通过这部作品对1998年的文学、思想与行动有了准确的历史理解。因为在我这边，研究和写作都是一件力不从心的事情。但我可以肯定，我已经完成了一次多少带有一点冒险意味的意义之旅。业师以他对当代文学及其时代的总体理解和判断，力挺了我的这次冒险行动，并不时授予我一些有用的"探险攻略"，使我在这次意义旅行中不至于被险境吓倒，或迷失得太远。

在博士论文的预答辩和正式答辩阶段，张健、张清华、李怡、蒋原伦、孙郁、陈晓明等业界名家对我的博士论文提出了许多真知酌见。他们的诚恳意见，在我的二次写作中得到不同程度的体现。

在我攻读博士学位期间，老朋友黄兆晖（即诗人欧亚）为我提供了生活上的实际帮助，让我有机会通过自己的写作获得一份相对稳定的收入。这种无声的援助，实际而低调，见证了我们的友谊的真诚与深入。

进入福建省文学院工作之后，我开始了这部作品的二次写作。院长吕纯晖和其他同事为我的个人写作提供了诸多便利和保障，包括时间和物质等方面的多重帮助。福建省文联领导和跨部门同仁也对我的写作和工作给予多方面的支持。对我来说，省文联、省文学院既是写作的平台，也是生活的舞台，我将从中获得新的养分。

　　责任编辑马翀先生，为本书出版做了许多实际事务，而且最大程度地维护了这部作品的完整性，让我心生敬意。

　　这部作品最终能够与读者见面，受益于以上诸位师友的帮助和鼓励，在此一并致谢！

2016年7月16日 于福州